U0095210

大隋鲸落

锐一 ◎ 著

唐王朝史诗的序曲

中国文史出版社

图书在版编目（CIP）数据

大隋鲸落：唐王朝史诗的序曲 / 锐一著 . —北京：
中国文史出版社，2024.1
（昭昭有唐）
ISBN 978-7-5205-4242-5

Ⅰ.①大… Ⅱ.①大… Ⅲ.①长篇历史小说—中国
—当代 Ⅳ.①I247.5

中国国家版本馆CIP数据核字（2023）第151863号

责任编辑：刘华夏

出版发行：中国文史出版社
地　　址：北京市海淀区西八里庄路69号　　邮编：100142
电　　话：010－81136606 / 6602 / 6603 / 6642（发行部）
传　　真：010－81136655
印　　装：廊坊市海涛印刷有限公司
经　　销：全国新华书店
开　　本：787mm×1092mm　1/16
印　　张：22
字　　数：317千字
版　　次：2024年1月北京第1版
印　　次：2024年1月第1次印刷
定　　价：69.00元

自序

大唐足够刚强，也足够柔韧，撑得起万国来朝，也容得下天下太平。它将盛世气象浓缩于一城，让长安变成我们的精神故乡。

它足够绚烂，能身着戎装观长河落日，能盛装赴宴与花萼相辉。纵是布衣韦带，亦能仗剑河山。

它足够绵长，青年时如朝日，昂扬向上；壮年时如艳阳，兼收并蓄；就连它的暮年，亦是于酝酿和发生的大变革中燃尽。

它自信而不自我，哪怕在群山之巅，也不居高临下。纵使前路是万里鹏程，眼中也有苍生疾苦。人生得意时，可以乘风直上九万里。即便潦倒了，也想要大庇天下寒士。

它平衡而不平庸，既在民族融合中塑造出华夏一统的认同，又在春秋鼎盛的长安孕育出儿女英雄，为妇女能顶半边天扎下了历史的锚点。

它独立而不孤立，永远都是那样的进步开放，让无数人慕名而来。大道不孤，天下一家，世界终究是命运共同体，独立自主也不可孤立于世界繁森。

大唐已离我们千年有余，与千年的史诗长河相比，我们的人生仿佛其中渺小的浪花。曾有大儒张载，一遍遍呼喊立心、立命、传承、发扬。若是能像先贤一般，能在这万古长夜之中，点起属于自己的一盏哪怕幽微的星火，此间便是朝闻道夕可死矣了。

正因如此，读史才显得如此重要。读史不光能使人明智，还能与先人来场跨越时空的对话。纸上寥寥数语，便是一个人的壮志雄心；书中草草数章，便是一个国家的盛衰荣辱。如此历史，怎能不爱？故而我们想在自序中创作一首诗，名曰《史论》：

小草远志数笔过，
芝兰玉树犹凋落。
国史千载多少事，
长夜万古点星火。

如果说科幻小说是在带你畅想未来，那么历史小说就是在带你徜徉过去。二者都能让生命的长度和宽度得到延伸，能见好几辈子都见不完的人，也能经历好几辈子都经历不完的事。或许，这种让人恍如隔世的感觉，唯有在书中才能领略吧。这正是我们写下此书的原因之一。

为了尽可能地保证全面与真实，我们不光查阅了古代官修正史，也参考了许多学术论文。但以一家之言写史，难免有所纰漏，我们呈现出来的，也终究是历史小说，绝非正史。因此，我们敬请各位朋友斧正、勘误。

历史小说的情节已被限定，故而无法像其他文学体裁一样，有意设定故事的矛盾冲突。我们在符合基本事实、符合史书留白的前提下，以人物对话代替了冗长分析，让古人不再只是一个符号，更是形具神生的剪影。

在历史的长河中，他们的喜怒哀乐、盛衰悲苦都定格于一刻，我们能做的只是拍一张跨越时间的照片，歌一曲流传千载的乐章。

既然是大唐的故事，自然要从长安讲起。

长安，是天上的白玉京，亦是游子的白月光。夫光阴百代，万物逆旅，然而云想衣裳花想容的流水桃花，九天阊阖开宫殿的虎跃龙骧，全都是绕不开的长安。

且看第一部：《大隋鲸落：唐王朝史诗的序曲》。

目 录

暂别大业

一、盛德大业至矣哉

天子死了，他的大业还不知道。

杨广是被人缢死的，作乱的臣子拿来白绫，亲手缠在他颈上。那东西越勒越紧，似是死神收拢的虎口。精神游离之际，杨广仿若听到一个声音，清晰又遥远，恣意又平静：

"这就是你的大业吗？"

"我的大业……"

听到大业二字，杨广伸出双手，试图抓住什么。大业年间的往事种种垒成一个个意象，走马灯一般，在他眼前翻涌：雄伟的通邑大都，绮丽的巡幸盛景，慑服的殊方异国，还有蔽天的三辰大纛……所有这些，在这终末的时刻，都随偌大的帝国和它的帝王一起，湮没于尘世。

大业是杨广亲自选的年号。皇帝的年号，常有着特殊的寓意。有人想要开创新纪元，所以唤作开元；也有人想要永世安乐，因此称为永乐。而杨广要的大业，则是万世之盛业，天下之伟业。

仁寿四年（604），杨广在仁寿宫继位。他的父亲隋文帝杨坚，留给了他一个无比富庶的伟大帝国。经天纬地曰文，杨坚自是担得起这等美誉。《隋书》曾记载：二十年间，天下无事，区宇之内晏如也。大隋之强盛，尽在这无事二字之中。

在天下无事的二十年中，杨广平稳度过了前半生。二十年的时间，让他从一个姿仪英秀的少年，成长为有宏图大志的青年。彼时国家刚刚走向统一，南北间的隔阂仍然难以弥合，开国后看似平静的各势力集团间也暗流涌动。

杨坚为安抚天下，跟随着汉初的足迹，施行了黄老之术，推行了无为而治。前朝的成果是斐然的，汉初就曾以此把被战争践踏后的神州恢复了过来。挪用到今天，便是温润的休养生息。开皇二十年（600），百姓安其业，朝野同其心，才有了今日之大隋。

但杨广和他父亲杨坚都知道，这二十年的和平期，更像是一种历史的偶然。因为在过去的三百年间，国土的分裂与族群的分化，始终是华夏大地的主旋律。上一个大一统王朝：晋朝，其从统一至分裂，中间只隔了短短三十余年。

那之后，便是神州陆沉。战火燃遍了华夏大地，各方势力先后亮相，你方唱罢我登场，文明的烛火在大风中摇曳，十几代人都未曾见过和平的曙光。甚至时至今日，在那些已被扫入黄土的势力中，仍有些死灰在等着复燃的时机。有这样的前车之鉴在，天下离真正的太平还远着呢。

好消息是，这二十年所积攒下来的国力，让杨广这个继任者甫一接手新帝国，就站到了一个崭新的高度。那是过去三百年间，前朝君主们无人攀登到的高度。这些人并不是没有能力，但有时总是天命难违。在阴谋家们层出不穷的时代，他们终其一生，也只能为统一的伟大理想增添注脚，无法施展更大的抱负。

一代人有一代人的任务，现在杨坚将接力棒传给了杨广，那么对于站在权力制高点的杨广来说，当然自负不满，也当然志骄气盈：彻底结束三百年变局的历史功业，即将由他来完成。天下无事这四个字，似乎正是大有可为的前置条件。

此时的杨广正锐意进取。他立在仁寿宫中，身着自己亲自设计的天子冕旒，玄色冕服上日月分置两肩，星辰列于后背，冠冕上十二串白玉吊坠将帝王的面容遮挡。

年轻的杨广看着大隋的疆域图，宛如当年的父亲。他低下头，尽可能地让自己看得更清、想得更深。不论是横亘在辽东的高句丽，还是身怀不臣之心的突厥与吐谷浑，都让他如鲠在喉。

他想到被父亲搁置的暗流：关中陇山的军事贵族。这群手握军权的泥腿子贵胄，他们发家于北六镇起义，跟着宇文泰摇身一变为八柱国，然后西魏变北周，北周变大隋，这些人的族群利益根植在帝国的血肉中，甚至到了现在，他们仍妄图继续稳固他们的权力。

其他地方的情况也不好，崤山以东的中原旧族敝帚自珍，将家学文化作为自己的护城河，南边的豪族们则分润了最肥沃的资源。分裂的种子从魏晋的混乱中诞生，绵延。一直到了今天，这些士族依旧企图在地方上作威作福，乃至掌控中央朝纲。

不仅帝国的剑与笔打着各自的算盘，帝国内部南人北人之间积年的隔阂更成了大一统的心头刺。

这些问题错综复杂又关系甚大，个个都排着队等他来处理，但从杨广的角度看：这又何尝不是朕大显身手的时机呢？

帝王搞清楚关键问题后，为自己的大业设定了三个目标。

首先，他要建一座能坐镇四方的都城，平衡士族贵胄。

手握军权的关陇贵族们本应与其他地方势力一样，恢复到它应该在的、平衡的位置。可即便大兴城早已时过境迁，这些"老长安"却依旧把权柄牢牢攥在自己手心。一来二去，那些地方士族对关中朝廷的认同感就更低了。

为了平衡士族，他只能营建新都。根据"王业不偏安"的选地指导思想，杨广的选择只一个——位于天下之中的洛阳。倘若在此建都，不仅能显示出他的帝王之尊，还有助于重构中央与地方的联系，从而有效控制天下四方。

其次，他要在地理和心理上联通南北，消除隔阂。

如果说东西的矛盾，是当年北魏一分为二后，东魏继承者北周与西魏继承者北齐之间的历史遗留问题的话，那么南北间的矛盾，显然要比前者更深更远。在过去的岁月里，北朝以"岛夷""僭晋"等词丑化南朝，而南朝也以"索虏"等词还击。数百年的对立分裂似乎已经将大汉朝的群体共识消磨干净。

而今天下虽然重归一统，但是南人北人在心理上的隔阂依旧存在。为了消除因为地缘分割导致的南北分歧偏见，杨广首先想到的是先在地理上打通南北，以东都为中心修一条横贯南北的大运河。届时再由他这个长期坐镇江南的君主做桥梁，多沟通几次，多交流几次。天下之事无一不在于合作嘛！只要有朕在，想必问题也就好解决了。

杨广之所以要修大运河，还有一个原因。他希望在自己讨伐周边诸国时，能有一个不但可以方便后勤辎重供给，还可以统一调配南北资源的帝国生命线。古代交通不发达，部队开拔时粮食运输的损耗通常在百分之九十以上。大运河作为大隋军队的生命线，可以在相对较低的运输损耗下完成补给工作，尽最大可能为前线疏忧解困。

最后，他要用武力讨伐震慑周边诸国，一统宇内。

任何一个大一统王朝都不能容忍北方有一个强敌出现。这不光关乎国家尊严，更是对国防安全的挑战。作为一位自认为雄才大略，大好功业静待自己成就的君主，杨广必须讨伐高句丽，也必然讨伐高句丽。当然在这冠冕堂皇的背后，也有帝王的私心。杨广的起点本就比前朝君主们的终点远，因此他把终点也设得要比前人们更远些。一统宇内是年轻皇帝的春秋大梦，他愿意为此奋斗到生命尽头。

《易经》上说"盛德大业至矣哉，富有之谓大业，日新之谓盛德"。杨广立此大业为号，不仅试图超越时代的挟制，更是他对自己的鞭策，亦是他为大隋定下的国策。他非要这大业，功成必定在他。

构想很好，志向也很好，那他又是怎么做的呢？

大业元年（605），杨广初下江都。

借问扬州在何处，淮南江北海西头。此诗便是杨广这一时期的作品。江都是他的福地，他在这里留下了太多美好回忆。他在扬州总管了十数年，人生中最意气风发的岁月都在扬州，而在他继位前引以为傲的那些功绩中——南征前陈、平定叛乱、北取突厥……扬州都做了最忠实的见证者。如今他做了天子，怎能不来江都呢？

首次出巡，杨广特意组建了声势浩大的船队，带着百僚一同前往江都。龙舟首尾相衔，浩浩荡荡行于运河上。帝王这是在炫耀，更是在显摆。富贵不还乡，如锦衣夜行。曾经的扬州总管，如今的大隋帝王，岂能不"衣锦还乡"？

一朝鹏举，万里鸾翔。帝王本是一个放浪形骸的性子，又哪有礼法能限制得了他？不过享乐归享乐，政治目的始终是第一位的。他先是为了抚慰南人而宣布大赦江南，同时又带来了诸多文臣，准备在文化层面加强南北交流。

此行一路花团锦簇，先是满了衣锦还乡的意，又借此承了江南士族的情，再立了万世太平的志。时人都称圣人乃前朝光武帝，自能开创宇宙不灭之基业。次年（606）三月，皇帝才启程还都，"千乘万骑入东京"，风风光光地回到北方。

在开皇年间，勋贵们掌握着重大的话语权，天子决策前也要听听他们的意见。这种惯性直到大业初年，才被杨广本人打破。大业三年（607），杨广以诽谤朝政为由，清洗了以高颎为代表的开皇旧臣。

党案结束后，杨广随即开启了声势浩大的改革——"大业改制"。这项改革几乎涉及国家的各个方面，他不仅重新调整了地方的行政划分，还对中央制度做了极大改动，所有的一切都是为中央集权服务。

杨广希望未来的决策层是以皇帝为中心的，而地方也应贯彻皇帝意志。几百年来由于战乱和政局混乱，地方豪强合纵连横，一个一个以自卫的名头修建起"坞堡"，这极大地损害了中央与地方政府的行政能力。

针对现状，杨广创造了常态化的巡幸模式。跟以往深居宫中的皇帝不同，他十分热衷出游，而且每次排场都极大，不光有后宫相伴，还有百官相随，俨然一个移动的紫微城。这种常态化的巡行也有其客观性：加强中央与地方的联系，将分散在地方豪族的权力收回中央政府。

帝王在帝国各处不断游走，在全国范围内视察。除了安抚各地士族、回收行政力量以及对外展示力量之外，他还有一个目的：与"老长安"们存在的利益分歧，使得他必须跳出大兴，才能摆脱军事勋贵们的束缚，才可以拿别的"刀"来分这些人的"蛋糕"。目前来看，他做完这些还没出大问题，大隋正在他预设的航线上平稳行驶。

大业六年（610），杨广威震四夷，二下江都。

彼时大隋国泰民安，天下太平。初下江都时的承诺俨然一一兑现，帝王志得意满，携着西域各族首领使者齐下江都。再游江都，不仅是树自己"圣人可汗"的威名，更为"无隔华夷，混一戎夏"这步大棋做着准备。

可这时，他却写下"宫木阴浓燕子飞，兴衰自古漫成悲"。这是杨广第二次游幸江都时唯一存世的作品。与人前显赫的帝王之仪不同，帝王却在诗中显出点不为人知的郁郁怆然，似是知道当下的烈火烹油皆是虚无，他所拥有的一切都会化作灰烬。

杨广用笔发泄着自己的情绪，他愤恨于世人对他的误解，愤怒于自己的大志难成。

离开江都后，帝王亲自赶赴涿郡（治所在今北京），在将全天下的军队召集于此后，对高句丽发动了全面战争。

此后数年间，雄才大略的明主消失了，杨广再也听不进任何人的意见，他只有一个念头——拿下高句丽，结束政治分裂，成就万代伟业。杨广也死磕上了高句丽，即便国内被他折腾得千疮百孔，他也置若罔闻，一征再征，直至三征过后尽衰颜。

三征高句丽的失利，以及各地因过度劳民而爆发的民变，都放大了杨广"移动中央"行政体系的弊端。倘若在和平年代，杨广还可以穿梭于各地，为中央和地方之间牵线搭桥。然而一旦国内有乱，他的政令便很难有效传递到地方了。

在这种局面下，杨广非但没有及时扭转形势，反而放任地方自行平叛，默许了权力的下放。时间久了，本就拥有极高自主权的地方官员权力越发膨胀，杨广所维系的"移动王庭"与地方的平衡也随之轰然倒塌。

自大业九年（613）杨玄感之变后，帝王对地方的控制力便一降再降。可笑的是，一个西北起家的政权，一个以军事力量为核心的帝国，在统一全国三十年后，竟然先失去了对北方的控制。对于这一大怪事，杨广本人要负最大责任。因为直到这种风雨飘摇之时，他心心念念的竟然仍是远在南方的江都。

大业十二年（616），杨广三下江都。

此时大隋的国土遍地乱臣，关中再难回返。三征高句丽失了民心、败了朝堂，志得意满的大业元年，如今已成了明日黄花。帝王喟叹，自己也四十七岁了，最初的梦想又在哪里呢？于是杨广写下"鸟声争劝酒，梅花笑杀人"。他既是否定现实，也是逃避现实。

父亲与自己的艰苦奋斗化作了泡影，历史对他的注脚只剩下了刚愎自用。他内心自忖：几十年来的软红香土如同一场中途醒来的幻梦，朕情愿一觉睡去，永不复醒。

杨广折腾这十数年，最终只证明了一点：历史的行程终究不能加速，哪怕是他也不能。这时的江都，不仅是他五十载人生路的见证者，更是他在凄惨现实中的避难所。在所谓"我梦江都好，征辽亦偶然"中，江都在杨广心中越好，征辽之事就越错。他不断否定政绩，否定过去，否定自身，最终在怀疑与否定中走向末路。

大业十四年（618），桃月。三月是桃花的花期，三月自然也被称为桃月。从先秦时期开始，桃花就作为一种美好的意象，成为文学作品中的常客。桃之夭夭，灼灼其华，古人们认为人生也当如火焰般绽放的桃花，和顺而又美满。

杨广的桃月当然也是火焰般绽放的，只不过那是鲜血淋漓的猩红。他看着宇文化及站在自己面前瞠目怒斥，好似吃人前吐出芯子的长虫。他看着自己亲手提拔的裴虔通，当面杀了他最爱的幼子杨杲。他又转头环视一圈，封德彝、司马德戡……一个个都是自己的宠臣，一个个都是自己的爱卿。可这些人或神情歉疚，或狼贪虎视，就是没有一个站出来承他的恩情，没有一个愿意为他辩驳一句。

他闭上了眼，眼前的世界与他一起沉入黑暗。

真是好笑啊，他想。

这就是我的大业吗？

大业十四年（618），桃月。天子死了，带着他的大业。

二、走向覆灭的君臣

天子的大业，可能死得更早。

这还得追溯到杨广曾下令召开的最后一次百僚会议。那次廷议的主题，仅有两个字：迁都。

事实上，自从三巡江都以来，杨广的恶业便得到报偿。因着民不聊生、苦不堪言，帝国各地皆有兵戈声起，中原俨然陷入了大乱。其实在此之前，杨广早就动过迁都的念头，但当时因为东都和大兴还有重兵驻守，局势看起来还没危急到要衣冠南渡的程度，这个想法也就暂时被搁置了。然而大业十三年（617）末，各处累积的民变终于酿成质变。四方局势急转直下，西北更是发生重大变故——唐国公李渊攻占了大兴。

要知道，镇守大兴的可是他最放心的两个人。

代王杨侑，杨广的嫡孙。他留在大兴，就是杨广的象征，大隋的法统。

卫大将军屈突通，统率大兴卫戍部队。他因过去几年在平叛中表现极好，被杨广钦封为关内讨捕大使。

此二人是杨广能给出的最顶级的人员配置了。如若现在再征一次高句丽，杨广要选人留守大兴，最终定下的肯定还是他们。在将大兴"托付"给他们后，杨广这才放心地下了江南。

三下江都后，传到杨广耳中的叛乱消息数不胜数。他并不爱听这种消息，还因为这个迁怒于上报的黄门侍郎裴矩，一度想将此人打发回大兴去。遣回大兴？亏得杨广能想出这样的主意，此时群雄并起，大兴危如累卵，哪还能任他随意差遣。

杨广一边放任地方平叛，同时沉溺于身边人的投其所好中，不许真实的消息将他的美梦戳破。杨广并不想知道事实是什么，他只想营造出一个只有自己存在的世外桃源，一个符合自己认识的太平盛世——无所谓真假，只要太平，只要盛世。

事物的发展不因为个人的意志而转移，就在大隋皇帝偏安东南时，大隋的局势已经恶化到避无可避的程度了。直到唐国公李渊起兵剑指函谷关后，一路的消息接踵而至，杨广方才陡然惊醒。

慌乱之中，他又想起了黄门侍郎裴矩。黄门侍郎既是近侍，位居权力的中枢；又是股肱，能接触到众多朝廷机要。裴矩之前三番五次上报各地叛乱之事，想必他心中也有应对之法吧？念及此，杨广对虞世基道：

"为何看不到裴矩？速去传他来为朕献策！"

"陛下，裴黄门此前已被免职，现在正在家中赋闲。"

"那你就去他家里问！"

十万火急下，裴矩的态度也相当明确："若不立刻回师，救援大兴，半壁江山已无！"

裴矩所说是中肯的，唐国公李渊攻城需要时间，如果隋军北上驰援，更需要时间。攻防双方现在争的都是时间，已经不能再拖延了。臣子既已经把话说到了这份儿上，那么按正常情况，即使皇帝不全盘照做，至少也应该有所行动。可杨广的反应却很荒谬：他先让裴矩官复原职，然后其他的，什么都没听。

"此事须从长计议，你先回朝继续效力吧。"

杨广嘴上说再议，但直到大兴最终失守，他都没有任何北上的想法。末后等到再议的时候，甚至连议程都从"还都"变成"迁都"了。他召集来群臣商议此事，正式将迁都之事摆上日程，这不仅说明他在思考退路，更证明了他自身正在迅速腐坏。可想而知，早在清算时刻来临之前，杨广就已经放弃了大业，或者说，大业已经放弃了杨广。

作为杨广的内史侍郎，虞世基是支持迁都的。不光是因为多次劝谏不纳后惧祸及己的曲意逢迎，更有几分来自南方士人的真心。

博学高才的虞世基，早年在南陈时，就被人比作当代陆机。就二人的人生轨迹来比对，还真有几分相似：陆机在东吴亡国后去了西晋，虞世基在南陈被灭后来了大隋。但人家陆机总是人还没走，名声先行，一到洛阳便惊艳了整个文人圈子。就算陆机再怎么端着摆着，朝中始终有贵人赏识他的才华。

与陆机相比，虞世基的人生就倒霉多了。从江东会稽到大兴后，他不仅没能活出头，还被新生活当头一棒。得到陈叔宝夸赞又如何？写得一手好文章又怎样？如今还不是沦落到替人抄书，难以为官！虞世基在大兴写了很多诗，可不承想这一写就写了二十年。写到开皇变大业，写到新皇杨广登基，郁郁不得志的南人才终于翻了身。

虽然杨广出生在北方，还获封了晋王的爵位，得了山西的封地。但自从平定江南之后，他就久居扬州。因为在南方耕耘多年，长期受到南方文化的浸染，又娶了有萧梁背景的王后，他俨然已经变成南方人了。这样的杨广做了皇帝后，又怎么可能不重用南方士人呢？

不过话又说回来，杨广本来就是要消除南北隔阂的。所谓用人不问出身，连夷夏都不曾相分隔的大业，怎么能偏袒北方贵胄呢？怎么能偏废南方士人呢？

所以说满朝公卿中，虞世基是最应当感谢大业的那个人。开皇年间，南方士人大都命运相似。彼时天下刚刚统一，朝堂上满是打天下的军事贵族，哪轮得到他们排位次。更有一些傲慢的勋贵，嘴上虽然不说，但心中仍然视他们为东夷，不屑与他们往来。这种情况直到杨广登基才开始逐渐地扭转。

大业年间，南方士人的地位慢慢开始提高，随着南陈并入隋廷，他们逐渐进入统治集团的核心。因着北方被数百年战乱蹂躏，大隋也开始更加重视南方。目的在于更便捷地利用南方尚存的政治培养系统、相对繁荣的经济积累，来推动整个大隋的发展。

最受杨广重视的五位臣子，"大业五贵"之中，虞世基就赫然在列。而另外的四个人中，裴矩、裴蕴来自河东闻喜，苏威、宇文述来自关中。显而易见，在这场主题既定的廷议上，至少从离天子最近的重臣角度来看，迁都的阻力不会太大。虞世基等人都有强烈的"回家"动机，可能早在廷议开始之前，他们心中就已有了实在确切的结果。一旦有了选择，那么粉饰选择，表彰选择，再到接受选择，这些就只是简单的程序了。

虞世基等人为迁都给出了充分的理由：如今天下大乱，只有南方还算安定。这里有粮，有人，还有支持大隋的南方豪族们。不如姑且先留下来，积蓄力量。待将来时机成熟后，再北上讨贼，必然所向披靡，一往无前。

廷议正式开始后，虞世基顺势提出这一理由。与会朝臣们见虞世基这么说，也大致明白了皇帝的心思，所以他们也不敢明说迁都的不好。何况就现在的情势来看，大兴已经丢了，大家既然没地方回，那迁都自然也不算是什么走不得的路。

会议的情况一如虞世基等人所料。大多数朝臣唯唯诺诺，没有表现出明显的反对。廷议的进程比想象中还要顺利，虞世基等人把目光投向其他人，几个潜在的异见者便成了他们的眼中钉。不过异见也罢，不同也罢，只要没有明确地反对，那迁都大事即可定矣。朝臣们见裴矩都没反对，就纷纷站到了虞世基这边。

正当此时，一个人站了出来——门下录事李桐客。

门下录事虽不过一个七品小官，但其主要司职就是收发文书，为正错做举荐和弹劾。此人提出了不同意见：

你说江南有粮，江南确实有粮，但也只能养活江南的本地人；你说江南有人，江南确实有人，但大多是从北方来的外地人。现在迁都，可不就是让外地人来抢本地人的活路吗？怕不是还没北上平定叛乱，先要把江南的百姓逼反了。

李桐客的话虽然有理有据，可是现在的大隋，风雨飘摇，他一个人又能起多大的作用呢？

他的这段陈词，迅速在衮衮诸公对迁都的附和声中淹没。他人微言轻，也没后台，他的反对自然无法改变迁都的结果。加以他没背景，在廷议结束后，李桐客的发言也招来了祸端。他的御史同僚们向他发起了猛烈的弹劾，对他展开口诛笔伐，污蔑他诽谤朝政，差一点就将他害死在了江都。

可是御史们为何齐齐攻击良善呢？如果没有御史大夫的默认，李桐客又怎么配得上这样的"特殊待遇"呢？事实上，此时的御史大夫正是裴蕴。与虞世基一样，裴蕴同为"大业五贵"之一，也是杨广身边的红人。从李桐客的遭遇来看，迁都之事确实是大隋最高决策层推动的，实则也是杨广本人之意。正所谓君乃亡国之君，臣自亡国之臣，古今多少事，都付空谈中。

于是乎，

廷议结果，已出。

迁都之事，已定。

不过，迁都会议虽然在江都进行，但议程中要迁的地方可不是江都，而是江都对面的丹阳。丹阳郡内有一座知名当世的城，名建康。过去几百年，这里都是南朝的都城，而杨广要迁的都，正在这里。

当初在大兴，在杨广梦里，大业必定不是这样的。那时候，他对标的恐怕是普天之下莫非王土的大汉，是统一中原福泽千年的强汉。他认为父亲完成了"文景之治"的积淀，他必当如汉武帝一般开疆拓土，在扩张中成就不世之功业。可到了现在，他却拿自己对标起了东晋，准备提前"衣冠南渡"，保留他的火种。

是故，我们说天子的大业，可能死得更早。

在他仿晋朝旧事的时候，在他保一己之私的时候，在他毁开皇基业于一役的时候，大业就已经死了。说他保的是一己之私，也是跟东晋比较出来的。三百年前的那次"衣冠南渡"，保得中原文明的火种，岂是杨广这种畏缩逃避式的南渡可比的？而在他本人都背叛了自己的大业之时，裴蕴、虞世基等人又怎么会坚持呢？

这些人只会顺着杨广的意，顺水推舟完成迁都一事。至于迁都之事究竟好不好，又会产生怎样的影响，谁又会在乎呢？六朝何事，只成门户私计。南朝的时代尚未彻底落幕，此时的世家们恐怕仍只有对门户私计的忠诚。

不过，这天下没有不透风的墙，等迁都的消息泄露出去后，基层的官兵迟早都会知道此事。将士们多是北方出身，要是真迁都，那之后再想回北方可就难了。十五从军征，八十始得归，谁又愿意跟着一个小朝廷过孤苦飘零的生活呢？

迁都？不让回家？天知道他们会做出什么事！

三、骁果军异端

早年间——在杨广还有雄心壮志的时候，为了给将来的战争做准备，杨广决定将府兵制拓展发扬。这一制度滥觞于西魏、北周，发扬于隋文帝时期。其主要讲究兵农合一——战时为兵，闲时为农。

开皇年间，各地府兵们的征发由十六卫与各地鹰扬府来负责，军户也被编入了民户，使得军人们服役期间可以按照均田法获得一块土地。又因为军人所领的田地免租庸调，以此军人的资粮也由他们自己负责一部分。

多管齐下，通过转嫁来降低中央屯兵成本后，府兵制的优点就凸显了出来。其不仅能节省国家的军费开支，还能保障经济农业建设。在经过数十年发展完善之后，于此时彰显了强大的生命力。不过，最早的府兵是以关中为本位，其兵源以关中子弟为主。杨广想改变的，正是这一点。

杨广认为，既然时间的经验已经证明了府兵制能用、好用，那将其从关中推广到全国，不但能以此扩充兵源，还能控制原本的军事贵族们往军队里插进去的触手，岂不妙哉？因此，杨广将手伸向府兵制，开始筹划军制改革一事。

他在改革的途中便将战火引至高句丽，将军制改革的初次试点变成了一场赌徒的军事冒险。他之所以这么急，一大原因是想通过对外输出战争，借战争解决朝廷政治内斗的事。他试图以战争为手段来调整大隋内部的党争，缓解朝廷所面临的分裂压力。

倘若杨广豪赌成功，那他就能证明自己确有天命，之后便更能集权于己身，功成于一役。然而，初征高句丽的失利却打碎了他的梦。杨广不仅没有证明自己的改革是对的，反倒这场重大军事失利阴差阳错地导致襁褓中的军改面临夭折。他似乎从未想过赌博也会输，从未考虑过改革也要妥协。但历史的行程是无法阻挡的，他被架上了不成功便成仁的高跷，只能一错再错。

失败不可怕，可怕的是见不到胜利。对于杨广来说，现在只剩一条近道，那就是再征高句丽。然而上次的失利已经使得府兵制支离破碎，多数鹰扬府都成了地方的私兵部曲。为了保证再征高句丽之事万无一失，亦是为了保证国家不被撕裂，杨广必须想办法从别的渠道募兵。

由此，骁果军应运而生。在第一次征伐高句丽失败后，杨广于次年设立了骁果军，令左右备身府统率这支部队。

骁果军的主要来源有两个：其一是原府兵中优秀将士；其二则是社会上的闲散游侠。府兵中优秀将士自不用多说，而社会上的闲散游侠们背景也大都相似。他们多是家境殷实，可以不事劳作的闲汉。虽然是地方豪强出身，但苦于没有入朝做官的路子。骁果军，无疑给了他们一条"货与帝王家"的路子。双方一拍即合，游侠们纷至沓来。游侠们不仅希望能在军中大展宏图，更希望以此来光宗耀祖、加官晋爵。

第二次征伐高句丽时，他们作为杨广的直隶部队一同参加了战斗。虽然没有得到想要的战果，但骁果军的"骁勇果敢"，杨广都看在了眼里。战罢回京之后，杨广确实也向他们兑现了加官晋爵的承诺。由此可见，这支直属于帝王的军队，和帝王本人一直保持着亲密的联系。

要知道，府兵制以关中为本位。所以不管换了多少名头，在骁果军中参军的大头肯定还是关中子弟。杨广的偏安一隅，于他们而言，意味着看不到尽头的背井离乡。谁又能轻易接受这种愿景呢？

自打跟杨广南下江都以来，他们已经离家一年多了。骁果军将士本就人心思归，见天子丝毫没有返程的打算，这些人心中更加烦闷焦躁。早在迁都会议之前就接连发生过几起骚乱，当时为了防止事态进一步扩大，裴矩曾以利来安抚过骁果军——帮助他们迎娶江都女子，就地安家。

不得不说，裴矩虽说直率，但在审时度势方面有两把刷子。在这些光棍成家后，还真安分了好一段时间。然而这次的情况可不是缓兵之计能解决的了，当迁都的消息传至军中后，骁果军一片哗然，士兵们群情激愤。压抑许久的思乡之情，连带的对未来的恐惧与失望全部迸发出来，任谁也不能再压得住了。

虎贲郎将司马德戡总领江都骁果军，他听到风声后，选择先按下不表，只叫人在军中暗查舆论。之后，他叫来跟他关系好的武贲郎将元礼、直阁裴虔通，试图集思广益，想个法子来解决此事。

司马德戡叹息一声，道："听说圣人要迁都后，军中躁动得很！大伙现在都打算跑路回家，我该怎么办呢？"

"我本来打算直接上报，又害怕圣人怪罪下来我也活不了；但要是瞒下不上报的话，之后要是事发了，我应该还是逃不过族灭的下场。"

元礼干笑了声："事到如今，就是向圣人请罪，恐怕还是讨不了好的。"

司马德戡直勾勾地看着元礼："哪有能包得住火的纸呢？一旦事发了，我这全族几十口人恐怕都得人头落地了！"

裴虔通接话："我跟随圣人很久了，圣人还是晋王时，我就入府为他做事。以我对圣人的了解，真出了事，他一定会怪到你身上。"

"是啊，先前关内消息传来，说是李孝常在华阴反叛。圣人一听就囚了他的两个弟弟。我们这些人又算得了什么呢？"

裴虔通与元礼齐齐拱手："将军，您是我们的统帅，该怎么办还是请您来决定吧，我们现在都是一根绳上的蚂蚱了。"

司马德戡沉吟了半晌："我手下的兄弟们是真的想回家。既然这样，不如我们顺势而为，再观后效？"

"你是想……把事闹大？"

"没错。事闹大了，我们才有活命的机会。"司马德戡沉声道。

这几位统一意见后，接下来便开始在军中煽风点火，试图进一步扩散迁都之事的影响。很快，骁果军中异变的消息就吸引了重量级的人物，有人循着味儿便来了。此人名叫宇文智及，是"大业五贵"之一的宇文述的三子。

许国公宇文述有三子：长子宇文化及、次子宇文智及、幼子宇文士及。作为宇文家的后代，宇文智及从小狂悖忤逆，仗着父亲的显要地位，与他的哥哥宇文化及屡次犯法，最终被厌烦的杨广贬为奴籍。一直到了宇文述死后，因为杨广感念宇文述生前的功绩，这二人才重新得用。他的兄长宇文化及如今授右屯卫将军，统领着驻扎在郭下的部队。而他自己现在任少监，也算得上是清贵闲职。

皇帝是孤独的，不论杨广本意如何，可这一番处理过后，落在宇文兄弟心中的，只剩下愤懑与怨毒。宇文智及从平日交好的虎牙郎将赵行枢、宇文家外甥勋侍杨士览处听到了骁果军中的动静后，心中大喜过望，他等的"鸡犬升天"的日子终于到了。

宇文智及让二人带着偷偷见了司马德戡，然后他与司马德戡约定，将说服兄长，于三月十五日举兵同叛。司马德戡的计划是，先掠夺一波财物后，再带骁果军北上奔逃。但到了最后关头，宇文智及突然说出了狂悖之语：

"我看现在群雄并起，正该是隋亡了。皇帝而已，谁做不是做呢？何不一起直接干票大的，成就帝王业？"

司马德戡被宇文智及所震撼，一时半会儿都没说话。宇文智及见有戏，又摇动三寸不烂之舌，说服了本就有反意的司马德戡。几人密谋一番后，宇文智及将消息带给了长兄宇文化及。乍听要谋逆，宇文化及十分惊惧。但很快，恐惧被欲望冲击，旧恨与诱惑来回荡涤，他心中也痒了起来。待到宇文智及说要推选他来做头领时，宇文化及再也忍不住了，他一口气答应下来，再没有丝毫的犹豫。

作乱之人矛头直指杨广，一场兵变夺权的阴谋，就在看似平静的水面下拟定了。

这些人之所以能聚在一起，还敢就叛乱一事达成一致，是因为他们早就对宫中的事情了如指掌。他们个个都是杨广心腹，个个都是杨广眷属，江都宫对他们而言就像一个筛子一样透风。

或许是杨广的帝王心术，也或许是他早就预料到了会有这一天，很久以前杨广就曾召集数百宫奴组建了一支宫廷卫队，由其专门负责自己贴身防卫工作。这支卫队由司宫魏氏来统领，号称给使。为了拉拢人心，杨广还专门给这些宫奴许配宫女，赠予财物，想让他们死心塌地为自己效劳。

江都宫分为宫城、东城，宫城为皇帝等所居，有门，夜间上锁以隔绝内外。可这世间的事儿往往是人心隔肚皮的。再好的制度，也得依靠着人来执行。谁承想这个司宫魏氏早就和宇文家扯上了关系。

这魏氏与宇文家的勾连究竟是从何而来呢？三兄弟之一的鸿胪少卿宇文士及，他承蒙父亲荫蔽，迎娶了杨广的女儿南阳公主。而他也经常借着妻子的关系，多次进宫看望皇帝皇后。当年宇文化及差点被杨广下令杀死，也是南阳公主出面才保全了他一条命。宇文家与魏氏的联系，便是在三兄弟后来与江都宫城多次熟识后建立的。

天子贴身的安防力量都被人渗透，兵变夺权的成功率自然大大增加。有这张底牌在，宇文化及、司马德戡等人当然敢于犯上作乱。

不过直至此时，这场叛乱仍然不是死局。

世上哪有密不透风的墙呢？外面这么大动静，宫城里面也人心惶惶。不知何处传来的消息言之凿凿，有忠实的宫女便来报信："虎贲郎将司马德戡要叛乱了！"

第一个宫女来的时候，萧皇后说："你赶快去告诉他吧。"

结果杨广听闻后，一阵羞怒，令人斩了这名宫女。

待到第二个宫女来报信的时候，萧皇后却说："告诉他只会害了你，还是别让圣人烦心了吧。"

萧皇后出身显赫，在作为大隋的皇后之前，是西梁世宗萧岿的女儿。即便抛开这层身份，她还是位文采出众的才女。而杨广与萧后的感情更当称恩隆好合，始终不渝。在杨广还是晋王的时候，西梁灭亡，他养她全家，为她家大大小小的事操心。而在两人联手成功继位后，杨广给了萧家无限荣光，萧后五服以内的男性全都加官晋爵，连她的堂姐妹们都封了夫人。

世事难料，谁又知道连苍天也会死呢？皇帝满心想着伟业，却一头扎进了不归的歧途。他越走越远，越走越远，终于，在连绵不绝的失败与痛苦中，选择了逃避。萧皇后从杨广放浪的外表下，抽丝剥茧，捕捉到了失意的良人，算得上琴瑟相和。为了良人，萧后还写了《述志赋》来勉励他，其中句句先贤，字字为善，一笔一画都是为了把良人拖离无尽的黑暗。

可杨广自己不愿醒来，他只是笑，对着镜子喃喃。

"这么好的一颗脑袋，会被谁砍下来呢？"

杨广认命了，他想人反正是要死的，也该轮到自己。今天，明天，再一天，直到最后一天。生死既已明了，大业其实儿戏。此时的杨广，只觉得分外的轻松。自己好比那舞台上指手画脚的拙劣伶人，登场片刻，也好歹要退下了。

皇帝都已经放弃了，皇后又能做什么呢？或许这就是萧皇后对自家良人最后的爱护。她情愿帮着维护住帝王那个梦，哪怕梦总归要醒的，哪怕梦终于要醒了。

萧皇后看着还跟平常一样簇拥进宫玩乐的下一代贵子们，看着司宫魏氏带着的那批更像凑数的给使，"天下事一朝至此，无可救也"，她想。

那杨广身边的这些股肱呢？他们能在这场叛乱中扶大厦于既倒吗？

裴蕴和虞世基二人，尽管他们的名声不好，尽管他们谗佞专权、结党营私、阴中他人、飞扬跋扈，等等等等，于天下人而言，他们是不折不扣的奸臣；但对杨广来说，他们是千妥万当的忠臣。实际上，君臣君臣，即便是奸臣，也是需要利用君所持的天下来满足欲望的。离开了天子，裴蕴、虞世基二人又算得了什么呢？

正因如此，他们尤为关注帝王的安危。在江都县令张惠绍来找裴蕴前，这位御史大夫就已经敏锐地察觉到了异常。

张惠绍开口道："司马德戡等人意图叛乱！"

裴蕴听到此话，心中便拿定了主意。他是准备好用一切办法来平息这场大祸的，为了先发制人，裴蕴甚至想到了矫诏！先把郭下的兵民交给荣国公来护儿指挥，之后快速扣下宇文化及等人，再让羽林军从西苑进宫保护杨广安全。

这个计划的核心环节是"矫诏"，当裴蕴把计划交给虞世基的时候，虞世基大吃一惊，然后理所应当地将计划停了下来。准确来说，虞世基并不是反对矫诏，因为他甚至没有将叛乱当作一回事。明明迁都是众望所归，哪会出这么大乱子呢？

另外，虞世基表示，还有一个理由：如果骁果军没有叛乱，他们却做了这件事，杨广还留得了他们吗？退一万步讲，即便真有叛乱，他们又通过矫诏成功平叛，那杨广就能容得下他们吗？

杨广能提出迁都，说明他真的老了，不再是那个年富力强的帝王了。近几年，他听不进任何逆耳的忠言：苏威建议先平乱再征辽，他令裴蕴告倒了苏威；李桐客痛陈迁都利害，他令御史逼辞了李桐客；宫女禀告外面可能要谋乱，他令人斩了宫女。

所以裴蕴宁愿选择矫诏，都不敢向杨广禀报实情。因为如果禀告实情，那倒霉的必然先是自己。虞世基呢？他与杨广相处得太久了，也太紧密了。正因了解杨广，他才更知道此事难违。叛军如果失败，这南隋的天下自是有他与裴蕴的一席之地；但若是叛军胜利了，他作为权臣必定没有任何幸存的可能。正因如此，他唯一能做的就是做好准备，一边准备接受最坏的结局，一边尽力保全弟弟虞世南。

此时还有能力阻止叛乱的，只剩宗室了。

燕王杨倓听说骁果军中的异动时已经是天色将晚了。他考虑到自己形单影只，叫来了千牛宇文皛和梁公萧钜，共同商议应对之策。二人都是他的好友，宇文皛是杨广的外甥，萧钜是萧皇后的外甥。他俩从小就被杨广接进宫中，跟着杨倓一起长大，是他完全信得过的人。

三个少年从小就很得杨广宠爱。又因为他们年纪小，不会惹杨广生气，所以讲话时也不用像朝臣一样有所顾忌。并且三人作为天子亲属，与天子一荣俱荣一损俱损，理当比谁都更要在意杨广的安危。

而摆在杨倓面前的首要问题就是，怎么把消息带进宫去？

走正常的程序肯定是行不通的，这样可能会打草惊蛇；托宫人把消息带回去也不行，谁知道他们是不是也是同党；杨倓思来想去，好像除了进宫面圣，把消息带给皇帝本人，再没有别的选择了。

那，如何进宫？

眼下天色已暗，循着往日规矩，他们不该再进宫。但权贵也有灵活的思路，宇文皛作为千牛备身——禁卫军的武官，出了个天马行空的主意。他告诉杨倓，之前巡查时，曾发现宫门旁边有一个水洞，因着没旁人发觉，也没上禀报修。岂不是天助我也？这个洞正好能用在现在火烧眉毛之刻！如果通过水洞潜入宫城，就可以尽可能地避开视线，直达内宫门口了。

三个少年开始了行动。起初，一切都很顺利。一行人趁着夜色钻进水洞，并没有打草惊蛇。他们顺利走到玄武门下，距离天子仅仅一步之遥。杨倓小心叩开大门，对开门的司宫道："孤有要事要见阿翁！"

司宫非常谨慎，盘问道："这么晚了，燕王要奏何事？"

看着面前的人，杨倓也不知道自己是否能相信他。他不敢告诉司宫实情，只能搪塞："孤突发恶疾，恐怕命不久矣。唯一心愿就是立刻见到耶耶！"

且不说这个理由多么冠冕堂皇，今晚司宫是不会放任何人进宫的。

"圣人不适，今晚拒见任何人。"门内的人看出杨倓来者不善，拒绝他们进来的请求。

天越来越黑，三个少年站在门外，不论再怎么着急，都找不到进宫的方法。无奈之下，杨倓三人只能先回去，祈祷今晚是个平安夜，等明天再找机会进宫。

明天？已经没有明天了！

杨倓一行刚走，很多双眼睛就盯上来了。他们还不知道，自己已经处于监视之中。

事已至此，已经没有人能阻止兵变了。

四、江都兵变

骁果军营中，司马德戡的计划已经进行到了最后环节。

密谈的阴谋已经是最后一个步骤，那就是散播假消息，引爆舆论——杨广准备了一个硕大的酒缸，里面有可供骁果全军畅饮的酒。

但这可不是犒劳大家的美酒，而是掺了毒的毒酒。杨广要在这极乐之宴上，毒死全部关中来的将士，跟那帮南人留在这里！

先不说这个消息有多么夸张，对于这帮游侠儿来说，消息本身也只是引爆自身情绪的工具。之前很多人都跑了，就他们留了下来，结果皇帝不光不抚恤他们，如今居然想把他们当耗材扔掉！这样的事，只需要有一个引线就够了，本身就是火药桶的骁果军旋即炸锅。

司马德戡要的就是这个效果，先把骁果军的怒火煽起来，到时机成熟时再为他所用——等宫城内应准备好的时候。

到了三月初十，大吉，宜政变。江都兵变正式拉开了帷幕。

这天是裴虔通值班的日子，司马德戡等的成熟时机到了，他要来一个里应外合。

他召集来全体骁果军吏，将叛乱的计划和盘托出："圣人是被身边的奸臣蒙蔽了，这才弃我们而去，你们说我们该怎么办？"

"怎么办？"

司马德戡放出大话，他要先下手为强，率领骁果军"清君侧"，然后带着骁果全军将士一同回家！

"好！"

经历了迁都和假消息的轮番冲击，军中早就人心惶惶，没人不想着北归。如今既然司马德戡给了承诺，军吏纷纷表示，唯司马大将军马首是瞻。

宫城那边，裴虔通的行动也很顺利。或许应该说，他压根就没有压力。在大殿防卫的是他的人，守城门的也是他的人，裴虔通只需要吩咐手下人，晚上关门的时候，别上锁就行了。

离动手的时间越来越近，不知是出于对杨广的敬畏，还是对失败的恐惧，裴虔通的心跳越来越快。好在今晚宫城中，除了燕王杨倓以外，并没有其他异常。

"燕王处理好了吗？"司宫魏氏催问。

"放心吧，尽在我们的掌控之中。"裴虔通回答。

三更到了，东城方向，天空骤亮。裴虔通看着冲天的火焰，听着嘈杂的人声，悬着的心终于放了下来，他知道司马德戡开始行动了。

这火光同样是给宫城外的人看的。宇文智及早已集结了千余人马，在看到东城发出的信号后，他们立马劫持了在外城巡夜的将士，然后麻利分散开来。宇文智及带人占领了所有的重要路口，开始在全城范围戒严。身着甲胄的兵士横刀立在各处门前，将百官与宗室堵在门内，禁止任何人外出活动。

骁果乱军走在无人的街上，远处仍在燃烧，整个江都都被映成了绯色。司马德戡与裴虔通会合后，将守门的卫兵尽数更换。为了尽快控制皇帝，他还将一队骑兵交给裴虔通，让他带这百余人入宫捉人。

裴虔通等人快马加鞭朝大殿驰去，迅即引起了内卫的注意。这些人可不像外头那些人，他们对杨广忠心耿耿，没有被司马德戡买通。也正因为这份忠诚，他们才配守在天子身边。内卫察觉到不对，立刻高呼——有乱党来袭！

宿卫将军独孤盛听到声响，赶紧带兵赶到这里，大声呵斥："吾看是什么人敢作乱！？"

见说话的是自己的熟人，裴虔通劝道："老将军，这不关您的事，您还是别挡路吧！"

"原来是你裴虔通啊。"独孤盛直接骂道，"什么狗屁不关我事！你深夜带兵擅闯皇宫，分明是要谋反！"

"老将军还请谨言慎行，莫要祸从口出。"

"裴虔通，你对得起陛下的栽培吗？"

"将军无须多言！"

"圣人还是晋王时，你我二人就是府中的侍卫……"

"不要再说了！"

"乱臣贼子！河东裴氏怎能出你这么一个鼠辈！"独孤盛继续怒骂："没有圣人，你能有今天吗？"

"来人！"

裴虔通一句话都答不出来，只能转过头去。他挥了挥手，手下的亲卫深吸一口气，朝独孤盛围去。

"哪怕天下人都反了，你裴虔通也没有脸造反！"

老将军站立着，挡在裴虔通面前，虽然后者人在马上，可气势上却被独孤盛彻底压垮。

当年同是王府的保护者，如今却变成了敌人。独孤盛挡在杨广前面，仍然护卫着天子，践行着诺言。而裴虔通却变成了乱臣贼子，而且是寡廉鲜耻到人人得而诛之的乱臣贼子。

独孤盛提起武器，怒目圆睁，没有任何退意！他身旁的壮士也没有任何退意！他们一边怒吼着，一边冲向数倍于己的敌人，血与铁交汇，火与剑交织，直到呼吸断绝时宿卫们仍然为天子卫戍着宫城。

在生命最后的时刻，独孤盛不是孤独的，还有人在他看不到的地方拔出了利剑。千牛独孤开远正带领数百殿内兵赶往玄武门，这里是离杨广最近的地方。

独孤开远在门外高喊：

"末将前来救驾！武器完备，足以破贼！"

门内没有任何回应。

"请陛下亲自临敌！"

还是没有任何回应。

独孤开远不是叛军，他不敢进门，只能等在门外。迟迟不见效忠的对象，独孤开远和军士越发紧张。他们开始担心天子是否已被乱党所害，在这种心理因素的作用下，一些人的血勇开始消散，心里打起了退堂鼓。

面前大门紧闭，身后却是刀光剑影。无数乱军朝他们围来，独孤开远身旁的军士见似已进入死路，立刻作鸟兽散。仅我一人，又能如何呢？独孤开远也被叛军缚住，眼睁睁看他们推开大门。他朝里望去，视线所及之处，竟然无一人看守。

这里本应有场血战发生，杨广把最勇猛的几百宫奴安放于此，就是为了应对今晚的突发状况。但独孤开远分明看到，地上莫说连血都没有，甚而比往日还要干净。莫不是这些宫奴根本没有抵抗，早就化作鸟兽散了？

　　他们享受着优厚的待遇，本应提携玉龙为君死，现在却连个人影也找不到。独孤开远简直不敢相信，他惊得说不出话，倏地又大笑了起来。

　　其实，叛军并没有买通给使营，这些消失的宫奴只是被人支开了。有人给他们放了大假，让他们今晚都出了宫。假传圣旨的就是司宫魏氏！这个司宫魏氏不光糊弄了宫奴，就连杨广也被他糊弄过去了。

　　早前，司马德戡刚刚开始行动时，冲天的火光和人声已经引起了杨广的注意。今晚的种种异象，让他想起雁门之行，想起被突厥人围城的三十三天。此刻的直觉告诉他，外面应是当年的重演。杨广有些不安，但在听到司宫魏氏将这一切解释为草坊失火后，他沉默了。

　　杨广信吗？大概率不信。可他就是不想做什么了。直到叛军攻进城，外面一个自己人都没有了，杨广这才换了衣服，带着萧皇后前往西阁避难。

　　"人呢？"裴虔通问。

　　司宫魏氏指了指西边，然后二人合力，打开西阁大门，四处寻找天子的下落。混乱之中，一个女人走了出来，颤抖着朝一扇窗户指去，说不出完整的话来："陛下……这儿……"

　　天子就在眼前，叛军却有点迟疑，没人想做这种遗臭万年的勾当。校尉令狐行达见状，拔出佩刀直冲向前。

　　"你想杀我？"窗内传出一个声音。

　　令狐行达冲了进去，见说话的人正是天子，赶忙回答：

　　"臣不敢。"

　　杨广没有说话，只盯着令狐行达手中的刀。后者这才反应过来，讪笑着把刀收回去，将话题引到别处："臣只想奉圣人西还大兴。"

　　杨广还是没有说话，他默默将胳膊伸出去，示意令狐行达扶他下阁楼。下面被火照得很亮，虽然不如白昼，但足以让杨广看清他们的脸。他一个一个盯过去，视线最终停在裴虔通脸上。

　　"我认得你。"

裴虔通向天子行礼。

"你不是晋王府的旧部吗？"

听到晋王府三个字，裴虔通的表情复杂起来，这已经是他今晚第二次听到这个词了。跟他第一次听的时候一样，裴虔通喏喏连声，头都抬不起来。

见裴虔通没有回话，杨广又提高声音说道："既是旧部，何故谋反？"

天子当面说他谋反，裴虔通不敢不应答，他狡辩道："末将不敢谋反，末将恭奉圣人西还大兴。"

又是同样的说辞，杨广已不想再听。罢了罢了，就遂了他们的愿，由他们去吧。杨广不再多想，也不再多说。

听说裴虔通控制了杨广，外围的司马德戡顿感轻松。这是他第一次兵变，不得不说，过程真是相当刺激，但却比想象中要顺利得多。既然天子已经到手，现在就来完成收尾工作吧。

此刻在宫城外面，宇文化及和宇文智及已经布下天罗地网，亲卫们也已全部布置到位。江都城中，每条街道都有叛军，每个人都提心吊胆。大人物们只敢瑟缩在府邸中，在脑中飞速整理过去的经历，由此来判断自己会有什么下场。

晨光熹微，江都的屠杀开始了。

死亡是无差别的，但人面对死亡时，却各有各的反应。

燕王府中，杨倓、宇文晶和萧钜实际已经被控制住了。燕王很清楚，如果叛军的目标是阿翁，他们又岂会放过自己？因而，他下定了决心，万一叛军真对阿翁下了手，那他就学一回高贵乡公，带着手下这几十号人杀身成仁。

杨倓求死，是坦坦荡荡，是死得其所。可他的二叔——杨暕，却是糊里糊涂。作为杨广的嫡次子，他也曾备受宠爱。然而今时不同往日，他早已失宠多年了。对杨广来说，一个失宠的儿子，比敌人还要远。多年以来，二人心中几无父子之亲，只剩下猜忌与提防。

虽然杨暕从小一直被杨广带在身边，但他知道，杨广只是害怕他效仿自己犯上作乱，做史家笔下的第二个杨广。大隋有一个杨广就够了，杨广决不会容忍第二个他出现。正因如此，当杨暕看到叛军时，首先想到的竟是自己的阿耶……竟是天子派人来杀自己了！

讽刺的是，杨广看到叛军时，首先怀疑的居然也是杨暕。可怜如杨暕，赴死之前都不知道因何而死，他抱着自己的妃子，浑浑噩噩地走向死亡。宗室是一定要屠戮干净的，宇文化及只留下了杨浩——那位和他私交密切，还有一些利用价值的秦王。

生与死的轮回，成与败的辗转，欲望支配着生命，也收割着生命。在它面前，我们毫无招架之力，只能沦为私欲的奴仆。在这场血腥又荒谬的清洗中，唯一能让人欣慰的，大概是在旧生命凋落时，永远有新的生命正等待降生。譬如杨暕王妃腹中尚未出世的婴儿却没被牵连，也算是某种历史的安排。

江都兵变至此，已经完全变成了单方面的屠杀，叛军不光要杀宗室绝后患，还要拿朝臣的血立威。

裴蕴确信，这下真是死局了。这些年作为御史大夫，他得罪了太多的人。有多少人被自己下了狱，就有多少人想将自己下狱。他不是没有机会，可因为虞世基的反对，他没能先下手为强。裴蕴知道这是自己躲不开的劫，现在除了等死，他能做的，也只有怪一怪虞世基了。

当然了，虞世基也是逃不过一死的。骁果军最恨的可能就是他。这其中既有新仇，又有旧恨。新的是前些天他主持提议的迁都，旧的是在当年雁门之围时，杨广留下的祸端。

当年被围雁门时，他曾向杨广提议以高官厚禄相许，重赏之下寻得勇夫来为天子开路。

杨广采纳了他的提议，终于在骁果军的英勇作战下逃了一劫。可返回东都后，杨广却翻脸不认人，矢口否认了诺言。将士们不敢怪天子，只将所有账都算在了虞世基这个大奸贼的身上。而如今，这些愤恨也将发泄在他身上。

对此终局，虞世基本人是毫不意外的。他和他的儿子都做好了为帝王、为大隋殉葬的准备。他的弟弟虞世南也不怕死，在面对宇文化及的人和刀时，已近六旬的虞世南抛掉士人的尊严，恳求这个篡逆的小辈，能否让他替兄长赴死。

宇文化及没有答应。对宇文化及的这个回答，兄弟俩有不同的反应：虞世南知道已经没法再救兄长，只能抱住兄长大哭。将死的虞世基却心安了，他从宇文化及的话中听出，虞世南可以保住性命了。

他向弟弟作了最后的祝福与诀别。自己身后是留不下什么好名声了，但如今殉了大业，葬身天子旁，也算是死而无悔。只希望弟弟日后能遇到真正的雄主，能够堂堂正正配葬太庙。若是真能如此，他在九泉下也可以含笑了。

裴矩当然也做好了赴死的准备。因为他跟裴蕴、虞世南一样，是杨广的近臣。裴矩走出门去，刚好碰见了宇文化及，他向宇文化及行礼，问道："吾也要被杀吗？"

哪知道因为裴矩之前建议就地为骁果军士娶亲的事，这些将士们依旧记着他的好，纷纷喊着："不关裴黄门的事！"见士卒们都是这个反应，宇文化及当场许诺，保证不对他有危害，裴矩这才得以全身而退。

五、杨广的桃月初十

待到天彻底亮后，宇文化及才料理完外城的事。他望见一队骑兵从宫城而来，以为司马德戡也已经搞定了，心里又惊又喜。可听到这些人带来的消息后，宇文化及却笑不出来了——大隋天子还没处置。

宇文化及是不想这样进宫的，他浑身颤抖着，说不出话来。他心里明明渴望得很，却又畏惧弑君的恶名，畏惧杨广积年的威势，期待别人把一切都打理好。他巴不得杨广死，却又不敢亲自去面对。

司马德戡的意思很明确，你宇文化及是大将军，当然可以坐享其成。但唯独处置天子这件事，宇文家不能将自己择出去。想得到骁果军的支持，宇文化及也得进宫，也得亲自从泥潭里走上一遭。

宇文化及拗不过，只能被人护送着走上进宫之路。他还未做好心理准备，还不适应他人的吹捧，此时只觉得难堪。每每瞅到参见的人，宇文化及就赶紧垂下头，把身子侧向另一边，避免与之对视。他畏缩于权力的刺，恐惧被扎一身的血；又贪婪于权力的蜜，恨不得马上将其拥揽入怀。

走了许久，宇文化及终于到了宫城门前，司马德戡早就等在这里了。他殷勤地为宇文化及引路，一口一个丞相地称呼他。宇文化及没有好脸色，嘴上直埋怨他。司马德戡听了也不狡辩，只领着宇文化及向前走。一直走到殿上，两个人才停下脚步。

经过一夜惊魂，宫中的人很少，只有那些已经叛变的官员早早候在那里。这些人看热闹不嫌事大，都在等这场政变的最后一幕上演。

另外一边，裴虔通假意劝谏，口称请陛下亲自出面慰劳百官，实则是在把杨广引上末路。他一只手为杨广牵马，另一只手攥着刀不放，这些杨广都看在眼里。

"朕的卫兵呢？怎么都是些生面孔？"杨广开口问道。

"都换了。"

"虞世基呢？"

"已经被枭首了。"

裴虔通将他带进大殿，宇文化及与司马德戡站在边上，刀刃都已经出了鞘。

"朕何以至此？"杨广又问。

叛军早就知道他会这么问，便撺掇封德彝大声细数杨广的罪过。

杨广听罢，并没有否认这些罪过。他知道自己负了百姓，但对朝堂上的这些人，杨广是不屑一顾的。"若是没有朕，汝等哪有今日的荣华富贵？汝等食君之禄，理应为君分忧，而今这般，倒是真叫朕晒笑。"

司马德戡回应道："怨恨陛下的可是全天下的人啊！"

杨广大笑数声，并不愿与之对话。他转过头，对着封德彝笑道："汝平日常自称士子。士子今日倒要做个贱奴的典范了。"

封德彝自知理亏，一句话都说不出来，只能羞红了脸退到后面去。赵王杨杲从没见过这种场面，被刀兵吓得号啕大哭。此时整个大殿除了小孩的哭声，什么都听不到了。

听到这哭声，裴虔通只觉得烦躁。作为一个粗人，裴虔通根本就不愿和杨广废话，他拿起手里的刀就向杨杲挥过去。手起刀落后，杨杲瞬间就没了声音，只给父亲留下一件沾满血的衣服。

帝王的黑色冕袍同样溅满了血，此刻的他孤独、虚弱，却高大，明明是个一刀即死的凡人，可身上的日月星辰依旧给了他神灵般的气势。杨广抱着他最爱的幼子，无言独望殿外，他的三辰大纛依旧随风飘扬。高悬的大纛上日月星辰俱在，身上的日月星辰正与其遥相呼应。

见裴虔通开了第一刀，其他叛军也拔出刀朝杨广围了上来，他们都想尽快给这场政变画一个句号。杨广抱着幼子的尸体，站挺了身子。他说，"天子自有天子的死法，怎可刀剑加身？"

见这些叛军愣在原地，杨广提高音量，又说："取鸩酒来！"

宇文化及不敢再耽搁，给了随行的校尉令狐行达一个眼神，示意他赶紧动手。"今时今日，我令狐行达也要名垂千史了！"他闭了闭眼，横下心来，如是想着。伴着令狐行达的号令，他身旁的二人上前，将杨广按在地上。他本人则解下白色的头巾，往前一纵，往下一滑，白色的链铐就套在了杨广的脖子上。

杨广明白了，作乱的人不光要缢死他，还要亲手绞杀了他的大业。令狐行达快速将头巾缠了一圈，然后攥紧拳头，把头巾用力向后扯去。杨广被人扼住咽喉，他的呼吸越发困难，眼睛也不由自主地瞪大。

在生命的最后时刻，杨广在找人，找他最放心不下的人——萧皇后。

杨广从前就想过自己的命运，约莫也就到这里了，为此他还命嫔妃们准备毒药，言称同赴死。但他也知道谁都会死，萧后总不会死。以她的威望，她的表侄萧铣，还有她的兄弟萧瑀，几乎所有的大势力都是以她为交集，围绕着她来，她又怎么会死呢？

杨广怕的不是萧皇后被叛军所杀，他甚至相信萧皇后甘愿与他同赴死，然而萧皇后终究不该与他同赴死。因为死总是简单的，自己死了倒是一了百了，但弥留之际，他还是担心萧后。永恒的悲痛从来都是要生者去承受。一想到这点，杨广瘫软的身躯又挣扎起来。

见杨广还没死，令狐行达勒得更紧了。他向后仰去，仿佛要用尽全部的力气一样。令狐行达将这个姿势保持了很久，直到杨广的身体早就不动弹了，令狐行达还在用力，好像生怕大隋帝王又活过来一样。

士为知己者死。忠于大业的不一定非是大业的臣子，也可以是前陈的臣子。

天子既已死，大业亦已亡。宇文化及得了百官的俯首，又终结了大隋的命脉。诸位大隋的忠臣都去了朝堂拜谒庆祝，以表示昏君当灭，仁君当立。可许善心并没有受此折辱。

自古文人多误国，可许善心哪有误国的本事。他随着父亲修了半辈子《梁史》，又在门下省做了半辈子官员。他起初只是南陈朝堂一位修史的学者，文帝灭陈之后他一度衰服号哭，杨坚看他忠君，没犯什么过错，才又让他在门下省做了一位闲杂官员。

当宇文化及弑君称相的消息传来时，许善心身着紫色戎袍，系着九环深红色腰带，正红色纱衣遮蔽在膝盖之上，着白袜黑靴正襟危坐。骁果军的许弘仁是许善心侄子，他进了院门便急匆匆地劝：

"叔父，杨广已经死了，世界上的事都是有头有尾的，隋朝的皇帝又和您有什么关系呢？就像当年南陈一样，我们该接受新的常态才是。"

许善心须发怒张："你这狗杀才！前朝亡的时候我就该死了，苟活到现在居然养出来了你这么一个杀才！先帝认同我的才学，给了我这等富贵，难道我有脸去尊宇文这种裂冠毁冕的枭獍凶魁为主吗？这怎么对得起我读的这些书？这怎么对得起你读的那些书？！"

他缓了一口气，又说："我早该死了，古人说士为知己者死，陈炀帝死的时候我早就该死了，枉活到现在已经是天大的福源了。"

"弘仁，延族还小，你和他一起长大的，保下他吧。"

许弘仁泣不成声："叔父，何必为了那样的鸟天子赴死啊？大母年纪大了，您也正是享受天伦的时候，何苦为了这种事儿付出性命的代价啊！"

"休得再说！此事我主意已定，你走吧！"

不久，宇文化及的人来到家中把许善心抓到了朝堂上。许善心不按朝见的礼仪，更视宇文化及为无物，在朝堂歌了一曲当年他写给文帝的《神雀颂》。君以此始，必以此终。在南陈写书的许善心不会想到自己会为隋廷尽忠而死，而开皇年间歌志的许善心也不会想到盛世光景竟会幻灭于大业。

骁果军的折冲郎将沈光亦是士。杨广北伐高句丽时他应征入伍，战场上总是骁勇异常。杨广看重他，时常与他分享皇帝的便衣与御膳，称得上皇恩浩荡。这样的人，又怎么能甘愿做叛贼？裴虔通这种天地不容、人神共愤的蛇豕丑类，在这世间毕竟是不多见的。

沈光说他言不谙典，更是愚昧懵懂。他算不明白谁对谁错，也不清楚事何以至此。不过他知道的，所践行的，满心满肺的都是先生们与阿耶阿娘的教诲。"国士遇我，国士报之。"粗野闲汉，少了许多弯弯绕，要不是圣人擢用，只怕早成了游侠闲汉，哪有今日光景？礼义廉耻，忠君爱国，君已死，用命来掀起点波涛亦不需思忖。

输如何，赢又如何？他与诸位同僚发愿，联合起来，准备为杨广献上最后一个祭品——宇文化及的首级。江都早就成了宇文化及的囊中之物，怎会有走不漏的风声呢？宇文化及当然获得了消息，也当然提前离开御营准备了反制。

大抵沈光从未想过真的胜利，他们的选择也大抵只是殉君。死有何惧？骨头和精神被打断了，才是真的可怖。难道为仇人做事？难道把仇恨埋藏？站着死，也好过跪着生。沈光带着几百部将与往日同袍们血流到了天明，直到全军覆没，直到最后一个骁果儿郎头被割了下来，也没一人投降。杨广多半不记得有这么一个部将，他沈光也只是众位骁果军吏中的一位。这点沈光知道，可他还是做出了选择。

人之所以贵于禽兽，以有仁爱，知相敬事也。我沈光堂堂正正，守的是众口铄金的礼，要的是良心安定，死，何惧哉？沈光怒吼着，嗤笑着，踏入了他的尽头。

万事皆休，宇文化及转军北上。

大业已了，杨广已崩。

可大业究竟是什么呢？大业是大一统的理想，是万国来朝的期望，是"流波将月去，潮水带星来"的千秋万代的远望，也是在经历了三百年纷乱后中原人民共同的愿景。

大业年间，杨广广泛任用崤山以东和淮河以南的世家人士。在五胡乱华后的几百年间，这些家族借据地理、人力、家学渊源保全了自身。在地方上，这些世家子弟是不亚于皇帝的存在，在朝堂中，他们也依托家族力量迅速适应官场环境，以至于风头四起，帮派横立。

世家是把好刀，不仅锋利，而且拿过来就能用。但它同样是把双刃刀，反过来也有可能危及皇权。对此，杨广与他的父亲实际深有忌惮。登基后，杨广一直试图解决这个问题，他将上柱国以下勋官改为大夫，设立进士科，募民为骁果，还把骁果等军队的指挥权分给亲信掌握，并尝试将政治中心转移到江都。

这些决策都是为了打破垄断的格局，然而这一切都操之过急，不光丝毫没有解决问题，还让一直潜在隐蔽的矛盾迸发出来，使渐趋平静的离心因素又激荡起来。也许这时候，杨广就该停了，可是他却偏不信命，他又将矛盾转移，连续发动了三次对外战争。

三征高句丽几无所获，连年的征战也彻底冲垮了社会结构，小农经济社会中，农民们最为广泛和重要的追求——"内无怨女，外无旷夫"，也化作梦幻泡影了。

在古代的帝王中，杨广绝不是最坏的。单论其政治生命，他显然并不比其他皇帝更为暴虐。大运河和东都的修建诚然是劳民伤财，但在开皇伟业的背景下，在中央朝廷的算盘中，理应也是在大隋所能承担的范围内。他很有才能，很适合巩固父亲开创的一统基业，而他在执政时也有着雄心。可坏就坏在，守成不成，进取不能。大隋就像是一个精密的系统，在高速运转下，杨广不但没有为之润滑，还又添了一把力。在疯狂的外战和旋涡的内耗中，杨广只看到了理想，无视人民最广泛的需求。他眼里总是那些四世三公，可忘记了被强行征走的大片荒田，忘记了谁才是大隋真正的天。江都之变不过是一场戏剧的结尾，戏剧的开端早就藏在了皇帝高于顶的视线里。

如果说李渊晋阳（今山西省太原市）起兵攻陷大兴是统治集团内部分崩离析的标志的话，那么"江都之变"则给苟延残喘的中央政权最后一击。

古人云："天道有常，不为尧存，不为桀亡。"好战必亡，杨广三次大征打干了开皇留下的遗产；忘战必危，杨广对平民百姓的漠视，则直接导致了社会的彻底撕裂。

东风吹梦到长安，且去长安看看吧。

第一章

长安万安

一、中年李渊的烦恼

大业十四年（618），同是义宁二年，三月，大兴。一则情报传至唐王府中。

"薛举、梁师都将连兵突厥，谋取大兴。"

这着实给李渊出了道大难题。这两个人没有一个善茬，早在大隋江山尚且稳固的时候，二人就让隋廷如芒在背。

薛举虽在金城（今甘肃省兰州市）发迹，但他本人出身大名鼎鼎的河东薛氏。薛举这支由父辈始从河东迁到河西，在金城府扎下根后，仰仗着河东薛氏的名声，很快就枝繁叶茂。

帝国边境从不缺豪杰，豪杰却总是气短于钱。可薛举不一样，他长得魁梧，骁勇善射，更重要的是，薛举还继承了父辈的财势。金城距大兴、洛阳极远，趁着中央大权旁落，薛举很快便笼络了一批豪勇。

大业十三年（617），时任金城府校尉的薛举见天下大乱，顺势起兵，率先占领陇西，成虎踞西北之势。尽管彼时他只占有神州一隅，但这仍给了他极大的信心。中原各地豪杰并起，群雄逐鹿，薛举只觉形势一片大好。虽然没有李渊的家学，也没有杨姓的正统，但他可以先造一个正统出来啊。念至此处，他随即早早改元，自称西秦霸王。

梁师都则不一样，他乃朔方豪族，杀了朔方郡丞反隋，自称大宰相。他的势力主要分布在河套平原，那里跟大兴离得很近。梁师都知道自己与大兴实力相差之巨，所以更需借力打力。那么朔方、延安、河套，北边哪里才有能借的势呢？梁师都蓦然回头，忽然发现了一个庞大的帝国——突厥。

正所谓背靠突厥好乘凉，尽管梁师都这边一样抢先僭越即皇帝位，号称梁国，然而跟薛举不同，他除了坐着皇帝的位子，头上还顶着

"大度毗伽可汗"的称号。那是突厥语"解事天子"的意思，是突厥始毕可汗给他的馈赠。

在突厥建制中，梁师都是始毕可汗分封的小可汗。在中原秩序下，他又是矗立边疆的割据政权。这般定位，足以让他两头通吃。既能对中原卖一个为国守门的名声，又能给突厥树一面入主中原的旗帜。左右逢源，一身两头，这种人随处可见，除非一方彻底胜利，否则他们怎么都能骗到汤喝。

在梁师都的城头，一面狼头大纛正随风狂舞。那是始毕可汗赠予他的旗帜，所有看见它的人都知道，无论中原还是草原，他梁师都永远都是贵人。

薛举称帝后，用的就是与北修好、向西扩张、向东进取的战略。北面修好，暗联梁师都、突厥，约法三章，以中原的锦绣财富作三方共同利益，算是纸面盟友。那西面呢？

大业十三年（617）七月，薛举试图越过黄河西取西域，结果边疆从来彪悍，河西的地方豪族们推举出来了个河西大凉王——李轨。渡河渡河，天地从不偏向于某一方，黄河做了双方共同的盾牌。薛举尝试了数次，进军了几次河西，在全都无果后只得放弃西扩的计划。

那就只能南取！西秦霸王押上一切筹码，带着身家老小，径直南取。他派出他的太子薛仁杲去攻克秦州（今甘肃省天水市）。一拿到秦州，就立马着手迁都之事，将大本营搬了过去。这时西秦政权如日中天，收编完附近郡县的军队后，薛举直接对外宣称有三十万大军，随时都可以进军关中。西边有天堑不行，东边的大兴？西秦大刀下的一块鱼肉罢了。

彼时李渊刚从晋阳南下，屁股还没坐稳，就听到薛举这边在打大兴的主意。泥菩萨也有三分火气，不发火看起来真把人当泥塑的了！李渊怒从心头起，直接派出次子李世民，誓要让这西秦伪帝知道什么才是正规军。

由此，唐秦两国在扶风县碰了一碰，展开了初次交锋。李世民夹带着父亲的怒火，亲自上阵，率军大破薛仁杲，一路把秦军追到陇山才班师回朝。

猛烈的东风自大兴刮来，吹得秦军打了个趔趄。薛举只能暂时搁置了东出计划，但他却也有了新的想法：既然单打独斗吃了瘪，不如就此挑选一位盟友吧。就这样，薛举选择与梁师都联合，又暗中与突厥联兵，纵横河陇，试图再度染指大兴。

薛举、梁师都之能，唐王府上下皆知。这次他们之所以能互相勾结，一定是有一方做了二者的共友。是谁呢？还能是谁呢，只能是突厥！

李渊最为头疼的地方出现了，因为现在的突厥，姑且还算是李渊名义上的盟友。既是盟友，就不好撕破脸，尤其自己尚立足不稳之际。

"薛举……梁师都……"李渊长吸一口气，搓了一把胡须，皱起了眉头。进驻大兴以来，李渊第一次感到了莫大的压力。上次像这样让他难安的，还是那历时半年的攻取大兴之路。

大业十三年（617）七月，李渊发布檄文反隋，正式从晋阳统兵直取大兴。正所谓"李氏当兴，继起为王"，大军主力跟着这句民谣沿汾水一路南下，直到遭遇了第一道难关——霍邑。唯有攻下此城，天堑才能成通途，才能凿出向关中进军的道路。

霍邑这关难在敌军又多又精，隋虎牙郎将宋老生与他的两万劲旅驻守于此。李渊不想一开始便硬碰硬磕断门牙，决意用计拔掉这枚钉子。他先令李建成与李世民分兵去叫阵，遣他们轻骑诱隋军出战，后又亲率大军在城外埋伏。这招"引蛇出洞"很快奏效，唐军通过两面夹击，先夺了城门，后斩了宋老生，最终在日落前入主霍邑。

关关难过关关过，霍邑之后李渊继续率军南下，一路占临汾，攻绛郡，可算在中秋前后到了龙门。眼看见了黄河，李渊便遇到了他的又一道难关：河东城——屈突通与骁果军驻守的铜墙铁壁。

河东城（今山西省运城市）依山面河，地处黄河东岸，稍微往南就是潼关。它历史悠久，相传舜当年曾定都于此，可见在太古时期这里就地位显赫，是我泱泱华夏的中心之地。时至今日，我们仍能一睹蒲州古城的遗址。只不过往事越千年，隋朝的河东已然变成了如今的山西。

屈突通与先前的霍邑守将完全不在一个等级，他是杨广钦封的关内讨捕大使，实为关中隋廷的压舱石。屈突通若非名帅，杨广又怎会在南下江都前特命他做大兴留守呢？

河东城这关，难在博弈。李渊与屈突通大营相距仅五十余里，双方都有快速打击对方的武力。两两对峙之下，李渊不敢轻易渡河，屈突通亦只能据守，二者都不敢轻易出兵。

前面有恁的个强敌，渡与不渡，就成了个两难的选择。渡河，大兴近在眼前，但恐怕被河东闹个腹背受敌；不渡河，河东迟迟拿不下，李渊又如何等得起呢？毕竟做的是掉脑袋的买卖，等一天就多了一天的不确定性。

他攥了攥拳，决定赌它一把。他令其余兵力先行渡河，而自己则暂且维持住表面上对屈突通的压力。李渊的思路是，万一屈突通出兵骚扰渡河部队，他不仅要施以还击，还要分兵进取河东，断其后路，逼得屈突通进退维谷。兵法，说得再多也不如实践。围魏救赵的法子只要用得好，总是有奇效。

李渊的策略奏效了，在没有与屈突通大军大规模开战的前提下，大军最终分批越过了黄河。成功进入关中地区后，李渊又打了个时间差，顺手关上了屈突通西进的大门——潼关。

自古以来，守关中者必守潼关，潼关失则关中门户大开。李渊深谙这点，因此一过了河，就先派兵前去扼住潼关。这是个重大而艰巨的任务，必须趁着屈突通回转不及才行。为此李渊先委任了长子李建成做总管，又找了个绝不出错的人——刚从突厥说和回来的刘文静。这二人带着数万人一路向东，扎在了永丰仓，据守住了潼关。

时间已经到了十月，出兵百余日，大军终于在泾阳会师。李渊三女李娘子率着她散尽家财而募集的七万"娘子军"就驻在此地，并且断断续续地，李渊其他各路亲戚招的义军也都会合得差不多了。两支军队一相逢，顿时声势大涨，号称二十万大军。

李渊令李建成率一队永丰仓精兵西进长乐宫，又令李世民所部屯兵于秦阿房宫故址。取得大兴此等盛事，岂能没有长子次子？此刻，大军已然将大兴包成了馅儿，只等最高决策者来将其一口下肚了。

十月初四，李渊抵达大兴。诸军皆集，群贤毕至，与起兵之初的数万兵力相比，这会儿的人马已是万马千军，唐国公已经赢得了关中广泛的支持。依附他的不光有关中的军事豪族，更有不胜枚举的当地义军领袖。只要拿下大兴，他就是这片天地新的盟主。

十月十四，李渊围城。围了十数天，李渊正式开始了大兴攻城战，并在寒冬到来之前入主了大兴。

转眼四个月过去了，哪怕再次回忆起当初南取大兴的经历，李渊依旧心潮澎湃。在他五十岁知天命的时候，命运将所有礼物一揽子馈赠给他。

从大业十三年（617）七月到同年底，还不到五个月的光景，他就由唐公跃为唐王，由晋阳迁到大兴。现在的他，已不再是晋阳留守，而是大隋的丞相；而他所在的大殿，也不再是大兴宫的武德殿，而是他的相府。

跟随他的人也统统沾了光。李建成做了世子，李娘子封了平阳公主，李世民晋了秦国公。丞相府中，裴寂做了长史，刘文静则成了司马。

李建成……平阳……李世民……好巧不巧，他们三人现在居然都不在大兴，无法帮助父亲解决燃眉之急。

裴寂……刘文静……这两个人倒还在。想到这两人的名字，李渊顺了顺被搓乱的胡须，吩咐左右道："快找裴卿、刘卿来，我有要事相商。"

二、刘文静与突厥人

一收到李渊的召唤，众位贤才都急忙赶来。刘文静刚到武德殿，他环视一圈，就发现了一个陌生的熟人——屈突通。

去年年底他在潼关为李渊义军守门，与屈突通相对峙。屈突通浪潮般的冲击差点将刘文静的营栅冲垮，刘文静本人也一度在混乱之际遭遇险境。要不是刘文静身先士卒，死战不退，最终在屈突通部三而竭后凝聚全军之力发起了反戈一击，关中可就不稳了。

不过历史没有如果，哪怕屈突通乃当世名将，为扶大隋江山不惮于粉身碎骨，可穷其一人之力，终归是无济于扭转历史的洪流，只得败下阵来被刘文静所俘。

毋庸置疑，虽然兵败被俘，但屈突通完全是对得起杨广的。面对南下的李渊，他先力保河东不失；为盘活关中困局，他又反攻潼关直至力竭。最后，尽管关中已失，他想的依旧是投奔东都；纵使众叛亲离，长子和部下纷纷投降，屈突通也忠诚到了刀兵加身的最后一刻。

这等忠臣良将，李渊怎能不爱？不说屈突通其人才也，其事也可以千金买马骨。随即，他下令释放屈突通，并授予其兵部尚书一职，同时加封蒋国公，位列九卿之重，爵有国公之高。因此，屈突通才出现在了今天这个场合。

面对屈突通这个人，刘文静心中是有敬意的。汉高祖曾言，"安得猛士兮守四方"，刘文静对屈突通便是如此。不仅是一种对英杰的本能好感，还是对自身功绩的客观肯定。

虽是如此，刘文静此刻也没有和屈突通寒暄的工夫，因为新的麻烦还在等着他们——薛举和梁师都。这两个人可不像屈突通还有朝廷大员的英雄气概，俩反贼可是起初就提着脑袋做买卖的，没一个省油的灯。

"又是突厥!？"比起薛、梁二人，显然大家对突厥的掺和更为惊惧。

裴寂率先发出疑问："先前晋阳起兵时，刘司马不是已经出使过突厥吗？臣记得刘司马不是说已经从始毕可汗那里得到默许和支持了吗？"

众人的目光都转到刘文静身上。

"的确，自臣出使突厥之后，始毕可汗确实已与丞相结盟。"

是的，身为李渊的左膀右臂，为了给晋阳起兵扫清后顾之忧，刘文静曾经远赴突厥游说始毕可汗。那次游说是去年的事了，要厘清其中的脉络，还得从更早的时候说起。

故事的最开始，还是晋阳。彼时刘文静还为晋阳令，裴寂为晋阳宫副监，他们都与现在的身份相去甚远。二人既是同龄，又都在晋阳身居高位。所以在晋阳共事时期，二人就结为好友。那时天下大乱，旧事物日渐式微，已呈毁冠裂冕之势。与此同时，新事物不断涌现，意欲在乱世一展抱负。

刘、裴二人当然也有雄心壮志，他们时常立在城头，纵览时政局势。然而作为帝国北境的边缘官员，不说人微言轻，也算得上是无足轻重。身处中央的大人物哪有目光来施舍给他们呢？

某日，刘文静又与裴寂同在城头漫步，不知不觉就聊到了日落西山。晋阳城头业已燃起烽火，火焰与浓烟连着天，金黄色的光在黑暗中跳动，照亮了二人的脸。

"裴兄。"刘文静的眼睛被火映得发亮，"你说大兴和东都城头的烽火，和晋阳相比如何呢？"

裴寂知道话里的深意，他笑叹一声："刘兄，再亮与你我二人何干啊？"

"刘兄。"裴寂接着说，"你我二人活在这乱离之世，大概配得上'卑贱之极，家道屡空'八个字吧？"

刘文静沉默下来，若有所思。烽火虽在黑暗中摇摆，但其是催着向前的符号，即使身如天地浮萍，但总还需要向着希望。

"我倒觉得'世途如此，时事可知'这八个字才更符合我们啊。"

"刘兄，此话怎讲？"

"你我二人志趣投合，胸怀大志，何必日夜忧虑，轻贱自己呢？"刘文静开口道，"裴兄，只要符合时势，定有成事之日啊。"

可能"卑贱"二字太过于寡淡，让人忘记了刘文静仪同三司，而裴寂亦是河东裴氏之子。或者说，只有庙堂之上，三公之中，才不算微末？

时运可以一直顺遂，也可以一直不济，但事物总是螺旋式发展的。对刘文静来讲，他的大业十三年，就因为卷入了时代旋涡而进入了螺旋上升期。

大业十三年（617）初，唐国公李渊出任晋阳留守。在这位新来的军事贵族身上，刘、裴二人都看到了建功立业的希望。不过，既然是螺旋上升，自然不会事事如意。命运在此刻与刘文静开起了玩笑，因为他与造反的李密之间的姻亲关系，刘文静被人投进了晋阳郡狱中。

虽然被关在狱中，刘县令却是不怎么担心自己的安危。毕竟大隋既倒，晋阳若是在乱世中保全，无论如何也少不了他。等着等着，他等到了那个将彻底改变他人生的人——李世民。

李世民还未满二十，可经历已经是常人数辈都难以企及。世人常说天命，但王侯将相宁有种乎，绝大多数英雄人物也都是在磨砺中走上舞台的。宝剑锋从磨砺出，李世民不仅有着雄心，也有着经验。

狱中探监之前，李世民就已经与各地英杰结识，无论年龄，都为他所折服。而他此次暗访刘文静，也是极为大胆之举。虽然听起来探讨的是天下大势，实际上内含的却是举大计之事。

刘文静正襟危坐，他看到了命运的转折点。他先是沉思，后直接提出了自己的设想：

"如今圣人不明，何不废昏立明，匡扶隋室，入关效孟德前事？"

"君之言，正合吾意啊！"

李世民轩然。天知道，他等的就是这几个字！刘文静似只是说出这般见解，实际更是对唐王的投名状。从此之后，刘文静就进入了李世民"起兵"计划的核心决策圈中。

这项绝密计划酝酿于各地星火燎原之际，比星火来得更猛烈。大业十三年（617），隋室的垮台几成定局，倘若不是皇帝尚在人世，恐怕江山早已分崩离析。在这样的时代背景下，不光是在晋阳城中，在所有体系尚存的地方，秩序还未倾颓的地方，都有人试图抓住时机，成就一方霸业。

时机已经出现，但欲成大事，光有李世民小团体可不够，还要唐公李渊拍板才行。李渊出身陇西李氏，正是关中陇山军事利益结合体的一员。在杨广孜孜不倦的打压下，这些"老长安"早有怨言。

不过，李渊一是杨广的表亲兄长，二则其人城府深厚，未曾露出过什么野心愤恨来。以此，在杨广发疯的背景下，李渊有了体面的扛起"匡扶大隋"旗帜的资格。

唐国公李渊，他不仅要承载得起官僚与地主对他的期许，还要负担起中央皇廷对他的注视。他的政治及军事经验足够让他成为义军领袖，他的部将甲士也足够让他席卷神州，他，其实也在等这个时机。因此，在晋阳起兵的事宜上，李渊虽不是首谋，却是众望所归的主谋，最终利益导向的集大者。

李家男儿齐心协力，为大事做最后的布局：李渊和李世民继续在晋阳拔钉子，确保后方干净；李建成在外结交英杰，继续拉拢各方势力。这一次，就连那个混账的李元吉都没掉链子。

依照刘文静等人的谋划，唐国公府将在确保粮草的基础之上，不断募兵增员。同时将向南与蒲山公李密修和，向北与突厥结好，最后一波起兵，直取大兴！

在这个计划当中，后勤和兵力还算好解决，晋阳是隋廷防御突厥的门户重镇，囤积有大量的兵力和物资。与李密关系也好处理，那是个吃软不吃硬的人，只要李渊自降身份，诚恳地修书一封，肯定能换来双方的和平。翻来覆去，最不好搞的就是北边的邻居——突厥！

其时突厥正是最盛之时，东到契丹，西到吐谷浑，高昌诸国尽数臣服其。能拉弓上马的战士号称百万，仿若阴云笼罩在大隋的北部。在那个年代，几乎所有的北方军阀，在举大计之前都必先与突厥保持好联络。最好能得到突厥的支持，在最次的情况下，至少也得让突厥保持中立。

毫无疑问，家门口的狼是最让人心急的。李渊对此十分头疼，他需要派一个人提前出使突厥。一来打好招呼别被突厥偷了家，二来争取搞好关系先虚与委蛇。

刘文静当仁不让，他一路向北，面见了突厥可汗始毕。唐国公府对刘文静有一条底线要求，在李渊起兵之时，突厥必须要保持中立。为了完成这个目标，不管代价如何，他只能先姑且答应。哪怕再怎么丧权辱国，诸如"事成之后，大兴的土地归唐公，而一切财宝所得，都将作为回礼，尽数进献给始毕可汗"，也得委曲求全。

脱离现实的理想是没有生命的。创业之初，唐公府众人奉行实用主义战略，对路径的选择百无禁忌，上下一心全都为成事。如果示软和妥协是必需的，那丢掉一些所谓"面子"，也无关紧要。

另则，在大隋尚未崩塌之际，突厥曾雌伏于其荣光之下。突厥可汗的可贺敦（可汗妻），正乃大隋宗室女，义成公主。李渊以匡扶隋室、横扫叛逆之名起兵，能得到宗室的背书，也算得上是师出有名，称得上是锦上添花。

刘文静这厢费尽口舌，唐公才成功得与突厥结好。既已解决了地缘问题，那么起兵之事也可以提上日程了。

等到大业十三年（617）七月初五，李渊正式起兵，号"志在尊隋"，他自称大将军，建大将军府。那时的裴、刘二人就平步青云，裴寂做了大将军府长史，刘文静当了大将军府司马。

言归正传，而今义宁二年（618）三月，晋阳起兵以来不到九个月，李渊与突厥人之间脆弱的联盟就再次变得摇摇欲坠。虽然始毕可汗维系自身的体面没有亲自发话，但是他的弟弟阿史那咄苾，也就是突厥的莫贺咄设却忍不住将手插进中原。

在古突厥汗国时代，存在着一种大、小可汗并立的采邑分国制度。一般为东南西北四方小可汗，国君称大可汗，兄终弟及，纷争不休。在启民可汗，也就是始毕可汗的父亲之后，为了保持权力的延续和国家政治的稳定，他使得称汗者只留大可汗一人，其他小可汗只称为"设"。而唯有主东面之设（或小可汗），才有权入继大统。

莫贺咄设乃是主西小可汗，他在五原设立牙帐，号称控弦百万，随时可以饮马中原。五原是河套平原腹地，历来都是草原和内陆冲突的边线。突厥人扼住了五原，正是为了与薛举和梁师都配合，打击李渊在关中的地位。

"人而无信，不知其可也！这群披发左衽的胡人，早该想到他们会是齐襄公般作风！"

刘文静倒不是很惊讶："突厥人只是表面上与我们结好，现在他们背地里和别人相勾结，也不是什么很稀奇的事。"

"得陇望蜀的人，最终将失去所有。"众人看向说话的人，发现屈突通耷拉着头，似是想起了什么。

"此事且按下不表，"裴寂眉毛皱成了一团，"眼下我军主力还在东都作战，一旦与薛、梁二匪短兵相接，就会陷入腹背受敌的境地哪！"

"为今之计，唯有效仿前事！再选一人出使突厥，晓之以理，动之以利，避过这锋芒，为我大军赚得安稳班师回朝啊！"

"诸位都言之有理，但是，这次哪位能为吾解忧呢？"

李渊问出了这个核心的问题。刘文静这次是不能去了，自李渊拜相之后，他已经是丞相府司马，加授光禄大夫，封鲁国公。不光事务繁忙，还身份高贵，到了他这个等级，一言一行已经代表着国家，不是能潜行的身份了。何况这次要见的不是可汗本人，就论地位，也应当派一个更符合职级的人去见他。

那该选谁呢？众人踊跃请缨，一番商度后，确定了一个人选——宇文歆。

宇文歆时任都水监，乃十二卿之一的光禄卿。再者因为他是北周宗室之后，早年间深得隋文帝赏识，继承了广陵郡公的爵位。多维考量下，他在身份条件上很符合出使突厥的要求。最终，李渊拍板确定宇文歆为使者。不过即便他拍了板，其实他的心里还是犯着嘀咕："这人能像刘文静一样靠谱吗？"

李渊之所以心中没底，全因为与会人员之中缺了两个他最信任的人：李建成和李世民。作为当世顶尖的父子创业团队，李渊事无巨细都会与他俩共同商议。但现在，李渊已经三个月没见过两位虎子了。

大业十四年（618）正月的时候，为了尝试谋取东都，李渊曾作出一项重要的人事安排：他任命李建成为抚宁大将军、东讨元帅，李世民为右元帅，兄弟二人统率十万大军奔赴东都。

现如今，西边后院起了火，东边却还没什么音信。李渊心中很是焦急，东都什么的先搁置一边，他目前只希望两位年轻的将军能尽快且平安地回来。

三、战争还是和平

大业年间，"李氏当为天子"的谶语广为流传，杨广一度因此诛杀了一个李氏门阀。当皇帝余怒未消环顾周围时，发现了李渊，他更是怒不可遏。要杀李渊肯定不行，一来是表兄弟，二来关陇贵族也不答应，因着这些理由，他将李渊贬到晋阳做了留守。到了大业十三年（617），天子失其鹿，九州大地上的群雄有两个姓李的，最有希望验证这句话。一者是李渊，另一个，就是李密。

在起义的道路上，这两个人选择的路线南辕北辙。李渊选择的是"金角银边"，虎踞西北，像当年的始皇帝一样横扫"六国"；李密选择的是"中心开花"，死磕中原，像当年的魏武帝一样整合"诸侯"。

两条路线在一开始倒是相安无事，一直到李渊占领关中前，他和李密都保持着亲切而又虚伪的体面。如果李密不插手中原的事，说不定二者的和平关系还能得到进一步的深化。可是没有如果，凡为起事，不论说本因本意是怎样，一旦被架上了战车，起了波澜，车夫只能把控方向，浪潮也只会不断地堆叠，而前面，仅剩两条路——帝王的冠冕与永堕的深渊。

大兴和东都是天下的轴心，是大隋的两颗心脏，也是朝廷统治天下的两个支点。它们不仅有不可替代的地理、军事意义，还一定程度上象征了政治本身。长期以来，无论是北方的野心家，还是南方的光复者，都将取得这两座城市视为自己的第二大目标——仅次于统一天下。

"天下正朔，受命于天，皇权永祚，既寿永昌。"谁能掌控大兴或东都，谁就是天下的半个正统；谁能兼有二者，谁就是华夏神州无可置疑的正统。

李渊现在已经有了一个，他不能接受，更不能容忍李密也有一个。李氏出天子，这个天子，只能是我李渊！

年初李建成与李世民从大兴誓师出发的时候，李渊对他们二人有无尽的期许。往大了说，不积跬步无以至千里，是问鼎中原的初次尝试；往小了说，不积小流无以成江海，也是为日后东出降低难度。此次东都之行，须得师出有名。正好，当时的东都正处于李密的围困之下，大军打出了为东都解围的旗号。

不过实际上就是虎视东都，为日后入主东都铺路。当然了，如果能借此一举拿下东都，固然是上中之上，但他们也没真抱有这种幻想。倒是打断李密的行动，不能让对方在争夺东都的环节上抢了先，才算是实在的目的，从这点来说，号称为东都解围也不算错。

此时的东都守军已如瓮中之鳖，战线都推进到了离城墙最近的地方。倘若没有其他力量的介入，或许很快，李密就能成为这座城市的新主人。在东都城外，有座专门负责防卫的堡垒，那便是金墉城。此城小则小矣，却十分坚固。最重要的是，它既是东都辅城，则与东都主城十分接近。几天前，金墉城还是隋军守城的地盘，但在李密的撕咬下，现在它已成了李密的囊中之物。这些，就是之所以李密是最大威胁的最好证明。

打从占据金墉城后，李密就命人修筑工事，驻扎营地。他要以金墉为长枪，刺进东都的心脏。光是物理上的攻势还不够，李密每天都令人在金墉城中擂鼓。震天的鼓声响彻了金墉，也传进了东都，守军听得一清二楚，鼓声煎熬着他们的斗志，瓦解着他们的信念。

鼓声号声喊杀声，守军们被折磨得夜不能寐，可陡然间，西门又有了新的动静。有人前来叫门，称有要事。守军们面面相觑，当下时节，大隋朝廷旁落，地方武装自顾不暇，莫不是圣人回来了？

当然不可能是杨广，杨广早就躲在江都不动弹了。叫门的，竟是唐国公派来招降的军候！唐国公的义军到东都已有些时日了，但除了一些小摩擦之外，他们与李密并没有什么实质性的对抗，甚至都没有正儿八经交战的机会。

见东都大门紧闭，李建成心想不如招降，一起对抗李密，既得了洛阳，又遏制了李密。城里的人守着一座孤城，现在见一个李密围城还不够，又来了一方势力，心中顿感一阵绝望。虽说此刻招降的这方看着慈眉善目的，可谁都知道说不定下一刻就会成为敌人。他们虽然没有直接回应招降的人，可雁过留声，对眼下缺粮缺物缺人的东都，来自城外的声音到底是拨动了一些弦。

"不若就先且与他们虚与委蛇吧？"

"兄长此言正是，也可为我们刺探些情报啊。"

有不少人偷偷联系义军，想为东都谋个好光景。牢固的堡垒出现了裂痕，李建成很是高兴。形势一片大好，李建成已经在考虑给大兴的喜报了。但这个时候，李世民站了出来。他提出了一个疑问：

"大将军，适才取东都自是易如反掌，可这取了下来，怎么守呢？"

"世民是担忧分兵？"

"知我者，兄长也。三军将士才平定关中，根基尚且不稳。若是现在取了东都，兵力势必分散，只怕饱受来回奔波之苦，两边成不了掎角啊！"

"此事我亦有所思量，然而此番东都唾手可得，却弃之不顾，未免太过可惜。"

"大将军，越王杨侗和他的主力还在东都，我方要是强取，还是免不了一场正面交战。大战过后，东都必然毁成土灰，你我成全了李密，倒留下了个恶名。"李世民又说，"东都迟早都要收复的，何必争于朝夕呢？"

中军大帐的火气来得快也去得快。众人渐渐冷静下来，算是通晓了这其中的利害之处。眼下一切，都得为了更长远的大计。

"世民，依你所见，接下来我军该如何是好呢？"

"撤军。"李世民胸有成竹，"我们得准备撤军了。"

"大军开拔数月，舟车劳顿，如若不战而退，只怕将士们不愿意啊！"

李世民拱了拱手："元帅无须担心，东都守将见我方骤退，定会前来追逐，届时再引军入瓮，岂不以逸待劳耶？"

计划已定，就剩执行了。越是能捏成一个拳头，使出来的力气越是大。对于新生的义军来说，他们就是那个紧握的拳头，从上到下军令通达，远比隋军来得顺畅高效。于是四月初四，义军便开拔回长安。大军行至东都西南，进入三王陵地界，相传是周朝景王、悼王、敬王的陵墓。李世民一见此地，便想到了五行之说。周朝五行属火，隋也是属火，说不得我定乱世野火，就在这天命之地。也是正好，三王陵地势陡峭，适逢其会，乃设伏的好地方。由此，李世民决议在三王陵埋下伏兵，静待东都守军出城追击。

过了才一会儿，义军斥候就瞅到了东都追兵的踪影，乍一看万余人的样子。等到他们全部进入埋伏圈中，三处伏兵同时出动。鼓声震天，马声嘶鸣，东都守军乍逢伏兵，因着强行军的步伐被打断，追兵们前惊后急，即刻乱作一团。战斗已经失去了悬念。带队的守将名段达，乃是东都高官，本是为了混份功勋而来，他哪承想原来是羊入了虎口？见唐军从好几个方向冲了出来，他当下方寸大乱，只得下令全军向东都撤退。追的时候任由你追，退可由不得你了！李建成当然没放过追击的机会，他痛打落水狗，一路将段达追到了东都城下，直到残余的守军都退入城中，才停下了步伐。

等到耀武扬威地彰显完，李建成命义军清点收获。此番大胜不但得了几千甲胄和战马，还彰显了义军的武力，再者还没因此落得逆贼的名声，一石多鸟，总算是给大伙来了针强心剂。出兵几个月，也算得上有个交代。清点完毕，义军踏上了回大兴的归程。

与此同时，大兴丞相府派出的使臣宇文歆也到了五原。宇文歆一路过去，突厥人无一不面色凶恶，目露凶光。宇文歆只觉得突厥营地连绵到了天边，一眼望过去，毡房比地上的青草还要多。而他怎么走，都走不到莫贺咄设的牙帐。

许久许久，宇文歆都认为自己可能要累死在路上的时候，终于到了牙帐前。

"将军，隋朝使臣到了。"

领头的突厥翻译向莫贺咄设的附离（突厥语：狼，为可汗亲卫）禀报后，附离示意宇文歆进去。

宇文歆步入牙帐中，作揖唱喏。

"你为何而来？"莫贺咄设先开了口。

"为将军的事而来。将军的事，就是突厥的利益，外臣为将军而来，也是为突厥的利益而来。"

"为朕的事？""放肆！"莫贺咄设暴喝一声，牙帐内的附离们瞬时拔出了剑，宇文歆的汗从鬓发下一滴滴地滑落，他实在不知有什么不对。

翻译急忙解释："将军息怒，宇文大人是唐王使臣，唐王曾与可汗有过协约。"

"哦？那你是李渊的人？"莫贺咄设漠然。

"外臣也可以代表大隋。"

"大隋？"

这两个字倒是出乎莫贺咄设意料。最近还有其他使者前来他帐中游说，可代表的要么是什么秦帝，要么是什么梁帝，这个人说他可以代表大隋，着实有点让人惊讶。

"敢问将军，是准备南下中原吧？"

"与尔等无关。"莫贺咄设有些惊异于李渊的情报效率，但表面上还是不动声色。

"唐王起兵前就曾与可汗修好，如今双方虽不是盟友，但其实超越了盟友。可贺敦是大隋公主，唐王又在大兴守护着隋室周全。将军不与唐王接好，反倒与亲友刀兵相见，只怕会让亲者痛，仇者快啊！"

莫贺咄设有些意外。这人利弊考虑周全，还能想到义成公主，言语间自己却落了下乘。

"我已在此地设下牙帐，勇士们像草原的狼一样，亮出了尖牙和利爪。没有猎物的血与肉，折返必不可能。说说你的条件，如果没有，就请回吧。"

"外臣出行前唐王曾许诺，将军想得到的，不出兵也能得到。"

"哦？"

"年前，唐王还在晋阳时，就曾向始毕可汗允诺，待到雄踞关中后，唐王只取地，所得财宝将尽献于突厥。"

莫贺咄设笑了笑，没说话。

宇文歆见有成效，赶忙接着说："可汗也好，将军也好，唐王的盟友可从来没有固定的限制啊。今后待唐王扎稳根基，不但能与将军成互助之谊，而且这草原之大，有了唐王相助，理该都是将军您的天下！将军，比起唐王这个盟友，不会有更好的选择了啊。"

"哈哈！"莫贺咄设大笑起来，"唐王可会言而有信？"

"外臣既可代表大隋，就以大隋之名起誓。唐王定当言而有信，外臣只请将军深思熟虑。"

"嗯。"莫贺咄设点了点头，"你还有什么要说的吗？"

"没有了。"

莫贺咄设原以为此次大兴来人，定是为了劝他与其合纵连横。没想到宇文歆只求他退还五原，除了陈述了几条出兵的弊端，许诺了退兵的好处，竟丝毫没有提薛、梁之事。莫不是现在的大隋还有北却强敌的能力？

"真没有了？"

"外臣，还想再见一人。"

"谁？"

"割利特勒张长逊。"

莫贺咄设点头应允："既然无事了，那等大隋诏令一到，我就履行契约。"

张长逊是五原的通守，五原榆林之地乃关中之咽喉，从来都是草原入关的门户。中原大乱后，张长逊为保一方平安，只能带着五原依附突厥。始毕也投桃报李，封他为割利特勒（突厥语：附属地方的最高长官）。

虽然都是为大隋守边疆，但张长逊和梁师都大不相同。梁师都有割据称帝的野心，为了这个不惜一切代价，张长逊更在乎平定祸乱，功成不必在他。因此，早在李渊从晋阳起兵时，他就和李渊保持了密切的联系。也正因为有张长逊在，李渊才能提前得知薛、梁二人的情报，说到底，倘若没有张长逊，这棋子怎么落，还未可知。

张长逊受够了牛羊和虱子，早就想回到关中了。甫一见到宇文歆，差点老泪纵横。但激动归激动，他还是担心莫贺咄设不会轻易将五原让还于大兴。

"您有把握吗？"张长逊紧握着宇文歆的手。

"先前倒是不敢肯定。"宇文歆面有喜色，"但依我所见，莫贺咄设也有争汗位的意思，只要他有利可图，事就无一不成矣。须知勠力同心，我们这也算是勠力同心了！"

"那就好，那就好！"

"不过要想事成，还需您配合做一出戏才行。"

"任凭使君差遣。"

"我此次前来，因着事发紧急，未曾带圣人诏书。出行前唐王令我随机应变，当下该传一份隋皇诏书，让莫贺咄设明白事情已无回旋余地，以此，才好万无一失。"

"好！"张长逊也答应得干脆，"危急存亡之时，一切都该以大事为主，使君所言极是，我这就安排！"

莫贺咄设拿到玉轴蚕丝的卷轴，心里顿感踏实了许多。即使有过雁门之围，但大隋帝国的身影在突厥人心里还是与天一样高。现在既然实惠已经落到了口袋，那什么秦帝梁帝，也没什么与之好说的了。

话分两头，对宇文歆来说，此行也可谓大获全胜。单凭空口的利益和伪造的诏书，他不仅说服莫贺咄设退兵五原，还带回了张长逊，化解了薛举和梁师都企图与突厥结盟的危机。

四、称帝！改元武德

大兴的风吹了出去又收了回来，四月廿四，李建成和李世民总算回到了大兴。

晋阳起兵至今不到一年，父子三人居然数月未见，李渊也有些感怀创业的艰难。现在东都打了胜仗，北边又解了难局，也算得上是坐稳了关中。值此之际，不若做一盛宴，既是为东征军接风洗尘，也是为群臣良将们安心定志。

"诸位，今天办的这场宴会，"李渊端起酒樽，"主要是为了两大喜事！"

席上众人也都一同端起羽觞。

"这第一喜，便是义军从东都乘胜而归！"

在李建成和李世民的东都之行中，不光在收官之时收获了战场上的胜利，得了甲胄和马匹，还在和东都李密两方的对峙中，火中取栗，夺了两处战略要地，得以新设了宜阳、新安两县，为下次东征打下了前哨站。

新安是西进东出的交通要冲，其县东更有天下名关函谷关。宜阳也是崤函南道的军事重镇，扎在这里，等于把持了东都的西面门户。两县前后牵连，不仅像楔子一样嵌进了东都的防御体系，还将大兴自身的防卫连为一体。等平定后方隐患后再度东征之时，大兴将牢牢把握住战争的主动权。

所以说，虽然没能拿下东都，但出征所求的战略目标都已实现。对李渊而言，实在可以算得上是一件喜事。

"这第二喜，要归功于宇文歆和诸公，全因各位勠力同心，才让那薛、梁二人的诡计阴谋没有得逞！"

说罢，李渊先往地上倒了些酒，为逝去者道了声敬意，后浅尝一口，笑称好酒，旋即，一饮而尽。

"谢丞相！"众人齐齐向李渊拱手敬酒。

这宴会是晋阳起兵以来，义军取得阶段性胜利的庆功宴，列席的人无不心情畅快，开怀喜乐。只是这接风宴开在四月底，算算时间，江都的风也是时候带着杨广的死讯吹至大兴了。不知道宴会上的众人得知杨广的死讯后，是否能多喝两杯呢？

宴会开至尽兴之处，席上之人难免吐露心声。

"丞相，臣有一事相求。"

"哦？"李渊显然有些醉了，"还有何事？"

"丞相，臣有大事相求。"

"说吧说吧，今天至乐哉，畅所欲言！"

"臣听闻太上皇遇弑，骁果逆贼已经北上，请丞相尽早定夺大事，以免夜长梦多啊！"

李渊没想到有人会在宴会上提到这事。的确，这席上的人应该都想知道，杨广已经死了，自己还要维持杨侑的帝位吗？还是说要效仿姨丈杨坚，受了宇文阐的禅位？或者更明确一点，自己什么时候准备受杨侑的禅让？

杨广是天子，天子之死对逐鹿的群雄而言，不可谓不是喜事。但杨广毕竟是天子，还是过去三百年来最风光的天子。他最终沦落到这么一个结局，又难堪又狼狈，毫无天子的尊严可言，李渊又会有什么感触。

"唉！我总是想起与阿弟玩耍的时候，那时候大家都在大兴城，姨丈亲手平定了乱世。"趁着酒劲，李渊不禁潸然泪下，"如今阿弟被人所害，我满心都是悲伤，哪有什么心情去想什么大事呢？"

裴寂站了起来，肃声道："丞相还请不要过于伤心，眼下天下大乱，丞相应承先帝之意，以平了乱世为先。代王称帝后一直郁郁不乐，原是欲让位于丞相，还天下太平。臣，斗胆，请丞相为了黎民百姓，登上至尊之位。"

"裴公！此事无须再议！"李渊正声。

见裴寂开始劝进，众位股肱也都跟着劝进起来。

"唉，诸公莫要强逼，此事还容我再考虑。"李渊推辞。

眼看李渊为难，李建成见机猛然而立，他端起了羽觞，遥遥拜了下李渊，大声道："建成拜贺阿耶！阿耶麾下有诸位贤臣，何愁不得天下呢？"

"建成倒是说得好。"李渊露出了笑意。裴寂等人听到李建成的这番话，心里同样欣喜。

"世民也要恭贺阿耶！"

"哦？你有什么新词吗？"

李世民端起酒樽道："阿耶，我听人说宇文化及那逆贼弑君后已经北上了。"

"这有何喜？"李渊不解。

"宇文化及北上，给东都解了围不说，还会让李密陷入腹背受敌之地。对我军来说，东出就可收得渔翁之利。"

宇文化及北上对于义军而言意义重大。尤其是在突厥这个威胁的衬托之下，骁果军搅局的意义就更大了。毕竟晋阳到关中这一线，至今都说不上牢固，时刻都面临着被人切断的风险。而大兴与突厥人的口头协议更是不可尽信，他们随时都有可能倒向任何一边。在这样的形势下，倘若没有宇文化及这个事件发生，义军必然要面临东西两线作战的窘境。而现在，宇文化及要来了。这将极大地减轻义军在东线的驻防压力，由此，义军就可以腾出手来，率先将西线的问题尽数解决。只要确保西北成为自家的后花园，率先立足于不败之地，接下来就可以大胆走后边的路了。一旦达成这个局面，义军完全可以效仿当年的汉高祖刘邦，从关中出兵，进而谋取整个天下。

"到时我方可以一军防御北方，一军沿水路直取南地。待到时机成熟，世民愿亲率一军从崤函道而出，将东都献与阿耶。"李世民结束了自己的分析，"世民恭贺阿耶入主东都，收复山河！"

"好！好！好！"李渊喜笑颜开，"我李家竟有如此虎子！好！"

这个刚刚二十岁的年轻人，竟然将天下大事尽装在胸中。听完李世民的分析，席上的众多重臣，如刘文静、李靖等，纷纷为之点头称道。他们在心中衡量着李世民的才能，这位李家的乳虎，再给他些时日，未来定能成为一代天骄。

"……起兵西北，势合乘干，我来自东，位当出震。至八井深水之图谶，堂堂李树之谣歌，固以备在人谣，无备而称者也……"

裴寂唱起了自己写的《劝进疏》，群臣都跟着附和。

李渊听着群臣劝进，看着李建成和李世民。两个年轻人一个心向大业，一个胸怀天下，他是又满意又放心。

看罢继承人，李渊又看向诸公。起兵一年来，每一位都是殚精竭虑，每一位都为大事立下了汗马功劳。此刻，从晋阳出来的大家，离当初的目标只有一步之遥。不光他想进一步，诸位股肱也都想跟进一步。

三揖三让也有，天时地利人和应有尽有，李渊最终下定了决心。他知道是时候改元称帝了。别的都暂且不论，国之草创，沿用前朝旧制也是常有之事，最重要的，是先即位，承大统。

五月二十日，李渊在太极殿即皇帝位，国号大唐，改元武德。

大典设在了大兴城南。他立了神坛，以燔柴祭告五方上帝，以太牢祭祀五湖四海，神坛腾腾燃起了火焰，撩拨起了阵阵微风。他站在典台之上，穿着杨广设计的十二章日月冕服，神色格外庄重。即位大典上还有一件重要的事，就是大兴城又重取回了长安的名号，此举既是在历史上掀起新篇章，亦代表着唐皇的期许：长治、久安。

在业已不存在的大业十四年（618），长安南的典礼只是众多登基仪式中的一个。

大隋的守旧者们拥立起了两个皇帝。杨侗在东都称帝，杨浩在江都称帝，在他们截然不同的登基典礼上，都有人相似地在台下鹰视狼顾。东都的那个叫王世充，江都的那个叫宇文化及。

更守旧的人走向了复辟的道路。南梁宣帝孙萧铣在东边称帝，他定都江陵，完全恢复了南梁的旧制，让一个消失两朝六十年的国家重新出现。

其他新生的势力当然也不少，如李密、窦建德等人，他们虽然尚未称帝，但在自己控制的范围内却也是说一不二的霸主。这些人四处撩拨起风，在华夏大地互相较量，到底谁才是天选的东风呢？

这个问题的答案，在当时还无人可知。

不过与同时代其他人相比，李渊的登基册文肯定是与众不同的。再往前倒推，跟过去几百年间，那些禅位登基的人，曹丕、司马炎等相比，李唐代隋的性质也是截然不同的。

李渊的诏书中，有这样一则叙述："揖让而兴虞、夏，汤、武兼济，干戈而有商、周"。李家男儿并没有单单将自己与遥远的尧舜禹时代相比，而是立足于更加波澜壮阔的商周时期。李渊的视角下，如今正是商末乱世，天下被恶比志大的君主所害，必须由天命所归之人前来拯救。就像周朝取代了商朝一样，唐所伐的，亦是失道的隋。

既然如此，那李渊代隋，当然就超越了曹魏代汉、隋代北周，是真正要以文治武功来博弈，真正去平定乱世来赢取天下，也即真正意义上的天命所归。这就让李唐代隋，带上了浓烈的汤武革命的色彩。也就是说，唐王李渊效仿的是武王伐纣，是以臣子身份讨伐无道的君主，以替代者的身份君临天下，而不是简单的换群既得利益者。

这"继承前朝，又超越前朝"的宣言，让唐无须背负过去几百年间上位者的历史包袱，不必担心后人会嘲讽自己得国不正，更不必过分拘泥于法统而为之所困。正是得益于此，唐方才得以放手探索文明新的出路。

继承又超越。杨广所设想的大业，传至大唐手中，它会做出怎样的答卷？历史又将给出怎样的评价？

这个问题的答案，现在回答还为时尚早。

对李渊来说，他这代人的任务，是先完成统一大业，将杨广身后的烂摊子都收拾干净。

第一章

迷宫中的将军

南边的风业已吹了过来，弑君者宇文化及裹挟着十数万人，一路向北，直奔山东。他麾下这些骁果猛士不仅是职业军人，还带着穷途末路的归乡情切。谁敢阻挡他们回家的路，他们就杀谁。作为一支能够左右战局的军队，骁果军纸面上有和任何一方正面对抗的实力。倘使带领它的是一位有真才实干的人，成为割据霸主也未尝不可，但宇文化及显然远不够格。

宇文化及早年间就贪婪无度，依仗宇文述的福泽劣迹斑斑。突然被人推上高位后，对如何成大事更是一窍不通。他能做的，最多就是伪装成领导者的样子。一到议事的时候，宇文化及就装出一副帝王的样子一言不发。等到蒙混过去后，这个草包就会找来亲信重新商议。

如果装得像，那也还则罢了。然而他因为根本没读过多少史书，叫他学帝王，他也不知道该学谁。所以他只能学现成的案例——先帝。作为杨广的拙劣模仿者，宇文化及好的不学，先学些坏的。他甫一掌权，首要任务就是在吃穿用度上向杨广看齐。

杨广如果在九泉之下看到这等造作，此人不仅从自己的跟随者变成了终结者，现在又摇身一变成了自己的模仿者，恐怕也会目瞪口呆。通过蹩脚的学习，宇文化及成功将帝气学成了匪气，匪气还夹了点小气：他令士兵抢来了百姓的牛和车，只是满足自己的吃穿用度。

骁果军长途跋涉，一路上携着各种物资不说，还要迫于宇文化及的淫威处处行恶。可即便是做了共犯，宇文化及也没拿他们当自己人看。不光半点好处未给，还逼他们不断犯下更多的错。将士们苦不堪言，却只能在心底里抱怨。一切都是为了回家，只要能回家，什么都可以忍。

有一个人不想忍，他就是司马德戡。作为参与兵变的核心人物，司马德戡原本就是骁果军的直属长官。他给自己的定位是集团"元勋"，但事成之后，宇文化及却只让他做了礼部尚书。这位置看着风光，但宇文化及这个班子，哪有半点"礼"可言呢？

可见这个人事调动实在是明升暗贬，司马德戡先前位置太过紧要，宇文化及就想夺他的兵权。

当然不忍也有不忍的办法，司马德戡不想将事闹大，就打算找人帮他通融通融。他知道自己在宇文化及那儿说不上话，便托宇文智及为自己求情。谁知道即便是自家兄弟张口，宇文化及也只给司马德戡调派了一万来人。

"这够意思了吧？"

"够了够了。"宇文智及满嘴答应，然后将结果带给司马德戡。

"兄长这一万多人个个都是万人敌，司马尚书可还满意啊？"

后者怎么可能满意！自己怎么也算个主谋，弑君之前他手下的人就比这多，怎么弑君之后自己的人还变少了呢？现在不是求着我举大事的时候了？

这种前后的落差让司马德戡十分愤懑，他只恨自己看走了眼。明明是冒着掉脑袋的风险造反，最终却捧起来这么一个白眼狼。司马德戡怒从心头起，恶向胆边生，干脆一不做二不休，将兵变进行到底！

有人就有了力量，宇文化及给的这一万多人都是自己的老部下，既然能用这些人杀死杨广，那再借这股力量杀死宇文化及。司马德戡想得很美，但主观臆测的美谈不上现实。

兵变可不是想成功就能成功的。之前江都兵变之所以能成功，不在于决策者有多厉害，而在于阴谋家巧借东风，杨广亦无反抗之心。并不是因为他们算无遗策，而是因为时机成熟，正巧他们是那个决策者。

现在风向早就变了。弑君那天是司马德戡的巅峰时刻，但他居然在这个时刻被架空，明升暗降失了军权。被宇文们敷衍后，他也只敢面上唯唯诺诺，背后耍些没意思的伎俩。这些可悉数被部将们看在了眼里，记在了心上。在他的妥协和退让中，骁果军内部早已完成了重新站队。眼下，将士们宁愿去依附宇文化及，也不愿意再在他身上押注了。

现在他又想发动兵变，可今时不同往日，他如今有何势可借？又有何人可用？他只能带着那个搞笑的计划，然后坐等宇文化及上门了。宇文化及敢戏弄侮辱司马德戡，自然也不怕他叛变。当司马德戡想发动兵变的消息传到耳边时，宇文化及喜不自禁，他可正愁没理由来以绝后患呢。

"丞相，"报信的人笑嘻嘻地，"如您所言，司马德戡果然又要叛变了。"

"善！你先回去吧，莫要声张。"

宇文化及气定神闲。按原计划，宇文士及带着寥寥数人，假装成游猎的样子，优哉游哉地跑到了司马德戡的驻地。司马德戡还不知道消息已经泄露，装作无事一样走出去迎接。他前脚满面春风，结果刚出门就被抓了起来，直接被人绑去中军大营。

见司马德戡被捆成了粽子，宇文化及忍不住地笑："我们这才刚刚事成，你怎么就又想着谋反呢？莫不是脑后长有反骨？"

知道大势已去，司马德戡闭目闭嘴，不愿搭茬。不合作的态度让宇文化及有些下不来台，于是他又转而说起了伪善的话：什么本应一同保富贵，什么本想一同平天下，尽是些假仁假义的场面话。

宇文化及这边口蜜腹剑，司马德戡只觉得被千刀万剐。他终于张开了嘴："要杀就杀，何必在这里花言巧语？"

"你这叫什么话？"宇文化及脸更红了，"我一片真心实意，只劝你不要在迷途上一去不返啊。"

"竖子，休得再装！只恨我杀了一个昏君，却立了个更昏的！"

司马德戡字字诛心，将宇文化及虚伪的面具完全扯下。宇文化及原本通红的脸变得铁青，"取白绫来，赐死！"

白绫？司马德戡怒火中烧。宇文化及不仅要杀了他的身，还要诛了他的心。江都兵变他亲自让人将杨广勒死，如今自己也要遭报应了。

"鼠辈，将来你必死无葬身之地，届时必将屈辱万倍！"宇文化及听完诅咒，暴跳如雷，又下令连杀了十数名同党，这才稍微平复了点心绪。

这起事先张扬的兵变过后，骁果军彻底安静下来，先前埋怨的声音也都消失不见了。宇文化及对此颇为满意，他放下心来，下令全军继续北上，直逼东都与李密。

在全天下知道宇文化及要来的人当中，李密一定是最憋闷的那一个。

围攻东都已经很久了，没人比他离东都更近，也没人比他离东都更远。这块砧板上的肉如同给驴子眼前吊了个莱菔，让人欲罢不能。之前李唐带了十万人来抢东都，晃悠了一圈就草草回去了。原因在于李唐根基不在这里，一见东都是块难啃的骨头，害怕陷入战争泥潭，倒不能说明东都的诱惑力不大。而这一打岔也没有造成实质性的影响，东都依旧和李密保持了一种微妙的平衡。

可宇文化及不一样，他率军北上，完全就是亡命徒抢地盘。李密跟他没有任何缓冲的余地，宇文化及进一步，他就要退一步。他身处四战之地，有不少势力可都盯着，意图取而代之呢。结果这时候宇文化及非要横出一脚，万一两败俱伤，那别提拿下东都，李密自己都可能被各方吃掉。

宇文化及这一路上动静很大，而他的矛头更是直指东都。东都的探子急忙把消息传回京城，吓了隋廷满朝文武一大跳。先前李密围攻东都时，他们就只能勉强应付。后来关中的李唐来了，若不是唐军来得急撤得快，东都恐怕早就全员反贼了。当下这个宇文化及眼看是法统之争，东都危矣！

历史教训证明了一件事，现在的东都是没有办法同时对抗两股力量的。城中的势力若想活下去，只能合纵连横——用没那么讨厌的敌人，对抗更恶心的敌人。

他们原先万分厌恶李密，结果与眼下弑君的宇文化及相比，任何长眼睛、有脑子的人都不得不认清谁才是更面目可憎的那一个。因此，新的提议很快就诞生了——宇文化及和李密，虽都是贼，但一个是弑君的禽兽，另一个虽是叛臣，但终究并无大错。再者李密李蒲山坐拥大量兵力，不如招安他们来拱卫东都，岂不是一石二鸟？

"此话倒是没错。两害相权取其轻，拉拢李密来打击宇文化及，既能防止腹背受敌，又能削弱李密的势力。"元文都琢磨道。

从他姓"元"就能看出，此人是前朝北魏拓跋宏将拓跋姓改为元后的北魏皇族出身，实在是汉化许久的鲜卑人。早在开皇年间，他就备受隋文帝信任。到了杨广继位后，他又步步高升，先后在巡视、监察等系统履职，无一不是为帝王做心腹。直至大业十二年（616）杨广第三次下江都时，元文都达到了职业生涯的巅峰——被任命为东都留守。

跟大兴城中杨侑与屈突通的留守组合一样，杨广让元文都留守东都，是为了让他和杨侗搭班子。此时的杨侗尚且年幼，说元文都为东都的话事人，其实也不为过。

元文都接着前面的话，说："依我之见，不如姑且招安赦免了李密，以此让这两个贼人互斗，说不定也是一个万全之策。"

远交近攻，驱狼吞虎，这种看似简陋的计谋却往往最为奏效。一旦招安成功，届时等李密和宇文化及干起来，不管结果谁胜谁负，都只是鹬蚌相争，东都总会是那个渔翁，只等坐收其利。即便不成功，也无非是一张诏令的事儿，没什么损失。

元文都还不忘补充："等到李密兵马疲敝的时候，我们封赏离间他的部下，将他捉来东都问罪，以此又能雪了叛臣的耻，又能解了东都的围，岂不妙哉？"这个提议几乎在朝堂上得到了咄嗟立办，元文都等人一见事成，便赶忙制作了敕书，派人快马加鞭赐给李密。

那么李密在收到官方的招安信后，会作何反应呢？

李密正好处于前狼后虎的为难时期，而留给他的时间，也已经不多了。他虽然不愿意面对宇文化及，但自己的部队却卡在两者中间。那么哪怕他再想入主东都，面对来势汹汹的宇文化及，也只能重新审视自己和东都的关系。

历史往往是由一个又一个的巧合构成的。这边李密怕腹背受敌，那边皇泰主杨侗想假力于人，双方倒是金风玉露一相逢。因此，当看到从东都来的劝降使者时，李密心里倏地踏实多了。不说别的，他起码暂时不用担心后院起火了。而且为了招降李密，东都开出的手笔也是相当大方。劝降使者表示，只要李密诚心归附，不仅能担任尚书令等官职，封东南道大行台行军元帅，还加授魏国公。

李密对东都是有执念的，这种执念与他自幼接受的教育有关。李密是北周八柱国李弼的曾孙，从小就长在京兆大兴，其家世显赫，彼时有一大儒，名徐文远，曾为李密早年的老师。学的什么？仁义礼智信，勇恕诚忠孝。无礼不成文明，世人恪守的礼，也是世人对安稳美好社会的追求。为着此，忠君报国自然是礼的核心要素。尽管李密后来违背了它，选择摇旗反隋，但其实为的是心中更大的义。撇开仁义礼仪之争，早年的学习经历总会塑造一个人。所以在李密的心中，始终还是有一颗忠君报国之心的。

尔后，这对师生便渐行渐远了。李密常年混迹在绿林草莽之中，徐文远却是皇泰主的国子祭酒，二人的人生轨迹看似不再会有任何交集。但巧合又出现了，李密大军围困东都的时候，徐文远出城打柴，碰巧就被李密的部下捉住，二人戏剧性地得以重逢。

再次遇到老师，李密恍然间仿佛又回到了从前。他回忆起先生当年的言传身教，也顾不得此时此地正是战时战地了。李密让徐文远朝南而坐，自己则面朝北敬拜了徐文远，为先生行了一个迟到了十数载的大礼。

见弟子行礼，徐文远知道李密还拿自己当老师，便认真规劝起了李密："不知将军的志向是伊尹还是王莽呢？"

李密毕恭毕敬地说道："愿先生指明。"

"如果将军想学伊尹匡扶社稷，那吾情愿倾力相助。但将军若是学那王莽，那吾只能效仿龚胜了！"

李密心下凄然，自己反隋哪是为了一己私欲？还不是为了坊里卖五辛盘小食的阿弟别被征为开渠的枯骨，还不是为了雕栏玉砌前的冻死骨。若是得一仁君，何必反隋起义呢？现在杨广暴死，换了君主，要是真能得一明主的话，让自己心正一正，让天下稳一稳，也是两全其美啊。

老师毕竟了解自己的学生，徐文远的话无疑戳到了李密的软肋。李密在沉默中思考了好一会儿，才回答道："先前才被朝廷封为魏公，自是愿意挽救国难。"

徐文远听罢，长舒一口气："如此甚好。"

李密不由吁叹："倒不如说，这才是学生本来的愿望啊。"

徐文远点点头说："将军乃名士之后，只是误入歧途才行至此处。如果浪子回头，也为时不晚，仍不失为朝廷的忠义之臣。"

徐文远之所以能在这里大谈忠义，全是因为他面对的人是李密。如果换作旁人，比如他的另外一个学生王世充时，徐文远绝对会选择闭嘴。他是个聪明人，知道给谁上课有用，给谁上课无用。若是面对君子，他当然敢说敢讲，但若是面对小人，张嘴反而是招灾。

皇泰主虽有诚意，但尚书令却是虚的，他现在不可能跑去东都当官。至于东南道大行台，那就更没意思了，一个八竿子打不着的地方而已。唯有魏国公这一封爵，着实让李密心动了起来。

"魏国公……是吗？"

当初他冒着杀头的风险起事，跟着杨玄感反了混账皇帝。可从那时的选择开始，他就仿若进入了一个看不见的迷宫，被地位和同伴推着走，却不知道距离理想有多远。更别说当年他曾祖李弼就是北周八柱国，封魏国公。

而今门庭衰落，他哪里没有光复祖辈荣光的私心呢？终于到了今天，曾经费尽心力都求不来的爵位，可以得来全不费工夫，这是否会是自己迷宫的出口呢？是否又是自己达成理想的捷径呢？李密心中飞速盘算着，考量着这笔交易。

就付出来看，他几乎不用做什么实质性行为，只要他放下义旗、归顺朝廷就够了。隋廷也没有提别的条件，他的兵还在，他的地盘也在。与之相比，魏国公这一回报确实相当可观，而且，这不正是他所追求的吗？他当初的起义也不过是为了天下苍生扛旗。一番权衡过后，李密下了决心。

"也许这就是我迷宫的出口吧。"他踌躇，"虽然不是打进去的，也算是进东都了嘛！"

李密答应了条件，使者即刻准备返回东都复命。

使者往返的这几日，李密在清淇驻地等得相当着急。等到东都的使者终于回来，李密亟亟前去迎接。东都的使者不光带来了官方诏书，手中还拿着皇泰主亲赐的书信。

李密忙忙拜受诏书，他郑重地读着诏书的内容，越读越觉得自己做出了正确的决定。李密一直在控制着自己激动的情绪，直到读到这一句时，他的鼻子终于酸了：

"过去的一切，都不必再提了，从现在开始，你我君臣真诚相待便好。"

李密反复在心中默念这句话，他越发相信自己所有的等待都是值得的，他甚至在这封书信上感受到了皇帝的坦诚，那是他曾经在文帝身上见到的气度。

他本来是在套子里的人，见皇泰主的态度这么恳切，报效隋廷拱卫君主的信念更坚定了。至少此刻，面对皇泰主的书信，李密是真心想要匡扶隋室的。

"从今往后，这天下，还需要魏公您来匡扶啊。"

"密当为陛下尽忠。"

这对君臣隔空对话，明明是才刚建立关系，却宛如早就相识一般。

既然加入了东都势力，彻底解决了后顾之忧，李密也就能放开手脚出击宇文化及了。他誓要用宇文化及的人头，为皇泰主递上投名状。

再看宇文化及这边。自从离开南方后，宇文化及的速度也没之前那么快了：刚离开江都时，依托君王留下的河运福泽，弑君者走得很快。但越往北走，水网就越不成体系，运输的压力也越大，行军速度便慢了。

等到了东郡滑台，也就是今天的河南省滑县地界，宇文化及终于走不动了。

"这是什么地方？"宇文化及问。

"此处名曰滑台。"东郡通守王轨回答。

"这地名倒是奇特。"

"丞相，相传古代有滑氏在此建城，因而得名滑台。"

"我看这里的城池颇为坚固啊。"宇文化及远眺一眼，继续说，"既然现在北上也不太方便了，不如我们就以此处存放辎重吧。"

"丞相高瞻远瞩！此处与金墉、虎牢、碻磝并称河南四镇，历来为兵家必争之地，在此设防再合适不过了。"

"嗯。既然你对滑台之事如此了解，那我就将此地托付于你全权负责驻防事宜。切要记得万无一失啊！"

"臣领命。"王轨道，"丞相依托滑台，定能一举攻克李密的金墉城。"

在保证了部队的辎重线后，宇文化及继续率兵十万轻装北上。他此行需要解决一个至关重要的问题：粮食。时人早有"黎阳收，固九州"的说法，宇文化及更是知道黎阳有一个黎阳仓，其作为国家粮仓，集中了天南地北的粮食。这么一个好地方，岂能放过？

不仅黎阳仓的粮食重要，黎阳本身的地理位置也极其优越。黎阳西边是杨广开凿的主要运河之一——永济渠，而它的东边，就是黄河。作为中华文明的母亲河，黄河既是经济发展的底子，又是一统天下的轮轴。况且杨广当年征讨高句丽时，还派专人在黎阳督运粮草。前后不过几年，这可都是宇文化及亲身经历的事。一想到此，他猛地下了拿下黎阳的决心。

这就意味着，宇文化及总算要和李密交锋了。

黎阳仓城的守将是徐世勣，他料想宇文化及定不会不了了之，所以早早就着手准备起应对的事。这将是宇文化及的第一场硬仗，宇文化及不想输，更不能输。徐世勣对此了然于怀，根本不敢掉以轻心。为了集中力量，同时也为了避其锋芒，徐世勣将军队驻扎在仓城西城，做好了防守反击的打算。

宇文化及大军拉成一条长龙，齐齐整整地横渡着黄河。军队行进在君王用白骨浇筑的功业上，让人不禁感叹世事变迁得令人猝不及防。

对徐世勣而言，他做出的调整比宇文化及来得更快。宇文化及已经兵分几路，对仓城发动了进攻。而他也已经在城外掘好了深沟，向李密发起了求援，做好了被围困的打算。等拖到李密来了，宇文化及反倒是被夹击的一方，到时候他是攻不得也退不得，局势自能逆转。

高头大马，明光铠甲，赤金豹头。数万骁果军士成阵后好似行走的杀戮机器，徐世勣的部将被威慑得慌神，急忙问："将军，我们怎么办？"

"守！我们粮食充沛，宇文化及疲师久怠。而且我早已向魏公告知，待到时机成熟后，我们里应外合，定能将宇文化及一战枭首。"

防守战最是磨人心智。宇文化及的部队四面围城，声势浩大。徐世勣的部将愈发慌乱："将军，魏公莫不是抛弃我们了？"

徐世勣沉声喝道："放肆！做好自己的事，我安排的地道可动工了？"

"唯。地道已经准备就绪，可若魏公迟迟不到，我们怎么办呢？"

"烽火可是燃起了？援军若是来了，必然也会点火回应。"

"唯。"

半晌，烽火从黎阳仓城燃起。又过了会儿，黎阳城方向也跟着燃起了烽火。

"将军，魏公来了！"

"我看到了。"徐世勣舒了口气，他仰起头，"起码不至于城破了。"

宇文化及还在中军大帐中做着掠夺黎阳仓的美梦，一阵厮杀声突然从他后方传来。

"报！李密军从我军后方来袭！"

"什么？"宇文化及立马起身，"带我去！"

到了淇水边上，宇文化及遥遥望见对岸也站着人，开口便问："可是蒲山公当面！？"

"你个匈奴破野头！"对岸的人大喝一声，"正是乃公！"

听到李密在对岸骂他，宇文化及一时组织不出语言。还没等他开口，李密的第二轮输出就又来了。

"你们宇文家世代忠臣，到你这儿，竟要因弑君遗臭万年了！狗辈，不知耻吗？"

宇文化及气得发抖，又想不到破局的话。

"你不学人家诸葛家死节的忠诚，非要学那些恶人行谋逆之事，简直是天地不容，天诛地灭！"

"打仗就打仗！"宇文化及总算是吼了出来，"不要跟我掰扯这些书里的话！"

"我劝你赶紧归顺我，还能保你子嗣有个好下场！"

宇文化及知道自己斗不过嘴，干脆不再说话了。他一声没吭就往回走，边走边思忖："这李密，从来只会占嘴上的便宜。说得好像他就是隋朝的忠臣似的！"

等到骂走了宇文化及，李密拊掌大笑："孤本以为做出此等恶行的是只豺狼，没想到果然如传言般庸碌。看起来这次必能让此獠授首啊！"

他能说出这话，自然有其底气。为了救援徐世勣，李密真带了不少人来，算上步兵和骑兵足足有两万人马。再加上徐世勣的黎阳守军，他们还真不怵宇文化及的骁果军。不过，这次黎阳保卫战究竟能否成功，最终还是要看徐世勣的表现。

宇文化及在口舌上吃了亏，便想在正面战场上找补回来。他心中对仓城的执念愈发强烈，看着仓城外坑坑洼洼的壕沟，决定就地制造攻城武器来跨越阻碍，一举拿下仓城。宇文化及的施工队动静可不小，守军趁着天黑派出了斥候，到底探查到了宇文化及的意图。

"将军，宇文化及是打算用机关攻城了。"

"嗯，不能拖了。"徐世勣气定神闲，下令道，"是时候进行下一阶段的作战了。"

这所谓的下一阶段作战，宇文化及肯定猜不到。他做梦都不会知道，当他在地上赶制攻城用具的时候，徐世勣也在他的脚下施工。一直以来，他们都在秘密作业，神不知鬼不觉地将战线延伸到地下，直接挖到了宇文化及军营的正下方。

"传我号令，进地道，杀敌！"

趁着夜色，徐世勣一声令下，早已就位的军士们陆续进入地道。他们弯着身子走在地道中，不知钻了多久，才终于从地下冒出头来。

"呼！"土地中钻出来的将士们小心呼吸着，同时不忘观察四周的情况。稍微休整了片刻，便纷纷点燃手中的火把，在宇文化及军中四处纵火。当敌人还沉醉在梦乡时，燎原烈火已在他们的大营燃起。徐世勣的队伍纵完火，立刻化整为零，各自钻进营帐中，向着茫然的敌人挥起了屠刀。

宇文化及被陡然惊醒，一时间还搞不清楚状况。他不知道这股敌军到底是哪方的人，也不明白他们究竟从何而来，甚至不知道是否有一股敌军。除了下令应战之外，他什么都做不了。

"什么情况？"

"大人，请看。"一名骁果士兵指着地道口说，"从地道方向来看，应该是徐世勣派人过来摸营纵火，这些人又趁黑混入了我军营帐。"

看着漆黑的地洞，宇文化及只觉心头发苦，他强装镇定："雕虫小技，无碍于大局。"突然，他好似想到了什么，脸色骤变，"亲卫呢？速来见我！"

等到亲卫前来，他屏退了旁人，声音颤抖着问："我军的粮草辎重，可还安全？"

"大人……"

"说！"

"我军粮草受火攻影响，已不足数日……我军攻城器械也被尽数焚毁……"

面前是脸都被熏黑的亲卫，身后是烈火燃烧的声音，宇文化及只觉得血往头上涌。一阵天旋地转过后，亲卫扶住了他："接下来怎么办，还请丞相定夺！"

"还能怎么办？你没看徐世勣已经出城了吗？再不撤李密都要来了！"

李密虽然逼退了宇文化及，但他对自己的认知很明确：宇文化及的主力尚在，他的防卫压力依旧很大。

不过，在跟宇文化及的对峙过程中，李密也发现了对方存在着解决不掉的问题。宇文化及之所以急于拿下黎阳，全是因为他此刻正面临严重的粮食危机。宇文化及手下确实有许多虎狼之士，但恶狼也不能一直饿着。为了避免饿狼噬主，宇文化及必须尽快解决补给问题。

他急我不急，李密既然已经知道了对方的问题，理所当然不慌不忙。他丝毫不给宇文化及硬碰硬的机会，充分发扬了"逸而劳之、乱而取之"的孙子兵法精神。为了更大限度地削减双方的战力差，李密还假意向宇文化及求和，表示自己愿意给宇文化及分些粮草，促进和谈的达成。

要说宇文化及此人，的确是丝毫没学到他父亲宇文述的本领，还以为李密是真想与他和谈，一听闻就立刻喜笑颜开。大概也是紧张的局势摧昏了他的脑袋，明明李密还没送一石粮食，宇文化及就迫不及待地解除了士卒的口粮限制，还信誓旦旦地保证粮草马上就到。

"放心吃吧！李密马上就会带粮草来了。"宇文化及许诺。

等到眼看伙夫都揭不开锅了，宇文化及才醒了过来。他又急又气。上次隔着黄河对峙的时候，他听李密把书中的大道理讲得头头是道，又知其乃北周上柱国李弼家传，以为李密是个可信之人。可是啊，他哪知道"战阵之间，不厌诈伪"的道理，哪知道李密会如此不讲"武德"呢。

现在山穷水尽，宇文化及实在是没得选了。既然走投无路，何不放手一搏？弑君的凶狠自大又一次占据了他。宇文化及下令全军出击，横渡永济渠，准备与李密做一场既决胜负、又分生死的背水之战。

虽然对李密来说此刻作战还为时尚早，但现在宇文化及已经殊死一搏，面对恶狼的冲击，他也只能硬着头皮上了。

这是一场从偶然爆发成必然的阵地战，双方对此都没有预先的完善准备。李密身先士卒，带着亲卫直冲进骁果阵中。可虽然他的计策已有成效，但双方战力的巨大差距还是不能被简单抹平。在铠甲与长枪、战马与短刀的碰撞中，李密的亲卫队不断地倒下，只剩下秦叔宝还在身边保护着他。

箭矢无眼，一支流箭突然射了出来，冲李密而去。他躲闪不及，结实地挨了一下，立刻从马背上跌落了下来。秦叔宝见状，一个跃马冲刺，一揽将李密抱到马上，一鞭就朝着己方退去。秦叔宝如出无人之境，甫一杀出重围就立刻重新组织起兵力。连天都黑了，脚下土地和永济渠已经被染得血红，却终没有分出胜负。

虽说没分出胜负，但骁果军士们的战斗欲望却被致命地打击了。常言道"一鼓作气，再而衰，三而竭"，宇文化及眼见事态恶化，带着部伍们就像饿疯了的狼。即使没有啃下李密，也要啃噬更弱小的普通人。在带领军队"胜利转进"汲郡之后，直接派人把当地的官吏和百姓抓来，对他们严刑拷打，只是为了从中抢口饭吃。

宇文化及这禽兽般的行径，王轨全看在眼里。先前他还以为能奉此人为君，但经过这段时间的观察，王轨确认宇文化及绝非人君，或者更胜一筹，视之实不似人。他是一点也不想跟着这种狗鼠之辈干了。

先前在黎阳和李密初次交锋时，王轨负责驻守后方的滑台，并没有和李密发生过冲突。在宇文化及被李密接连力阻后，他便动了投奔李密的想法。王轨悄悄派通事舍人许敬宗去联系李密，准备改换门庭。

许敬宗何许人也？全天下最唾弃宇文化及的人中，许敬宗是佼佼者。早在宇文化及在江都害死他父亲许善心时，许敬宗就默默等待着逃离的机会。只有离开这是非之处，他才有机会报复宇文化及。现在机会就在眼前，他怎可能不好好抓住？

许敬宗一到李密营中，就将王轨想要投诚的想法和盘托出，还当面痛斥了宇文化及的种种罪行。一想到惨死的父亲，他不免涕泗横流，他甚至在李密面前失了礼数。后者听得相当认真，他并不在意许敬宗失态，他从来就对四方来投的豪杰无所要求。当下正是和宇文化及对峙之际，若是能兵不血刃地撬开对方的后防线，李密更是求之不得。

"足下切莫担忧，烦请回去转告王通守，密听闻此事，定当扫榻以待啊！"

许敬宗不辱使命，成功帮助王轨脱离宇文化及阵营，改投李密麾下。李密素来喜爱英雄人物，许敬宗此行的言论给他留下了非常深刻的印象。等到王轨正式投诚后，李密直接召来许敬宗，将这个年轻人留在自己身边，任命他为元帅府记室，让他跟魏徵做了同事，共同掌管文书工作。就此，许敬宗正式登上了历史舞台。

宇文化及丢了面子，遂在暴怒之中使出了抓人抢粮的昏着儿。结果王轨投敌的消息传入军中后，他这才隐约回过味来，自己这番作为不光丢了面子，连里子也丢了个一干二净。一想到此，他越发仓皇起来。

狗急了都会跳墙，宇文化及也会。他着急忙慌地开始联络几方军队，准备以战养战，进攻汲郡北边的其他郡县。但当他下达命令后，他终于意识到了最大的问题——许多部将他都联系不上了。骁果军已经失控了！

自王轨叛变后，宇文化及的手下一一哗变。那些不想替他卖命的，譬如岭南出身的，或者江东出身的骁果军士，约莫两万多人均投降了李密。到了现在，宇文化及这个光杆司令能指挥的人就只剩下直属的两万人了。

即便如此，他还是想做困兽之斗，试图继续进攻李密。

那李密对此是什么反应呢？李密选择无视他。

两军交战，最大的侮辱就是无视。事到如今，宇文化及的影响力已经聊胜于无，此贼已经不配做李密的对手了。所以李密只派了徐世勣继续驻守黎阳，盯防宇文化及，他自己则带兵向西返回了巩洛。

王轨投诚之后，李密这边既是大胜，又是招降，此增彼减之下，实力再一次得到了膨胀。本着对皇泰主的诚意，李密不仅给东都送上刚俘获的宇文化及同党于洪建，还遣了自己的心腹元帅府记室参军李俭等人，随使者一同回去，代表自己去东都朝见皇泰主。

自打被徐文远教训之后，李密便稍稍和东都回旋了关系。和宇文化及大大小小打了数仗，一旦胜利，就派人给皇泰主报捷，以示自己仍是东都之人臣。除此之外，在双方关系的升温中，他还打算找个机会，正式入朝觐见。皇泰主杨侗年龄虽小，但对被认可还是极为高兴。杨侗高兴，东都城内的隋人大多也很高兴。可在这中间，却有一人不高兴——王世充。

元文都见李密高度重视，不但大胜不说，还又献俘又派人，欣喜若狂。他也投桃报李，提前将李俭等人的住所精心布置了一番，更是精心准备了欢迎的仪仗和美酒佳肴，正式开启了东都和李密的蜜月期。

皇泰主杨侗见东都之围得以圆满解决，也是喜不自禁。但在封赏众人之前，他还要做一件事，一个必须要做的仪式——先帝的复仇祭礼。不光是为了先帝的名誉，也是为了自己阿翁的惨死血仇。

得知杨广死讯后，杨侗没有一刻不想手刃叛军。眼看当下终于有了机会，他肯定是要好好惩罚这些人的。尽管于洪建并不是江都兵变的主谋，乃至于他未来都进不了相关的史料当中，但无所谓了。此时此刻，他就是主谋，他就是杨侗的满腔怒火的承载物。

那么，该怎么处置于洪建呢？

杨侗想来想去，想起了一个名字：斛斯政。

四年前，杨玄感犯上作乱。那起叛乱被平定后，有一个叫斛斯政的人逃去了高句丽。此人作为杨玄感的同党，从此就排进了大隋通缉令的前列。直到杨广三征高句丽时，高句丽为表求和的诚意，将这个斛斯政献给了杨广。

此时此刻，恰如彼时彼刻。李密献上于洪建，恰如高句丽献上斛斯政。

这个斛斯政可不是一般的叛党，跟裴虔通一样，早年间在晋王府就是亲卫，很得杨广信任。到了杨广登基后，此人凭借这层关系，一直爬到了兵部侍郎的职位。本应好好为帝王效力，但他却在杨玄感叛乱时，背叛了帝王，这可真是寒了杨广的心。被信任之人背叛的滋味肯定不好受，所以杨广根本没打算轻易让他死。

当讨伐高句丽失败后，杨广将斛斯政押送回大兴，准备将其处以极刑。历史总是充满了巧合，那时正是在宇文化及的父亲，即宇文述的建议下，杨广终于找到了合适而又残忍的处罚手段：他令人将斛斯政绑在金光门外的柱子上，让公卿百僚都拿箭射他，接着脔肉烹煮，最后焚骨扬灰。

此间人等，当如彼间人等。今日于洪建之死，当如昨日斛斯政之死。

处决于洪建后，杨侗稍解心头之恨。他很是高兴，大手一挥，不光兑现了对李密的承诺，还给入朝拜见的李俭等人也封了官职，连没有到场的徐世勣，也获封右武候大将军。

大仇得报，杨侗有些上头，开怀之下，他多缀了一句："今后用兵的方略，都要禀告魏公调度！"

也许皇泰主杨侗说者无意，但显然台下某位掌兵的将领却听者有心。不过在那个欢乐的时刻，并没有人发现这位将领表情的变化。

元文都等人立下大功，又帮助皇泰主报了国仇，他们岂止喜形于色，几乎有些得意忘形了。国宴结束后，他们又在上东门摆出宴席，带着李密的代表天天饮酒作乐，仿佛东都从未陷入危局一样。而先前因着追逐义军，结果被守株待兔的"兔子"段达，也忘记了自己逃回东都的窘迫，在上东门之宴上兴奋地跳起舞来。

此时东都恐怕只有一个人笑不出来——那个国宴上变脸的将军。他就是王世充。

这王世充究竟是何许人也？时人常称"大业五贵"，与之类似的是，在这东都城中也有"七贵"，王世充就是其中之一。和并列其中的元文都等文臣不同，王世充是从镇压农民起义起家的，从一开始就是"有将帅才"的武将。

也是因为他镇压农民运动的战绩赫赫，杨广才给了他坐镇东都的重任。而在大业十四年（618）杨广死讯传到东都，皇泰主即位后，王世充便基本统辖了军权。乱世之中，文官显贵都若泡影黄花，只有军权，才是最重要的权力。

打从留守东都以来，都是王世充总负责与李密的交战。打了这么久，死了这么多人，他跟李密已经结下了梁子。虽然两军交战，各司其职，也谈不上血海深仇，可若是李密改换门庭，携着精兵强将来分润权力，那此消彼长间，我王世充岂不成了案板上的鱼肉？

何况王世充本就和元文都等人不是一路人，在他眼里，那些身居内朝的大臣根本就算不上什么，要不是自己在前面浴血杀敌，他们又怎么有筹码和李密做交易呢？

最让王世充生气的是，后者竟然都没有知会自己一声，就突然与李密和解，轻轻松松完成一箭三"钓"，实在是欺人太甚！

所谓一箭三钓，元文都这些人一是给他们自己钓来了"名"；二是给东都钓来了"人"，而这些被招安的人，势必会影响王世充在军中的位置；三是将王世充"钓"了进去，不承想他王世充辛苦几年，倒像是为人做了嫁衣，让李密白白捡到了"魏公"。

想到这里，王世充越发恼怒。他适才听闻消息，就抑制不住内心的妒恨。"朝廷的官爵，居然就这么轻易地给了反贼，这些人怕不是早就和反贼勾勾搭搭了！"

东都没有不透风的墙，王世充也根本没掩饰自己的情绪。这边他发牢骚，那边就传到元文都等人的耳中。他们本就跟王世充不对付，听到王世充这种诛心的言辞，与王世充之间的嫌隙越来越大。不过现在，双方都还没有彻底撕破脸皮。起码在表面上还保持着虚伪客套的关系。当然，在各自的谋划中，分裂也成了越来越快的必然了。

而此时的李密去掉了宇文化及的麻烦，重新将目光投向东都。或者应该说，他的眼里本来就只有东都。

三、上位者王世充

东都从来不是铁板一块。内城的官僚没有上过战场，所以对招安没有任何心理负担。他们甚而觉得自己是在给李密施舍机会，通过为李密这个落魄的体面人正名，让他心甘情愿为朝廷卖力。但外城的兵将不一样，他们流过血，受过伤，跟李密拼过真刀真枪，即便现在名义上成了友军，心里还是对李密十分忌惮。

王世充正是利用了隋军对李密的忌惮。他不断对东都各部灌输着"李密和我们有血仇""李密早晚清算我们"之类的言论，守将们听了王世充的话，再跟本就有的忌讳对应，心里又惊又气。逐渐地，他们开始对城内的官僚产生了不一样的看法，在文官和武将的天然分隔中，两者逐步有了隔阂。武将们越来越觉得，朝堂上的文官们面目可憎，存心勾结李密来对付他们。

武德元年（618）七月，火苗爆燃了。猜疑的链条，被阴谋家从人们的心中，拽到了现实。外城不满的声音传入内城，元文都等人才惊觉卧榻之下也不得安稳。他们之所以没和王世充撕破脸，完全是顾忌他的军队突然哗变。但现在城外的李密给了他们信心，他们终于能做足摊牌的准备了。

事态在发酵，元文都等人旋即决定先下手为强，解决王世充这个隐患，让李密做替代者。毕竟后者算是个君子，比起小人要好控制得多。元文都和内史令卢楚制定了"擒贼擒王"的计策——在宫门设置伏兵，趁王世充入朝时直接将其杀掉。

这个计划简单直接，唯怕走漏风声。但事物的发展永远存在着变数，这个计划当然也有它自己的变数——段达。是的，还是那个段达，被李世民赶回东都的段达，身居高位"七贵"之一的段达。

段达此人色厉内荏，胆小怕事。虽是身处高位，却总只敢做一些痛打落水狗的勾当。再者，他见元文都这些文臣心机深沉，又总揽朝政，言行间常常有些排挤自己，心中更不愿再与之为伍。于是，"密不透风"的计策便出现了缺口，段达偷偷派人将计划送到了王世充耳旁。

"元文都匹夫果然想害我！"王世充正愁找不到借口收拾这帮重臣，眼看现在人为刀俎，决定抓住机会搏上一搏，"东都该换天了。"

对应文官们的计划，他倒是也制订了计划——杀！

月黑风高杀人夜。午夜时分，王世充亲自率兵袭击了东城的含嘉门——大隋最大的国家粮仓含嘉仓城就在此地。要么不做，要么做绝。王世充之意已不言而喻，他要让东都的力量全部归于己身。

元文都体会到风中透露的寒意，已隐约觉得大事不妙。计划尚未完成，变数却已经产生了。城外各地信使如同倦鸟一般归林，尽管心里惊惧，但现在没有时间犹豫了，他必须在一头雾水中做出决定。首要的，也是最重要的必然是杨侗的安全。一念到此，元文都随即命令还受指挥的士卒关门防卫，自己则进入内宫之中，将皇泰主临时转移至乾阳殿中。

之后怎么办？元文都也不知道，时势大变下他只能见招拆招。

还有之后吗？他更不知道。

另一边王世充几乎没有遇到任何像样的抵抗。有的人看见他就下马投降，有的人在喊杀声中步步败退。随着天色变亮，元文都能控制的范围越来越小，身边的人也越来越少。

兵败如山倒，何况政变呢！到了天明的时候，王世充的人已经从太阳门杀将进来，元文都再也无能为力了。

紫微宫前则天门（今应天门），天门上有两重观。紫微观左右连阙，顶天立地，见证了杨广时期诸国来朝的荣耀，如今也要见证帝国最后的耻辱了。

王世充到了则天门，看紫微城门户紧闭，便下令攻打城门。杨侗派人到紫微观喝问王世充："郑公，您现在是要做什么呢？忘了先帝的恩泽了吗?！"

王世充摆出一副被陷害的嘴脸，大声呼喊道："不敢忘！请陛下放心，此次臣乃不得已为之，实因元文都这些人逼迫啊！陛下要是斩了这些奸贼，自当君臣和睦，岂不是一段佳话？"

皇泰主看向元文都，又看向则天门外的汹汹兵险，终归瑟缩了。谁能指望一个刚刚束发的童子能在危难中做出共存亡的应对呢？杨侗决定让他所任命的将军——黄桃树将元文都等人提出去。

"请元公去见王将军吧。"

元文都又哭又笑，眼看这大隋的未来都破碎了，他也不再挣扎，更是一心求死。

"只是陛下，今天早上死的是臣，晚上可能就轮到您了！"

这便是他的遗言了。皇泰主听完也是抑不住地泪流，他怎会不知道眼下谁是乱臣贼子，但他又有什么办法。他作为皇帝，开口求臣子刀下留人，这本就是天大的笑话了。而且看王世充那样子，如若不答应，恐怕大隋即刻成为历史。皇泰主除了能痛哭着送元文都最后一程，什么都做不了。

在熹微的朝阳下，与几个月前的江都一般，东都的大地也被鲜血浸透。元文都和卢楚被人乱刀砍死，二人的子嗣也被屠杀殆尽。那些有名有姓的大人物中，只有皇甫无逸砍开了门，仓皇逃往长安，侥幸得以逃生。对于其他更多的官员来说，长安成了唯一还能看见太阳的都城，越来越多的人开始逃往关中，前去投奔李唐的阵营。

王世充阔步走在紫微宫城之中，他以奉皇泰主之诏的名义入宫，将禁军全都换成了自己的人。

总算是看不到那些碍眼的文臣贵胄，他的心中相当澎湃。杨广死讯传来前，他还只是江都通守。但局势变化之快，竟让他的权力比野心更加膨胀。先是成了东都新贵郑国公，现在更是靠着兵变成了东都实质上的掌权人。而现在，他这个实质的掌权人就要去见名义的掌权人了。

王世充甫一走进乾阳殿，皇泰主率先发难："郑公！未经上奏就率兵杀人，这是臣子该做的吗？"

被这话一阻，王世充停下了脚步。皇泰主则继续逼问："这会儿你凭借武力，也要杀我吗？"

弑君，既是蛊惑，也是诛心。王世充赶忙伏身下拜，谢罪道："臣蒙受先皇恩典，纵是为国而死，也难以报答万分。陛下莫要再戏耍我了。"

皇泰主许久不说话。王世充继续解释："元文都等人包藏祸心，处处为难猜忌臣，甚至还想置臣于死地。情急之下臣但求自保，万没有大不敬之心啊。"

为了向皇泰主表忠心，也因为自己尚存的良心，王世充对太一发起了毒誓，言称自己所行皆为君上，但敢忤逆，则全家死绝。见王世充已经把话说到这份儿上了，皇泰主也无可奈何，只得正式将王世充宣进殿来。

随后，皇泰主又将王世充带到后宫，让他当着皇太后的面，再将之前的毒誓发一遍，以示自己绝无二心。直至做了这些，皇泰主才稍微放了点心，封王世充为左仆射，总督东都内外的一切军政要事。

就这样，王世充正式成为东都的话事人。他将自己的驻地从含嘉仓城搬到尚书省，同时开始在朝中安插自己的势力。宗族的子弟也鸡犬升天，个个都被移到了要位，掌握了兵权。为了证明自己的合法性，王世充又在城中一遍又一遍地巡视。他要让全城的人都知道，元文都是乱臣贼子，而他才是保护了大隋江山的忠臣。

同时，为了立威，也是为了团结东都势力，王世充还将李密打为元文都在外勾结的国贼。有了标靶，就可以立不世之功。他很快就要对李密一方展开军事行动了。

四、进不去的东都

李密是在去东都的半道上，才收到了东都剧变的消息。他都已经准备入朝了，结果现在突然天翻地覆。城中与他亲近的势力尽数被屠，再去反而平白无故枉送性命。他给东都立了功，转头却发现东都变了天，自己还再一次莫名其妙地站在了对立面。

李密心切于东都的政局，又惆怅于自身的窘境。他坐立难安，随即亲自拜访了自己的老师徐文远。

徐文远沉吟半晌，道："王世充这人，我实在是颇为了解。"

"请先生赐教。"

"魏公与王世充都做过我的学生。但此獠与魏公不同，他为人很残忍，心胸又极为狭窄。已经做了这些，必定是有所图谋。现在已经不是先前计划能实施的时候了。"

"先生的意思是，已经没什么可谈的了？"

"绝无可能。"

而后，李密与徐文远又研究了现下局势，决定效仿南梁旧事，勤王锄奸。现在东都将相失和，自己只要厉兵秣马，发兵勤王，预计短期内就可以平定王世充之乱。李密坚信自己有击败王世充的实力，一旦他树起靖卫皇泰主的大旗，王世充之辈当如土鸡瓦狗。

先前与宇文化及的战斗中，若不是秦叔宝相护，李密可能就已经殒命了。骁果军过于强大，导致李密战损颇多。而且士卒们经此恶战，状态也是相当疲敝。魏徵察觉了问题，他找到李密身边别的长史，希望对方能与他一起劝谏李密，不要贸然开战。魏徵认为李密应该继续之前的阵势，挖沟筑墙，保持与王世充的对峙。等己方充分休整后，再开战也不迟。

其他人听了魏徵的话后，根本不为所动，一句老生常谈便将他搪塞过去。上行下效，魏徵从长史的反应中猜到了李密的态度。既然李密已经定了调，魏徵也不再多说什么。

李密确实是想毕其功于一役的。这个时间点，他正将诸位将领谋臣召至身边，共商讨伐王世充之事。

河东郡公裴仁基提出了"围洛袭王"的战术。他判断，一旦王世充出兵袭来，洛阳的防备必然空虚。这样只需要分出数路人马，让他们以逸待劳，阻截王世充，然后再派数万精兵直取东都，如此便能拉长王世充战线，使其疲于奔命，从而得以授首。

该战术的效果与魏徵说的基本一致，无非是孙子兵法"利而诱之，乱而取之，实而备之，强而避之"。客观上来看这个战术固然好，然而李密觉得煞了己方威风，长了他人志气，不好。

君有所思，臣有所想，见李密有些恃才矜己，单雄信等人遂抛出"速胜论"。他们主张正面对决，快战快胜，我军抵达之处敌众必败如山倒。持这种观点的人中，有些是真的想为新主建功，比如前骁果军将领樊文超和陈志略，他们携江淮人士依附李密，见有机会建立功勋，纷纷摩拳擦掌跃跃欲试。但多数人则完全是出于迎合李密的想法，并没有任何远见。

主战派跟着摇摆，李密顺势下定决心，振臂一呼，拍板与王世充做大决战。他令心腹好友王伯当留守金墉城，自己则带精兵赶往偃师，与王世充直接对峙。布阵之中，程知节听命领内马军，跟他一起扎营北邙山。单雄信领外马军，驻扎在偃师城北，伺机里应外合。

这厢李密依托地利静待王世充的大军到来，那边王世充一样带着精锐赶到偃师，不过却驻扎在了通济渠的南边，与李密隔河对望。比起被雄心壮志熏红眼的李密，王世充的头脑就清醒多了。他知道自己粮草不足，所以围绕一个"速"字做了战术上的安排。

在人员问题上，王世充精挑细选了两万甲士。他只保质不保量，尽量节约粮草。

在思想问题上，王世充因甲士们多是楚人，偏信巫术，便叫来巫师，令其卜出吉卦，然后将卦象广为传播，从而为大军壮胆。

天时地利人和，解决人的问题后，王世充敲定主意，创造出天时和地利。

月明星稀，横跨着一条通济渠，李密一方丝毫没想到王世充会夜袭。结果王世充攻其不备，快速在通济渠上搭设了三座浮桥，再趁着夜色，亲率数百精骑穿过浮桥。水流汩汩从马腿间淌过，除了月亮之外，谁都没发现他们。

这支先遣部队机动性极强，既是斥候探测，又是主力先锋。他们首先袭击了单雄信的营寨，单雄信只见营中四处火起，没法确定敌人究竟有多少。为了稳妥起见，他赶忙向李密求救，随后裴行俨和程知节立刻出发，拍马前来救援。

战斗扩大化后，王世充一队仍然不慌不忙。他们并不着急撤退，反而准备强行接招。面对李密一方前来增援的人，这些骑兵先是用箭矢远程压制，拉近距离后便统一换上长枪，冲刺袭扰，试图打散程裴援军。

乱战中，裴行俨不幸被流箭击中，跌下马来。程知节一把抱起他，将他安置在自己马上。

王世充的骑兵们挥舞着长枪朝程知节刺来，程知节有条不紊，反身抢起马槊砍断了刺来的枪杆。须知一寸长一寸强，马槊长而厚重，亏得是程知节这等豪杰才舞得顺畅。他一边稳住裴行俨，一边缓慢后撤，其间还斩了数位追袭来的敌军，力战许久，程知节才终于脱险。

第二天夜里，王世充又点了两百多骑兵悄悄摸进北邙山，埋伏在了李密扎营的山谷之中。这队骑兵经过一番侦察，发现了李密致命的漏洞。原来李密屡有胜绩，心中有些骄傲，所以营中没有设置防御的壁垒。

这种漏洞仿若太一的恩赐，王世充怎么可能放过？他大喜过望，召来全军将领做了一番部署：

"众位将军，今夜喂好马匹，好好休息。明日养足精神，直破李密小儿的中军大帐！"

王世充讲完话，唤来一个亲卫，安排给他一个特殊的任务——一份给李密准备的大礼。

第二天清晨，王世充对全军将士发起了最后的动员：

"此战，只有成功，没有失败！待大胜归来，吾亲自为诸位封赏！"

先登的是王世充的亲卫部队，战火一触发就陷入了胶着，李密只觉得他们与骁果军比起来差相仿佛。就在正面节节败退的时候，屋漏偏逢连夜雨，李密的后方也突然失了火——王世充昨夜设置的伏兵派上了用场。他们从高处冲了下来，直插进大营中，四处放起火来。顿时，李密大营在冲击下乱成了一团。

一切计划都顺利进行着，王世充想起了他昨晚安排的特殊任务。他命人拖来为李密准备的神秘大礼——一个长得很像李密的人。

王世充令甲士捆住假李密，再让其牵着假李密在阵前奔走，嘴里还不停叫嚷："捉住李密了！捉住李密了！"

消息随着败退的军阵飞速传播。王世充的士兵听后，战得越发勇猛，而李密的士兵听了，则真以为主公被捉，更不愿意继续死战。等他们回头望去时，又见营中失火，便趁乱四处溃散开来。真李密只能且战且退，收拢了一万多残部后，悻悻逃离战场。

王世充在邙山击败了李密，乘胜追击，连夜带兵包围了偃师。此时的偃师已是一座孤城，不复李密在时的气势。守将惧怕王世充的武力，没做任何抵抗便开城投降了。王世充兵不血刃拿下偃师，还俘虏了李密麾下裴仁基、祖君彦等大将。

战役进展到这个分儿上，王世充已然是大胜了。可他却没有打算就此停下步伐，李密先前想要毕其功于一役，他王世充难道就不是吗？

"李密跑哪里去了？"王世充问。

"往洛口方向去了，那里有粮仓。"俘虏答。

"洛口？"王世充突然笑了，他自言自语，"那他就是自寻死路。"

原来王世充早就渗透进洛口了。驻守洛口的人叫邴元真，此人已和王世充眉来眼去许久，就差向王世充正式投降了。王世充不想给李密留任何喘息的机会，为了避免节外生枝，他在偃师城中短暂整顿兵马后，又赶忙启程朝着洛口进军。

前有身怀异心的邴元真，后有死咬不放的王世充。李密想凭借洛口抵挡王世充的计划再次落空，到了现在，连单雄信也投降了王世充，他只能绕过洛口，往更北的虎牢方向撤去。

就这样，东都和李密的攻守之势被彻底扭转。仅仅数日，李密就被送入了绝境，到了最危难的时刻。之所以这样说，是因为李密在中原经营数年，核心控制区即是河南数郡。一次普通的失败或许无关紧要，但倘若河南基本盘没了，那就是真的回天乏术了。

偃师是李密最重要的军事重镇之一。其临近金墉城，李密一众文武随从和人质都安置于此，可见李密对其的重视程度。洛口则是李密势力的政治中心，城中本就有粮。同时还辐射控制着兴洛、回洛两大粮仓，在这个中原乱起的时代，粮食是一切的本钱。

失去了偃师，李密手下的精兵强将会悉数奔散。失去了洛口，李密的影响力将大大受损。如果二者皆失，那河南诸郡望风瓦解将只是时间问题。而那些原本依附李密的势力，也都会改换门庭。

李密到虎牢后，又前往河阳与王伯当会合。后者原本在金墉城驻防，但得知李密战败后，他果断选择放弃了那里。因为王伯当明白，金墉城不过是一座孤城，死守一座城毫无意义。不过，双方在河阳相见后，王伯当先是以擅自放弃金墉城的事向李密请罪。

"伯当，我知道你的苦衷，不必再说了。"

现在李密实质能控制的区域只剩河阳等地。单凭虎牢关的天险，倒是可以抵御王世充一阵，可如若依靠这一隅之地，长此以往则是自寻死路。一筹莫展下，李密想到了徐世勣。他在黎阳驻防，此番并未受损。目前黎阳既有成建制的军队，也有仓城，确实值得去黎阳再做筹谋。

"我想去黎阳，不知诸位意下如何？"

"魏公是要投奔徐世勣？"有人说。

"徐世勣乃我大将，谈何投奔！"

王伯当补充："如今虎牢可暂拒王世充，而向东与黎阳相连，只怕是魏公东山再起的唯一路径。"

"……"

李密见众人面露难色，怒喝一声："大丈夫岂能瑟瑟缩缩！诸位有话不妨直说！"

"徐世勣瓦岗出身，是否与明公同心还未可知……"

"大军刚刚失利，如果没什么奖赏，也许还没与黎阳联结，便要发生营啸了……"

"要是人心不愿，只怕也难以成事哪……"

新遭大败，李密本就心有戚戚。但更让他没有想到的是，仅仅只是一次失败，平日的各位豪杰好汉竟怯懦到要散伙了，李密只觉得像是在炮烙上行走，恨不得当下直接死去才好。

"先前群贤毕至，吾等齐心协力才得以成事，而今竟然如此……"说着说着，李密叹了口气，"千错万错，怪吾即可！"

说罢便拔出剑，打算自刎以谢众人。王伯当冲过去夺过宝剑，抱着李密哭了起来。哭声凄切，又连成一片。悲恸在空气中蔓延，连带李密也落下了眼泪。

李密的眼泪不全为自己而流。他出身名门，起兵以来，从未戕害无辜百姓，对待士族也算礼数周全。他渴望建功立业，更渴望盛世太平，他反隋是见不得黔首哭征夫，归隋也是见不得通济渠边骨。

但这数年的经历永远是重蹈覆辙，有理想抱负的人也难免徒劳无功。这片大地不断地流落在不同的不知节制的群体手里，最终被昏庸的暴君将一切美好毁灭。他就如同走在迷宫之中，每次选择的路，走到尽头都是死路。

"唉！"李密喟然，"我究竟怎样才能走出迷宫？"

满堂沉默之中，终有一人提了条不同的路："魏公与长安唐公是同宗，先前唐公起兵时，也曾与魏公修书。言语中颇有尊崇之意，当前可以去长安投唐公，再徐徐图之。"

有人眼前一亮，赞曰："的确如此！魏公虽未与唐公合兵，但魏公先阻断东都之敌，又战宇文化及，唐公能占领长安，岂非有明公的功劳嘛！"

李密听罢，看向王伯当，他还想听听王伯当的意见。

"过去萧何率领子弟跟随汉王，伯当也当跟随魏公，纵使刀山火海，也毫无怨言！"王伯当从来铮铮果决。

李密毫不怀疑无论他是去黎阳找徐世勣，还是去长安投李渊，王伯当都是他最好的朋友，最忠的下属。但其他人的想法也是他不得不考虑的，从这些人的言语中不难听出，大多数人都不想去找徐世勣。一者去黎阳就意味着孤军奋战，继续与东都为敌；二者徐世勣乃瓦岗出身，前有邴元真的背叛，没人敢去拿自己的生命冒险；三者眼下一边是王世充，一边是投奔就封官的李渊，他们倾向于投奔长安也是人之常情。

"伯当，你刚才是举了萧何的例子对吧？"

"正是。"

"樊哙市井徒，萧何刀笔吏。一朝时运会，千古传名谥。"

李密想起了他从前写的诗，那时他同样是刚刚失败，同样是不甘寂寞，同样期待着东山再起。

"萧何是吧……萧何……哈哈。"

李密做出了决定。

"那就去长安吧。"

第
四
章

谁
才
是
真
秦
王

一、初讨薛举失利

李密与宇文化及、王世充接连斗了数月，最终是东都一方暂时做了赢家。不过，在三方你方唱罢我登场的这几个月里，长安迎来了战略上的黄金窗口期。

正如李世民的预想，东都是没有那么容易拿下的。李密已经用惨败的教训确定了这个事实。况且对于长安来说，自家身后还有虎狼相卧，即便当时真的大举进军东都，只会落得腹背受敌的下场，不会比李密更好。

所谓虎狼，说的便是得陇望秦的薛举了。自古秦陇不分家，当下趁着中原大乱，唐王李渊将视线投向了自家的后花园。讨伐薛举，这是在李渊还未登基时就定下的方针。义宁二年（618）四月，李渊就曾颁布了讨平薛举的诏令：

> 大业丧乱，兵革殷繁，天下黔黎，手足无措。孤所以救焚拯溺，平此乱阶。蜀道诸郡，深思苏息，远勤王略，诚有可嘉。方一戎衣，静兹多难，而薛举狂僭，吞噬西土，陇蜀道途，恐相侵暴。今便命将授律，分道进兵。其冲要诸郡县，宜率励各募部民，随机底定。斯则暂劳永逸，贻厥子孙，自（守）国刑家，同享安乐。

薛举当然不会坐以待毙，他决定先下手为强。很快，他率军穿插进了唐国领土。他的目标是泾州，以此，他将为李渊登基准备一份"厚礼"。

泾州，位于关中平原的东北部，距离长安城只有百余里。同时又西连秦州，前是李渊的都城，后是薛举的都城，战略地位之重要不言而喻。

可以说，泾州在大唐手中，唐军就有将利刃插进薛举心脏的能力。而反过来，要是薛举拿下泾州，他也能对长安产生致命的威胁。

边衅已起，薛举已来，李渊会作何反应呢？

年初进攻东都时，李渊让长子李建成做左元帅，次子李世民为其副手。但现在李渊已经称帝，李建成也成了太子，身份水涨船高，储君便不适合上前线了。因此，这次应对西秦的元帅之位，自然轮到了秦王。

武德元年（618）六月初十，李世民亲自挂帅，总管八路大军驰援泾州。这八路人马中，既有刘文静、殷开山等重臣，也有李安远、刘弘基等名将。这些人有相当一部分，都可以算得上是秦王嫡系。他们自晋阳起兵后，要么本身是李世民的元从，要么主将是李世民的好友。

从长安到泾州实在很近，李世民大军不日便赶到了高墌城。此城位于泾河边上，沿着泾水坐落在崇山中。在它不远处就是长武城，那里距离长安城更近。因着高墌城附近依山傍水，它自身却有一片平原，所以这块区域也被叫作浅水塬。

高墌城在薛举谋取长安的必经之路上，又是易守难攻，还有泾水辅助，实在是最合适不过的驻防场所。所以李世民早就谋划好了战术——先固守高墌，再待时而动。因而等他一到，就令大军挖深壕筑高墙，充分发挥防守优势。

此时的薛举如同一股劲风扑来，一鼓作气，再而衰，三而竭。待薛举这一鼓而作的气稍微泄泄后，再开打也不迟。

但是，作为唐王的代表，军中的重臣，刘文静和殷开山二人心中有些自己的想法。他们主张速战，主要原因是唐国刚刚立国，将士们正渴望建功立业。西边的薛举不过是纸老虎，硬碰硬的一场战斗有助于提振大唐雄风。

他们一人是行军长史，一人是司马，协同起来提出建议，连李世民也不得不认真应对。此时的唐军确实兵强马壮，八路总管和普通士卒都铆足了劲儿，都想在大唐开国首战上亮一亮宝剑。营中弥漫着轻浮又骄傲的情绪，将士们自信满满，如有天命在身。

可李世民偏偏要唱反调，他尝试强压这股骄兵风气。他从实际考虑，唐军一不缺兵，二不缺粮，没有急于出击的必要。反观薛举，其之所以选择在夏天长途奔袭，也不过是为了获取些虚名，拿唐军立威。

薛举越想立威，李世民就越不想给他机会，让他无仗可打干着急。李世民是一位充满耐心的猎手，永远都比豺狼更有耐心。他只会在深林中看着豺狼松懈，然后将其一击毙命。

世事多辗转，大约也是历史的黑色幽默。大敌当前，李世民却突然倒下了。时值酷暑，天气炎热难挨，倒霉的李世民得了一场相当严重的疟疾，突兀地倒下了。

别说那个年代，就是现在得了疟疾，也是一场噩梦，更别说去前线带兵打仗了。无奈之下，李世民只得将军中之事委托给了行军长史刘文静和行军司马殷开山。在回去养病之前，李世民心里始终担心，失去了他这个压舱石后，唐军会贸然出击，从而给薛举以可乘之机。哪怕在离开高墌城的病榻上，他仍然在向刘文静和殷开山千叮咛万嘱咐：

"薛举孤军深入，又缺少粮食，定会急于开战。不论如何，一定要沉住气！"

"等孤此番折返，定带你们一举捣灭薛举。"

"记住！不要应战！"

也许是因为生病的原因，李世民交代了太多事情。然而语言是最容易过犹不及的东西，李世民肯定没有想到，自己这番话到了手下将领的耳中，居然产生了完全相反的作用。

刘文静和殷开山作为秦王嫡系，一直以来都深得李世民信任。秦王留下的话激起了他们的好胜心，二人认为秦王只是病急瞎担心，怀疑他们的领兵能力罢了。

有这样的心理作祟，刘文静和殷开山更想用一场胜利来证明自己了。此外他们现在还多了个出击的理由：秦王病急的消息迟早会传出去，与其等到消息传出去动摇军心，让薛举知道后转换他的优势，不如先下手为强，趁着薛举还不知秦王生病，让他见识一下唐人的军威，一旦打怕了他，那秦王的病也会养得更轻松点。

一拍即合，大帐会议后，唐军便在高墌城西南列阵，摆出架势决定正面与西秦军硬碰一场。

薛举察探到唐军总算出城，心中的石头终于落了地。他是兰州金城校尉之子，出身河东薛氏，骁勇魁梧，家学渊源，当然知道"一鼓作气，再而衰"的道理。唐军坚壁清野固守城内的这些天，他不光心里着急，士气在降，粮草也快见底了。

薛举没有一天不希望能和唐军开打，日渐干瘪的粮车像山一样压在他身上。而现在，唐军终于出来了！薛举激动极了，他意识到自己要的机会终于来了！

虽然内心澎湃，但兵者诡道，他并不会真和唐军正面摆阵打呆仗。薛举准备奇袭，用正面佯攻掩护大军穿插，直到绕到唐军阵后插进他们的心脏。

客观来说，唐军与西秦军相斗，再不济也是一场势均力敌的战斗。而且唐军以逸待劳，又是新军骄兵，别的不说，输是很难输。薛举想到了会胜利，不过也没想到唐军居然这般不堪一战。双方初战浅水塬，最终的战况让所有人目瞪口呆——

第一是"地"：高墌城被薛举收入囊中。

第二是"人"：此次一战让唐军损失惨重，战损过半。

第三是"将"：唐军的八路总管被打散，李安远和刘弘基两位大将被俘获。

从战后来看，刘文静和殷开山可以将战败归咎于兵士自负，也可以归咎于准备不周。但无论如何，他们不得不承认此次贸然出击完全是一个错误——一场在错误时间进行的错误战争。

虽说胜败乃兵家常事，但是，很多将士的血就这样白流了。他们是为了盛世太平，为了建功立业才西征的。可眼下，他们不光没能看见胜利，死后还要被人侮辱。

薛举将唐军士兵的尸首分离，然后用这些年轻的首级在高墌城筑成京观。不管他是想振西秦的威风，还是羞辱活着的唐军，他的目的都达成了。在夕阳的余晖下，溃败的唐军望着用同袍堆成的京观，看着昨夜还一起吃肉唱歌的头颅，只得含泪与高墌城作别。

逝者的血肉已经凉透，尚存的人血液和眼泪一样滚烫。唐人的眼睛模糊了，他们已分不清眼前的景象，究竟是黄昏如同死亡，还是死亡如同黄昏。但败就是败，他们只能暗暗心里发誓：薛举，此仇定十倍偿还！

现在，只能先回长安。

唐军这场耻辱性的大败成了长安城的阴影。薛举的西秦大军蓦地笼罩在唐国北部，像一只不知餍足的狼，用阴鸷的眼光注视着长安。

在浅水塬战场上，唐军八大总管被薛举一一击败，有的是一触即溃的样子货，有的是边打边跑的机灵鬼。唯有刘弘基这一支军马，一直战斗到了盟军已绝、箭矢已尽的时刻。

刘弘基身为一路主帅，身先士卒，力破数人。一直到气力耗尽被薛举擒获，也没有停下反抗与斗争。而对于这样的勇者，薛举也是大为钦佩，叫人好生看管刘弘基，试图将这员虎将纳为己用。

待到刘弘基力战的消息传回长安，李渊算是松了口气，也算有法子能缓冲一下长安有些怯薛举的势头了。他先是在朝会上专门把刘弘基提了一遍，又将刘作为典型在军中大肆宣传。刘弘基的不屈不惧不仅属于他个人，更应该成为唐军的精神。莫说人人都像他一样，只要有他的五成胆魄，也不至于落得整军溃散的下场。话分两头，现在吃了败仗已经是既定的事实了，那更要做好宣传和训练，争取，并且一定要向薛举还以颜色，否则唐国立国的根基就开始晃动了。

有功当赏，有罪当罚。毋庸置疑，代理主帅刘文静等人的冒进是本次失利的主要缘由。为了安抚军心，也为了立好规矩，李渊下令将其罢官。不过呢，他倒没有处罚自家的二郎。虽说李世民确实生病，打仗不是他的令，败仗也不是他指挥。但一般来说，无论如何，作为统帅，总是要对失败负责的。

李世民年轻气盛，自觉此次大败伤了自己的颜面。即便父亲没有罚他，他已然将其视为平生中的一大耻辱。哪怕现在他大病未愈，又没目睹战场惨况，可是从溃军们口口相传中，李世民同样清晰地认识到了唐军败得是有多惨。他做梦都想尽快好起来，重新跟薛举战一场，为死去的将士复仇，为未捷的初战洗刷屈辱，为自家的大业涤荡强敌。

此消彼长，我弱他强。仅仅一个月后，同样炎热的桂月中秋，尝到胜利甜头的薛举趁热打铁，挥师东进。这次他的目标是前时的北地郡，现在的宁州，未来的庆阳——离长安更近的地方。只要他再赢一场，那长安与他，就成切实邻居了。

可惜，谋事在人，成事在天。时人无仙神，李世民能生病，他薛举当然也能生病。就在薛举打算向东谋取长安的时候，他病倒了。

薛举不但是突发恶疾，而且恶疾还想要了他的命。尽管他不像李世民般年轻力壮，熬不过去生死大考，但他是何等人物，怎能白白等死。薛举召来了巫医，试图在命运面前再做一次挣扎。前朝有诸葛丞相七星灯借命，朕乃西秦霸王，岂能崩于病痛之下！正是君有所想，臣有所悟。巫医贴心地告诉他，他之所以生病，全因唐军作祟。听完诊断结果后，薛举更为悲愤。与李渊斗到现在，破唐军的战役近在眉睫，居然是自己要先走一步，居然是自己要死于这般鬼魅伎俩。

再多的愤怒与恨意，都只留下了一声空叹。薛举感受到生命一点一点地流逝，体察到了桓温北伐的无奈。于生命的最后时刻，他只愁自己的两个孩子——西秦，西秦的太子薛仁杲。西秦算是基业草创，他也做不了什么了，但薛仁杲，还得嘱托几句才好。

"仁杲，你的才智当将领是够了。但作为君主，你过于暴戾严苛啊！阿耶走了以后，你要多收心养性，遇到事不要慌乱，要多问郝瑗。阿耶我最挂念的就是你，别的不说，尽可能地保全社稷宗庙，保全自身就可以了。唉！"

薛举握着薛仁杲的手，半晌都不曾放开。旁人见他怒目圆睁，似是对天命的不忿，又见他没了声响，总是哭了出来。哀声绕梁满堂丧，又一位枭雄在无奈中离开了人世。他死后，太子薛仁杲继承帝位，追封薛举为西秦武帝。刚强直理曰武，威强敌德曰武。说起来也算配得上薛举的辉煌一生。虽然西秦实控的范围只有陇地一隅，在隋末乱世中不是那么有存在感。但在李渊统一中国的进程之中，他却是李渊面临的第一大强敌。薛举活着的时候，唐国在西秦面前步步避让，吃亏不少，只有无奈坐视薛氏政权达到了巅峰。

物极必反，盛极必衰。西秦的炉火被薛举烧到了最旺，等到薛举一死，西秦的中央政权失去了主心骨。就像是被人釜底抽薪了般，被抽走的还是燃烧最充分的那根。一来二去，如果没有额外的柴薪，那这炉火就只能走向覆灭了。

屋漏偏逢连夜雨，上天不光抽走了西秦的火，还要给它泼一碗水。薛举最依赖的谋士，留给薛仁杲的托孤大臣——郝瑗，竟然因为主君之死悲伤过度，从此一病不起，撒手退出了历史舞台。

薛举临终前的担忧成了现实，没人能压着薛仁杲那暴虐的性子了。不管历史上真实的薛仁杲是否如史家所言那般恶劣，但自打他登基之后，父亲留给他的人手出走的出走，投降的投降，西秦政权的实力短期内就大幅滑坡。

无论如何，不可否认的是，薛仁杲确实不是一位让人愿意效命的领导者。而他这个秦王，与唐国这边的秦王相比，谁真谁假昭然若揭。

二、再战薛仁杲

西秦霸王暴死，西秦局势骤变，一切都是对唐国极大的利好。秦王当即决定给西秦"雪中送炭"，他重新挂帅，再次进军高墌城，势要趁西秦权力接续的疲敝之际将其烧成飞灰！

这次交锋，西秦也有必须获胜的理由。一方面它本就是个绑在战马上的初生政权，需要以战养战，才能维持其统治；另一方面西秦霸王新死，正是满朝诸公心思涌动的时候，能维持西秦政权的有且只有一场胜利，一场足够的大胜。退兵甚而是输掉战役，对西秦来说都将意味着覆灭。

那就打吧。薛仁杲凝视着泾州城，瞩目着阿耶留给他的基业。虽说此时自己占了主动，将泾州完全置于西秦的围困之中，可从局势上看，西秦却更像破釜沉舟的楚霸王。能做的，只有向死而生，只能吞下泾州，不计任何代价。

眼下坐镇泾州的是大唐骠骑将军刘感。刘感出身名将世家，祖父是北齐左卫大将军刘丰。老刘家世代为将，最早可以追溯到百年前的六镇起义。那时的刘丰在灵州城中北拒元真王义军，敌军哪怕是一波又一波的潮水，灵州城也死死地咬紧了地面，最终，也没让敌人染指城池。

而现在，刘感也在一座孤城——泾州中。刘感守卫在城墙上，拔剑压下了薛仁杲一次又一次的进攻，他只想到了阿翁刘丰。当年刘丰的死守赢得了刘家的荣耀，我刘感自不能污了阿翁的名声。

人少，那就轮班值守，发动青壮。粮尽，那就杀了战马，分而食之。作为主帅，刘感其实不知道是否有援军，援军来还要多久，不过无非一个死字，他也不甚在意。刘感将肉分给士卒，自己和着煮骨头的汤水与木屑充饥。

每每交战，刘感都高立在泾州城墙，像是泾州的太阳，威严而温柔地庇护着这一城水土。守将们见得如此，只想着主将都顾不得性命，你我大唐府兵，安敢轻言放弃？

不论蚁附攻城的敌人是何等的数之不尽，也不论付出了多少同袍生命的代价，在每个太阳落山的喘息片刻，刘感都可以看到各处守将身上耀目的血色与金光，像是古老传说中的神荼郁垒，连带城池都染上了一层辉亮。

神一样的门将也终是抵挡不住无边无际的敌人和人困粮荒的境地，

被围困的时日慢慢变长，泾州城还能喊杀的英勇男儿越来越少，刘感只觉得心如刀割。临了，就连刘感都起了死志之时，由李渊堂弟长平王李叔良带队的大唐援军终于来了。见此，薛仁杲只得退避三舍，泾州的困局也算是暂时解决了。

正面这座高山看起来不是一时半会儿能拿下了，薛仁杲有些焦急，他可等不起。兵者诡道，被事态逼到走投无路的薛仁杲使了一招调虎离山之计。他明知城中粮草不足，就蛇打七寸，也声称西秦军队的粮草业已尽绝。为了进一步迷惑守城的人，他带着大军回撤了数十里，就地潜藏起来。光撤走可不算，另一边他又专门从高墌城调来当地人，令他们假意投奔唐军，装出献城投降的样子。

走马上任的长平王看着消瘦的守军们，陷入了两难的境地。这高墌来的人，只怕是诈降吧？不过即便是诈降，不也没什么损失吗？况且高墌是李世民手里丢的，守军多是我关中人，现在薛举既已死，投降也不是不可能嘛！他一边自我麻醉着，一边又有些自得，秦王丢了我来拿，说明我比那个毛头小子还是要强的嘛！可叹，陷入逻辑自证的孤王是叫不醒的，刘感没办法，只得带兵赶去高墌城受降。

不出他所料的是，等到了高墌，他顿时俨然成了个傻子。任凭他怎么叫门，守城的人都死活不开城门。刘感确认是诈降，但他还想尽自己所能，尝试掌握主动权。为了确认秦军的真实意图，他试图用火攻城门，打算从受降转移到强取。然而等到唐军士兵刚点起火，城楼上就有大水泼了下来。城楼上的水泼到了刘感心里，他突然发觉，如果这一切都是薛仁杲在使诈的话，那现在的自己，已经落入包围圈中了。

"这狗贱奴！"刘感急忙命令军队掉头回泾州，自己则带着骑兵为大军殿后。高墌城楼上的守军一看到下面准备撤退了，立刻点起三座烽火，向远处的薛仁杲发送了信号。

来不及了，城头刚燃起火光，源源不断的西秦士卒就从城中涌了出来。

"将军！有埋伏！"亲卫对刘感沉声道，"请将军先撤！"

"哪来的混账话！传我军令，此战必胜，吾要阵斩薛仁杲！"刘感有些不祥的预感，但很快他就选择了道路。我乃高昌王刘丰嫡孙，哪能做什么撇下大部队一人苟且偷生的卑劣事。他现在就是被逼到绝路的大虫，纵然死，也要啃下薛仁杲的一块肉。

刘感冷静了下来，开始最后一次运用阿翁的兵法。他指令明确，让军士们摆开大阵，决计与敌人在百里细川做殊死肉搏。何其无奈，他的军队相比西秦军，实在是太少了，即使不论是刘感或者他的战士都没有因畏惧而投降，但结果也还是被无穷无尽的敌人围堵，不能撕开一道突围的裂口。突围成了奢望，亲卫一个个倒下，刘感已经数不清自己的马槊挥了多少次，沾了多少血。在他又一次挥动马槊后，涌上来的西秦军扑倒了他——他连站立的力量都没有了。

薛仁杲喜出望外，没承想还抓一条大鱼。他给刘感许了高官厚禄，想让他做次间谍，向泾州城中的唐军喊话，劝守军放弃抵抗开城投降。

"刘将军，泾州城的守军都是您的部下，只要您合作，他们一定会乖乖听话。待到事成之后，封王赏赐都不在话下啊！"薛仁杲盯着刘感的眼睛，许诺道。

"好啊。"

刘感的回答出乎薛仁杲所料，他没从刘感的眼神中看出什么来。按理说作为一个从未言败的将军，刘感是不会这样轻易答应自己的条件的，不过既然已经答应了，那就先暂且用着。于是，尽管半信半疑，薛仁杲还是将刘感带到了泾州城前，让他按吩咐说辞。

正值夏秋交替，蓦地飘风落雨，转眼居然起了雪。泾州的守将只见刘感一人站在泾州城外，顶天立地，跟往日站在城楼上的将军别无两样。刘感披着甲，身上落了些雪花。他昂着头，面前是他的友军，身后是他的敌人。

"逆贼缺粮，危在旦夕！"

"秦王已经在路上，胜利就在明天！"

"诸位不用担心，一定要坚持！"

薛仁杲血往头上涌，他知道在刘感眼里看到什么了，轻蔑。刘感从来没有将他当作一个皇帝，刘感眼里的他还不如草芥。薛仁杲暴戾的性子被骤然引爆，怒火从心中烧了出来："既然你要做烈士，那我就成全你！"

随即，他萌生了一个残忍的想法。在城楼守将的注视下，他令人挖了一个齐膝的坑，然后，他令人捆住刘感，将刘感的膝盖一下全埋在了土里。薛仁杲骑上了战马，拉开了弓，亲手将刘感射穿。剧烈的痛苦下，刘感声音越发坚肯，薛仁杲只听到一遍一遍的"逆贼"，他气得发狂，等到刘感咽了气，都还抑不住狂怒。

刘感被虐杀的全景都被城楼上的长平王收在了眼底。他连眨眼都不肯，紧紧盯着刘感，薛仁杲每射出一箭，他也跟着颤抖，仿若被射中的人是他自己。世事无常，再后悔也没有重新来过的可能，刘感非他所杀，却因他而死。不管以后再怎么弥补，刘感也不会大笑着朝他敬酒了。他又恨又怒，肩负的除了李渊的使命，还多了份刘感的志向。

守城的军士只觉得天黑了，太阳熄灭了。但太阳熄灭的同时，又尽自己最大的力量为他们点燃了一片霞光。哀兵必胜，现在哪怕李世民不来，这泾州的城门，也不可能为薛仁杲打开了。

薛仁杲无计可施，只能悻悻回城。自薛举去世以来，西秦的战事进行到现在，他确实成功打了几场胜仗。可从战略上看，泾州和宁州如今仍掌握在大唐手中，战术上断续的胜利并没为西秦带来任何战略上的裨益。

时间已是九月，秋天已至，冬天还会远吗？届时面对唐军主力，正面的国战势必会变得更广更难。比起现在坐拥关中的大唐，西秦的领域支离破碎，连生产线也没有恢复，更别说可持续的补给线了。倘若打成消耗战，那西秦能走多远呢？

此间等事，秦王都了然于胸。因此他决意，接下来就打消耗战。等唐军驻到了高墌城附近后，李世民就筑起营垒，只切断西秦的补给线，不攻城，只与西秦大将宗罗睺所在的高墌守军遥遥对峙。宗罗睺清楚问题的急迫，多次派人在唐军营帐外挑衅，言辞一次比一次激烈。

唐军的将领既是百战胜军，又是关中血勇，哪能忍得了这些。他们接连向秦王请战，看架势，必要封了宗罗睺的嘴。

李世民听诸将请命，默默不言，众人看主帅没甚说的，倒也明白事难求。哪能再冒进呢？李世民心想。前面的高墌城就是他手里丢的，虽说他留的策略是对的，只是刘文静等人贪功了，但当时自己要是熬一熬，数万大好儿郎的血，是不是就不用流了呢？因此，他下了死命令，本次开战之时机，在我不在他，唐军只能以我为主，决不能再有冒进。

宗罗睺三番五次前来挑衅，唐军个个憋着一肚子火。宗罗睺见李世民不上当，更有些着急，他居然带着之前战死的唐军首级耀武扬威，口称什么宰杀如杀猪。将士们被勾起了痛苦的回忆，握箭的手都拿不稳了。将领们被人用同袍的尸骨羞辱，再难忍得住，冲向中军大帐，誓死向秦王请战。

李世民同样受到了压力，不论是死去的尸骨，还是活着的怨气，四面八方的压力将他围住，他扎在帐里，像一块礁石，把将士们的怒火压在了自己的身下。他说，我比各位将军更为难过，但时机未到，仍需再等。

就这样，双方在高墌城相持了许久。李世民为了众将不泄气，发誓等开战之时，亲自率军冲锋。不过，在此之前，凡再有请战的，以扰乱军心论处，斩首！

李世民下定决心，以自己的全盘掌握来结束这场战争。

驻扎练兵的时间过得很快，一晃已经在高墌对峙了近两个月。天气变得越来越冷，气氛也变得更为肃杀。高墌孤城人饥马饿，终于，转机出现了，有一支军队从高墌城中跑出，朝李世民军中奔去。

是又来叫阵的吗？带着这样的疑问，唐军哨塔射出了箭矢，喝止了他们。但显然事情不同以往，这支军队眼见唐军营帐，竟纷纷下马解甲，一副投降的姿态。待到靠近后，唐军斥候这才得知，这支军队中带头的人叫梁胡郎，他是带兵来投奔李世民的。

"报！高墌城中有将梁胡郎带兵投降！"

中军大帐内，众人听到又有薛军来投，顿时联想到了刘感，这西秦没完没了，同样的诈还能连着使？

"让他过来吧。"李世民显然不这样认为。

"秦王，先前骠骑将军刘感为薛仁杲奸计所害，只怕此次，又要故技重施啊。"

"大丈夫何须畏畏缩缩？纵使乃薛贼奸计，见一见，又有何妨呢？"

梁胡郎来后，李世民只看着他不说话。梁胡郎还想拿乔，可看着主位上的年轻人，不由自主地声音小了下来。"您是唐军的主帅吧？某是陇西宗罗睺将军麾下将领，此次来投降全是因为不得已而为之啊。您堵了高墌六十余天，城里粮食早就见了底，某本来就是带着父老同族们混口饭吃，现在都要饿死了，只得跑出城来，请您高抬贵手，收留下我们。"

李世民心想不管他说的真假，起码说明了一件事，开战的主动权回到自己手里了。这六十几天，他把唐军将士们的怒火压成了雷霆，全军上下总算是打磨掉了上次失败的怯懦。现在时机已到，借着敌军粮荒的名，他终于能说出那句话了。

"听吾军令，准备一举擒获宗罗睺！"

三、决战浅水塬

既要决战，那就得行万全之策。现在天时人和都有了，地利也得是千挑万选。因着这个缘由，李世民令行军总管梁实在高墌附近的浅水塬扎营。其目的是诱惑宗罗睺，让他以为唐军终于有所行动。宗罗睺急躁，高墌又缺粮，必定会主动进攻。

梁实分兵浅水塬后，宗罗睺果真上套。他带领全部精锐来到阵前，对梁实发起正面攻击。结果任凭宗罗睺如何攻击，唐军继续贯彻了不动如山的命令。梁实严格按照秦王的指示行事，只依托险要的山势防守，绝不贸然出战。

宗罗睺气苦，可西秦补给迟迟不来，他只能往前，再等下去照样有死无生。只恨对面的唐军似是千年老鳖，怎的能忍，也怎的能扛，他用尽全力，也很难很快地拿下对面的门头。宗罗睺的精力已被磨钝了不少，攻势也不似开始时那般猛烈。而远处的李世民，召来右武候大将军庞玉，开始准备下一阶段的作战。

决战第二阶段，庞玉同样分兵在浅水塬，只等宗罗睺来袭。与先前不同，这次设阵的地方无山险可依。宗罗睺看向二者，一边靠山龟缩，一边在开阔地，哪边是软柿子简直一目了然。旋即，饿极了的宗罗睺就掉转了方向，扑向了庞玉。

庞玉军纪严明，作战勇猛，又家学渊源，精通兵法。他力扛重压，和甲士们一同在阵中浴血奋战，毫不畏惧西秦的群狼。但须知，庞玉再勇猛也是一个分支来对抗敌军主力，西秦人数终究远超庞玉，随着西秦的撕咬，庞玉慢慢招架不住了，天平开始倾斜起来。

那秦王在哪儿呢？秦王还在远处。

李世民望向战场，在他眼中，梁实的战阵犹如群山，任你如何拍打，我自岿然不动。而庞玉的战阵则像一条堤坝，虽然小，但亦能拦住洪水。等梁实让敌人泄完了气，庞玉让敌人尽完了力，就轮到他登场了。

是的，决战第三阶段的先锋，就是秦王自己。

战鼓声振，战马嘶鸣，只见秦王身着玄甲，数十名亲卫也是统一玄甲，尖刀一般冲在主力大军的最前方。眼尖的唐军看到了秦王和亲卫，大声向袍泽呼喊，发出震耳的战吼。随着大军的迫近，地面也开始震颤，宗罗睺的狼群仿若见了天灾，斗志开始急剧下滑。

宗罗睺在秦王亲率的主力面前，很快就打成了大败，只得仓皇逃向薛仁杲现在的老巢——高墌城。

此役唐军斩杀了敌军千余人，算是洗刷了初战浅水塬的耻辱。尽管穷寇莫追，但秦王并不打算止步于此。真正开始打仗后，李世民像是变了个人。谨小慎微的元帅突然变得雷厉风行起来。李世民率军追击了一阵，还未作任何休整，就又清点起人马来。他准备继续亲率两千骑兵，追击宗罗睺。

李世民的舅父——酂国公窦轨拉住了他的马绳，苦苦劝他："宗罗睺虽然败，须知穷寇莫追，薛仁杲主力尚在，其他可以再做打算，你不能有事啊!"

"大军乃是趁势而为，战争不能轻易发起。但只要开打，就要大打狠打，最好将他们一举歼灭，拖不得!"

"世民，先让将士们休整一下，等侦察到薛仁杲的动静，再动也不迟啊。"

"我军现在势如破竹，怎么能抽刀回鞘呢?"

"世民！切莫斗一时的气啊!"

"舅父！这事不必再商量了。"

拗不过李世民，窦轨只能目送他与骑兵们远去。虽是如此，也不能什么都不做，为了稳妥，他带着唐军主力跟在秦王后面，以从后方翼卫秦王。

事实证明，李世民是对的。他没有给薛仁杲任何反应的时间，宗罗睺战败的消息和溃军前脚到了高墌，追击的唐军就到了城门前。李世民来势汹汹，薛仁杲猝不及防。他不敢应战，只能紧闭城门，避而不战。

李世民和薛仁杲，一人在城下，一人在城上，双方在无言中对峙着。时间一分一秒过去，唐军主力越来越多，西秦军见此情景，只觉天崩地裂，大势已去。

几个月以来，一直都是薛仁杲在围城，这还是他第一次被人围困。但他所围的唐军，至少心中还有个念想，至少还能撑着等援军来救。可他自己呢？此时已经没有人能救他了。又因着在之前的对峙中，西秦的辎重不断损耗又没得补充，城中已无多少存粮。秦军个个脸上写满了畏惧和惊恐，竟是败相尽显。到了夜里，城内人看着城外的营火，心也乱了。夜色森森，城门透了个缝，西秦军开始不断地逃跑出城，向唐军投降乞生。等到第二天薛仁杲一看，零零散散的西秦军不剩几人了，他只得艰难且不情愿地做出了决定：

投降！

浅水塬之战落下了帷幕。在这场全方位的国战中，唐军笑到了最后。秦王用数十日的等待磨砺了剑刃，然后只用数日，一剑就封了薛仁杲的喉。经此一役，薛氏西秦政权被唐摁死。李世民向世人证明，当今天下，他才是真正的秦王。

西土暂定，陇蜀已通，李世民第一时间命人将平薛的胜果带回长安。受降后的唐军不光寻回了先前被俘虏的刘仁基等高级将领，还收编了薛仁杲麾下的一万精兵，彻底洗刷了先前失利的耻辱。

今天的李世民刚满二十岁，才是弱冠之年，可已经有了名震天下的战绩。也正因为年少自信，他同样愿意将胜利与人分享。浅水塬之战中，李世民充分展示了他的才华。他那独立乃至有些独断的指挥，配上他的成绩，麾下将领更是心服口服。

不过虽说心服口服，他们还是对秦王的决策能如此果断而多有疑问。在庆祝大典上，有人就趁着酒意请教了这样的问题：

"元帅少年英才！只是先前击败宗罗睺后，元帅又带骑兵直逼城下，一日之内就覆灭薛贼，仿若未卜先知。元帅莫不是天上的将星下凡，早就看透了薛贼的外强中干啊？"

李世民大笑，他乐得跟人讲这些："宗罗睺部下之彪悍，诸位在战场上已经领略到了吧？"

众人不禁唱喏，上溯到先汉时，河西就以马场和当地骁勇民风出名。

"西秦主力多是陇山出身的悍将勇卒，措手不及下可被我大军击败，但倘若让他们缓过神来，再打就难了。"

李世民又提了一个原因："追击的过程会提升我部士气，还能将溃军冲散。如此，薛仁杲不仅来不及归拢败部，吃败仗的心绪也会在其军内蔓延。夫用兵之道，攻心为上，攻城为下；心战为上，兵战为下。我增彼减，岂有不胜之理哉！"

听到这里，众人齐齐拱手，心悦诚服。

李世民说罢，举起了酒杯，环视一圈，将士们脸上都是不加掩饰的笑意。大伙儿纵酒高歌，将盛典推向了最高潮。常言道，英雄出少年，李世民这个少年英雄想得更多些。他在人群中穿梭，发觉很多熟面孔都见不到了。浅水塬，浅水塬，关中的大好儿郎有多少在这里怒目圆睁，死得像雪花一样，轻飘飘的，一吹风就了无踪迹了。烈士，烈士，他们虽然看不到胜利的场景，但这场胜利一样属于他们。李世民做了一个决定：等将来平定了天下，他要在这里建一座寺庙，立一座丰碑，让这些为国牺牲的英灵永世不被遗忘。

酒足饭饱，礼罢乐散，李世民也没忘记去见手下败将。他并没有把西秦的文臣武将们关起来，反倒给了他们足够的自由。一方面，大唐草创，处处缺人，前朝皇帝杨广曾设了各级州县学，增设了十科举人，是为科举之雏形。但大业既倒，教育新生的枝丫也被压断了，而今的大唐还远远没有广纳天下贤才的途径。因着此，李世民对西秦文武们根本没有多余的猜疑，他还邀请这些败军亡国之臣与他一同打猎。这可并不是演戏，不只是他绝对的自信，还是他对人心的把握。

另一方面，李世民也希望用这种行为，向他人展示大唐正统的气魄。时天下大乱，为着统一平乱着想，能人自然是越多越好。借着政治上的开放，借着主帅皇室的风度，倘若到了将来，除了该杀必杀之人，其他能者都能为大唐所用，那么，不也是天下的福音吗。

当然了，李世民可不是只会做出姿态，只被动地去吸引人才的注意。年轻的他主观上也是向往天下的英雄豪杰。由着他豪迈的气度、彪炳的战功，虽说天下纷争、山河破碎，虽说他不是新生大唐的官方继承者，可因秦王个人魅力而下意识追随的贤才，还是趋之若鹜，属于秦王个人的班底慢慢充盈了起来。

自打到了陇地，李世民就有了一个目标：薛氏政权下的大才——褚亮。此人本是杭州人士，今已年近花甲，从他的籍贯和年龄就能看出，褚亮与在江都被杀的虞世基一样，和前隋乃至前陈都有莫大关系。他本是前朝陈后主的尚书殿中侍郎，后来陈亡隋兴，文帝见他大才，让他去做了杨广的东宫学士。

可跟起点相仿的虞世基不同，在杨广看来，比起前者，褚亮是一个令人妒厌的家伙。原因很简单，其人虽说才高八斗，但天天给杨广捣乱，违逆杨广的意愿。俗话说眼不见心不烦，杨广趁着杨玄感之乱，顺手就将他贬到西海（青海湖）附近，让他离自己远远的。也是因着此，本来是朝堂中人的江南褚亮这才和金城的薛举产生了联系。不过塞翁失马焉知非福，褚亮虽是被贬谪，倒是躲过了中原的战乱与江南的兵变。不然依他的性格，这会儿应该在地下劝谏杨广了。

而显然，褚亮的福气还在后头。从李世民招降了西秦后，就对褚亮礼遇有加，双方虽然年龄相差近四十岁，可谈及天下之事，竟相见恨晚。褚亮见秦王对他如此重视，又如此有能力，越发的感怀和欣喜，更是知无不言。李世民对他的学识见解也是相当满意，双方一拍即合，褚亮就跟着李世民回了长安，成了唐国的座上宾。

薛氏既平，长安已安，捷报乘着东风吹到了太极宫。虽说大军西征就是为了覆灭西秦，但真的尘埃落定后，李渊还是欣喜若狂。谁说不是呢？这可是他登基以来消灭的第一个割据政权！毫无疑问，李世民给他狠狠地长了脸。为着光显次子的威风，也为着炫耀唐国的武力，李渊打算在满堂朝臣中挑选一个人，让他去迎接李世民班师。

首先，这个人的名声爵位要够。其次，他得有足够空余的时间。最后，为了给李世民惊喜，此人最好是个新面孔。思忖一番后，李渊确定了人选——李密。

四、迷失长安

李密怎么归的长安，还得从他被王世充击溃时说起。

让我们稍微往前推一下，武德元年（618）十月，那时李密新逢王世充的打击，走投无路下做出了去长安的决定。十月，李密一路西行，虽说关中的天气越来越冷，他的心却越来越热。李密稍有闲暇就拿出李渊给他的密信，他摸着李渊的字句，幻想着李渊给自己怎样的待遇。

显然，李密学到了杨广自我麻醉的天赋。眼下李密是败军之将，李渊是大唐之主，此减彼增下，纵使李密还有世人的赞誉和残破的兵力，可比起李渊书信的当时，双方的地位已经是相去甚远了。

那此刻，李渊在干什么呢？李渊可没蒲山公似的天马行空，在李密到达长安的前一天，他还在殿中为突厥使者设宴。

李渊从小与杨广一起长大，生活在隋文帝的身边，学到了凡事隐藏自己真实想法的能力。又因贵族出身，他很擅长做场面事、说场面话，在场面上能让旁人如沐春风。突厥使者就被他招待得晕晕忽忽的。因为现在大唐新生，突厥势盛，李渊居然大方地让使者坐上皇帝的宝座，以示对突厥的亲密。

这样一个擅长做戏的人，又会怎样对待李密呢？

突厥使者走后第二天，李密终于到了长安。直到到长安的前一晚，李密仍信誓旦旦地向部下吹嘘：他李密可是蒲山公，又是李渊本家。这次携带着义军归降长安，在座的众位将军也都是不世出的人才，只要李渊是个识趣的，就一定会给他们个个封王封侯，高官厚禄！

话虽这么说，但李密也清楚，封王封侯或可行，可在大唐朝堂占据一席之地，其实没多大希望。人在屋檐下，不得不低头。他李密毕竟是前来投奔的败将，他得到什么待遇，跟他自己没多大关系，只跟他能带来的人、能带给李渊的资源有关，只跟李渊本人的态度有关。

甫一到达长安，李密就有种冷风寒了心的感觉。他一路西行，带领一众将士入关，这么多张口每天都在等着到长安吃顿好的。可到长安的第一天，李渊居然没有丝毫表示，将士们先被饿了几天肚子，这实在是有点让他颜面无光。

虽然很快李渊就给他赐了位列九卿之一的光禄卿实职、封了上柱国的功勋，还给了他邢国公的爵位，为了取信李密，他进而将自己的表妹，独孤信的孙女许配给了李密，并且以此与他兄弟相称，给尽了面子。可李密从这一派善意中，仍然把握到了李渊的真面目——李渊在提防他。

这种提防具体表现在了李渊对他部将们做出的人事安排上。李密刚到长安，将士们饭都没吃，李渊就急忙任命淮安王李神通为山东道安抚大使，率领山东各路军马。这其中的政治意味，李密是察觉得透彻的。

察觉归察觉，李密也没办法。不过人一旦有了颓势，就总能找到借口。我蒲山公一世英名，现在做个富家翁，也不是什么坏事。虽是降了唐，但我对平天下之乱，也算是尽了自己的力。况且李渊谨慎，不正证明了自己选择的正确吗？李密倒有点怡然自得，默认了李渊舞动起了萝卜与大棒，他也想看看，李渊能做到什么程度。

那边李渊见李密到了长安，就打起了李密原地盘的主意。眼下，李密原地盘大部分由他曾经不放心现在最放心的徐世勣镇守着。如今小地方的守将们纷纷跟着李密遣使送降，可唯独徐世勣一直没动静，李渊有些焦躁了。莫不是这徐世勣打算不配合李密？徐世勣声名显赫，又屡有胜绩，难道要为此把他逼成敌人吗？正在一筹莫展之际，原来李密的部下，魏徵主动站了出来。

魏徵先说，他与徐世勣私交甚好，徐世勣虽没跟降，应也是手足无措。他只需要一封书信，徐世勣一定会明了利害。李渊一听大喜，这不就是雪中送炭？随即，李渊大手一挥，派人带魏徵的信去了黎阳。

徐世勣是个有敏锐政治嗅觉的人，即使魏徵的信没过来，他自己也知道降唐才是他个人最佳的选择。降唐是必然的，但如何降唐才能体现出一个人的政治素养。有的人投降，真的只是为了获得一官半职，当个富家翁了却余生。但徐世勣不一样，他要做得让人无可指摘，他还有伟大的理想去践行。鉴于此，他决定先和长史郭孝恪提一下这件事。

"魏公现在归顺了大唐，那我理所应当也跟着归顺。不过我要是擅自直接上表进献，其实是把魏公的功劳揽在了自己身上啊。我有一计，归顺可以，但是由您亲自送呈给魏公，让魏公去进献，这就皆大欢喜了。"

是故，等到魏徵的信到了黎阳，迎接大唐使节的就是已经成竹在胸的徐世勣。虽然最终结果都是降唐，但多走了这一步，既能维护魏公李密的颜面，也能无愧于李密的心意，当是一计妙手。不得不说，在这件事上，徐世勣处理得相当漂亮。由此可见，他不光是一个精通兵法的将军，若是入朝为官，也是朝堂之上的重臣。

李渊听说徐世勣的使臣这番作为后，也忍不住夸赞起来，直说他是为人臣子的典范。忠臣，作为帝王，没人不喜欢，作为开国皇帝更是。李渊一高兴，赏赐自然少不了，先是封徐世勣为黎阳总管、上柱国，封莱国公。

君令一出，李渊又觉不够，再加授徐世勣为右武候大将军，改封曹国公。除此之外，李渊见徐世勣姓氏单薄，不是什么士族豪门，就又给他赐姓李氏，附宗正属籍。一顿大肆赏赐后，徐世勣成了李世勣，还成了李渊的亲戚。

李密和李世勣，一个曾是主，一个曾为臣。对主可以提防忌惮，但对臣，李渊给了足够的信任。他让李世勣留在原地，负责经略虎牢关以东较远的州县。由于朝廷对那里还鞭长莫及，李渊还给了李世勣便宜行事之权。只能说李渊也是当世人杰，他大手一挥，居然允许李世勣在当地任免官吏。反观李密，李渊却对其始终保持着提防。李渊算得上把"用人不疑，疑人不用"做到了极致。

因为被李渊提防，所以李密到长安这么久，除了做安乐公外几乎毫无正事可做。也是出于这样的考虑，李渊才让李密负责迎接李世民一事。毕竟李密家世煊赫，又是九卿，还没什么工作，哪有比他更适合这位置的呢？

当然了，对于要接一个弱冠少年这件事，虽说其是方才凯旋的元帅，李密还是颇有微词。毕竟自己从前是何地位，此等少年理当拜见他才是，让他亲自迎接？好大的脸面！

不过该说不说，到底是李世民。明明差着十几岁的阅历，可竟然和李密相见恨晚。没有人了解他们是哪天相遇的，也没人知道这两个人见面到底说了什么。但他们都是为解民倒悬的王，都是时人称颂的将。虽然一个适才走上理想的道路，而一个已经在苦旅中迷了途，但二人不约而同地，都给对方留下了相当深刻的印象。

李密做惯了主帅，说话也百无禁忌。见完了李世民就跟旁人说："怪不得李唐能平定了薛举、薛仁杲，全是李世民这种英主的功劳！"说者无意，听者有心，这番话使李密平静的生活泛起了一丝涟漪。当时的他也不知道，这丝涟漪会成为滔天的漩涡，最终将所有的美好都搅碎，涂抹，只留下黑暗。

秦王风光回长安，接下来的要紧事，自然是尘归尘、土归土，有罪的定罪、有功的评功。对于那些豺狼般的敌人，大唐当然不会放过。李渊下令在闹市公开对祸首薛仁杲处刑，其余罪犯也一并处死。对于亲密的战友，大唐也当然不会忘记。李渊摆起盛大的宴会慰劳三军，大赏得胜而归的将士。同时李渊恢复了殷开山、刘文静等人的官职。人死如灯灭，可对于政治家来说，绝不会让死亡成为句号。对于那些牺牲的忠烈，大唐循着惯例，抚恤了烈士的家人。额外地，对于惨烈牺牲的刘感，李渊还追赠他为平原郡公。

太极宫大唐君臣的喜悦，将李密衬托得更加孤独。过去，他一直地位尊崇。但是，在大唐，在长安，他始终有种疏离感。别人的功业与他无关，自己的功绩也无人在意，来长安已经两个月了，唐廷给他的他不满意，莫不是他真要就此苟且当一辈子富家翁吗……

我到底是谁？我到底想要什么？

这个问题李密自己也没法回答，他像是又回到了河阳，遭逢大败的时候。逃不掉了，无论如何都逃不掉了，失败的枷锁与阴云压着他，终于被逼到了命运的墙角。李密只觉得躁郁，他虽然闭着眼，身旁的王伯当却是感同身受。此时的长安城中，虽是张灯结彩，喧嚣鼎沸，虽是自己的故乡，可竟没有一件事，一样东西，能寄托自己的情怀。人常说家乡，可李密闭上眼，想起的只有山东。

那就走吧，李密下定了决心。说干就干，他觐见了李渊，言称自己渴望为大唐建功。而如今山东尚未平定，自己又深根山东，愿意做李渊的马前卒，为大唐安抚清扫山东。李渊听罢，并没有直接做出决定。打从李密来长安，一直都有人在劝谏他，让他小心提防李密，切莫轻易放虎归山。对于这些建议，他从来都是一笑而过的。因为李渊身上有自己的骄傲，他如今贵为天子，更真切地相信自己身上确有天命。

既是天命，那哪怕李密真有异心又怎样？李渊只觉得天下也尽在自己的手掌之中。无论李密是否有异心，放他回山东，他的箭矢第一个对准的只会是王世充。他们之间有血海深仇，两者鹬蚌相争，大唐坐收渔翁之利。

是的，李渊虽然当面和李密称兄道弟，但在他心中，李密更像一步棋。要真有足够的利益，李渊会毫不犹豫地杀了李密。因此，他原则上同意李密东出。不过，同意归同意，还得加个保险。

所以，在为李密开绿灯仅几天之后，李渊下诏封李世民为太尉，领陕东道大行台，而后负责镇守长春宫。先要看长春宫的位置。此宫位于黄、洛、渭三河交汇之处，地理位置至关重要。而李渊让李世民镇守长春宫，相当于给李密门口派了斥候，让他只能在自己眼皮子底下行事。

可奇怪的事发生了，自以为信心十足的帝王做完了这些，居然再次变卦。他确认李密可以走，但是呢，李密带来的人只能带一半出关，剩下一半必须留在关中。

带一半就带一半吧，李密分点了些人回长安，带着剩下的继续走上了回山东的行程。只得说无巧不成书，李密当时夸赞秦王的话不知为何传到了李渊耳朵中。帝心难测，李渊一听此言，再次变卦。他下诏书，急命李密一人速速回朝。

明明才是新称的帝王，却学到了杨广的真谛。这边稍微给李密放一点权，那边就企图给李密戴上更大的镣铐。既然对李密毫不信任，何必屡次三番惺惺作态呢？即便是为了试探其真心，也得知道前辙后转只会让人恐惧。莫不是想逼反李密，然后找个借口害死他？

至少李密是这样觉得的。李渊的无常他算是体会到了，此次若是真回去，一定凶多吉少。即使能活着，也难逃软禁的下场。但若是执意东出，纵然结局逃不过一个死字，他也死得直接坦荡，无怨无悔。

当今李密身边诸将离散到只剩王伯当与贾闰甫二人，山穷水尽，后者还在劝他回头求存："这天下迟早要归于一统，回去，还有安身之所！"贾闰甫跪拜了下来，他五体投地，等到抬起脸时，都是泪水和黄土混合的污渍："魏公，请您听我最后一句劝，回去吧！"

"长安已经没有能留我容身的地方了。"李密已经下定决心，任何人都阻拦不了他了，他拔出剑道："你若是还作这般口舌，那我就先拿你试剑好了！"

贾闰甫倒也不怕，他拱手作揖，嘴里仍在不停说话："魏公要杀就杀吧，我对明公一片赤诚，又怎会怕死？"

李密举起剑就要向贾闰甫刺去，千钧一发之际，一直沉默的王伯当终于有了作为。他使劲抱住李密，喊道："魏公！您从前怎会强人所难呢？贾闰甫要走，您就让他走吧！"

"罢了罢了。"李密稍微冷静下来。贾闰甫还想说点什么，王伯当推了他一把，喝道："还不快滚？"贾闰甫喏喏不语，只能听见一路的号哭声远去。

王伯当转头，看到李密正盯着他："连你也要走吗？"

王伯当拱手："魏公在河阳曾问我，我说当跟随魏公，纵刀山火海，亦毫无怨言。伯当不才，愿效西汉季布，一诺千金重。"

"哦？那你是支持我了？"李密问他。

王伯当还是不应："义士之志，非存亡所能变。我知道您已经下定决心。既然如此，伯当誓死相随就是了！"

武德元年腊月三十，李密做了一个生死攸关的决定。

他先杀了李渊的使者封口，又挑选了几十个骁勇之人做好伪装，迅速占领了附近的桃林县县衙。然后李密立刻派人骑快马通报他的旧部张善相，令其派兵接应。做完这些后，李密马不停蹄穿过了陕州。直到离开关中，他心中才稍微觉得安稳了些。

唐将史万宝久久未见李密回长安，推断出李密或已叛逃。他想去阻挡，但又怕自己拦不住李密，正准备向上汇报时，行军总管盛彦师站了出来："将军何足多虑？给我几千人，我定携李密首级而归。"

史万宝问他："何出此言？"

"李密因为无路可走才降我大唐，现在即便叛离，他又能去何处呢？见了我大唐的威风，又有多少人愿意为他效死呢？"盛彦师信心满满，"您且看便是，不日我便会为您献上李密人头。"

史万宝拍了拍盛彦师的肩，拨给他数千军士，让他启程去追李密。盛彦师率军翻山越岭，直接占据了陆浑县（今河南省嵩县）南的熊耳山，这里是从关中到东南方向的必经之路。他命令弓箭手埋伏在山路两侧高处，刀斧手埋伏在山南溪谷之中，静待李密的队伍经过。

盛彦师的部将一头雾水，问道："将军，情报不是说李密会去洛州吗？您为什么要守在这条山路上呢？"

"李密违了旨，就不会按原来的路线走。他若东去山东，阻拦的人必定极多。"盛彦师嘿笑一声，"如果我是他，必然会选择东南方向。你想想看，这里离谁最近？"

"张善相！"

"没错。张善相乃李密旧部，我正是算准了他会去襄城投奔张善相，所以才在此处设伏。"

"将军，李密真会来吗？"

"他一定会来的。"

马蹄声嘚嘚，李密果真来了。他走到了迷宫的出口。

山路狭窄，李密的队伍前后衔接，像长龙蜿蜒在谷中。驻扎埋伏的盛彦师确认李密进入埋伏后，高喝一声，下令发起攻击。

头顶是倾泻而下的弓箭，两旁是突然钻出的刀斧手，李密赶忙组织甲士抵抗。但他的队伍实在是细长，李密只能眼睁睁看着唐军将长龙斩为数段，眼睁睁看着亲卫不断在身旁倒下，眼睁睁看着敌人不断靠近自己。

李密木然了。

前面，是李渊要他死；后面，是蒲山公之名让他死。

这天下之大，居然没有他李密的一席之地。

他想到以前跟先生学《史记》时，笑霸王气短，宁愿自刎也不肯回江东。他记得那时候的他说，越王尚可卧薪尝胆，然霸王便不可吗？可见霸王非王耶！

"但我又有何资格去置喙项籍呢？"

这是天命，也是宿命，华夏文明千余载，所有称王的将军竟都不能落得好下场。霸王自刎，张良弓藏，侯景身死，高欢发疯，现在，轮到我李密了。

天灰蒙蒙的，却有昏沉的日光散在他脸上。

他看到了阿翁，看到了阿耶，看到了阿娘，看到了小时候最疼爱的幺妹。阿翁向他招手，阿耶笑着点头，他猛然拍马，像是一步从北周大兴城中的家宅里迈了出去。

徐世勣会很好，这小子一直城府深。瓦岗寨的兄弟们也会很好，至少有徐世勣在，大家都能过上"大口吃肉，大碗喝酒"的神仙日子。

"我一开始是为了什么走上这条路的啊？"

我本是蒲山公，乃上柱国之子。丢了家族荣誉落草为寇来此一遭，也无非是看不得坊市里卖羊汤的阿姐不知所踪，无非是想从杨广这杀才身上讨个说法。

我从未想过九鼎，怎能妄谈逐鹿大业？今日落得如此下场，虽起于李渊老狗心妒，然吾自身亦要承责。

李唐，王世充，哈。就留你们在这人间，为苍生守住长治久安，探个天下太平。吾生虽多有未竟，亦足矣。

哪怕这可能的场圃桑麻吾不能亲眼看到。

"伯当，真被你说中了，你我二人果真没有出路了！"

"就是耽误了你啊！今日要跟我一起，所有的光荣都要被这些人给玷污了。"

"不，将军，世上没人能玷污您的光荣。"王伯当坚定地说，"不管别人怎么说，您仍是最伟大的义军领袖。"

李密笑了起来，他本来在马上，居然笑得咳嗽，笑声之夸张，连胯下的马儿都不安分地抖了抖脑袋。

接着，李密又肃然了起来。他正襟危坐，拔出了宝剑，指向对面的唐军将领。

"风萧萧兮易水寒，壮士一去兮不复还。"

"狗贱奴，汝阿耶李密李蒲山在此，可敢拔剑否？！"

许久，仿佛是一辈子那么久，李密突然想起了过去的事。那时他跟随杨玄感起兵，也是这样败了，他想过就此隐姓埋名度过一生，但对他这种人，平庸是一件比死亡更痛苦的事，所以他终究又出了山，终究走到了现在。

他觉得自己好像是看到了徐世勣，明明自己不在黎阳，可分明看见徐世勣正跪在他面前哭泣。李密想问徐世勣为什么哭，他还想像以前那样大笑一声，可不知道为什么，旋涡吞噬了一切，陷入了永恒的空寂。

徐世勣，不，现在是李世勣，正跪在李密的首级前。人头是李渊派人送过来的，李世勣知道李渊是什么意思。因为李密死了，所以他有了现在。但是李密死了，他的过去没有了。

李世勣想起了李密渴望的天下太平，李密死了，还有谁能还天下太平呢？李世勣站了起来，朝着长安拱手作揖。在夕阳余晖的剪影中，他仿佛瞥见了一个人——秦王。

第五章

苍茫大地的良心

一、慷慨悲歌看燕赵

李密既死，山东郡县的归顺成了定势。

回想年初，大唐实际控制的除了河东老家，只有关中数州。此时群雄并起，逐鹿中原的大门还没为大唐敞开。最大的变局就是李密并入了长安，从那以后东都以北、关中以东都成了大唐名义上的领土。自此长安算是坐稳了中原一方诸侯的位子，对于试图执天下之牛耳的李渊来说，无疑是实现了体量的跃迁。

不过，机遇从来是暗含挑战的双刃剑，对大唐而言，版图的扩张同样意味着它将与更多、更强的对手发生直接碰撞。除了矗立在中间的东都，现大唐的东边尚有僵而不死的宇文化及。而在宇文化及周边更大的地方，也崛起了一个政权。它的领导者，即是窦建德。

自古以来，河北都是武德充沛之地。燕赵大地多出慷慨悲歌之士，窦建德就是一个代表。他生于清河郡漳南县（今河北省衡水市故城县），乃是名副其实的燕赵之士。

与那些世代为官、为将、为外戚、为权贵的豪杰不同，窦建德的起兵之路可谓传奇。他既非官，只是当地的里长小吏；亦非将，于隋征高句丽时才从军入伍；更非外戚或权贵，在当地也只勉强算得上是富农。

可就是这样一个草根人物，却能在乱世之中抓住机遇，登上历史舞台，又一步步爬往高处，以至于与众位有数代福泽的诸侯相对峙。由此，只得说窦建德其人英雄本色，天资纵横。

当然了，能成大事者，首先得是个能深得人心的人。

早在窦建德年轻时，他就因为在市井间摸爬滚打，练就了一身说话做事的本领。作为没爵位的普通人，他那时的名声连周边县都知道。因着他本性仁义，而且与吃了上顿没下顿的穷苦人相比他家的日子还算过得去，所以他经常为乡亲们出头、救助，为人谦和又不失正派，旁人对他都是赞不绝口。后来窦建德做了乡间里长，说是官职，其实更像是群众推举的公共服务者。人民的眼睛总是雪亮的，履职后的窦建德依旧仁义公道，惩凶除恶，当今天下腐败横行，他却从不做什么和光同尘，乃至仗势欺人的事。

人类社会是由大大小小的社交圈交织而成的，不管古今，要看一家人混得怎么样，最直接的就是从他家红事白事的热闹程度上见上一斑。窦建德当然也不能免俗，他父亲去世时，县里光是同去送丧的就排了一千多人，而这些人中很大一部分，就是为了窦建德的面子去的。如此可见，窦建德实在就是那个深得人心之人。

若是按照这样的人生路线，等窦建德老了，大事虽是遥不可及，但做个有声望的乡绅，和和美美的，也是一件幸事。可这样一个基本实现自己美好生活，又努力帮助他人实现了自身价值的人，怎么会跟造反扯上关系呢？

这一切的根源，还是离不开杨广，还是离不开高句丽。

大业七年（611），杨广初征高句丽。大隋气盛，广招天下骁勇之士，窦建德的家乡当然也不例外。郡府里很快就下了指示，各县都要进行公开选拔，选拔出的直接委任隋军小头目。

正值盛世，那时的府兵可不是随便一个人都能去的，府兵既有田，又免税，还能军功升职，加官晋爵。北朝从来以武立国，等真上了战场，又不用从零开始累积，那么天下广阔，敌军的首级岂不就是自己封"上柱国"的勋功？窦建德得知此事后，像是被勾了魂，开始每天勤学苦练，就等选拔的到来。

不过心痒归心痒，虽说是里长，又有好名声，不过公开选拔还得靠自己过了才行。事实上对于良家子，选拔是很轻松的，起码在背景审查上就容易得多。可窦建德不同。哪怕他在当地的声誉很好，但由于他的名声多是江湖名声，而不单单是清名，反倒产生了反作用。

所谓清名，可以类比为在官府中的声誉，尽管察举，说的是所谓"民间"名声，可究其本质其实还是多看家传的学识和地方官僚的认可，正儿八经民间的口口相传起不到什么作用。

窦建德的声誉主要就是来自江湖豪义。一般来说，这种市井的猛人，又是豪气干云的热心肠，人们都会很喜欢他们。印证到窦建德身上，就是哪怕他因着打死盗贼而坐过大牢，可当他大赦回家后，当地人也没有因为他身上的案底而显得疏远。

窦建德诚然不是标兵，作为一个称得上市井豪杰的壮年男儿，他当然也是不安分的。这里的不安分可不是贬义，如若一帆风顺的盛世太平还则罢了，可乱世将起，若想于其中苟全性命，甚而成一番事业，这种不安分恰是需要且必要的特质。

说干就干，窦建德想着建功立业，在蠢蠢欲动的名利心中，选择了报名参加公开选拔。话说金子到哪儿都发光，即便没有官府的清名贴金，窦建德也一样脱颖而出。因着选拔的好名次，他还被委任为二百人长，直接从小头目起步开始了自己的军功生涯。

窦建德自然很高兴，他大摆筵席，置办行头，兴高采烈地等着出征之时。可随着时间推移，他发现有些事和他想象的不太一样，参军的许多人都没有跟他似的开怀，大家的脸上分明写满了麻木。

怎会如此？明明有大好的功名，为何还这么不情愿呢？窦建德这才发现，原来朝廷虽说将领选拔如火如荼，可普通士卒的征兵落实到基层就变成了抓壮丁。最终入伍的大头兵们几乎净是些没靠山的穷人——这帮穷人哪会有田和物资呢？结果就是实惠全落给了有权有势的，卖命的活儿丢给了泥腿子们。

周边村镇被征的民兵们接二连三地赶来，窦建德从他们的口中拼出了最是残忍的绘卷。他们有的妻子孩子被饿死，有的财物房子被洪水冲走……且不说各有各的苦，在家徒四壁——甚至可能没有四壁的情况下，他们成了战争磨盘上微不足道的血肉榫卯，多的是离了家乡就没想着能回来的哀苦。

为什么官府连眼前的人都不管，却要急着打远在天边的人呢？

窦建德不禁想。与此同时，天下人也对杨广发出了这般拷问。明明好不容易有了好日子，眼见未来有了盼头，难道真不能等社会再发展发展吗？杨广死前不知道听没听见世人对他的诘问，可对于当时被征的民兵来说，生命已经开始向着终点进发了。后来的故事是，相当一部分人不愿听命，拒绝入伍，而征兵官员为了完成指标，动用武力强行抓人，官民之间隔阂和矛盾不断地加深。

尤其在窦建德的老家漳南县，对付这些"刁民"征夫，居然直接用刑"伺候"！燕赵多慷慨悲歌之士，匹夫一怒，当然也能血溅五步！漳南县的县令可能没有想到，这些"刁民"还会反抗，面对无尽的欺凌，面对褪色苍白的未来，这场官民矛盾迎来了最大快人心的结局——县令被人宰了！

事已犯，今亡亦死，举大计亦死，等死，何不为自己而死呢？考虑再三，走投无路的"刁民"宰了县令后，决定投奔当地最讲义气、最有实力的人。

漳南县谁能配得上这个评价？

窦建德！

于是他们带着还有血迹的刀逃到了窦建德的院子里。窦建德今儿倒没开设宴席，但月黑风高，一群庄稼汉拎着血刀前来投奔，任谁心里都得怵。这就显出窦建德的不同了，他不仅没害怕，在生死攸关的时刻脑子更加灵活了起来。虽说这些天他一心想着自己建功立业，可为着这虚妄的未来推别人下火海，绝不是他的作风。情急之下，他直接下了决定：

"各位都是英雄好汉，这狗官死得真是大快人心！大伙信我窦建德，我也不能辜负了大家。现在既然杀了官，那要紧的是先躲躲风头。等过了这一茬，再从长计议，也是没有什么顾虑。"

听了窦建德的话，这些人终于有了脚踏实地之感。

"大哥，咱们去哪里避一避呢？"

"取我舆图来！"

其实关于躲避战乱的事儿，窦建德曾经有过相当仔细的思考。他虽然不懂什么典籍经义上的道理，但在社会上摸爬滚打多年，磨炼出了自己独特的优势，那就是对所看到的、听到的，以及接触到的信息进行整合，兼之分析的能力。

自打新皇杨广登基这些年，朝廷已经打了很多仗了。西边在打，北边在打，现在又要去东北打了。哪怕从最简陋的观点看问题，这种模式也很难持续得了。就是说，依照窦建德的生活经验，普通人家办件红白喜事都得花费一大笔积蓄，对于一个国家来说，发起一场国战的消耗怎么会比普通人家的一件红白喜事小呢？

窦建德名声大，交友也广，他曾经就听过南边来逃难的人说的一些大逆不道的话。什么朝廷光是在南面，征召了百万名民工修河，修的河惊动了河神，但凡去了的没一个能回家之类的。当时他只觉得夸张，可见到在征讨高句丽的准备工作上，各地都搞出不同程度的奇哉怪也，窦建德渐渐有些相信原先那些吓人的传闻了。朝廷只是一个漳南就征了这么多人，连良田都被荒废了，现在全国范围内，到底会捉多少人去填辽东？或者说，这么多人被捉走，明年的春耕秋收怎么办？

他那时就惊出了一身冷汗，只需一个账房先生打打算盘就能清楚，朝廷如此这般地滥用民力，实在是竭泽而渔。再这么打几年，文帝一朝二十年的积累，恐怕就只剩下满目疮痍了。窦建德不明白，这些事明明自己都能想通，庙堂之上穿着日月冕服的帝王不明白吗？明明需要庙堂上心的事，现在都得普通人来助力，结果下面不管怎么汇报上奏，这帝王却好像完全听不进去，居然还有变本加厉的趋势，这国家竟是要乱了不可！

他平时是碰不到比县令更高级别的官员的，更别提接触到国家机器运转的信息了。可即便这样，在天下还未大乱时，窦建德还是敏锐地觉察到了天崩地裂的信号，实在称得上天下英才。

不过任何人都有其认知局限，其所做的任何决定也注定超脱不了自身局限性。窦建德亦是如此，在这一阶段，他虽是想到了这层，却还是想着先得个军功，拿个爵位，再为着这大隋修补摇摇欲坠的锦绣。

可现在不同了，杀官就是造反，造反就是株连的死罪。大伙儿信任自己，自己也不可能做出卖友求荣的事儿，不若赌上一把，先做个绿林好汉，等朝廷那边自顾不暇了，再跳出来庇护下父老乡亲吧！

说起来千曲百折柔肠百转，其实脑海里也就是一个电光的事儿。窦建德从思考中回归了现实，看着别人取出来的手绘舆图，指了起来，"高鸡泊你们知道吗？我对那儿还挺熟悉的。那里湖沼辽阔，水边的蒲草又密又深，正好可以让大伙躲上一躲。"

"大哥，高鸡泊这么好，要是遇到豪杰好汉怎么办？"有人问道。

"兄弟倒是提醒我了，好像有个叫高士达的人在那里。"窦建德拧了下眉头。

"大哥，那咱们去的话，他们会不会先把咱们给劫了啊？"

"都是穷苦人出身，眼下也没更合适的地方了，大伙听我的，先去赌上一赌，也比等着官军杀过来强。"

窦建德行动力颇强，甫一做完决定，就指着舆图，让他们摸黑赶快跑去高鸡泊，投奔高士达。

等到了高鸡泊，高士达一听是窦建德推荐来的，直接收下了。说起来，窦建德其人着实义薄云天，但凡找他逃兵役的，全被推荐去了高鸡泊，来来回回居然有数百人都去了。

那边既然做了反贼叛军，种的当然不如抢的，高士达从漳南东抢到漳南西，附近村镇的富户全被他薅了个遍。谁料想高士达搞抢劫，窦建德倒了大霉。本来高士达那边因念着窦建德的名声，每每都避开了窦建德在的镇子。也真是中央政令微弱，地方官员权力膨胀。郡府的官老爷居然不需要证据，靠着直觉就断定窦建德给高士达通风报信，连一点退路都没留，趁着窦建德不在，逮捕杀了窦建德全家。

这还了得？！我这厢为你守着城，你那边杀我全家，哪来这种道理？窦建德血往头上涌，他跪在家人的坟前，发了要为他们复仇的毒誓。当然发誓归发誓，眼下还得跑。正好知道高鸡泊高士达，窦建德便带着麾下两百余人齐齐投奔了高士达。这百夫长是干不成了，当个将军倒也不错。

打从到了高鸡泊，投靠了高士达，窦建德就被任命为军司马，实在是队伍的二号人物。一者窦建德本就名声斐然，二者他领军作风优良，自他到了后，高窦联军发生的抢劫之类的恶行少了不少。由着个人魅力和势力再焕活力，许多逃兵流民就都前来投奔他，高士达的队伍越拉越大。

也怪官逼民反，明明是上好的肥田，偏不让人种，偏让人去当兵。各地郡府鹰扬府的控制力还在的时候还好说，随着时间推移，农民起义四起，逃兵和难民越来越多，人人都开始传颂着高鸡泊有位义薄云天的窦将军。无路可走的人纷至沓来，高窦联军的实力也迅速膨胀，居然就靠着名声，发展成了万余人的军阀势力。

流匪变军阀，地方再想装聋作哑也装不下去了。虽说朝廷无力清除各地出现的流匪，但对于能够动摇朝廷根基的军阀，庙堂绝对不会放任不管。

大业十二年（616），派来清剿他们的人终于来了。

二、草莽英雄窦建德

你这边声名四起，那我就将你扼死在摇篮里。随着庙堂的注视，隋廷国家机器开始飞速运转，政令传达俨然效率翻了倍，只是几个日月流转，涿州通守郭绚就领了一万余府兵逼近了高鸡泊。窦建德是军司马，也是军队的指挥官，虽说他此前从未统兵作战过，但作为没有任何后路的叛贼，面对人生中的第一场大仗，他只能胜，不能败。由此，他决定走些盘外招，确保此役万无一失。

该怎么做呢？窦建德决定兵不厌诈，使一计险招赌上一赌——他准备假装自己跟高士达闹翻，再营造出高士达将自己逼走的气氛，带兵假降隋军。

他先是多次派人给郭绚送信，信中九真一假，满篇都是自己对高士达的厌恶和仇恨。高士达那边也紧跟其上，先是推出了几个罪犯公开处刑，声称他们是窦建德的至爱亲朋。而后窦建德领着人马冲出寨子，声音凄切，大吼誓杀高贼。一番操作过后，郭绚虽是将信将疑，但还是认定了窦建德与高士达已经反目，值得利用。

你进我退，既然有了动摇，就能被利用。窦建德展现出了王者的修养，他不停地表演着愤怒，光是在言辞上信誓旦旦不说，还请命做联军的先头部队，愿亲手斩下高贼首级。郭绚是体会过大隋盛世的，他没想到的是大隋的盛世会短得如同一场泡影。联想到高、窦原本农人的身份，又体会过文帝镇压太平的伟大景象，哪会想到几个蟊贼居然会搞兵法？等到双方约定合兵共同讨伐高士达的时候，仅剩的那点怀疑都被丢到开皇年间去了。

可到了长河边界，约定的盟约地点，窦建德的一声令下将他拖回大业。

"杀！"

转眼间，友军变成了敌人。郭绚麾下一万多人对此哪有准备，许多人连甲都解了。以逸待劳，又是有心对无心，战场眨眼就成了一边倒。隋军们死的死，降的降，连战马都停在原地，不染鲜血就换了主人。

等到郭绚冲逃出来时，他身边就只剩下几十个人了。仓皇之中，他只得一路狂奔，却还是被窦建德追上，最终被窦建德枭了首，了结了这位开皇的遗民。敌之仇寇，我之英雄，无论郭绚为人如何仁义礼智信，也无论他身死后同事下属哭了几个月，都成了窦建德胜利宴席上酒肉的背景板。

要怪就怪杨广吧，倘是太平年间，你我二人应是兄弟同袍。

来不及伤春悲秋了，郭绚虽已死，但新的对手马上就出现了——

杨义臣。

杨义臣，杨广用以镇压国内叛乱的主力干将。他的平叛之路相当顺遂，几乎到了叛军们闻风丧胆的程度。这一则是因为杨义臣家学渊源，本就擅长用兵；另一方面则是因着信息流通的壁垒，农民起义运动往往独木难支，从而在高压下，导致他们很容易被逐个消灭。

居然是这样一个有能力又一路碾压的强人来，窦建德只得再次发挥想象力："东海公（高士达自称），不如咱们暂且避其锋芒，行骚扰计谋之便宜。"

正面对抗正规军毫无意义，战略转进，再依靠对地形的熟悉，玩一出将优势积少成多的把戏，将我方的优势展现得淋漓尽致。

然而许是对郭绚的胜利冲昏了高士达的头脑，优点就是听劝的高士达却一反常态，试图排兵布阵正面御敌。窦建德只得三番五次地苦心劝谏："东海公，这次隋军的将领是杨义臣，他不仅会打仗，还刚灭了张金称（有数万人的农民起义领袖）。眼下正是隋军势头最强的时候，古人说一鼓作气，再而衰，三而竭，咱们避其锋芒才是正道啊！"

不承想高士达当起了木头人，对这些话竟是充耳不闻。窦建德当然想不通了，谁让他打了大胜仗？高士达再不给自己积累军功，窦建德这个二号人物的威望就要甩他三亩地了！高士达是必须得用一场胜利来维护作为一号人物的自尊了。

"既然你怯战，那我也不勉强，你就留下驻防大本营吧！我自己带兵，足矣！区区杨义臣，不在话下！"高士达有些恼怒。

被嫉妒冲得发昏的高士达，现在除了打仗，根本是油盐不进。此番独夫做派，让窦建德更加忧心忡忡，窦建德是没怎么打过仗，但你高士达除了抢劫，更是没遇到过正规军啊。他的心中萌生出不祥的预感。

不出所料，五天之后，最坏的情况还是发生了。杨义臣不光轻易打败了高士达，还要了高士达的命。这位高鸡泊的一号人物，还没在战场上建立寸功，就先殒命了在战场之上。

高鸡泊的"雄鸡"被人斩了首，"雄鸡"带的"猢狲"们四散而逃。兵败如山倒，何况是叛军！等到战败的消息传回大本营，窦建德准备逃离高鸡泊时，发现能带走的只剩下了一百多老兄弟。虽说一朝把数年积攒打了水漂，但他并不像其他人那样狼狈。虽说逃了，但他在观察到杨义臣大军走后，还是溜了回来——他要为老大和弟兄们收尸。

窦建德是个很讲义气的人，他回来不仅是为死去的兄弟收拢尸骨，还是为了给高士达办一场葬礼。这场葬礼并没有因为匆忙而不正式，为了高士达的收留和数年的兄弟，窦建德给他办得相当体面。朝夕哭、既夕哭，剩下的将士们都着白色的丧服，沉默、肃杀，于山与水的边界祭奠了逝去的魂灵。

丧礼是为死人办的，也是办给活人看的。窦建德不想刻意表演什么，但这份反隋义举的心意，需要祭典来薪火相传；而丧葬之礼，亦是为了示天下人，礼仍在。另外，他还知道如今的天下早已濒临崩散，被杨义臣驱逐的农民军们，走投无路的可怜人们，只会越来越多。他回来得越从容、越体面，这些人跟着他的心意越安定、越诚恳。

不论如何，也得先顾好父老乡亲，才算得上是大丈夫啊。

窦建德一夜之间又回到了起点，可也因此洗掉了身上的浮躁。现在的他成为独一无二的领袖，可以重整旗鼓了。因祸得福的一点是，没有杀死他的挫折反而将他的名声塑造得更加高远，被杨义臣一路击败的各路义军溃兵，都朝着他聚拢了起来。因此，比起之前养望留名的数倍时间，窦建德这次，转眼就拉起了一支数千人的队伍。

当然了，哪怕是东山再起，现实也开始逼迫窦建德思考起路线问题。他在高鸡泊落草几年来，不可谓毫无成果。虽是一方土大王，可坐大之后势必会惹来朝廷围剿。虽然能逞一时威风，但总有一天，他们还是会被绞杀。

高士达的死已经证明了，不主动斗争，只被动抵抗的这条路是走不通的。

那就合作吧。于是，窦建德自称将军，决定和官僚集团合作。流寇们总会杀死地方长官，引得官僚集团人人自危，被迫反击。他则不同，每陷一城，就奉当地长官为座上宾。不管是问政还是求策，他都展露出求贤若渴的模样来。

大业十二年（616）末，机会终于留给了有准备的人。此时杨广南狩江都，中原遍地烽火，各地长官都惶惶不可终日。杨义臣虽是能征善战，可只有一个杨义臣。漫山遍野都是反了隋廷的穷苦人，他哪里杀得完？

全国英豪并起，一时大大小小居然有上百之众。于大大小小的群雄中，救火的隋军只得疲于奔命。就算他们灭了"比诸贼尤残暴，所过民无孑遗"的张金称，数万好汉流落成了草上寇；就算他们破了"忽闻官军至，提刀向前荡，譬如辽东死，斩头何所伤"的大英雄——"长白山前知世郎"的王薄，其数十万聚义大军散成了满天星；可不管是疯狂的恶人，还是聚义的英雄，都在失控的中央朝廷与圣人的照耀下，好似后羿还未射落的太阳炙烤大地。活不下去的苦命人，成了刚被浇湿的山火，不仅没有熄灭，反而烧得更猛烈，直到将这天空都遮盖，将太阳都拖下凡间来。

救火队长们来来回回兜转不休，窦建德潜藏在火星的灰烬下磨尖了利刃。看到先前无数被枪打的出头鸟，他选择走了一条较为温和的路线。聚拢河北义军自是不谈，他还做出一副"文明人"的模样，悄然融入了地方的豪绅群体中。加上其义薄云天，名声极大，官僚们情不自禁地收回了些投给杨广背影的眼光，开始观察起这位草莽英雄。

不得不说，窦建德也不负众望。从确立了新的路线后，他很快就从绿林草莽蜕变为一位义军领袖。在与官僚集团的接触中，窦建德同样在飞速学习成长着。

时间到了大业十三年（617），天下彻底大乱。各郡县长官面对风起云涌的起义局势，与朝廷断了联络，投射给窦建德的眼光成了他的最大助力。封建官僚想要的，不只是兵强马壮势力的依靠，他们还希望得到不杀官杀富的承诺。窦建德此时正是大热人选，天下大势居然瞬息突变，原本观察着他的这些豪族官僚，纷纷携城来降，希望能得到他的庇护。王薄联军被击溃后的部曲，河北其他各地的起义军，因本都是穷苦人的出身，又为着窦建德的名头，都朝他涌了过来。

正循环开始加速，窦建德的声势变得更加浩大。不到一年，窦建德就将队伍发展到了过去鼎盛期的十倍以上。而今的窦建德，手握精兵强将已达十多万人，所辖区域也扩大到了好几个郡县。他将大军带至河间郡，以郡南的乐寿县作为自己政权的基地，开始有模有样地做起建立政权该做的事。

首先，设置机构，委任官吏。其次，为了给自己正名，他还需要举行正式的称王典礼。因着惯例，以这一年的干支丁丑为号。于是乎，窦将军摇身一变，成了长乐王。能够称王，一方面是窦建德自身奋斗的结果，一方面也与当时动乱的时代背景有关。华夏大地已碎成数块，各方豪强都在争夺地盘。面对这种局势，窦建德若不称王，他现有的政权就如同无头苍蝇，他所领的众人就得不到实质性的安心。

王既已称，代价亦随之而至。河北出了个长乐王，朝廷必须要派人来清剿了。这次来的是十二卫高级将领——右翊卫将军薛世雄，他足足带了三万名禁军来剿匪，说是剿匪，实质已经成了小型的国战。可见在朝廷眼中，窦建德确已成为一股不容忽视的力量。

面对来势汹汹的薛世雄，窦建德吸取了高士达的教训。他坚决不与其硬碰硬，不能因为一时意气失了好不容易得来的局势。他命令各城守军，只要看到隋军，就立刻拔营撤退，做出逃跑的样子。不过逃归逃，也有逃的学问，所有的逃跑迹象都导向了南边的一处沼泽——这是窦建德为薛世雄挑选的决战之地。

现在号称十数万的农民军对抗三万数的右翊卫，会是什么结果呢？常言道，热兵器时代，靠人力难抵军械之差，其实冷兵器时代更甚。右翊卫是大隋禁军，全员披甲，常年征战，军械与战力远不是农民军所能抗衡。十数万农民军倘若真是正面对抗，恐怕连其皮毛都不能伤。

薛世雄仗着人多势众、兵精马壮，本就不把这些绿林人士放在眼里。见他们闻风而逃，薛世雄心中更加轻视。到了扎营的时候，他认为窦建德已吓破了胆，下令全军好好休整，准备明天一举轻取贼人，享受庆功宴。防御？什么防御？他们还敢还击？薛世雄在中军大帐大笑了起来，部将乐不可支，一派欢腾景象。

只是窦建德本就好胜，宁死都不可能投降，哪会真的不战而败？窦建德的斥候见隋军顺着霸王的剧本走，实在是兴奋异常。隋军轻敌之至，离奇之极，连窦建德的斥候摸进了大营当中，记录了个遍又溜了出来也没有发现。恐怕唯有"天命在长乐王"能够解释，否则后人实在很难相信薛世雄会有如此轻敌之举。毕竟薛世雄其人在北周时期就是天下名将，一生征战无数，战绩彪炳，纵然面对的是农民军，又怎能犯此等低级错误？不过，既然斥候言称确有其事，那窦建德也回到了率领二百属下叛逃的那天。他抚摸着自己的玉佩，想起了连长相都变得模糊的家人，做出了决定：突袭，胜，或者死。

无须再等待什么，倘或隋军只是一时疏忽，再去徐徐图之的话，很有可能会错过胜利唯一的窗口。窦建德以身作则，下了死命，点了一千死士，亲身披甲执剑，对隋军展开了决死的突袭。

天命在长乐王！像是为了隐藏窦建德的踪迹，天起了浓厚的大雾。决死的突袭趁着大雾，仿若千军万马。隋军听到四处传来的金戈喊杀声，一时之间既无法确定敌军人数，也分不清对方的来向。慌乱中，隋军只觉有数十万敌人，只能撒腿往营帐外边逃跑。

这场荒唐的遭遇战，不但是三万多人被千余人追着打，而且隋军中相当一部分人，居然是被自己人踩死的。真正死于窦建德刀下的，反而是少数。大雾之中根本无法组织有效的反抗，等薛世雄退出战场后，他才发现，自己的三万大军只剩下了几百人。到底损失了多少？到底有多少人袭营？一切都再也不能知道了，大雾吞噬了隋军绝大部分主力，他彻底失去了与窦建德正面一战的实力。

后人说薛世雄一代名将，假如没这场大雾，大隋的基业或许还能被他卫戍些许。只是没有假如了，大雾既雾住了薛世雄，也雾住了大隋。名将老矣，灰溜溜逃了回去，梦断魂劳，大雾从实在的化作了精神的，竟套在了他的心头上。三万禁军，三万禁军！薛世雄回去后转眼就忧愤成疾，死在了笼罩了大隋的雾里。

轻松得胜后，窦建德开始将城镇作为谋取的重点。他瞅准了河间城，这里作为河间郡郡守所在地，只要能被他拿下，那整个河间郡也将是探囊取物。攻守易势了！作为进攻的一方，窦建德完全不怕物资的消耗，更贪心一点的话，他还想通过攻城，来磨砺一下这支可称为大军的义军。由于缺乏攻城的经验，一边打，一边围，打是打不进去，通过消耗城内的粮食，逼他们投降，也不是什么难堪的事。

这一围，就围到了天子被杀的时候。

三、乡土生夏王

天子死了，中心世界泛起的波澜在边缘引起了巨浪。虽然还是一样的青天白云，可几乎所有的大人物，不管是喜是悲，都只觉得换了人间。九鼎崩散在了神州大地，白鹿从水色皇朝的围困中挣脱了出来，怕是边疆的将军，也难免生出"大业尽在掌握"的幻觉。

只是不论如何，哭还是要哭的。归根结底，作为一个庞杂的系统，无论如何都是要遵守纲常伦理的。所以在杨广死后，李渊会哭杨广，王世充会哭杨广，其他人也会哭杨广，无所谓其中几分真情实意，以哭的形式来表现自己才是逝者的继承者，则是其中最为重要的意义。

不过继承者们哭的是先帝，但复辟南梁的萧铣可就大不同了。因着他复的是自家南梁的国，莫说哭杨广，就是大庭广众下庆祝，也是理所当然的。他又不用继承隋朝的政治遗产，甚至因为是复辟的缘故，他跟大隋王室尽力撇开关系才好。

不过即便说要撇开关系，萧铣对于他那个做了隋皇后的姑姑，却不会有什么憎恨。就算不提亲缘关系，萧皇后的贤名也是世人瞩目的，不管最后谁做了赢家，萧皇后都只会是从这个宫殿换到另个宫殿。不像后世，随着经济的发展女性逐渐失去了姓名，在当时凡有能力家世的，都不只代表夫家，更多代表自家的姓氏。

话分两头，哭还是不哭，复辟还是继承，这两相的情形，每逢改朝换代，都是屡见不鲜的。

那么普通人呢？

朝廷旁落了，对普通人而言，没什么能悲喜的，剩下的，仅有惶恐。

再者，在普通人的身上，其实也有矛盾。他们固然没有政治遗产可以继承，但他们的生存现实与上层阶级既定的宣传永远会有冲突。他们或是匹夫之怒，血溅三尺；或是高喊王侯将相，宁有种乎？正因为这些人来过，在苦累中求存的人们，才能在乱世中找到点依靠，才能在灾年分得些食粮。亦正因为这些人来过，将虚幻的雕栏玉砌粉碎，将钟鸣鼎食换作了冻死骨们生的希望。如果说李密和瓦岗军是这条路的先驱，那么窦建德，就算得上是站在前者肩膀上的后进者。

在隋末，河间郡就是一个这样的样本；而在大唐，河北也是一个这样的样本。

说回河间郡，天子崩殂的风吹到了河间，郡守王琮向百姓宣告了噩耗。一时间，整座城池竟都沉浸在了悲恸中。又因为是天子的丧礼，连叛逆者窦建德也放缓了围城的攻势，选择停战数日，以隋臣的礼仪做了最后的哀悼。

不仅如此，义军为了自身的合法性，还派了使者进城参加天子崩殂的哀悼仪式，更是后撤了三十里，以示己身的尊敬。窦建德是聪慧的，他的幕僚团大概从听到风声的时候，就看到了大争之世的浪潮。义军百无历史负担，唯有的就是"逆贼"出身的得国不顺。现在，哪怕单是为了些豪族士绅的名声，也该做出个隋臣的样子，掉几滴假惺惺的眼泪了。

王琮也明白窦建德的善意。他之前奋力抵抗，说是为了向帝王尽忠，也是为了自身的官袍。但现在天子已死，大隋气数已尽。不说是为自己，就算是为全城百姓，也得想一条退路了。看着窦建德这般识趣，又有彪炳战绩在前，似也不失为明主。

于是乎，王琮便托了城中的致哀使者，让其给窦建德带话，表了投降的意。双方都是聪明人，聪明人即使不开口，行为上也能表现出默契。只见王琮和窦建德：一方齐齐穿白色丧服，身与城中官吏全部双手反绑；另一方则备好了宴席，准备好了高水准的受降仪式。

双方一在军营门前相遇，气氛就哀切了起来。窦建德作尽了姿态，先亲自给王琮松绑，又邀请他们都列座。谈到了天子被弑之事，王琮垂下头，连腰杆也被残酷的现实压垮了。窦建德知道王琮是忠臣，也知道世人身上礼仪的印记，不禁跟着他一同落了泪。

哭是要哭的，但事情还得谈。落泪之后，似是关系已经深了许多，窦建德借机就对王琮下了保证：

"王公，您的忠义我是知道的。您放心，我迟早会杀了宇文化及那贼人，为圣人报仇的。"

"唉！窦王的能力，老夫自是晓得的。只是不知啊，老夫是否能亲眼见到宇文獠授首的一天啊……"

窦建德登时懂了。能好好活着，谁愿意平白无故地死呢？王琮这是怕了，因他们双方交战多时，互有死伤仇怨，怕投诚后义军内部有人要杀他啊！

为着死去的兄弟们，为着秩序的维持，哪能允许这种事发生呢？

窦建德许诺："王郡丞大可放心，两军交战，刀剑无情。今日王郡丞因城中父老乡亲的愿望违背了自己的本心，我窦建德怎么能辜负一片拳拳呢？"

"王郡丞，决不能杀！"

义军聚义而来，市井习气十足，将领们纠正不过来，也懒得纠正，便直接埋怨起了窦建德。"大王，俺家老三就因着这狗官死在了城墙前。不杀了他，俺都对不起饿死的爹娘！"

窦建德咬牙切齿："如果能靠杀解决问题，那我们的聚义还有意义吗？从前在高鸡泊，我对你们多有纵容。但现在我们志在万里，要还天下以太平，就只能往心口上插刀！我比你们任何一个人都痛恨这帮狗官，但不这样做，等我们到了下一个城，就会有更多的兄弟，更多的子侄死在城墙前。孰轻孰重，收起你杀猪的刀，用脑子想想！"

说罢，他狠声道："我意已决，当任王琮为瀛洲刺史。从今往后，要是再煽动人向王琮寻仇，罪灭三族！"

豪气干云的年轻人，在经过层出不穷的悲苦哀恸后，练出了老成的政治手腕。勿怪窦建德被打磨得圆滑，要是在这人吃人的乱世当中，还充作纯粹的直率人，那只怕别提护佑一方的平安，就连己身的筋肉，都得被旁人下了饭去。

河间郡已平，王琮还封了刺史，周边郡县闻言皆慕名而拜，义军现在可称得上是版图庞大了。现如今，窦建德所辖之境，不仅有大半个河北，还接壤了山东的李密。再看东都洛阳，已经算得上是隔河相望了，那有了地盘，有了文臣武将，杨广既已死，就得称王接过政治权柄了。

窦建德为自己选定了王城，地点倒是还在乐寿，只不过乐寿名字简朴，王城得换一个别的名字——金城宫。

不光王城要更名，国号也不能糊弄。之前他自称长乐王，年号直接取自天干地支的丁丑。现在有了起义换天地的决心，就要跟其他政权一样，得取正式的国号和年号了。

那问题就出现了，按照惯例，国号或是依爵位和封地称唐、梁，或是按照都城处所称秦、凉。但义军都是草根出身，一则没有官方册封，二来乐寿又不是什么历史名都。面对精锐都敢一夫当关的窦建德，此时却犯了难，到底是肚子里少了墨水，他一时之间真有点无所适从了。

专业的事还得专业的人来做，一个叫孔德绍的人站了出来。此时北地孔府正在义军的麾下，为着文明的持续，孔庙是惯例地，以为当朝英雄点了金身的手段，维持"教化"的绵延。孔德绍正是孔府中人，号称孔子的三十四代孙。他发挥了对礼制烂熟于心的本事，给窦建德找到了建国所需的祥瑞依据。

借着乐寿城的候鸟越冬，孔德绍想起了玄鸟生商的典故。候鸟乌压压的，看着有五只，则是格外大，因着此，不若叫五凤就好。年号简单，国号却不是什么易事。不过既然玄鸟生商，那接下来就凑个夏朝的旧事。说不上是先有的鸡还是先有的蛋，古有夏禹得天赐玄珪，今时也有人献礼黑色玉石。一拍即合，便确认了国号，效禹皇旧事，改国号为夏！

于是，在武德元年（618）冬至这天，窦建德建立起了属于自己的大夏政权，成了改元五凤的夏王。此时李渊已经登基数月，薛氏西秦也为唐所灭，作为逐鹿中原的有力竞争者，窦建德登基的速度着实比他人慢了不少。

不过等到窦建德厘清了大夏的政治局势，再往西南看去时，中原已然是相当混乱了。自打大唐吸纳了李密残留的地盘后，关中的触手迅速穿插了进来。大唐和前隋都用尽了力气，双方在东都附近扭成一团，实在是犬牙交错之势。就短时间来看，谁都无法强行吃了对方，只能在对峙中捉对厮杀。

窦建德暂时也不想蹚这趟浑水，他想先趁唐隋相争时，打扫干净自己后院——北上幽州。

幽州也有一支起义军，其首领名为高开道。他的发家历程和窦建德类似，不过他比起窦建德来，虽是地盘小得多，倒也建立起自己的政权燕国，定都在了渔阳郡蓟县。

说起来此人倒是个妙人，前朝佛教鼎盛，世人多有礼佛，高开道也是其中之一。他早早当了燕王，有心人就起了心思。一个叫高昙晟的僧人，本来趁着天下大乱聚义起兵就很夸张了，结果这厢居然带着他的"僧兵"们攻了自家的县，直接自称大乘皇帝。

称帝也就罢了，充其量算得上乱世中的痴妄，可谁能想到，令人瞠目结舌的还在后头。大乘皇帝不知从哪儿听说高开道极为礼佛，直接给高开道下了诏书，要封他为"齐王"。然后，最不承想的事发生了，高开道带着他的几万人欣然接受了诏书！

只能说高开道性子颇有些跳脱，这一受诏的来回，就算是自娱自乐，然也沾了改换门庭的名头；而后头他杀了大乘皇帝兼并其军，又给他染了不忠的秽气。豪杰终究是不一样的，坊间传闻高开道被箭矢伤了脸，一医师说拔不出，一医师说拔出很疼，一医师说要割脸刮骨。

然而豪杰终究是不一样的，高开道从来不怕死，他只求一个成。他杀了前两个医师，让第三个医生割开了他的脸，凿开了他的骨，拔出了嵌在上面的箭。疼痛有什么所谓呢？活着的每一天，都仿若是从佛那儿偷来的。众生皆苦，众生皆难，早就在黄泉里翻滚了。死入轮回何惧之有，刺痛折磨何苦之有，最是莫大的，就是了无灯火的未来。

这边高开道称了王，那边窦建德也称了王。二者之间刚刚好，横插了个幽州。二者都是一方诸侯，虽说势力分了强弱，但天下之事哪有直接比大小的呢？二人不约而同地盯上了幽州这块肉，先后给幽州的总管罗艺发了招降书。

罗艺是京兆郡人，也是关陇这片儿的出身，算得上是杨广的心腹。他之所以算得上是流落北境边疆，又得说到高句丽。大业八年（612），杨广第一次征讨高句丽。既然是远征，亲征，那后方的安危，必得交给信得过的人。由是，作为京兆人的罗艺，就在幽州扎了根，督军在了北平郡。

后来的事，便成了一场名大业的梦。大隋三征而三不得利，帝国遍地燃起了起义的烽火。想再回中央自是不可能了，罗艺见着太阳蒙了灰，心里起了心思，占了幽、营二州，给自己升了个职——自称幽州总管。

这种本在边疆军事重镇，摇身一变成了土霸王的事，在当时实在是不胜稀奇。秦州的薛举、凉州的李轨也都是这般。假使将天下比作棋盘，他们三人就都算占着金角银边。罗艺在东北，薛举在金城，李轨在河西。

不过显而易见，罗艺的地缘环境是不如薛举和李轨的。此二人要么身后是西域诸国，要么背靠突厥，而罗艺面对的却是高句丽。相比之下，他要处理的关系就多了个虎视眈眈的高句丽。虽说辽东有着险峻的千山山脉，罗艺应对着外敌和中原的两面包夹，实在是不堪重负。

因着他只持幽州一隅，难有作为，所以他其实早就为自己打好了算盘。在窦建德和高开道二人找他之前，罗艺就收到过宇文化及的招降信。彼时的他见不得宇文化及弑君的嘴脸，以一句"我是隋臣"给宇文化及怼了回去。

但罗艺明白，他不可能做一辈子的隋臣，他必须要归附一方诸侯。

不过归附归归附，窦建德和高开道是肯定不行的。作为关陇人士的罗艺，他父亲曾是大隋左监门将军。虽说不是什么天潢贵胄，但在有着门户高低的隋末，罗艺怎会瞧得上农民出身的窦高。

于是，在收到二人的招降书后，罗艺如法炮制，跟对待宇文化及的使臣一样，又以一句"汝乃大贼"怼了回去。

那么归附谁呢？罗艺心中已经有了目标——大唐。

当时李渊正派了张道源去抚慰山东，李密已经死了，但山东还得收回来。对于李密瓦岗旧部来说，张道源是一个合适的人选。这个人名声很好，很珍惜自己的羽毛。他大业年间曾任监察御史，但因为他当时觉得朝政黑暗，索性辞了官回了山西老家。之后李渊在晋阳起兵后，就作为元从之臣，获得了李渊重用。借着好名声开路，许多割裂一地的土霸王就借坡下驴，竞相归附了大唐。

罗艺见此，赶忙派人联系上了张道源。他这边奉表携二州之地投唐，李渊鞭长莫及，也乐得其成，便下诏封罗艺为幽州总管，算是给罗艺镀了层金身。金口玉言，一封诏书换来二州，谁不喜欢呢？

当然了，罗艺的部下也跟着平步青云。李渊大笔一挥，批发了一打爵位出去。比如之前率军围剿窦建德不成的薛世雄，其二子薛万均、薛万彻就在罗艺麾下，正好被李渊金光洒到。薛万均被封为上柱国和郡公，薛万彻被封为车骑将军和县公。

李渊的元从股肱，主动从黄门侍郎让步到工部的温大雅，其弟温彦博就在幽州。大隋的官僚集团差不多都与此类似，帝国文官集团的命脉里流淌的，是大大小小的姓们组成的血液。因着温大雅和温彦博都是长安的重臣，幽州归国后，温彦博很快就被征召入朝，一步通了天。

一来一回的工夫，幽州就改了姓。窦建德见招降的计划破产，决定用拳头教训一下用门阀羞辱他的罗艺。说干就干，窦建德传下了命令，亲自召集了足足十万人的大军，浩浩荡荡地向幽州进发。

"可有良策？"罗艺问薛家兄弟。

薛万均、薛万彻异口同声："水！"

话分两头，窦建德的大军到了河边，看见对面列阵的净是些老弱残兵，突然就有了直取幽州的信心，于是命令部下直接渡河强攻。这就中了薛氏兄弟的计，原来这些老弱残兵只是诱饵，之所以在显眼处列阵，完全是为了吸引窦建德过河。而幽州的精兵此刻全埋伏在水边，只等着截击敌军。

窦建德过河刚过半，幽州伏兵突然钻了出来，打了他一个措手不及。窦建德一时两难，他是进也进不得，退也不好退，哪还有工夫攻打幽州城呢，最终只能撤军对峙。

之后，双方又在幽州附近互相攻战了近百天。等到兵马疲惫之时，窦建德才慢慢接受了攻不下幽州的现实，无奈带兵还师。

北边没拿到彩头，那就从南边讨回来。窦建德旋即顺水推舟，将经略的重心往南移了过去。作为草莽英雄，窦建德当然是想尽快联系上东都，混个政治名头。他趴在地图上看花了眼，总算找到了能给东都的投名状——宇文化及。

虽说现在东都变了天，王世充把持了朝政，还赶走了李密。但窦建德倒没那么多弯弯绕，一则他掌握不了那么多信息，二则作为一个地方势力，他能做的也只有按辔徐行。于是乎，他选定了目标后就决定尽快出手，为交好东都，铡了宇文化及的狗头。

四、愿为大隋复仇

此间乃武德二年（619）春，那宇文化及弑了君，越了矩，又承了隋廷最大的遗产，天下豪杰们不论是否隋臣，都想借他人头一用。

想当然地，既然满天下都排挤宇文化及，那现在的他必不会是听着小曲唱着歌，只会是像条丧家之犬，跑到哪里都被人锤扁砸穿。他一路挨打一路逃，从被李密杀得大败后就再无一天安生日子。等流窜到了今天河北魏县时，他身边只剩下不到两万人了。

许是知道自己也是该死将死，宇文化及干脆一不做二不休，做了他日思夜寐都想得到的那个位置——皇帝。不过称帝也总不是什么便宜的事儿，他冥思苦想，盗用了父亲宇文述许国公的威名，决意用"许"来给他的野心埋葬。

因着杨浩和他可怜的交情，他给这位傀儡皇帝选了个相对安详的死法——鸩酒。等待杨浩躺倒在地不再抽搐了，宇文化及出了口长气，随即拿出了早就准备好的诏书，给自己颁发了帝王的头衔。

哪怕在流窜途中，他也做足了威仪。他先是改了国号为许，再是改了元为天寿。凶徒在此时恐怕明晰了寿命无长，所以起了这么个吉祥年号。因着他是从江都行宫一路过来的，虽说道险路远，走的走散的散，可杨广大部分的班底，江都大部分的财富，乃至整片大陆身份最显贵的那位天下之母萧皇后，也还是囿困在他身边。

既是如此，那就伪装成一个真的承接大隋的政权也好，他设置了百官僚属，又敬告了天地鬼神，过足了皇帝瘾。

很可惜的是，世界是物埋的，不是玄学的。宇文化及的装腔作势，并不能给他的骁果们一点真切的帮助，所谓新生的大许国，还是连一个魏州城都攻不下。咋办？还能咋办，现在栖身之地都找不到，他只得继续向东，逃到了魏州旁边的聊城。

这时的聊城倒也有位老熟人：知世郎王薄。王薄固然之前因为大隋主力的围剿元气大伤，但由着他的名声，在这乱世之中，也能为他的山东父老们庇护一片安宁。宇文化及来了，还真能和他们对峙不成？

须知王薄仁义，为了些虚名阻挠骁果军，就算死了一个乡亲父老，他也是万万不想的。正好，大许皇帝宇文化及也没什么战意，他现在只想先找个地方，好好休养下。于是乎，双方一拍即合，宇文化及以付出了点江都"珍货"的代价，兵不血刃地进了聊城。

可算有个根据地了，不过宇文化及的好日子其实也到头了。因为就在此时，武德二年（619）闰二月，连追带打的打狗人——大唐淮安王李神通也到了。李神通的唐军急行军赶到聊城，将聊城围了起来，摆出了破釜沉舟的气势。

三鼓而竭，逃窜了半年的骁果军早就不是原来凶悍的样子了，面对声势浩大的唐军，他们完全丧失了抵抗意志，只想赶紧开城投降。

这世上的事儿总是福祸相依，李神通乃饱读兵书之帅，对孙子兵法可谓熟记在心。这杀才蓦地投降，莫不是又是薛仁杲那套把戏？

李神通想来想去，还是觉得不妥。一来大唐本就兵不占优，二来大唐奔袭途远，万一这宇文化及上万人等诈降，后果实在不堪设想。最终，唐军还在犹豫踌躇的时候，宇文士及征的粮食也到了。国力逐渐恢复，宇文化及直接扔掉了投降的想法，现在唐军补给线远不及他，攻守之势，易也！

战前，李神通信誓旦旦能一举歼敌，可等到真的开战后他才意识到，恢复了些斗志的骁果军，远不是之前那群丧家犬能比的，唐军实在是很难轻取了这群杨广亲卫。粮食一天天地消耗不说，大夏的部队也到底是来了。

兵者，死生之事，就算大夏给大唐的文书写得天花乱坠，李神通也实在不敢拿唐军将士们的性命去赌。为了避免被夹击的情况，李神通只得悻悻撤军。可宇文化及的危机依旧存在。或者更准确地说，比起唐军，窦建德这支不管从数量上还是士气上都豪气干云的部队，才是他真正的送丧钟声。

屋漏偏逢连夜雨，宇文化及坏事做绝，也该有此一遭。他想守，可有人不想守。王薄审时度势，眼看这大许和大夏要是硬碰硬，吃亏的唯有山东老乡。再看窦建德，夏王名声在外，无人不念他的仁义道德，于是乎，王薄遣人与夏军勾搭上，趁着夜色给夏军开了城门。

即将又是一个桃月，宇文化及的许国似是西秦薛氏，又似被他杀死的杨广，被胜利者吹灭了灯火，湮没在了历史的长河。

作为新的胜利者，窦建德选择了低调谦逊。除了叫人活捉宇文化及以外，窦建德第一时间先拜谒了萧皇后，字字句句都以臣子自居。萧皇后虽说心底有点慌乱，表面倒是不显。窦建德拜见她的时候，南阳公主也恰好在与母亲说话。

南阳公主正是宇文士及之妻，如今宇文士及并不在聊城，他与封德彝借筹粮之事，早就和宇文化及这边分开了。南阳公主厌恨宇文士及的为人，更恨宇文家杀了自己父亲，并不愿意和宇文士及同行。

窦建德来聊城，要做的就三件事：一是为杨广哭丧，二是安抚朝廷百官，三则是处决江都兵变的元凶。

等到他的人捉住了宇文化及和宇文智及等人后，窦建德到了审判现场。因着宇文士及的关系，南阳公主也来了。见窦建德来，南阳公主便开了口。她先是自陈国破家亡，言语间泪洒衣襟，可还是慷慨陈词。窦建德听她凄切，忍不住也落下了泪。

抹了把脸，窦建德高喝一声，当着隋朝百官的面，细数宇文化及他们的罪过。

"宇文智及，你可还有话要说？"

"我早就料到会有今天了，无话可说。"

"宇文化及，你呢？"

宇文化及面色涨红了起来，他瑟缩着，又猛地抬起头来："朕是大许皇帝！"

窦建德不再言语。他点了点头，亲卫便提刀向前，砍了一地的大好头颅。

这时，有亲卫前来陈词。窦建德一听才知道，宇文士及和南阳公主有个十岁的孩子。按照谋反弑君的法理来说，这孩子也活不了。窦建德顿时有些发愁，凡事讲一个规矩，南阳公主既是杨广女儿，那只要她一句话，这孩子留着也没什么所谓。

可这句话只能是南阳公主说，他窦建德不能越俎代庖。

结果等窦建德的虎贲郎将去讨口信时，却没想到南阳公主竟不做解释。

"此事何须见问？君是见吾泪还不尽否？罪臣之子，当杀即杀！"

礼义廉耻，皇家之人，总是要来维护它的荣誉的。窦建德听后默言，良久后，令亲卫鸩酒毒死了宇文士及之子。

话分两头，这边行刑完毕后，窦建德将宇文化及这些头领的首级用石灰腌了腌，悬在军营之外。杀鸡儆猴，亦是暗示既往不咎。

从进城开始，窦建德就是以隋臣的身份自居，现在大事已了，他也得做夏王该做的事了。

人实在是很容易腐化的物种，可即便如此，也总有人会恪守着礼义道理。就像最早还在漳南县的时候，窦建德始终秉持着自己的规矩。细数下来，他起兵已有七年。每打一场胜仗，他都会将战利品分给麾下将士，这次也不例外。按理说作为一国之王，窦建德也该有点帝王的排面，但他对这些其实嗤之以鼻。时至今日，依旧过着朴素的生活。他与妻子二人不光吃的简单，用的也相当简陋。也正因如此，当他攻下聊城，见到眼前的奢靡景象后，着实被吓了一大跳。

聊城城中缺兵少粮，骁果军士仅剩万人，个个面带沧桑。可即便如此，宇文化及居然还带了数千名宫女！窦建德只得感慨，大隋如此，怎能不亡！

可侍者有什么错呢？他想到了漳南的乡亲们，类比起来，这些侍者怕也是穷苦人家出身。卖予帝王家谨小慎微不说，又赶上乱世，没过过一天自由安逸的日子。于是窦建德当即下令遣散了她们，想留也可，想走也罢，给了她们重新选择的权利。

至于骁果军，窦建德做不来武安君那种坑杀战俘的事。天下天下，熙熙攘攘，诸位都是被裹挟在其中的浮萍。与前者一样，窦建德也给了他们选择的权利。骁果军士此行北上，本就是为着回家，哪承想被宇文化及遛了一年。现在绕了一大圈，人却到了山东。关中的故乡，真远啊……

无处可去？也可以。想回家？也可以。不论是想回关中，还是想回东都，窦建德都一并答应，此外，他还愿意为侍者和骁果军提供盘缠，助他们归途一臂之力。

这就是窦建德，一个漳南县出身的农民领袖。他从父老乡亲的身边来，身居如此高的位，但还是能站在父老乡亲的角度。天下乱世，狼烟四起，正是因为遇到了这样一个人，在历史上留不下姓名的芸芸众生，才能感受到久违的温暖。

处理完闲杂事，就该处理杨广的遗泽了。窦建德的视线投向了大隋的朝堂诸公。称王建国是要有资源和经验的，这些窦建德从前都没有，他像根面筋，闪转腾挪巴不得吸收所有的智慧与才能。可就算如饥似渴到这般程度，一路行来，他还是走了比别人更多的弯路。如今大隋最为精英的资源就在眼前，他别无他路，必须把握住这次仅有的机会。

太缺人了，实在太缺人了。大夏眼下最缺的，就是这群高瞻远瞩，能进行顶层设计的高级官员。这些人当然不能像普通人一样任他们去留，窦建德做足了姿态，恳恳切切，又恩威并施，终是说服了大业故人，勉强纳为己用。

现在还有一个问题，他这个大夏，不仅不是贵胄传承，还是自封的。世人皆知天人感应，他一个漳南县农民，哪有半点政治背景呢？这一点，大业故人们都心知肚明。草台班子，一个没有任何背景的王，很难钳制住一群贵族世家子的臣。

名不正言不顺，他们内心深处压根不想为窦建德效力。毕竟他们哪一个不是人精？哪一个没在政坛混迹多年？明眼人都看得出，大夏的根基实在薄弱。他们真正想投奔的，要么是大隋朝廷，要么是长安那位李姓皇帝。除了东都或者长安，其他人都像草莽贼寇，乱世中的浮萍而已，追随做甚？

在那个注重门第的时代，许多世家子宁愿归隐，都不愿为农民领袖效忠。谁管你代表的是不是大多数人。他们只知道他们是士子，是饱读诗书之辈，是天生就该统治他人的精英。而你窦建德，或者王建德，或者赵建德，无所谓，都是贼子，都是阶级之外的人。是故，在他们眼中，为农民领袖效力无疑是在政治生涯中留下污点。窦建德就是再好，都不是同类人。

正如这边窦建德才带着百官们出聊城，后边就传来了消息，王薄转投了李唐。

为何？为的还是权威啊。王薄早就没了进取的心意，当年豪迈的知世郎，今日只想着佑护乡邻。右边是同为水泊起家的草莽，左边是八柱国之一的显贵，孰轻孰重，王薄做好了打算。"譬如辽东死，斩头何所伤。"豪迈如知世郎，也难逃时代的偏见。

对于大业故人来说，更是如此。现在只是人在屋檐下，不得不低头。即便给了裴矩左仆射，给了虞世南黄门侍郎，给了欧阳询太常卿之尊，甚至说给其余各人全都委以重任，这些人还是做出了尸位素餐的态度。

唯一例外的就是裴矩了，他还愿意为窦建德做点事。他帮窦建德，或是出于欣赏，又或是出于讨好。但君子论迹不论心，裴矩起码能做事，做好事，这已经让窦建德很是高兴了。他觉得裴矩要比其他世家出身的人更好接触些，所以经常向他请教问题，跟他走得很近。

在裴矩的帮助之下，窦建德的大夏政权确立了正式的典章、法律等制度。以此，窦建德的势力在兜兜转转中，终于完成了从军事力量向政治力量的转变。

窦建德真怂的不招待见吗？其实相反，窦建德实在是得人心，也实在是有人望，他的名字在当下是可以号召到万人空巷的程度。可这些东西，那些世家大族都看不见，更不在意。为着他们自己的权力继承，也为着将世人排挤在孔圣人的教化之外，如今的他们只关心那些天生就拥有的东西。不过，不管他们是否承认，夏王团结起来的人都是真实存在的，夏王建立的功业也是真实存在的。

这些故事就在那里，不是靠着几支笔、几句话、几篇后世的涂改就能改变的。

窦建德和大夏都还在成长成熟。这种成长是政治上的，也是军事上的。前者具体表现为官僚体系的不断完善和填充，后者主要体现在人员队伍的扩充上。这其中的任何一点，都是以窦建德为核心的。

在他的影响下，起义军身上的流寇风气得到改善，大夏政权开始了稳步增长。夏王的手开始进一步伸进了地方乡绅之中，这个新政权的发展走上了快车道。

大夏，它的吸引力来自窦建德，它的凝聚力也来自窦建德。它战无不胜的威仪也来自窦建德。正因为有了窦建德，这支义军才能在乱世之中异军突起。

与窦建德高度绑定当然有隐患，但在大争之世，以窦建德形象来做大夏的招牌，也实在是最好的选择。大夏能自下而上凝聚起力量，能比别人更快地挥起大旗，究其所有，还是一个窦字。

随着大夏势力范围扩张到"极限"，窦建德有了自己的顾虑。东边还好，除了大海什么都没有，可北面幽州已经依附了李唐，西边又是李唐起兵之地，若不往南边进取，只怕李唐打来的时候，大夏只得跳海了。再看南边，因着李密死在了李唐，其原来的部曲之间产生了势力真空带，倒是可以考虑。

因此，打下洺州后，窦建德就将都城迁了过来。再无他法，他只能准备进取河南。那里是天下人口最稠密的地方，又是四战之地，李唐目前已经将手伸进来了。

"日后，免不了要跟唐国公打交道了。"窦建德叹了一口气。

门外有人走了进来："夏王，臣到了。"

"东西都准备好了吗？"窦建德问他。

"刚刚确认过了。"那人回答道，"使团前往东都需要带的东西，都已经置办妥当了。"

原来这是窦建德要派去东都知会萧皇后事宜、谒见皇泰主的使者。

"既已准备好，就即刻出发吧！"窦建德颔首。

"喏！"

"夏王……"窦建德看着使者的背影，"等你从东都回来后，孤就是真正的夏王了。"

窦建德看着远去的车队，心中只期待自己的使臣能不辱使命。他渴望得到官方的册封，渴望正式成为隋臣，渴望成为大隋的夏王。

等一切都名正言顺之后，到时候他再想做什么，就再也没有人能指手画脚了。

第六章

世间再无大隋

一、大隋最后的忠臣

武德二年（619）三月，大夏的使团回来了，窦建德终归做了隋的夏王，可大隋皇室这厢事成了麻烦。杨侗乃萧皇后嫡长孙，的确不会拒绝皇室移驾，但使团透过打探，发现了个问题——东都权力分配变了。

东都现在还是皇泰主执政没错，不过因为几个月前的那场政变，手握军权的王世充实际拿下了最高话语权。在这位的带领下，当下的东都俨然是个"军政府"。王世充滥用军权，对朝堂整个清洗了一遍。不光处理掉了大部分原先留守大臣，还将试图反抗他的人都揪了出来，尽数肉体消灭。

窦建德有些迟疑，东都要是摇摇欲坠，那吾这个夏王岂不是镜花水月？虽然他现在还对王世充了解得不多，同时他也不清楚此人将会如何影响大隋的命运——要做霍光，还是做王莽？然而窦建德清楚，最重要的，就是和东都搞好关系。不论他王世充是霍光董卓，还是王莽姚苌，东都和大夏作为两个近邻，暂时万不能兄弟阋墙。

在这个节骨眼儿上，窦建德和王世充都保持了同为隋臣的默契，但皇泰主杨侗心里门儿清，这两个人可都不是省油的灯，各自都有自己的算盘打。而他呢？他虽然在东都做着皇帝，却跟大隋一样困于一隅，一点也不称心如意。

王世充是越俎代庖了，那皇泰主怎么办呢？从江都北上的"大隋朝廷"回不来东都，已是"弃我去者"，而所谓的"爱卿"王世充根本不与自己同心，又是"乱我心者"。连带着对自身的命运也悲观起来，或许至亲长辈也不得来见了。皇泰主感慨，自从元文都等人死后，他的身边就没有一个可用之人了。这大隋，真再没有一个像尧君素一样的忠臣了吗？

将时间稍微回溯一些，这位大隋最后的忠臣，与他所效忠的帝王，一同留在了大业十四年（618）。大厦倾塌，天翻地覆，大抵得有人与国同难。而尧君素的末路，也在历史的脉络中预示了大隋的末路。

在杨广统治时期，满堂文武都认为长安是天下的根基，洛阳是天下的枢纽。谁掌握了这两京，谁就掌握了全国。因此，在南下江都的时候，杨广给两京配备的都是殊为豪华的班底。而在这一票能臣之中，尧君素委实不怎么打眼。他隶属于屈突通，领衔鹰击郎将，是一地鹰扬府次官。李渊进军关中时，屈突通率领数万兵马驰援长安。直到屈突通大军将走，尧君素才临危受命，做了河东通守，镇守河东。

河东城（今山西省运城市）位于秦晋要冲，屈突通当时就是依靠它死死卡住了李渊去关中的路。不管古今叫何名，地缘的属性是不会变的。毫无疑问，这地方都是战略要地。

隋唐的都城在关中，需要在都城以东依河防御，所以叫河东。明清的都城在北京，需要在都城以西依山防御，所以叫山西。

故而即便李渊降服了屈突通，拿下了整个关中，但只要河东还在尧君素手里，大唐的喉咙就还是被人扼在手中。

武德元年（618）十一月，在解决西秦薛氏问题的同时，李渊也在尝试降伏河东。之所以用了降伏二字，是因为李渊目前的确不打算以武力解决河东问题。

原因很简单，屈突通跟守卫河东的尧君素本是上下级关系，眼下屈突通都已为他所用，再让尧君素降服，理当手到擒来。不战而屈人之兵，善之善也。于是乎，李渊就先派了屈突通亲自前往河东，意图招降尧君素。

世事向来辗转，彼时屈突通离开河东还是大隋柱国，而今回来，竟与往昔同僚走向了对立。此情此景，实在叫旁人也未免杨朱泣歧，尧君素更是哀戚之至。他一见屈突通，凝噎说不出话，只是呜咽。屈突通见了尧君素，登时想起来杨广当年的嘱托，也憋不出半个字。当初杨广就是看中尧君素的坚贞才给的他通守，今时今日阵营相对，君命难辞，可他心知，此人怎会被他招降呢？

"义军旗帜所向，即是民心所向，昭昭天命，非你我可能阻挡。"身兼圣命，屈突通只得先开口打破氛围："君素，事已至此，为着天下苍生和满腔抱负，还是早日归附为上！"

听着屈突通许的高官厚禄，尧君素哑然失笑。

"屈突公，您是国家的大将军，是国家的不周之山。圣人将关中托付于您，代王又将社稷托付于您，毋论天下苍生，圣人可曾亏待于您？！您不思回报也就罢了，还劝我背恩，唉！"

随后尧君素又指向屈突通的马："屈突公，您的这匹马，还是代王所赠吧？您今日又有何颜面骑这马呢？"

屈突通被话语堵住，心中又满是愧疚，只得唏嘘一声："君素！吾亦为大隋战到筋疲力尽了啊！"

"屈突公，君素还有余力未尽！"

屈突通一时语塞，喟叹一声，无奈返身纵马回去了。

河东形势日益严峻，尧君素独守孤城，与东都也断了联系。万分焦急之下，他想了个法子：雕刻木鹅数只，将河东现状刻于其上，再把木鹅们放在黄河水中，连带一腔热忱，尽数顺流而下。能不能送到东都，听天由命吧！

萧索离散，木鹅带着一城的报国热血顺流而下，漂啊漂，漂到河阳，漂到了东都，落在了杨侗面前。

要是木鹅上记载的是烈士的事迹，读完哭过一场还则罢了，可偏偏这故事还活生生地屹立着，叫人读完后铆足了劲想做什么，又什么都做不了，只能看着英雄成了烈士。杨侗亦是如此，他无比感念尧君素，但现在除了拜尧君素为紫金光禄大夫，许下虚名外，东都委实没兵力可去救援了。

杨侗扼腕，叹的是大厦将倾，朝中还有忠贞之士；悲的是满朝文武，衮衮诸公，再无一个尧君素。

哪怕给不了实在的帮助，杨侗也想做点什么。遂此，杨侗送出了自己的"木鹅"——他秘密派了亲近的使臣前往河东，代表他慰劳尧君素。杨侗的"木鹅"究竟有没有送到，历史并无记载。不过历史记得尧君素的忠诚，记得李唐无数次的劝降，记得他九死不悔的气节。

但凡有重要人物从东都来投，李渊都会派出去先与尧君素接触。武德元年（618）七月，王世充发动政变时，从东都砍烂门逃出来的皇甫无逸便是其中之一；而降唐后屡获战功，跟随李世民参与浅水塬之战的庞玉也是其中之一。

这些人一个个将身影留在河东城下，也一个个无功而返。河东城像一根刺，卡在大唐的咽喉，任机关算尽，都纹丝不动。

尧君素傻吗？他当然不傻。晋末三百年的狼藉还写在华夏大地上，他怎能不明白，有些事就是不以人的意志为转移的。他尽足了力，沥干了血，也已没有什么功业可立，没什么未来可期。但就像良禽择木而栖，也总有士为道义而死，天下之大，林林总总免不得有各类各样的人，可君不闻屈原投江，从彭咸之所居；君不闻吴明彻英武，忧愤自绝于长安？道义，既是个人处事的道理，又是继天下之英魂的根源。

面对席卷天下的狂风，尧君素成了其下的一根杂草。风吹得越疾，他扎得越劲，从武德元年的河东城头，扎到了千余年后的大地脉络，扎进了中华文明的神魂。

被围困的日子很闷，尧君素就给将士们讲自己的故事。他说很早之前，早在圣人还是晋王时，自己就在府中侍奉左右。他望向江都的方向，像是看到了年轻的杨广。杨广那时时常给他们描绘他的愿景，壮阔、宏伟，整个天下都仿佛在手掌之间。他说，活着，应是见不到圣人了，盼望着长眠之后，能再次追随圣人身后。

尧君素还跟士兵讲天命。他说前汉强亡，时称苍天已死，倘若今时大隋的天应死，他亦无可奈何。只是他受君恩重，唯有以死报之。但真要到了那一天，他当自断其头，为大家换条出路。

可是，群众不是注定要跟理想走的。尧君素有理想，愿意为理想和将士们的未来牺牲一切，但将士们有父母妻儿，他们只想活着。所以当理想变成为了理想而理想的时候，它也就失去光泽了。有饭吃有衣穿，和大伙谈信仰、谈信念，尚能凝聚力量办大事。但连饭都吃不起，都要酿成人间惨剧的时候，那些以性命做担保的承诺，就会变成鲜血做的债条。

尧君素擅长统兵，这是事实，但他不能凭空解决饿肚子的问题。李唐围城日久，人的热血也渐渐泛凉。江都兵变的风声越来越多了，人们开始逐渐相信杨广已死的事实。越来越多的人摸着辘辘饥肠，思忖了起来：大隋都要没了，而今所做的这些，究竟有什么意义呢？

对尧君素下手的是他的部将。与其说他们手上沾了罪恶的血污，不如说他们也只是为了生存。围城日久，这些人一开始没有不对尧君素充满敬意的，可尽管如此，若是未来既定的只有惨淡，那再强烈的感情，都会被活着的欲望压垮。

武德元年（618）十二月初六，一个清冷的冬日。求生本能最终崩碎了一切礼教法统，尧君素被部下所害。

正所谓疾风知劲草，约莫只有到了重大时刻，将人置于历史转折中，才能明辨谁的根系最为牢靠。当战火在全国范围内爆发，各方力量不断碰撞重组。旧的力量分崩离析，"识时务"的人忙忙转移阵营；而"待价而沽"的人，也躲了起来等待着重新出山的时机。

在两者之外，在那些守旧的、卫道的落伍者中，往往有些人始终坚守信念。他们将个人命运跟大隋的国运死死绑定，纵然眼前的帝国已成了失控的战车，他们依旧愿意跟随着它直到粉身碎骨。也许这种信念在大多数人眼中颇为愚蠢，但这些忠义之士仍旧用明知不可为而为之的意志，虽千万人吾往矣的勇气，在乱世之中，拿鲜血写出了不一样的诗篇。

尧君素就是这样一个将信念贯彻到底的"痴人"。他虽死，可他留下的意志——受他影响的将士仍在河东城中战斗。尧君素的另一位部将王行本迅速带兵镇压了城内叛乱，同时，在将参与人员尽数捕杀后，继续携城抵抗着唐军。

就这样，在尧君素死后，一切似乎都没变，一切似乎又都变了。历史的进程从不被阻挡，新年将至，斯人却已逝，河东城依旧在，尧君素已不在。城池还在黄河边威胁着大唐，可是大隋孤忠去，对皇泰主来说，朝堂上的衮衮诸公，能有几分尧君素的遗风呢？

二、血雨腥风再起

反正在东都，在满堂公卿眼中，最得势的那个王世充，身上是半点忠诚也无的。

武德元年（618）九月，王世充打得李密瓦岗军落花流水，好好扬眉吐气了一把。在此之后，他就开始在"学习"杨广的道路上疾驰起来。战略眼光、帝王心术之类的暂且勿论，他最先效仿的，是这位先帝光鲜亮丽的那一面。为了炫耀战果，王世充将他收编的降兵降将和缴获的珍宝物资垒到一起，全部"打包"陈列于紫微观下。除此之外，他还要操办一场堂哉皇哉的胜利仪式，让世人称颂他的功绩。

紫微观高大华美，在则天门上，神似一片天上宫阙。自大业初年修建以来，这里被无数番邦首领瞻仰朝圣。在他们心中，紫微观不仅是阙楼，更是大隋强极一时的象征。

但今时不同往日，天下大变以来，这里已经许久未风光过了。几个月前则天门所见证的，正是王世充刀上的血。王世充也不忌讳，还大行僭越之举。他仿效杨广旧事，整了一场金玉其外的仪式。

时值初冬，崔巍的阙楼与风中残叶辉映，显得有些萧瑟。皇泰主做着王世充的傀儡，形如槁木，心如死灰。扫了眼王世充兴奋难挨的嘴脸，皇泰主只觉得吵闹。他于这场仪式的角色是一个仁主，赦免王世充精挑细选出来的旧臣和俘虏们。

说到实处，王世充真有大功吗？东都与李密对峙时王世充确有功劳，但这次与瓦岗军的碰撞，虽是他大获全胜，实则摇身一变，成了大隋郑公和魏公的内耗。他今日这般铺张，狼子野心也是昭然若揭。

没错，政敌已经扫清，王世充的唯一目的就是索取更高的地位。大赦第二天，王世充就更上一层楼，走马上任了太尉兼尚书令，主管东都内外军事。尽管明面上看都是皇泰主的诏书，但其中条条款款，都是王世充的手笔。

王世充的"上进"叫朝中官员越发不满，朝堂上又开始有了风声：王世充不过一文法小吏，竟有如此竖子野心！

这些人看不起王世充，有相当一部分原因是王世充的出身。大隋时盛，外贸发达，东都和长安是西域商路上最为磅礴的大都市。在这期间，颇有一些行商胡人往来于西域中原，其中不少人赚了大钱，便将家安在了中原。

王世充就是一个有着类似经历的"异乡人"。

他原本姓支，父亲是西域经商的胡人，后来借了母亲王氏的光才有了汉姓。许是家学渊源，他从小头脑便很灵光，也读了不少书。不过与饱读圣贤书的诸公相比，王世充一直都对算卦、天文之类的杂书更感兴趣。

因为出身西域，王世充的宗教信仰也和中原有所不同。他既好正统道教周公，又尚西域巫术之类原始信仰。在中华文明圈的显贵们看来，王世充出身低微，学识浅淡，爱好又蒙昧邪门，委实是草芥之流。只是杨广抬举他，让他领着兵权。而这一点在众人眼中，更是让他成了皇帝拿来制衡的工具，最是"不可深交"。

事实上，隋唐时期，军事贵族们的军功制是相对公平的。王世充并没有因为他的血统而遭到过多的排挤，反而在开皇年间由于战功斐然，就得兵部擢升重用。等到杨广登基后，各地农民起义不断，王世充靠着一张好嘴皮子和结实的平乱军功，一路爬了很高。

虽涉猎广泛、爱走捷径，又混迹在职业军人圈子中，但其实王世充还是接受过大儒教育的。跟李密一样，他曾在徐文远门下求学。

徐文远是一时大儒，家学渊源深厚，身份亦相当显赫。到了开皇年间，徐文远还被文帝任命为太学博士，专门为汉王杨谅讲解儒家经典。

徐文远的学生极多，他既为皇室宗亲讲学，也给聪颖的官僚子弟上课。李密、杨玄感等人都是他的学生。王世充没什么背景，还能在这样的人门下求学，一方面说明他受宠之重，另一方面也说明他的确颇有才学，并不是宇文化及那种不学无术之辈。

李密兵败后，徐文远随着凯旋的大军回到了东都。尽管回到了家里，然而他竟是一点都不自在，小心谨慎到了相当刻意的程度。

有趣的是，明明李密和王世充都是他的学生，结果在面对王世充时，他的态度却转了个大弯。不再像面对李密那样知无不言，每每见到王世充后还主动行礼，让他身边的人相当困惑。

"徐公先前见李密时高风峻节，怎么现在见了王世充，却如此八面玲珑呢？"

"魏公是君子，郑公是小人。在君子面前可以不拘小节，但见了小人，换谁都要小心谨慎啊。"

一般来说，一个好的老师看学生虽不一定准，但也差不到哪里去。徐文远尚且这般评价王世充，可想而知王世充其人为人如何了。

王世充是看出来了，不管他做什么，这些人总能挑出一万个理由来反对。不过，都是些无谓之举，先前元文都等人的项上人头已经给百官杀了威风，如今背后腹诽而已，成不了什么事。

在击败李密后的几个月里，东都大体保持了风平浪静，王世充和异见人士姑且保持着体面。尽管天下已毁冠裂冕，王世充还是不慌不忙地按照进程推进着计划。在武德元年十二月廿二，王世充抽调兵力离开东都，随大军向西朝长安方向亲征，准备给东都的看客们好好亮亮眼。

王世充带了三万多人进攻大唐，整出偌大的动静，却只是在谷州围而不打。由此可见，项庄舞剑，意在沛公，王世充这剑指的也不是大唐，而是还在东都的旧臣贵胄。向着东都展示了下肌肉，简单与唐军磨蹭两场，王世充便带着大军撤回东都，准备过年了。

武德二年（619）正月初二，立威之后的王世充好似又吃了胜仗，更是肆无忌惮起来。他将朝中所有的隋臣都征入太尉府中，让百官同时充当太尉府的臣子。这样一来，朝臣仿佛成了王世充的私臣，国家之事也好像成了王世充的私事。

这太尉府满打满算也才开张了不到半年，现今就俨然小朝廷的模样，再来半年这皇帝还姓杨吗？百官心中不由得给出了结论。

可就算做了名副其实的二皇帝，王世充还天天愁没人可用。于是他又在官署门外张贴了三份布告，来招揽不同门类的人才：

第一份，广招文臣；

第二份，广招武将；

第三份，广招司法人员。

只要是有能力的人，均可来太尉府应聘。既可以毛遂自荐，也可以投递书函。王世充还言称他将总揽招募流程，亲自审核众人。

张贴布告之后，他殷勤款待着每位应聘者，他知道草根出身的普通人很识抬举，所以给足了他们面子。这些人得了王太尉恩惠，感激涕零不说，也愿意投桃报李，在坊间大肆宣扬王太尉之广纳贤才、平易近人的事。

一传十，十传百，进出太尉府的人竟络绎不绝，赶得上东都南边丰都市的繁华了。

丰都市位于洛水南，周围八里，十二个市门，市内有一百二十行，三千余肆，四墙各开三门，共有十二门。

此番盛况远超王世充的想象，他根本不用细数都知道，每天来的人绝对有数百之多。诚然，在察举制为王的当下，平民百姓少有出头之路，多的也只是战场上拼死拼活挣军功，翻身得爵位。而这三份有官方背书的布告就不同了，其相当于开了三条上升门路，大众不为之疯狂才是怪事。

王世充招文臣，是组建新的政务团队；募武将又是替换军中旧人；选拔司法人员则是为了保证治安稳定。

至此，王世充之心，已然路人皆知！

大臣们见太尉府急剧扩张，心中更加厌恶。在他们心中，有才之人只能出自他们这群贵胄，平民百姓有何才可言？连带着对王世充都轻慢不齿了几分。而在这大臣之中，贵胄中的贵胄，马军总管独孤武都就是一个典型代表。他是杨坚的外甥，父亲是文帝独孤皇后的长兄，是妥妥的顶天贵族。

在那个时代，大官的位置生来就是给他独孤武都留着的。这样的人又岂能看得起王世充与平民百姓打成一片的模样？他骂道："区区文法小吏，行事败风坏俗，还妄图独揽大权，草包本性难移！"

虽然独孤武都相当愤懑，但王世充势大，他一个马军总管暂时还扳不倒王世充。见王世充羽翼渐满，他有些担忧日后更难对付。

众人拾柴火焰高。于是乎，他决定找志同道合的，譬如同族的独孤机这些人，与王世充碰一碰。

"元文都、卢楚被奸贼所害已有半年了，"独孤武都先为这次碰头会起了个头，"朝中的忠臣，怕除了在座的诸位，也就再不剩几个了。"

独孤机等人纷纷唱喏："不知公有何想法？"

"要王世充没野心，就此也罢。"独孤武都继续说，"但这数月以来，王世充越发胆大，越发僭越，只怕……"

听出独孤武都有心求变，众人也都放开了胆子，将这段时间积压的怨气一吐而尽：

"此贼个性贪婪，又惜身怕死，吾观他应只会逞口舌之利。"

"看看他吧，发了三个布告，用好话把民众骗得团团转，但可能给这些市井之流什么真正的好处吗？"

"此贼靠着谄媚先帝才有了今天，现在不但要鲸吞了先帝的基业，还处处模仿先帝，甚是可笑。他能成什么大业呢？"

提到大业，密谈热烈的氛围眨眼冷了下来。沉默了几响，一个声音打破宁静：

"大业年间，有图谶之文说，天下将归李氏。先前以为魏公李密或取天下，而今看来，莫非是唐国公……"

"此话有理。唐公李渊今雄踞关中，显露出几分逐鹿天下的势了。"

独孤武都若有所思。他是认识李渊的，李渊与他都是当年北周的军勋贵族子，又是同龄人。拿李渊来与王世充作对比，多少有些太捧着后者了。

"唐公出身名门，待人优厚，天下英杰无不敬仰攀附。公既是寻托身之处，依吾之见，唯有大兴也。"

"然也，今时今日，于东都之中，你我唯有坐以待毙啊！"

"吾听闻人言，唐公的大军就在东都以西，将领又是你我故友。只要能牵上线，定能成事。"

独孤武都对这个行动计划很感兴趣，开口问道："听诸公之言，不是直直投奔李渊？"

"岂能弃陛下而不顾？我以为，不若兵行险招，里应外合，迎唐军入城诛杀逆贼，也在所不辞啊！"

"须从长计议……"

对独孤武都而言，这无疑是一着险棋，但风险往往也伴随着巨大的收益。同样，这也是一石二鸟之计：一旦事成，不仅王世充能得以消灭，他们东都旧臣还可昂首回到关中。再者，作为外戚，也算得是他为大隋尽了忠，立了功。经过一番权衡，独孤武都选择听从计策，与众人约定相机行事。

与此同时，王世充很忙。他可不像贵胄们整日闲得牙疼，只用盯着他的一举一动。他既要分出心思上朝拜谒皇泰主，还要抽出时间考核上门的面试者，实在没太多工夫琢磨大臣们的心思。

身为三公，太尉是很忙。但王世充的忙，多半都是他给自个儿找的活儿。为了攫取更多的权力，王世充将台、省、监、署各府的职责都揽到太尉府手中，结果就是太尉忙得要死，各部官员成了没事可做的闲人。

王世充这般"勤政"，可不能当成常态，毕竟任谁也坚持不了永无止境的连轴转。阶段来看，他这么折腾，更多还是应了那句"新官上任三把火"。等他心中噌噌燃起的火苗稍微熄了，政治这东西总归要回到分工合作。

某日白天，王世充像往常一样入宫觐见皇泰主。

初次去紫微宫觐见皇泰主时，面对威严的皇权，王世充终究是局促的。只是现在攻守易位，皇权在他眼中早就褪去了滤镜。与那时的自己相比，王世充变得轻佻起来。皇泰主把变化都看在眼里，亦不敢有何反应，只得照例与王世充共享御膳，以示皇恩。

王世充也似往常一样吃了，可不承想，这一吃就出了事。回到家后，王世充腹部痛了起来，他上吐下泻，熬到晚上才稍微舒服了一点。

他躺在床上休息着，猛地，一个念头冲了出来："小皇帝给我下毒了？"

这次"中毒事件"打破了君臣之间脆弱的平衡。王世充意识到，要真是皇泰主下的手，定是有朝中人死灰复燃，为之撑腰了。

"这些贵人们，不怕死吗？"王世充有些疑惑了，"还得再来清查一次了。"王太尉甫一展露了些想法，朝堂的边缘人就靠了过来。

历史从不会教会人吸取教训。元文都举事败露还历历在目，独孤武都的身边也出现了叛徒。总有些人自个儿没有成事的能力，败坏起事来倒绰绰有余。乌衣门第们掌握着大多数资源，更是畏惧血性。被刀架得久了，于是膝盖也软了——有人悄悄泄了密。

王世充的鹰犬们即刻行动，先是逮了独孤武都不说，顺藤摸瓜一堆同党全数抓了个干净。最终，名册呈到了王世充手中。比起独孤等人，王世充尤其愤怒。这段时间以来，他从来都是好言相向，高官厚禄相许，结果这些人不但疏远排挤他，甚至意图勾结外人要了他的命。你们的大隋是大隋，我王世充的大隋便不是大隋了？

"太尉，敢问名册上的这些人，该奈之何啊？"下属问王世充。

"独孤家这些人，哼。"王世充声音沉了下来，"外戚又恁的！

照例。"

"喏。太尉，其他人也是照例吗？"

"尽数杀了。"

"喏！"

人是杀了，可是流言蔓延了起来。

"公可知啊？"排队打公粥的人们挤眉弄眼，"紫微城里又染血了。"

"嘘，小点声！某听消息灵通的说，这次可是独孤家的人！那可是圣人的母族，实在是骇人听闻了。"

"嗨，皇亲国戚又待怎样，还不是落了个人头坠地的结局。"又有任侠插话，"贵人的事儿，咱们还是少猜的好。哎，我说，你们手里的布料是哪来的啊？粮价越涨越高，都混到喝公粥了，还买新料子？"

"小点声作甚，还有因言获罪的道理不成？"这人哂笑，"公有所不知，这般料子，岂是咱买得到的！"说罢，他就把布料架在臂上，摊开了给对方看。

"嚯！这料子都赶得上明府大人的官服了！兄的意思，莫不是天上掉下来的？"

"小点声小点声，不瞒你说，这料子可是那里出来的。"这人指了指天上，显得讳莫如深。

"则天门里？"

"是了。圣人托和尚给大伙的，听说是要为大隋祈福。"

"现在还能领到吗？请兄长指条明路，现在天寒地冻，家小真真有些难挨啊。"

"谁说不是呢。你也莫要着急，那和尚就在丰都坊市呢，说是人人都有。"

民间流传的声音传到王世充耳中，又让他生了疑。正月了，赈物祈福是好事，但在这个节骨眼上，刚刚杀了许多人后，皇泰主作出这副姿态，到底意欲何为？王世充很难不怀疑皇泰主的动机。

"小皇帝这是在收买人心？"

退一万步讲，哪怕皇泰主真的没有他意，王世充也容不得此举。对一个傀儡皇帝而言，任何能拉近君民关系的行为都有可能是玉带诏的重演。祈福可以，赈物也可以，但都得以他王世充的名号，不能是皇泰主。

于是他派心腹去了则天门，给守门的十二卫下了禁令：城门里的东西，一分一厘都不能带出去。

他断绝了皇帝与百姓的联系，但这次祈福事件点醒了他。先前王世充只顾着拉拢有才学的人了，还没顾得上照看普罗大众。"举大事必当下顺民心，上合天意，功乃可成。"忙来忙去，竟然忘了这一茬，这些人不仅比士族们好拉拢得多，还占据了绝大多数，差点就走上歧途了。王世充登时出了身冷汗。

想到了，那就补救，王世充准备顺着皇泰主提供的思路，做点民生工程了。王太尉的实力可比小皇帝雄厚多了，出起手来，当然也比皇泰主阔绰得多。发衣服这种程度的事儿没跑，但除了这类该做的，他还要整一次大活——献祥瑞。

王世充改变了工作重心，把重点工作放在为他造势上。为了在东都传播太尉的美名，什么遣人向太尉献宝剑、献玉玺之类的，不胜枚举。尤为特殊的是，因为关中上游战乱不休，植被倒逐渐恢复，黄河的水土流失得到了纾解，中原黄河水略微恢复了原本模样，有些清澈了起来。王世充也拿这个当成了祥瑞——王太尉来了，黄河的水就清了。

借着黄河水清来衬托王世充，如此一厢情愿，究竟有用吗？

正向作用实不可知，不过负面作用马上就来了。

三、赔了秦琼又折兵

武德二年（619）闰二月，黄河水是清了，但在王世充意料之外的是，有一小支部队沿着黄河朝东都的后方摸了过去。

这队人由大唐骠骑将军张孝珉统领，拢共百十余人。而这张孝珉，原正是王世充的部将，后来见王世充图谋不轨，才反了王世充，投了大唐。一行人秘密行军，很快就到了汜水城外。汜水城西连东都，南连嵩岳，北濒黄河。城中有一地，山岭交错，因着周穆王曾于该地圈养猛虎，遂得名虎牢关。如此雄关，岂是百十余人能攻得下的？所以，这队人的目标其实是一项特殊任务。

张孝珉打着手势，没有出声。他用手指了指汜水城方向，众人纷纷点头。视线所及，原来是在水上停泊着百多艘船舶。

他们缄默着，趁着夜色，在风声的掩护下，向船只贴了过去。几个矫健的士卒一搭手，一腾转，倏地攀上了船。士卒登了船，看向船上放满的袋子。他拿刀割了口子，把手伸了进去，抓了一把，朝着船下的张孝珉撒了过去。

张孝珉仔细端详了落下的颗粒，辨认出了其的确是米。旋即，他摆了摆手臂，示意行动正式开始。

见将军给了指令，百多人迅速散开，执行任务。他们个个掏出工具，依次逐步在百多艘米船上凿洞。没过多一会儿，运米船就像被放空的气囊，缓缓沉没在水中。直到所有的船只沉底，唐军小队全身而退，汜水城的大隋守军都没有发现任何异常。

不知过了多久，天色大亮，鸡鸣破晓，汜水城的守军这才发现，运米船全都出了事！兹事体大，守军急忙向东都上报了船只被袭事件，连带将一切责任都甩给了唐军。

太尉府中，有消息传来。

"报!!!"

"慌什么!"王世充已经听了好几天的祥瑞，以为又是哪处的吉兆，"急急忙忙成何体统!"

"呼……"护卫跪在王世充面前，"禀，禀太尉！汜水城被唐贼偷袭！百余艘运粮船全部沉没！"

"什么?!"王世充一拍桌子，惊得站了起来，"你再说一遍？运粮船怎么了?!"

"禀告太尉，汜水城守军来报，运粮船全部沉没！"

"多少艘?"王世充攥了攥掌心。

"一百五十艘！"

"狗贱奴！"王世充又狠拍了一下桌子，"该死的杀才！"

护卫低着头，不敢说话，静静等待着王世充下命令。

"传我命令！"王世充紧皱眉头，扯着嗓子喊道，"凡是没有卫戍任务的，全部跟我一起，讨伐李贼！"

"喏!"

汜水城是闰二月十七遇袭的，仅仅两天过后，王世充的大军便逼近了谷州。他这次带来的队伍名将云集，除了原本东都的将领外，他还将从李密那里收编的将领也带到了前线。

秦琼秦叔宝，封为龙骧大将军；程知节，封为将军。乱世人才辈出，王世充尤爱这二位瓦岗出身的大将。除了他俩，王世充还带了骠骑将军李君羡、征南将军田留安，此四人共在军中，一同去讨伐唐军。

两天过去了，王世充的怒火烧得更旺了。他发誓，定要让李唐也掉一块肉才肯罢休。唐军刚凿沉了一百多艘粮船，心知王世充必来报复，自不可能毫无准备。

由此，面对东都的滔天气势，唐军的最高指挥李世民早早就站在了沙盘前。

现下，李世民亦是唐国太尉，另外他还兼任陕东道行台尚书令，大唐关东兵马全部受他节制调度。太尉对太尉，一招一式中都是成千上万人的生死存亡。

从之前平定西秦的战役中可以看出，李世民熟稔"知己知彼，百战不殆"的兵家圣言。他十分擅长在战场上观察捕捉敌我情报，一旦瞅准了机会，就会发起快攻，压上一切，摧枯拉朽。

敌不动我不动，不动，就不会显露破绽。跟随李世民征战，的确需要优异的养气功夫。毕其功于一役，迸发是一瞬间的事，而蓄力才是常态。

在与王世充的对战中，李世民一样没有贸然进攻。他摆出了龟壳阵，跟王世充在谷州附近周旋，等待对方出现纰漏。

磨磨蹭蹭拉拉扯扯了好几日，在一个平常的日子中，乍然发生了件大事。

有几十个人离了王世充的阵，骑马朝唐军直扑将过来。

"突袭！"

听到哨所的警告，唐军立马严阵以待，拔出了箭矢。

"等等！他们下马了！"哨所喊道，"好像不是突袭。"

到底发生了什么？让我们回到半个时辰前。

王世充带着诸位爱将在大营外，讨论观察着己方战事。一转眼，蓦地看到秦叔宝和程知节带着他们的亲卫，脱了军官团大队。正当他纳闷之际，又看到秦、程二人霍然下马，朝着他遥遥行礼。

王世充喊道："快回来！矢石无眼，战场危险！"

"郑公！"秦叔宝、程知节二人叫道，"我二人受您优待，理应报恩，只是……"

"只是什么？"王世充更加费解。

"只是郑公太过猜忌，我等着实无法为您鞍前马后。"

"此话怎讲？"

"郑公！东都非我们托身之所，今日我二人请向郑公辞别！"

王世充眼睁睁地看着二人朝他大拜，后又转身，上马，只剩下背影，也不知道是生气还是无奈，竟是不作声了。

"太尉！追吗？"

"还追什么？"王世充摇头叹道，"罢了。"

"罢了……罢了……"王世充掉转马头，挥了一下马鞭，"撤吧。"

一阵鸣金之声，军官团敛队而退。

　

回到营中，王世充怅然若失。秦叔宝和程知节虽是李密的旧人，但自打到了东都，王世充始终对他们以礼相待，以高官厚禄相加。他实在是想不通，独孤家那群人就算了，为什么这二人也不肯留在东都为他效力呢？

王世充分神之际，又有新消息传入营中。

"报！！！"

"说！"王世充捂着额头，"什么事儿？"

"太尉！骠骑将军李君羡逃了！"

"什么？！"王世充瞪大眼睛，努力控制住情绪，"只他一个人吗？"

"还有征南将军田留安，二人一起逃到西边去了。"

"可有留下什么话？"

"回太尉，没有。"亲卫回答，"还不清楚原因。"

"呵……"王世充听完，哂笑了下，"原因不明……好啊，原因不明。"

此时此刻，一个人枯坐的王世充居然看起来有些孤独。君臣不同心，能有何事可为呢？

一家忧愁一家欢，王世充有多愁，李世民就有多喜。山东豪杰的赫赫威名天下皆知，其中尤以瓦岗猛将声望最重。秦叔宝等人大名委实如雷贯耳，李世民少年英雄，早就想结交这些人了。只是因为李密已死，这才一直没能接触上。

但正所谓踏破铁鞋无觅处，得来全不费工夫。没想到一次防御反击战，他心心念念的人才居然主动跑来了。李世民听说欣喜极了，他确认着："你是说，秦叔宝和程知节两位将军真来投我大唐了？"

"回大王，二位将军已经到了营帐，正在来中军大帐的路上。"

"果真？"

"千真万确！"

"赶快收拾一下，孤要好好迎接他们。"

"喏！"

李世民早早就立在大帐门口，他远远望见一队人朝这边行来，身影由模糊变得清晰。他又瞧了瞧周边，卫兵们还在紧锣密鼓地布置着。

"想必是来不及收拾了……"李世民心里胡乱想着，快步迎上去。秦叔宝和程知节见一个少年将军当面，英武不凡，心下也猜到是秦王，便主动拱手，向李世民行礼问候。

"二位，走快了啊！"李世民抓住二人的手，"孤的欢迎仪式都还没布置好啊。"

二人起身，尴尬赔笑，李世民大声笑了起来。

"秦公，程公，久仰了！"李世民说着，招呼来行军记室，"就按刚才商议的，秦将军为马军总管，程将军做左三统军。"

两位将军又向秦王行礼谢恩。

"不必拘束。"李世民牢牢抓住二人的手，又补充道，"将刚才的任命传令全军！"

李世民将二人招呼进帐中，拉着他们坐在他身边。安排妥当后，李世民先沉默了半晌，说："两位将军，想必对朝中不久前发生的事有所耳闻吧。"

二人大概明白秦王指的是李密被杀之事，答道："秦王指的可是魏公？"

"正是。"李世民叹了口气说，"过去的事，现在不必想得过深。"

而后，他一转话锋，喝道："往后，你们就跟着我吧。"

"喏！"

后来，李世民也同样重用了来投的李君羡和田留安。他很欣赏李君羡，将他特意安排在了身边。而田留安也得到了和程知节一样的待遇，被任命为右四统军。

四、王世充称帝

这边君臣喜笑颜开，那边王世充心里丧气，只得班师回朝。倒灶的事儿接二连三，这让王世充有了个新想法——是不是太尉还是不够名正言顺？是不是只有他继续往高处爬，所有人才会真的重视他、信任他？

那就做皇帝！王世充隐晦暗示了下太尉府的群臣，群臣被惊掉了下巴。戴胄等人对此就持绝对反对的态度，碍于情面，他们也不敢把话说得太明，只能用儒家那套，先劝住王世充为君主尽忠。

王世充同样不想把话说得太明。他嘴上夸这些人说得很好，心里烦透了这群腐儒。眼不见心不烦，他径直将反对者们打发出了东都。比如之前提到的戴胄，就被排挤出核心圈子，转任郑州长史。

慢慢地，王世充的班底之中只剩下了些阿谀奉承之辈。其中，段达就是一个典型例子。此人虽贵为"七贵"之一，但却唯王世充马首是瞻。他就对王世充称帝一事十分上心，约莫是常常听闻鸡犬升天，也想跟着过把升天的瘾。

段达一副人肉喇叭模样，跑到乾阳殿，找到皇泰主，毫无恭敬之意，只自顾自地说："请为郑公加九锡！"

九锡，"锡"通"赐"，周天子赐诸侯王以车马、衣服、乐县、朱户、纳陛、虎贲、斧钺、弓矢、秬鬯。王莽加了九锡，不久就建了新朝；曹操加了九锡，不日便裂土称王；司马昭加了九锡，其子即篡魏改晋。

段达之意，傻子都知。皇泰主回答："郑公平定了李密，才官拜太尉，而今未立新功，只怕不妥。"

"太尉之功，足加九锡！"

皇泰主气得咬紧了齿根，但嘴上还是讨价还价："九锡之礼多繁复，待天下平定，再谈此事，也不迟吧。"

"不麻烦，只需下诏！"

"那还问朕作甚！"皇泰主站了起来，甩了下长袍，"都随你们的意吧！"

段达让一旁瑟缩的内侍拿来玉玺，以皇泰主的名义撰写了诏令：

一、任王世充为相国，总理百官；

二、晋王世充为郑王，并加九锡。

这么一番操作下来，按照惯例，王世充距离九五至尊，只有一步之遥了。王世充的那些篡位前辈们，要是在冢中知道后人从郑公到郑王只用了区区数月，一定都会拍手称赞，弹冠相庆的。

加九锡后还未足月，四月初七，王世充按捺不住，匆忙即了皇帝位，改国号为大郑。大隋彻底成了过去，不知这位新晋郑天子，梦醒时分是否会记得起杨广的嘱托？

四月初八，王世充下诏大赦天下，改元开明。

虽说东都还是那块孤岛，城中百姓依旧靠着公粥度日，但新帝登基后，毕竟不同了。所有的疾苦，都被丝绢围了起来，被庆典的欢愉所淹没。紫微城内，新的权贵庆祝着，庆祝他们美梦成真，庆祝东都彻底变了天。

这样的场景，外城中的百姓见了太多。从前大隋就是这样，永远胜利永远光荣，一路庆祝一路赢，然后不明不白就亡了国。

百姓对紫微城中发生的事提不起兴趣，这些本就与他们无关。就让这些人乐吧，跟劳苦大众永恒的痛苦相比，这些人的快乐又能持续多久呢？

将视线放得远一些，心中尚有大隋的人还都关注着东都，那里可是大隋最后的堡垒——尽管它越来越像是块墓地。对天下各地的隋臣而言，只要东都不破，大隋的道统就还未亡，自己就还有能够守护的东西。可最后呢？王世充不光不愿做卫道者，竟然连守墓人都不屑做，偏偏要去做个掘墓人，跟这种人此时不划清界限又更待何时呢？

夏王窦建德便是其中的典型。说来也是不得天时地利人和，窦建德本来是诚心与王世充结好的，但他也没想到双方才刚刚"建交"数月，王世充竟敢真的做出造假僭越称帝的事来，这和宇文化及在江都的弑君行径并没有本质区别嘛！

王世充的称帝不仅让窦建德与隋廷建立的联系打了水漂，还在一定程度上干扰了窦建德的节奏，让他不得不对此做出回应。窦建德何许人也？他可是亲自"替天行道"，为大隋诛灭了逆贼宇文化及的人。而此时的王世充，又恰如彼时的宇文化及，作为已然拥有隋朝政治遗产的人，他必须与王世充方划清界限，从而让自己在政治上的地位更加牢固。

武德二年（619）四月，王世充篡位的消息传到了大夏，窦建德唯有公开与之决裂，夏国也拒绝承认新生郑国的合法地位。不过这件事并没有就此作罢，它如一只在东都扑棱的蝴蝶，在北方引起了一连串连锁反应。

先是窦建德开启了政治过渡，他建起天子旌旗，又封齐王杨暕的遗腹子杨政道为郧公，还为杨广上了谥号曰隋闵帝。比起"炀"这个恶谥，"闵"字包含了更多的同情意味，窦建德此举有安抚隋臣之意，他期望用这种温和的方式正式接手隋朝的法统。

紧接着，突厥人来了。

"我们奉处罗可汗之命来此，是要迎大隋皇后入突厥的，这也是可敦的意思。"使者口中提到的可敦，即是可汗的妻子，也就是隋朝宗室之后义成公主。

突厥可汗的特使前来，窦建德不敢怠慢："大隋皇后可知此事？"

"可敦有言，大隋皇后与我可敦情同姐妹，自是愿意回家。"

义成公主入突厥已近二十年，作为隋、突之间的桥梁，在两边都有极高的身份和权力。当年雁门之围时，若不是义成公主从中周旋，以"北边有急"为由催始毕可汗撤军，杨广那时候可能就去见文帝了。

自那以后，义成公主于双方的地位得到进一步提高。等到始毕可汗病逝，处罗上位，因着兄终弟及的缘故，义成的地位走向了巅峰。这次派人来接萧皇后，不出意外的话，也是她的手笔。

多年未见，于萧皇后而言，义成公主的形象已是相当模糊。她回想起十年之前，那时她随杨广四处巡游，曾在行宫和义成公主见过一面。记得义成那时就与自己极好，她当时还在义成公主帐中住过一晚。结果到了现在，她又在邀请自己去她的帐中——突厥了。

这么一想，命运还真是会开玩笑。萧皇后想着有的没的，其实已有了决定。如今她在这里，确实也没什么好留恋的了。

杨广死在江都，元德太子的三个遗子中，燕王杨倓在江都跟着殒命。剩下两个人中，代王杨侑远在长安，被李渊逼得退位，越王杨侗又退了位，大隋直变成了大郑。

东、西二京能让帝王家兴，也能成为禁锢之地，变成囚禁帝王的牢笼。这两个地方，萧皇后一个都不愿意回。

她知道义成公主是什么意思。天下大乱后，很多大隋故人都选择北上依附突厥，人越聚越多，已然成了一支无法忽视的政治势力。最关键的是，这些人心中仍然向隋，而且是真心的那种。

所以萧皇后的选择已经明显有了答案，那就是听义成公主的去突厥。后者既然能来接人，就有实力在突厥重建大隋。突厥和中原数十年交往密切，早就分不清彼此了。现在那里有大隋故人，也有大隋臣民，足够支撑起一个小朝廷了。

而且最关键的是，虽然在江都之变中大隋宗室几被屠尽，但齐王杨暕却留下了遗腹子杨政道。这孩子当时尚在王妃腹中，因此躲过了灾劫。对萧皇后而言，这或许正是天意——既然大隋仍有继承者，重建工作自然顺理成章。

"南阳，你跟阿娘一起走吧。"

"阿娘，奴心神俱灭，身体如腐朽之木。此次北行，只怕再也不能孝敬于阿娘了。奴想遁入空门，一心礼佛，为了阿娘的福运绵长，青灯古佛，也是奴之愿。"

"南阳，唉。你从小就孝顺懂事，阿娘只怕以后再也见不到你啊。"

南阳遁入空门，萧皇后等人被突厥使臣接走了，窦建德像个透明人一样旁观着。他知道，这一切都将与他的礼仪毫无关联，但是他无所谓，他窦建德志不在此。他当然可以效仿古人，立一个杨家的小皇帝。然而他不稀罕做，因为他要认的正统，只在威震四夷的东都，不在襁褓中的婴孩。

当然了，就像扑棱的蝴蝶不会注意它扇起的风，也不关心之后会有什么影响。此刻的王世充也根本顾不上这些，他现在只想像所有的开国之君一样，做一件自己和大家都开心的事：大封功臣！

王世充立儿子王玄应为太子，王玄恕为汉王，给其余兄弟同族都封了王。他的跟班也个个位极人臣，段达就被任命为了司徒。

同样，王世充还是试图拉拢大隋旧臣。比如前朝勋贵苏威，被他任为太师，跟废太子杨勇有姻亲关系的云定兴，也被任命为太尉。还有其他世家子弟都获得王世充重用，比如弘农杨氏出身的杨汪，被任命为吏部尚书；京兆杜氏出身的杜淹，被任命为少吏部。

类似的例子不胜枚举，足可见得新生的政权与前朝相比，除了换了皇族的姓氏之外，并没有多大不同。

但换个角度，倘若说先前太尉府还维持了一丝体面，让隋臣和郑臣尚且能同朝共事的话，那么今时今日王世充贸然称帝，尽管给郑臣兑现了政治承诺，但无疑伤了隋臣的心。数量众多的隋臣们虽然不敢妄动，效仿元文都和独孤武都旧事，但他们依旧可以选择非暴力不合作，于无声中削弱王世充的力量。

比如陆德明，他既不是有兵权的武将，亦不算有实权的文臣，只是个国子助教。但他面对称帝的王世充，依旧保持着操守。

王世充得悉陆德明的文学素养高，意图让他给汉王王玄恕当老师。陆德明不愿委身任教，还将其视为一种耻辱。王世充也体贴，并没有给陆德明拒绝的机会，直接令王玄恕前去陆德明家中拜师，欲将生米煮成熟饭。

面对这种窘境，陆德明焦急万分。他在家中来回踱步，一筹莫展之际，瞥见了没吃完的剩饭。或许是食物给了他启发，陆德明急忙问家中仆役："什么东西吃了能让人上吐下泻呢？"

"巴豆。"

陆德明一拍手："取巴豆来！"

"陆公，这，不好吧？"

"唉，万不得已啊……"

结果就是，陆德明在王玄恕到之前吞下泻药，倒在了榻上。王玄恕到了他家，仆役将陆德明身体不适的消息如是相告了。但这个汉王显然是被王世充教诲过，怎会相信这番说辞。他闯进里屋，顺势拜倒跪在了陆德明床前，

"先生！弟子来晚了！"

陆德明微微睁开眼睛，瞄了眼王玄恕，又指了指自己的肚子，表情万分痛苦。

"先生果真身体不适吗？"王玄恕心怀疑问。

陆德明也不多解释，一用力，将身子甩下床，扯下衣物，当着王玄恕的面就开始炮响……

"先生！"王玄恕面露难色，哭笑不得，"您何必……哎！哎！既然您身体不适，那弟子改日再来！"

就算遭到了士族的排挤，王世充还是努力地表现得像一个合格的皇帝。

为了展示亲民形象，他时常穿着简装骑着马，大大方方地经过闹市，也不清道叫百姓回避。旁的皇帝都怕刺客，他倒好，到了人多的地方，还专门勒住马绳高声宣告："朕并非贪图皇位，只是想拯救黎民苍生！"

王世充又喊："从今往后，朕将在宫外设座听朝，亲自过问政事，与大家共同商议国是！"

不过不知是缺乏信任还是讶异，对于这套说辞，群众并没有多大反应。

王世充只能继续补充："各位要是有什么冤情，可都在西朝堂上

诉！要是有什么谏言，可全部在东朝堂上奏！"

总算说了点实在的事儿。本着死马当活马医的态度，借着发声渠道，大伙儿将积年累月的冤情怨言全都向皇帝上书。早朝前好几百号人挤在朝堂门前，指望得到皇帝的回应。

王世充压根没想到会来这么多人，他根本没为此事准备足够的人手。别说其他，光是给这成百上千张纸分门别类都是一件极难的事。等拿到他面前要他断案的时候，事儿已经到把他累死都做不完的地步了。

王世充傻了眼，他暗自骂道："隋朝这帮酒囊饭袋，怎么搞出来这么多冤情，弄出来这么多谏言！"

说归说，人力是有限的。于是在宫外发布重要讲话仅仅几天之后，王世充只能食了言。他收回自己的讲话，准备换个方法，一门心思扑在朝中政务上。

在朝堂之上，为了表现才学，无论何事他都要点评上三言两语。可问题是，他翻来覆去始终是那几句，百官们被他的车轱辘话弄得疲惫不堪。

终于有一天，王世充的御史大夫实在受不了了，他站了出来劝谏："臣有一言，不知当不当讲。"

"爱卿请讲。"王世充说，"也不能只朕一人说啊。"

"恕臣直言，陛下还是应当珍惜口舌为好。"

"卿的意思是……"王世充想了想，"朕的话太多？"

"以臣之见，朝中小事，商议一下即可，陛下不必太过浪费口舌。"

"你这……"王世充讪笑，"还不是说朕话多么！"

王世充也没生气，当然，他也没听，也没改。他就是这种性情的人，说好也好，说坏也坏，无论如何都是变不过来的。

从王世充的所作所为就能看出，他的皇帝观不可避免地受到了杨广的影响。广开言路，他眼里还是能看到老百姓的；允许进谏，他主观上也是不想闭塞的。然而问题是什么呢？他才看了老百姓几天，就被那阵仗吓了回去；听了大臣的话，又克服不了没法改正。

看得出来，若是承平，王世充宁愿过得快活些，以他的才干也足以当一时英杰。然而身处乱世，呜呼哀哉，在权力的诱惑下，他最终却滑向了最难的路——争天下。当他的行为全然配不上野心时，他的路又岂能走得安稳呢？

与郑国王世充不同，现在的李唐周遭虽说也有强敌环伺，但他们业已整备好力量，准备四处出击了。武德二年（619），大唐即将正式踏上自己所选择的那条路——同样是最难的路——一统天下。

第七章

大唐四面出击

王世充做了皇帝，坐到了梦寐以求的位置上。可相较于他先前幻想的万人之上，真到了这一步，反而没那么逍遥。其中，最大的原因就是大郑现在有极大的安全焦虑，与其称他一声天子，倒不如说他是城邦的共主。

洛阳城方圆数百余里，不少城池都归了李唐。王世充称了帝，不料控制的地方还缩了水。他是个武人，厌恨被围困在东都城内，国事又排队而来，直让他一个头两个大。偏偏他国事也处理不好，连丞相都做不好的将军，怎么能当好皇帝呢？

总得做点什么振振威仪，王世充想了又想，有了打得一拳开的心思。兵者，死生之地，存亡之道，不可不察。鲁莽开战不可取，遂他常常立在舆图前，结合四面八方的情报，虎视着周边的城池。

虽说放眼四周皆是可攻之城，但他刚刚登基，许胜不许败，得挑一个易攻难守的软柿子来捏。找了好久，王世充选了一个合适的地方——伊州，即今天的河南省汝州市。伊州是李唐一块飞地，四面皆是郑国部曲。

"来人。"王世充下了诏，"传朕军令，全军即刻整备，取伊州！"

"喏！"

伊州，现归属大唐，其主管名张善相。他这人最为突出，也让他名留青史的一点，就是"信守不渝"四字。

与窦建德一样，张善相也是里长出身。大业年末，时多山贼匪徒，张善相以个人名望召集本县的兵剿匪。一来二去，他的名声和队伍都大了起来，势力也从一县之地到了一郡之地。后来，李密瓦岗名声震天，他带着伊州归附了李密。而李密临死前想去的，也正是他张善相在的伊州。

他不像别的归属李密的臣子，听说李密归属大唐就眼巴巴也跟到了长安。相反，他一直为李密守护着后路，在李密身死石头落地后，才放下了顾虑，归属了大唐。

以此可见，张善相其人，不说比得上季布一诺千金重，也差相仿佛了。乍一看，这种人着实是轴的，不过乱世中的杂草，言语而已，比得上一碗粥吗？

话虽如此，但杂草也有杂草的信念。人无信不立，国无信不强。正因这株草咬紧了土壤，李密东望之时，才能有一丝希望。

上个故事的结局我们已经知晓，李密没抓住最后的救命草，死在了半途。他的死也为张善相的诺言画上了句号——以一种体面的方式。

言归正传，武德二年（619）四月，王世充来了。从防御战打响开始，张善相都做得很好，没有犯任何错误。

侦察阶段，他没犯错。王世充的大军围困伊州之前，张善相就了解到了敌军动向，还第一时间派了人去长安求援。

被人团团围困时，他也没犯错。援军未到，孤城孤军，张善相以一城之力，聚力抵抗了数万大军数日之久。

时间倏忽而过，援军还是未来。一天天地耗下去，城中粮仓眼看都要空了。张善相很清楚，单凭伊州的力量，赢是不可能，只能看能守多久。能守多久，最重要的就是粮能吃多久。

没有办法了。张善相做起了动员：

"将士们！为了魏公的荣光，为了父母妻小，援军已在路上，拒敌！万胜！"

"万胜！"

张善相又派出一批好手突围求援，然后全身心应战。

第一次来犯，张善相抵挡住了，将士们期待着援军。

第二次来犯，张善相又抵挡住了，将士们沾了血迹，眼里还有光。

第三次，第四次，第无数次来犯……

"将军，粮仓空了，兄弟们疲惫不堪，接下来，随时都可能……"

张善相心里明白，援军已经等不起也等不来了。即使他没犯错，但败就是败了。心灰意冷之际，张善相跟亲卫们说了些掏心窝子的话：

"从县里到现在，汝等卫吾日久矣。吾不惧死，却是担忧吾死后或牵连汝等。王世充凶贼，等城破时，还请斩吾头颅，也算卫得诸位一次。"

"将军！请勿言此！君臣兄弟一场，将军身亡，我等必不独活！"

张善相悲怆之余，心中些微生出暖意。虽然战败城破的结果不会改变，但在赴黄泉前，回顾凡尘这一趟，对得起任何人了。

螳臂难当车，伊州城陷，张善相亲卫尽数战死，他本人也被俘。在王世充面前，他一心求死，骂不绝口，最后求仁得仁。

王世充拿下伊州之后，将下一个目标定为了西济州。西济州虽说名字带个西字，但与洛阳相比，实则在正北——也就是今天的河南省济源市。济水之源，乃是水运通衢之地，不论是之于黄河，还是之于大运河，都是极为重要的节点。

在这里，王世充遇到了姗姗来迟的大唐援军——右骁卫大将军刘弘基。刘弘基的大军是从长安来的，自打剿灭了薛氏西秦后，还是他第一次带兵出征。

从更广阔的视角来看，武德二年的李唐与王郑，就像两只对峙弓背的老虎。他们朝着对方低声嘶吼，偶尔小打小闹，却不想真正你死我活。二者作为群雄中数一数二的强权，万一划拉得一身血，只会便宜了周围的老三们。

说到底，王世充之所以轻启边衅，一则是杀鸡儆猴立立威，二来也是深知李渊为人，必不可能为了一个弹丸伊州、一个无足轻重的张善相，与他悍然交火。况且，王郑与李唐都是初生的政权，还有一大摊子事等着做呢。

先说王郑，王世充打上位以来，使出浑身解数。又是大肆封官，又是打仗立威，然东都的水依旧深不见底。王世充深知，朝中还多有给他使绊子的人，今时今日的大郑仿若一盘散沙，多是这群人的功劳。

在王世充的怀疑名单上，礼部尚书裴仁基与其子裴行俨算得上重中之重。

裴仁基是河东裴氏之后，家中代有名将出。他本人就曾参与过灭陈、攻吐谷浑等大隋立国之战，其间屡立战功，授光禄大夫。比能打仗更关键的是，裴仁基还深得隋皇信任，他早年就曾负责文帝大兴宫的安全事宜。

假若按照正常的时间线发展，裴家再出几个大隋柱国也未尝可知。只是世事艰难，随着杨广打乱了一切，裴仁基的命运变了奏：他先是卷入朝堂内部纷争，又被迫降于李密，最后兜转数年，落到了王世充的手下……

裴仁基的经历微妙且尴尬，名声响亮且威严，王世充对他有些得用又不想用、尽力避而远之的意思。鉴于此，在万般纠结下，王世充将这位老将军安排做了礼部尚书。

乱世之中的礼部尚书哪有多少要紧事，倘若这就是结局，顶多说句也不算差。谁料想当上皇帝后，王世充越发疑神疑鬼，到了巴不得把他们都给软禁的地步。

数年之前，也有一个礼部尚书，同样坐在不合适的位子上，亦是面对着来自上位者的猜忌。那位礼部尚书的名字是杨玄感，他最终谋反失败，落了个身首异处的下场。

而今天，礼部尚书裴仁基、左辅大将军裴行俨都很难受。就算王世充把兄长的女儿嫁给了裴行俨，做了亲家，但他们还是觉得自己坐的位子不合适，更重要的是，他们觉得那个所谓的上位不合适！

毕竟全天下都知道王世充是伪帝！皇泰主杨侗才是真君！

第一次元文都没成功，第二次独孤武都没成功，现在都登基了，还能成功吗？答案是否定的。王世充不是傻子，大郑的今日全靠他，他怎么能让刺杀的事接二连三，损得他颜面全无？

毫无意外，刺杀之事又一次遭人泄露，涉案人员又一次尽数被捕。

没办法了，王世充今日只得将事做绝，否则他这个皇帝不如去出家做了道士的好。他决意，即使顶着大隋旧臣的压力，也得杀了这些"反贼"，诛了他们三族。

被关进了大牢，狱卒长吁短叹："裴公一世人杰，裴将军英武不凡，怎落了个满门……唉！"

"行俨，"裴仁基沉默了许久，说道，"是阿耶害了你。"

"阿耶，何悔之有？"裴行俨道，"只是孩儿不孝，累得本房中眷裴无人了。"

"无妨，我们这房不会断的。"

也许是上天眷顾，真有一个襁褓中的孩子逃过了这一难。裴仁基做了一辈子将军，其间提携护佑人无数，在这之中就有位猛将，名罗士信。此人跟随裴仁基数年，在李密麾下时被王世充俘虏，王世充也对他极好。不过好没多久，李密吃了大败，邴元真叛了过来，王世充登时旧人不如新人了。感念裴仁基的恩情，也是对王世充"始乱终弃"的厌恶，罗士信拎着脑袋，提前护佑了裴仁基的这位襁褓中的小儿子——裴行俭。

有句老话说得好：大难不死，必有后福。裴行俭作为河东裴中眷这房最后的希望，逃过了生死大劫，将来必定能有所作为。不过，眼下谈这些实在为时尚早，距他这一代人的时代，还远着呢。

第三次处理完叛乱的事儿，王世充胸中有股气，着实不顺。他召来满朝文武，问道："屡屡有人与朕作对，诸位认为，根源究竟是何啊？"

众人都听出王世充话中有话，个个笏板掩面，只求王世充不点到自己。鸦雀无声中，王世充的兄长，太傅齐王王世恽打破了沉默："孤以为，朝中多生祸端，根源在于有人作祟。"

"只要杨侗还活一天，谋反的人就不会断绝。"齐王王世恽凑到王世充跟前，如邪魔一般低语，"除掉他吧。"

王世充盯着兄长的眼睛，从里面看到了自己。这一刻，他从血缘中获得了力量——旁人爱将都是过眼云烟，只有同姓的血脉才是他最值得信任的后盾。

"好，兄长，还请你帮我办了这件事。"

武德二年（619）六月，齐王王世恽与其子唐王王仁则接下了这个重任。他们大步走进皇泰主的处所，王仁则的奴隶梁百年紧跟其后。进门的时候，梁百年颤颤巍巍，手里紧紧攥着装毒酒的壶，差点摔一跤。跟跟跄跄的样子惹来王世恽一顿臭骂："畏畏缩缩，大事要有差池，孤先杀了你。"

杨侗在幽禁之中，但多少还是能听说点外面的事。当他见到几张生面孔进入住所，为首的嚣张跋扈，后面的手拿药罐时，便猜到他的结局了。

"朕知道你们意欲何为。"

"知道就好。"

"转告太尉，为君应信守承诺，朕何至于此？"

梁百年一听到皇泰主说话，立刻变成了无头苍蝇。一时间，他也不知道是该上奏王世充，还是冲上去灌药。梁百年低头看着鞋尖，只求贵人能赶紧指条明路。

"不行。"王世恽道。

"那在此之前，朕想见一见母亲。"

"不行。"

"这么心急吗？连诀别的机会都不能给？"

"不能。"

皇泰主闭了闭双眼，只默默转过身去设席焚香，他跪在佛像面前，在与世间做最后的道别。瘦弱的背影穿戴着偌大的冠冕礼服，显得有些滑稽。

他也才是束发之年啊，梁百年瞄了一眼皇泰主，心里想。

"来吧。"皇泰主起身转过头来，"把酒给朕。"

梁百年不敢看他的脸，低着头把酒壶递了过去。

"你叫什么名字？"

"梁百年。"

"百年?"皇泰主若有所思，"你可读过《论语》?"

梁百年摇摇头。

"善人为邦百年，亦可以胜残去杀矣。"皇泰主像是自言自语，"难哉，难哉。"

杨侗说罢，一仰头便饮下了毒药。不知是他命硬还是杨家人都得走这一遭，饮完鸩酒的他没能气绝。王世恽见状，掏出了早就准备好的绫子，准备亲手勒死皇帝。

"要怪就怪你生在杨家吧!"王世恽使着力，咬着牙，憋出了句话。

皇泰主颈上的绫子越勒越紧，他的呼吸越来越弱，眼前的世界也越来越模糊。他仿佛看到阿翁杨广在招手，但他只想逃避，不愿再走这条路。

"愿自今以往，不复生帝王家。"

这是杨侗的遗言，也是他最后的愿望。自此，元德太子杨昭的三位郎君，全部都落了幕：杨倓喋血江都，杨侗殒命东都，杨侑圄困长安。

隋朝宗室的结局，不免让人唏嘘。乱世之中，连天潢贵胄都难以苟全性命，有多少无名无姓的人，生得无声无息，死得也不足轻重呢?

历史是无情的，那些身份尊贵的人，就算再怎么屈辱，尚且还能留下名字，留下故事，供后人在小说中、在戏曲中为他们编排个剧情。那些普通的大众呢? 名字也好，故事也罢，他们统统都没法留下。他们连被人记录为准确数字的机会都没有，他们跟这些人相比，又是何其不幸呢?

历史是连续的，天家的兴衰荣辱更是响亮的信号。孤零零地说某位天家子的生死是可笑的，我们还要看他们的父辈做过什么，要看他们的祖宗做过什么，要看他们的祖辈对那些普通人们做过什么。

往前数几百年，汉室刘家就是《论语》中为邦百年的善人。所以直到"李家当王"之谶语流传的当下，民间还有人念着"金刀之谶"，觉得早晚会有一位刘姓的天命之人出现。

司马家呢？他的后人听了祖宗做的事，也都只会羞愧地说出晋祚如何长的话。自家人尚且如此，百姓岂会感念？所以司马家的后人被北边的胡人杀，又被南边的刘裕杀，杀了又杀，无人问津，也没什么人可怜，其实就不足为奇了。

杨家归根结底也和司马家一样。即便杨坚是个好皇帝，但回到他登上皇帝之位的时候，回到他屠戮北周皇室的那天，或许他忘记了"君以此始，必以此终"这句话吧；杨广更是不必多说，死在修运河的路上，死在辽东苦寒之地，死在分崩离析的中国大地上的那些人，都还在看着他呢。

二、南方大规模备战

那么李唐呢？新生的大唐挥了挥手，表示还没工夫考虑内斗的事儿。

早在义宁元年（617）十一月，刚在关中站稳脚跟，李渊就迫不及待地看向了西南。拿下了关中，李唐义军与西南之间只剩了汉中门户，真可谓好拿又该拿。

说西南好拿，原因是西南军队不多，不必大战就能轻松取得；而说西南该拿，则是由于它出色的资源禀赋：西南偏安一隅，中原战乱冲击影响较小。中原都打成了一锅粥，西南的人口依旧增长、资源依旧充足。

对于李唐政权来说，夺取西南，其利有三：

一来扩张版图，加强战略纵深、战争潜力；

二则解决因战乱和水土流失导致的关中粮食问题；

三是最重要的，欲统一华夏，必须拿下南方。

根据历史经验来看，统一南方的最快路线就是顺江而下。正所谓谁控制了上游，谁就掐住了生命线。而上游在哪里，就在西南！

另外，对于西南，李渊信心也很足。主要还是他手头有现成的模板可以参考——北周。几十年前宇文家的人是怎么做的，他跟着照做即可。

说取就取！这一次唐军选择兵分两路：

一支由熟悉风土人情的当地豪绅大户带领，负责经略蜀地；

一支则由李孝恭带领，由金州越过大巴山，负责经略巴地。

义宁元年（617）十二月，长安的使者就出发了。牵头去蜀地的人名李袭誉，虽然此人与李渊同姓，但跟当时的唐国公扯不上关系。他的李是安康李，是安康地区的地方豪强。不仅如此，安康李打从两晋年间，就有着私人部曲，号称山南士马。更近一点，在李渊入关进取长安的时候，隋守将还曾令李袭誉援助京师。尽管安康李的山南士马并未给大隋京师起到援卫作用，但李渊对他还是尤为重视。

一纸诏令赶到，李袭誉就地上任为蜀汉道招慰大使，全权负责招抚属地的重任。事实证明安康李着实声名显赫，借着姓氏的威风和山南士马的威名，才抵达成都不久，李袭誉就完成了长安交给他的任务。

结果，李袭誉这边想着借此大功于丞相府里博一个高位，又一纸诏令到了。诏令里李渊李丞相言辞恳切，先是肯定了李袭誉的功绩；又是贴心地问候了李袭誉之辛劳；最后，图穷匕首见，用今天的话讲就是：

"快从成都回长安吧，兹事体大，必须亲自为公表彰。"

"蜀地诸事繁杂，公如此辛苦，得有人替公做些苦差事分担。"

李袭誉一下子就懂了。既然他李袭誉是招抚蜀地的那个"独一无二"的人，那么对于长安而言，他当然也能成为割据蜀地"得天独厚"的人。无论招抚和割据之间有多远的距离，朝廷都绝不会放任这种可能性存在。

李袭誉面上无事，心中冷笑连连。他接过诏书，看了一眼旁边的人。这个人是跟诏书一起来成都的，他叫段纶，将承接他的功绩，成为新任益州总管。李袭誉拍了拍他的肩膀，启程回了长安。

这个小插曲并没有打乱朝堂安抚西南的节奏。段纶代表朝堂册封了蜀地的官僚和豪族，这些人也投桃报李，箪食壶浆喜迎王师。他们有钱的送钱，有粮的送粮，将资源不断输送给关中，极大地缓解了关中因为出征频繁，粮食紧俏的问题。

随着蜀地陆续入唐，李渊也得以渡过了刚到关中的难关。而这在无形之中，也给经略巴地的另一路军添了增援。

去巴地的人名李孝恭，他是李渊亲戚，正儿八经的李渊嫡系。李孝恭被任命为山南道招慰大使后，以金州（今陕西省安康市）为跳板，带着长安的诏书一路所向披靡。到了武德二年（619），李孝恭已经为大唐收复了三十余个州县。

然而到了更进一步的时候，李孝恭的步伐变慢了，他遇到了一个强力的阻拦——萧铣。

从此人"萧"姓能看出，他多少是和南梁旧事有关。作为萧梁皇族的后裔，萧铣在杨广遇弑后就被南朝故人推上了皇位。在这些人眼中，他便是南朝中兴的希望！

杨广死后，江南地区正统性成了空白。适时地，江南地区的割据势力们开始了属于自身的合法化。其中两个代表：一边是长江中游的萧铣，地处长沙、比邻巴陵，扛起了守旧复辟南梁的大旗；另一边是东南地区的杜伏威，起家则与王薄一样，长白山前知世郎。与南梁复辟者不同，江都兵变后，杜伏威借机收编了山东以北、江淮绝大部分地区，做了皇泰主杨侗的楚王。

杜伏威姑且按下不表，在萧铣的班底里边，最上心的是巴陵郡的董家。董家出钱又出兵，新生的萧梁政权起家之时，就以董家所在的岳州（今湖南省岳阳市）为中心。一开始，萧铣的战略是向南经略的，因而与大唐南辕北辙，各自岁月静好，并未有直接的摩擦。

不过地方势力之间总要碰面的，武德元年（618），就在李唐经略到巴州时，萧铣正好北进。他的梁国不光迁都到了江陵（今湖北省荆州市），还把重心放在了长江中上游地区。萧梁北进的原因很简单，南边的本土大族可不是好相与的，萧梁再往南经营，真就向着东晋"王谢共天下"的未来一去不复返了！

于是，不可避免地，双方在三峡之口——峡州遭遇了。

为了应对与萧梁可能的摩擦，李渊派出了李靖，让他速去南方辅佐李孝恭。

李靖是何人？单提一人，他的舅父可是韩擒虎！这位大隋上柱国，生擒南陈后主陈叔宝的大将军，当年曾这么夸过李靖："可与论孙、吴之术者，惟斯人矣。"但观此言，直是拿来与兵家圣人相比了。

那么李靖办事，李渊果真放心吗？起码在武德三年这个关口，还得画个问号。

李渊李靖相识共事日久了，起兵那会儿，李靖就在李渊麾下。那时李靖做了件大事，虽说未竟，也差点把自个送上断头台：

第一是他站在了李渊的对立面上。大业十三年（617），李靖发觉李渊有反心后，他不加入不说，还穿上囚衣扮成犯人试图上报朝廷。这并不怪他，毕竟那时候谁也不知道李渊能不能成事。

第二是他上报成功还则罢了，结果他在去江都的半道上困在了长安。这也不怪他，因为谁也没想到李渊起兵起得那么快，比他穿着囚衣都跑得快。

第三是他就此躲起来也没事，没承想又落在了李渊手里。这还是不怪他，总归是他满腹经纶、气宇轩昂，混在人群中过于扎眼。

然后？然后就是被人捉去刑场准备问斩，若不是李世民出手相救，早就人头落地了！

借着李世民的担保，李靖捡回了一条命。但他这种坏事分子，打从上了李渊心中的黑名单之后，就不能轻易洗白。假如李靖隐姓埋名，大约慢慢李渊也就忘了。可李世民救了他不就是为了才学？从刑场救下来后，李世民就让李靖做了他的属官。要说金子到哪儿都会发光，李靖李药师也真是风华绝代，做做幕僚的工夫，便得了能开府的功勋。开了府，又回到了李渊的视线里。这还了得，刺都扎眼了！于是乎，借着李孝恭请辞，李渊把李靖调离了秦王府，赶去了南方。

李靖到了南方，只觉天地更宽。他调查了唐梁双方的实力，又分析了两国的战争潜能，选择了防守—对峙—进攻三步走战略。从历史上看，他的战略的确是最佳选择，可惜在李渊眼中，李靖这么做就是错误。什么稳扎稳打，要李渊说，就是怯战，就是能力不足！他对这种再三拖延不满，对李靖这个人也愈加不满。

李渊对李靖宿憾还未消，现在又添了新怨。怒从心头起，恶向胆边生，李渊径直给峡州刺史许绍下了命令——杀李靖。不过明诏是不能的，万一后人谈起，反倒给他留了话柄。由此，李渊用了阴敕的手段，让许绍秘密处决掉李靖。

或许是命不该绝，或许是到底才华横溢，许绍其人熟读《墨子》，更是身体力行。《墨子》有云"入国而不存其士，则亡国矣。见贤而不急，则缓其君矣。非贤无急，非士无与虑国。缓贤忘士，而能以其国存者，未曾有也"。为了李靖这个贤才、这个士，许绍不得不做一个违背圣人的决定。

许绍先暂且搁置了阴敕，而后立刻上书李渊，向皇帝阐明了前线情况，力劝留下李靖性命。这还不够，他还为李靖以自家性命担保，承诺李靖此后定能为大唐立下战功。最终，冷静下来的李渊听了进去，李靖又逃过了一劫。插曲过后，他得以留在南方，继续贯彻他的战略。

李靖心知，而今的大唐与梁早就不可同日而语。只要等大唐消化完西南，腾出手后，即是萧铣政权的死期。等到了那一天，他的功绩将大到连皇帝也不能随意指摘他。不过在此之前，他还要等，再等多久都无所谓。

三、河西有凉王

将视线转向西方，平定薛氏西秦后，大唐的边境已经到了黄河以西——河西走廊。

历史上，无数英雄在此留下身影，无数猛士在此挥洒热血。扬中华之武威，张中华之臂掖，武威和张掖矗立在这里，无声地为先祖与文明歌颂。更远处的酒泉，名字来源于霍去病的庆功酒汇成了泉。河西的每个地方，都有着金戈铁马的故事。

河西是一定要归属中原的，长安城中的战略家们已经顺着河西，将视线投向了更远的西域。

不过，在与西域相勾连之前，还得解决那个横在河西诸郡的割据政权——河西大凉王李轨。

在隋末乱世的背景下，军阀们要么是隋地方将领，要么是绿林好汉啸聚山林。李轨也不出其外，他既是凉州本地大亨，也是武威鹰扬府司马。与山东那边的豪杰们相似，他家财万贯又慷慨大方，在当地有个好名声。这么一来，他既能参与军事上的事儿，也在民间有声望，大业旁落后，起兵反隋也基本是板上钉钉了。

给李轨创造机会的人，就是那个按捺不住的西秦霸王薛举。

大业十三年（617）四月，金城校尉薛举起兵反隋，聚众十万，兵锋对准了武威。边民悍勇，为求自保，聚在一起合伙起兵御敌。自然，李轨这个武威名士、鹰扬府司马也掺和了进去。不过在这里面，真正有话语权的人并不是李轨，而是被称为"昭武九姓"的地方豪族。

"昭武"一词最早出现在《汉书》之中，指的是张掖郡所辖昭武县。大汉年间，以昭武为故地的大月氏部落被大汉西逐，进入中亚地区，跟中亚粟特地区的人们混居一起，形成了若干城邦。而"九姓"指的就是其中最大的九个城邦，他们的王族都以昭武为姓。"失我祁连山，使我六畜不蕃息。"大月氏的先民约莫也是怀着对故土的思念，才流转成这般习俗。往事越百年，昭武胡人们行我汉家礼，习我汉家文，除却还挂了个"胡人"的名头，已经算得上是"中原大族"了。

河西的昭武九姓之中，安氏家族势大。他们的父辈从南北朝时期就回到了武威，家族贯通西域、家学传承广博，理所当然嬗变为了当地豪门。到了今日乱世，整个安氏家族之中，最为出类拔萃的是安兴贵、安修仁兄弟俩。薛举起兵之时，哥哥安兴贵人在大兴，河西安家事宜由安修仁全权代表。

大业十三年（617）七月，几大家族会聚一堂。钱能出，粮也能出，人也能出，但是出归出，各家都不愿意吃头彩，都想在背后吃到最大份儿的胡饼。直到最后，借着那句"李氏当王"的谶语，众人才决定出了领头羊。

在座的人中，只有一个人姓李，那就是李轨。

曹珍蹦出来一句："看来，李公是有天命加身啊！"西域人善精算，找到了无法拒绝的理由后，各自起身连连拜贺李轨。半推半就之中，李轨就成了响当当的"河西大凉王"。

法统解决了，原隋的官员怎么办？昭武九姓们心知又不是自己负主责，纷纷建议将之尽数处死。李轨哑言，他说："义兵之起，意在救焚，今杀人取物，是为狂贼。立计如此，何以求济乎？"因着这个，才保了原隋旧臣的命，而且还委了他们重任。

原隋故人旧臣都得到了重任，昭武九姓之人也不在话下。于是乎，鸡犬升天，河西大凉王政权成立的当天就提拔了九姓人。以此，能看出李轨信诺仁义，实乃一时豪杰。

李轨政权崛起于凉州，控制区也全在河西。在短暂整合当地力量后，新生的大凉王成功抵挡住了薛举的攻势。

李轨这个政权有个国家的壳子，但制度全部循旧隋，革新没有不说，指挥中心还是个议事会，几大家族谁都能插句话；看起来连连胜仕，但能打的又不是大凉，而是家族们的私人部曲。归根结底，它的内部有极大的结构性矛盾，外部还缺少足够的战争潜力。不管是理念之差，还是后继乏力，都极有可能成为最后一根稻草，将这个新生政权彻底葬送。

再说一点，建国之初，因为政权高层中有不少"胡人"，于是西域的胡人都慕名而来，试图奔个前程。河西的昭武九姓不说，也算是亲切的老乡，但这些外来的胡人，除了人种，一点都和政权里的绝大多数沾不上边。

李轨久处在胡汉混居的地界，对此着实不敏感。在他看不到的地方，政权内部生出了嫌隙。

长安城盯着河西的政治家们早就嗅到了边疆的血腥，更别提有了嫌隙就有了缺口。河西路远，长安城打算用一种全新的方式——外交，解决河西的问题。

大业十三年（617）末，李渊刚入主大兴丞相府，就派使者去慰问了河西大凉王。当时薛举气势正盛，所以双方目的一致，主要还是远交近攻。

面子工程李渊是从来不怵的，他在诏书上对李轨满口以从弟相称，辞藻之中多是礼赞和称颂。李轨哪见过权力中心露出来的这种手腕，他只感觉如沐春风。高兴之余，李轨还答应将派弟弟李懋去大兴，代他拜访哥哥李渊。

距离产生美，中间隔了个薛举，李渊和李轨才能隔空做了"兄弟"。武德元年（618）八月，李懋如约而至。这时西秦还未败亡，李渊在长安为这位"弟弟的弟弟"办了盛大的欢迎仪式，还封他做了大将军。

双方关系正处于蜜月期，李渊决定趁热打铁："你我兄弟二人情谊甚好，做为兄的大唐之凉王，何如？"

由是，李渊第二次派出了使者。这次的使者有名有姓，他姓张名俟德，身上肩负着大唐皇帝交给他的册封任务。张俟德从武德元年（618）八月出发，因河西到大兴实在路途遥远，直到年底他才到了凉州。

诸君也知，历史的巧合常常在时间的缝隙。四个月的时间很多事件发生了：好消息是大唐绞首了薛仁杲，坏消息是李轨称帝了。显而易见，张俟德的任务没法完成了，大唐要封的王称帝啦！

来都来了，路上这么辛苦，李渊交代的事还得办。等到达凉州后，张俟德还是抱着侥幸，向李轨提及了他的重任。

不出意料，李轨的朝堂炸开了锅。

"天命在李姓，同姓朕以为不该对立。诸公，何解啊？"

曹珍第一个站出来反对："唐据关中，吾有河西。都是天子，怎能接受他人册封呢？"

"哦？"

曹珍回答："隋失其鹿，天下英雄共逐之。称王称帝，鼎足而立，再正常不过。各方和平相处，亦有先例。"

"曹公有何妙解？"

"几十年前，梁国内乱，裂成两半。西梁以小国而奉大国，自称梁帝，又向大周称臣。"

"也罢！"李轨心想，我这哥哥听起来友善，应该能理解我的苦衷。"告诉使者，对兄长称臣的事依然算数，册封就再谈吧！"

对于这个结果，张俟德并不意外，与之相同的是，他心里有些发苦。事情肯定不会那么简单，但这次西行武威，耗费了他五个月的时间。一来一回一折一返，开国的功绩全跟他沾不上边了。现在又得带着李轨的使者回去，等回长安，怕又到夏天了。

十来个月的时间，足够一个婴孩呱呱坠地，但他却没能为大唐建得半点功业。张俟德到底心中郁闷。不过作为使臣，他也善于调节自己。世事是运动的，一切都是不断发展的，只要时间够长，天底下容得了任何大事的发生。

张俟德出发时，大唐尚忌惮薛举；张俟德返程时，西秦政权就已不复存在了；张俟德去的时候，李渊尚且需要结好李轨；等他回的时候，李渊已经在考虑让西凉政权在地图上消失了。

武德一年腥风血雨，大唐历经磨难后，李渊和李轨所代表的，早就不在一个档次上了。现在的李轨，从实力的角度出发，有什么资格讨价还价呢？

退一万步讲，前梁时期的萧氏之所以能保留帝号，皆是因为其在江南有着数百年基业。时至今日，萧氏都是权力核心圈举足轻重的存在。不仅有萧皇后之尊名，也有割据江南的萧铣。跟叱咤了数个世纪的琅琊萧相比，李轨顶多算是跳脱了一代的暴发户。

张俟德其实不用失落，外交是政治的手段，战争也是。他解决不了的，自有战争去解决。

武德二年（619）初，在张俟德还在凉州为难的时候，长安城中的安兴贵站了出来。西秦化作齑粉，河西即是探囊取物。对于在西域河西经营多年的胡人来说，他们早就想重新打通丝绸之路了！称王称霸有什么好的，在东西方的物资交换中谋取利益才是族群长久的上上之选。继而，他主动请缨，声称可为平定西北上个双保险，愿意回凉州为大唐收复河西。

作为本地人，安兴贵准备采取的解法也与众不同。他要不用兵戈用口舌，通过外交解决大唐在凉州的领土纠纷。

对此李渊深表怀疑："凉州路远，兴兵下下之选。只凭口舌便能为朕去此心腹大患？"

安兴贵也不整那些虚头巴脑的："河西路远，中原兴兵辎重消耗过盛。臣世居凉州，虽与中原的大族不敢并论，但在当地姑且有二分薄面。以臣之名，再有世交好友相助，凉州军马为我大唐所用，不难矣。"

李渊还是有些不放心："安公只身灭国，不畏艰难险阻乎？"

"陛下请宽心！"安兴贵行礼道，"臣弟安修仁在西凉掌中枢事务，臣此次伺机谋取，里应外合，定为大唐开疆拓土！"

"好！"李渊抚须大笑，"事成之后，朕重重有赏！"

武德二年（619）四月，安兴贵回忆了遍长安的嘱咐，将思绪抽回现实。他已进入凉州地界，周围的事物越来越熟悉。一座城池闯进了他的视线，其上城门的轮廓逐渐清晰。安兴贵明白，他到了。

借着家族的优势，安兴贵刚到凉州，就被李轨任命为左右卫大将军。本着救人一命的想法，安兴贵准备给李轨一次机会。

"陛下，大凉民风彪悍，有强兵十万，又与突厥、吐谷浑结好，地缘条件固然上等。只是……"

"安将军有何话，但说无妨。"

"只是凉国地处偏远，财力凋敝，所辖土地不过千里，丁口有限，忧虑颇多啊。"

"吾知晓。"李轨跟着点了点头，"一条长远的出路，难哉。"

"臣以为，大凉最终还得依附大国。"

"嗯？"李轨提高了警惕，"你也要像那些人一样，建议朕退位吗？"

安兴贵并没有回答，他转而举起了例子："汉朝时，窦融掌管河西五郡军事，据西北以自保。光武称帝后，窦融归汉，加授凉州牧，又官至大司空，可谓位极人臣。您的功业，可比窦融大得多啊。"

李轨沉默，过了许久，方才开口："几百年来，多少人仅凭一隅就自称皇帝。今时今日，东西二帝，多乎哉？"

权力是最好的催化剂，有的人能将它化作督促进步的途径，而大多数的人只会加剧心中的欲望，走向无止境的堕落。很可惜，李轨就是后者。他现在眼中只有皇位，却无视了基座上的裂纹。

安兴贵不再试探，事已至此，多说无益。为免夜长梦多，他打算立刻着手另一个计划。

昭武九姓，河西九郡。堂堂大凉王，也不过是众族推上位的武林盟主。安兴贵和弟弟安修仁迅速整合了安氏家族部曲，又拉拢分化了城内其他各族，彻底孤立了李轨与他的死忠。搞定了这些后，武德二年（619）五月，安氏兄弟动手了。

当昨日的部下包围了大凉皇宫时，大凉王身边只剩不到千人。他狼狈地缩在殿内，不敢相信大凉王的政权竟是脆弱得令人发笑，甚至都配不上外强中干四个字。

李轨登上瞭望台，期望天降神兵能救他于水火之中。然而皇宫外除了喊话的声音，没有任何事物奔赴他们。

李轨看向周围，有些亲卫已经解下甲来。他万念俱灰，仰天嗤笑："合该如此！合该如此！"

与妻儿饮酒告别后，李轨被安兴贵活捉，之后押往长安交由李渊处置。

就这样，大唐没有花费一兵一卒，便平定了河西全域。能避免像浅水塬那样的硬仗，安氏兄弟功不可没。这种平白来的好处，李渊的封赏也格外大方：

任安兴贵为右武候大将军，封凉国公，赐一万帛；

任安修仁为左武候大将军，封申国公，食六百户。

对于九姓的家族部曲，大唐将其巧妙纳入国防体系之中，设立了大名鼎鼎的赤水军。"军之大者莫如赤水，幅员五千一百八十里，前拒吐蕃。"在李渊"敦申好睦，静乱息民"的指导思想下，这些立功的胡汉混杂的新生军队将负责卫戍河西，为帝国把好西大门。

李轨既了，武德二年（619）七月，西突厥统叶护可汗及高昌并遣使来长安朝贡，中原帝国与西域的往来迅速恢复到了大业兴盛时。

长安的创业者以天下为画板，勾勒出了新生大唐的蓝图。他们立在国家的心脏之地，在东、南、西三条战线上，描出了左臂和右臂，绘出了左腿与右腿。

这位叫大唐的巨人鲸吞着前隋的残骸，他的力量越来越强大，已经初具走出东关、征服东方的气象。然而，在巨人身后，在大唐的头顶，也就是李家龙兴之地的晋阳，一支来自北方的势力却不安分起来。有一个叫作刘武周的人，正蓄势待发，准备给大唐当头一棒。

第八章

北境烽火急

对大唐产生真正威胁的人出现了，他的名字叫作刘武周。常言道，一方水土养一方人，欲了解刘武周，最好的途径肯定是他成长的地方——马邑（今山西省朔州市）。

一座马邑城，从不缺故事。前有秦皇关外围城养马，后有汉武据此北伐匈奴。千年以来，马邑静静伫立在这里，见证着农耕文明和游牧文明激烈的碰撞。马邑的豪气同时孕育出许多英杰枭雄，刘武周就是其中之一。

刘武周的前半生，很像是李轨与窦建德的综合体。他既有前者富庶的家境，又同后者一般喜好结交江湖友人。作为生长在马邑的汉子，刘武周因着当地游牧民族的影响，还练就了一身出色的骑射本领。

不过在家人的眼中，刘武周的种种喜好不过是玩闹，哥哥刘山伯对此就颇有些不以为意。他看着刘武周整天无所事事，一副游手好闲的样子，常常苦口婆心。

刘山伯对弟弟的期许是走正道，干正事，将来把一身本领货与帝王家，这样才不算走歪。可少年刘武周就是不听，偏偏不羁放纵，偏爱喜欢江湖厮混，一来二去，刘山伯对刘武周很有些失望。

其实这些道理刘武周是知道的，只是他暂时还没有准备好对人生做出清晰的规划。那时的他还不清楚最想做什么，来自家里的压力又没大到能转变为动力。所以多年以来，每逢人生的选题，刘武周总会勾中保持现状。

直到有一天，兄弟间的矛盾在一次争吵中引爆。刘山伯向刘武周放了狠话，说他再这样摆烂下去，刘家迟早会被他害得灭族。

这还了得，"灭族"的帽子从天而降，像钉子一样撒上了刘武周的心头。他虽然玩世，却看重家族。这句不为诅咒的狠话，逼得这个纨绔子弟迈出了人生第一步。

刘武周离开家乡，决定去闯荡人生。他把第一站选在了东都，好好见见世面！

东都这么大，刘武周可不想做无头苍蝇。很快，他便想到了出头的方法：托关系，找熟人。马邑出身的最好，曾在马邑任职的也不错，反正能让他走后门就行。

刘武周找了半天，筛出来一个在马邑任过职的名人——杨义臣。

杨义臣在前文中出场过了，只不过那次是在大业末年，我们讲的是杨义臣奉命剿灭窦建德的故事。而刘武周投奔他的时间，比那要早很多年。

当时杨义臣人在东都，才任太仆，位列九卿之一。按说他身居高位，不该是刘武周这号人物能接触到的才对。但后者为了在杨太仆这里奔个前程，长袖善舞，生生找出了毛遂自荐的门路。

一纸自荐书摆在杨义臣面前，这个名不见经传的人令他提起了兴趣。他注意到，刘武周来自马邑，但履历又是空白，着实有些意思。

杨义臣许是心情好，顺水人情，拉了刘武周一把。他将刘武周安排进太仆府中，给了刘武周一个幕僚的差事。之后在杨广三征高句丽时，刘武周也响应号召入伍从军，成了一名职业军人。

连年的征战，对大多数人而言，都不是什么好事，但刘武周倒成了少数。他如鱼得水，迈上了一条快车道。托着自身的勇武和杨义臣的扶持，等回归马邑的时候，他做了当地鹰扬府的校尉。

时间的车轮滚到隋末乱世，刘武周也需要做出新的抉择了。面对大隋孤忠和乱世枭雄的选择，刘武周勾中了看起来最爽的那个——起兵！

突厥人自然不会放过乱搅动的机会。随着大唐实力的日趋增强，突厥人日益忌惮起来，唐、突关系也慢慢变得"唐突"。突厥人看着大唐野蛮生长，竟慢慢将河东、关中、河西等地连成一片，还把手伸到了南方……

这熟悉的局面叫人警觉。曾几何时，那个北周和他的继承者大隋，不就是这么成长起来的吗？每次中原国家以雷霆之势席卷天下，留给北境的总是同样的结局——俯首称臣。

突厥人兵多将广，哪愿寄人篱下！他们与大唐一样觊觎着天下。一直以来，突厥在等待的，就是破碎的中原。在北方找代理人只是过渡，行汉事，承汉礼，他们最终的目的无不是效法北魏，跑到中原做可汗。

现在离目标很近了，突厥人岂能容忍大唐破坏他们的美梦！但今时今日中原的势力还是太多太复杂，直接入局容易身陷其中。突厥人做起了他们最擅长的把戏——离岸平衡，锄强扶弱，谁出头就打谁。

作为操盘手，突厥人重新把视线投向了刘武周。因为地缘的关系，刘武周就是他们斗李渊最好的棋子！

武德二年（619），刘武周主动打破了与大唐的平静，向晋阳发起了进攻。而给刘武周提供助力的，除了突厥以外，还有一位名叫宋金刚的义军统领。

宋金刚与窦建德相似，都是河北人，又都是义军出身。不同的是，宋金刚的活动范围在易州（今河北省易县）一带——"风萧萧兮易水寒中"的那个"易"。

众所周知，《易水歌》中的名句还有另外一半——"壮士一去兮不复还"，用此句来形容宋金刚，其实也符合。因为宋金刚之所以逃到马邑，也是因为被窦建德所败，一路向西不复还。

被窦建德打败，并不稀奇，也绝不可耻。毕竟窦建德不管是为人还是实力，都是义军领袖当中最出色的那一茬。在义军的"内战"之中，窦建德几乎从未落于下风，宋金刚败给这样的人，确实没什么丢人的。

更何况宋金刚的有生力量还在嘛，留得青山在，不怕没柴烧。宋金刚这不找到了下家：刘武周。

刘武周缺人，宋金刚给他带来了四千好汉；刘武周缺将，宋金刚一方统帅，马上就能作战；最重要的是，刘武周喜好结交豪杰，宋金刚正好是绿林英杰。

二人一拍即合，相见恨晚。宋金刚才到马邑，便被奉为上宾，又取得了宋王的称号，好不风光。这些还不够，除了超乎寻常的君臣关系之外，刘武周甚至把他的家产分给宋金刚，又将妹妹许配给宋金刚结姻亲——比起当年桃园三结义也不遑多让了。

刘武周对他这么好，宋金刚也想多做贡献。于是乎，在思酌和推演之后，宋金刚弄出了他的"隆中对"，献给了刘武周。

"请看。"宋金刚将舆图展开。

"这……"刘武周仔细端详着，"这是河东？"

"正是！兄长，某以为南图晋阳，以争天下！"

宋金刚说完便将手依次指向两地："马邑，晋阳，唇齿之间。李唐入关中螳螂捕蝉，吾大汉正是在后黄雀！"

"唉，只是李唐势大，恐怕不好相争啊。"刘武周无奈地说。

"李唐成事顺遂，全仰仗突厥。盛极必衰，某听突厥使臣言，对李唐颇有警惕，我以为，这真是我大汉时运至也！"宋金刚边说边在地图上画着，"攻下晋阳，席卷河东，南取天下！"

宋金刚兴奋异常，刘武周也被感染。宋金刚的计划，像烈油一般，浇到了他心头的火苗，让它熊熊燃烧起来。

不久之后，刘武周将宋金刚的计划带到了朝堂上。正当他以为朝臣都会赞同时，一个人站了出来。

"吾有两忧。"内史令苑君璋板板正正。

"苑公但说无妨。"

"李唐据半壁江山，与其相争，恐为时过晚。此为一忧；而河东多山，地势险要，大汉南下，恐辎重繁杂。此为二忧。"

刘武周不以为意："苑公有何考量啊？"

"吾以为，对唐应求稳。向南称臣，才为上策。"苑君璋回答。

匹夫不可夺志也！自从得到突厥空前的支持，自从宋金刚为他提出南下之策，刘武周哪还听得进称臣这种话。

刘武周的底气来自他判断的时与势，也来自他日渐丰满的羽翼。

刘武周集团的核心成员是代北（代州北部或以北地区，代州：今山西忻州）出身的军人、豪强，苑君璋也是如此。在突厥大力支持之前，该集团以马邑汉人为主，活动范围仅局限于马邑、雁门一带。

而现在，在众多好兄弟（突厥和代理人）的帮助下，刘武周成功联合到了石州（今山西省吕梁市离石区）的稽胡势力。今非昔比，有了刘季真、刘六儿这对稽胡兄弟，大汉进取李唐，定手到擒来！

心中主意已定，刘武周并没有听从苑君璋的建议。他跃跃欲试，只想将野心尽快付诸现实，却没注意到不成的代价。种种后果，刘武周全然没有审慎。苑君璋既然持反对意见，就让他留守都城，打仗的事就由他和宋金刚来办吧。

武德二年（619），刘武周授予宋金刚西南道大行台，命其即刻带领三万兵马进逼并州（晋阳所在州）。

等唐军士兵回过神，分清了来袭敌军的成分后，皆大吃一惊。"什么？为何还有……突厥人？！"

他们即刻将战情上报到了长安，然而刘武周联军之势比情报还快。倏忽之间，相继攻破榆次（今山西省晋中市）和介州（今山西省介休市）两处，直指晋阳。在大唐还未完全反应过来时，刘武周已经笑纳了半个并州。

二、刘文静谋反案

消息传至长安，李渊还以为又是突厥人出尔反尔。作为不动如山的"长安"帝王，自登基以来，李渊收到的好消息太多了，多到他自信天下归他，突厥蛮夷也奈他不何。

面对刘武周的侵扰，李渊稍加思索便做出了决策——诏左武卫大将军姜宝谊、行军总管李仲文前去护卫并州。

然而这一次，李渊没等来好消息：姜、李二将不幸在雀鼠谷遭遇伏击，唐军大败，二将还落了个先被俘、后逃归的晦气结果。出师不利，李渊有些慌乱了。晋阳是李唐龙兴之地，不容有失，而才失的介州，恰在晋阳和关中中间。

此时镇守在晋阳的人是齐王李元吉，这个人选是他慌乱的原因。齐王李元吉既没有太子李建成的老练，也没有秦王的能力。混不吝，还沾了一身不负责任的习气。若是刘武周势猛，李元吉弃城而逃怎么办呢？

李渊看着舆图，想着，还得给李元吉尽快派一个名将才行。

此人必须位高权重资历深，秦王倒是符合要求，但总不能哪里有事都派李世民上。除了李世民，还符合要求的，刘文静算一个，裴寂也算一个。

就地位来讲，右仆射裴寂是要高于民部尚书刘文静的，但若是单说行军打仗，刘文静要比裴寂更合适一些。早在起兵之初，刘文静便有力拒屈突通的战绩。而在这之后一年间，刘文静跟着秦王打过好几场硬仗了，不似常在长安的裴寂。

不过坐在这至尊之位上，李渊所考虑的东西不仅仅是有用，他势必得想得更长远一些。出征人选问题既要看人的能力，还需看人的势力。

作为热衷权谋的开国皇帝，李渊跟其他"同道中人"一样，总是钻研着"权力制衡"这项难题。相比较来说，李渊的运气不错，不管大唐的权力再怎么均衡，起码是在他的血脉间流动。

权力制衡，这一切都要从"太子在京，秦王出征"的安排讲起。作为李渊亲自定下的方针，这八个字即是他为大唐设计的最初蓝图。太子和秦王二人，一个帮他治天下，一个帮他扫天下。至于李渊本人，只需将二者合二为一，便能实现平天下的目标。

自大唐开国以来，这项方针执行的效果还算不错。在李渊眼中，太子李建成在内政上搞得不赖，秦王在外面打得也挺好。但虽说都挺好，有一点是他早前没考虑到的，那就是秦王在这个"体系"下成长的速度太快了。

除了在功劳簿上与太子拉开了差距以外，李渊发现，秦王去了山东后，有不少人竟成了他个人的府臣。

从李渊的构想和逻辑来看，让李世民节度兵马统军作战已是极大的荣宠。如今天下尚未扫清，李世民就迫不及待地招揽人才，意欲何为呢？

说到实处，这才是李渊不想让秦王、乃至秦王的人北上援晋阳的根本原因。而在"秦王的人"这个标签下，刘文静位列其中。那么裴寂呢？或许裴寂军事经验少，但谁叫皇帝信任呢！在皇帝心里，其他的都是虚的，用得放心才是实的，裴寂当为挂帅的不二人选！

圣人有意，臣自有心。裴寂聪明，李渊暗示之后，立刻上书自请带兵出征。顺水推舟，君臣共同完成了这场政治表演秀。倘若裴寂解了大唐的河东困局，一战成名，这个故事也不失为一段君臣佳话。

问题是裴寂他能做到吗？目前他人在长安尚未成行，此战结局还未曾可知。但在裴寂出发之前，长安城内明确可知的是——刘文静真是愤懑极了。

刘文静不满的是皇帝的"区别"对待。他与裴寂二人为大唐创业的左膀右臂，裴寂做相府长史时，他是相府司马；裴寂升任右仆射时，他官拜纳言，都是数一数二的股肱大臣。

转折点出现在与薛举作战时，刘文静被除名。虽然很快他沾了秦王的光（李世民终灭西秦），重回朝堂之上，但李渊却并没有完全让他官复原职，而是改任他为民部尚书，领陕东道行台左仆射。

多么熟悉的"仆射"，真是巧了，裴寂的官衔好像也有这两个字。但是人家裴寂是尚书省的右仆射，刘文静只是陕东道行台左仆射。

如果是和平年代也就罢了，可国家未定，统一战争如火如荼，李渊让一个善于外交又能打仗的谋臣去做民部尚书，刘文静又怎么甘心"屈"于此位呢？

刘文静认为，封勋升官当以立下的功劳为准。若是仗着皇恩便平步青云，哪怕和这种人的关系再好，他也是要摇摇头的。比治国才能，刘文静不逊于裴寂；比在外打仗，他又远胜于裴寂。唯一的区别就是刘文静百战一败，裴寂不战不败。岂有此理！能做事之人反而屈于人下，不做事之人倒位列诸公？

刘文静性格实在不文静，他心中的不满，就投射到了朝堂议事中。他反对裴寂的次数越来越多了，慢慢地，就成了只要是裴寂赞同的，刘文静全反对——为了反对而反对。

事情发展到这一步，李渊是要负主要责任的，正是他的制衡才将朝堂搞得乌烟瘴气。李渊并没有给刘文静辩驳的机会，对稳坐皇位的人来说，雷霆雨露，俱是君恩。刘文静看似针对裴寂，无疑是在向皇帝本人示威。

李渊可容不下这些。裴寂出征之前，李渊先是勉励裴寂，随后忽然一转话锋，提起了朝中裴、刘之争的事。

"唉。"裴寂长叹口气，"陛下明知故问！"

"哈哈。"李渊讪笑，"裴卿莫让此事影响出征哪。"

裴寂摇摇头："臣以为如今天下未定，外有劲敌，朝堂之上却行内讧之举。只怕是另有他意啊！"

李渊若有所思，他是得琢磨琢磨怎么处置刘文静了。

武德二年（619）六月，裴寂满载着李渊对他的厚望，一路朝介州而去，裴、刘相争也暂时告一段落。然而这种平静没有维持多久，两个多月过后，一个小人物跃于台前，一则大新闻在庙堂引爆。

此人是刘文静妾室的兄长，小妹失宠后，便动起了歪心思。他们拿刘家的私事告御状，将矛头指向刘文静。

李渊可算等了个由头来治刘文静的罪，于是他在朝堂高调发起廷议，还让内史令萧瑀主持，意图将案子办成铁案。

"刘尚书姜室指控其酒后出言不逊，说'早晚要杀了裴寂'之类的话。"萧瑀在廷议上说道，"圣人命吾彻查此事，此言确系从刘尚书口中所出。"

萧瑀言罢，廷上之人议论起来。有人觉得刘文静心眼太小，裴寂都出征了，还要在人家背后议论；也有人觉得刘文静愚蠢，被自家小姜坑了，他们回家后更要万分小心才行。

"刘尚书自陈，对裴仆射确有不满，由此才因醉失言。"

"因醉失言？"李渊冷呵一声，"怕是谋逆吧？"

"除此之外，刘尚书府中还有其他证物。"又有一人站了出来，"似是'厌胜法术'的器具。"

所谓"厌胜"，展开就是"厌而胜之"，这个厌字跟压字一样，是压制的意思。前有汉武帝巫蛊之祸，死伤无数，莫不是这次在新唐也要发生了？

群臣缄默，皇帝的意思再明显不过，百官多不想来蹚这趟浑水。只有内史令萧瑀、礼部尚书李纲站了出来，为刘文静辩解几句。

萧、李二人也是惊吓，刘文静是有罪，但谋逆？怎么可能！李渊对两位重臣的忠言没做出反应，他还在等另一个人的辩护词——秦王。

秦王年少，又怎会袖手旁观。他抽丝剥茧为刘文静辩解，千言万语汇成四个字：极佑助之。

李渊依旧没有回话，他思忖着："看来刘文静与秦王私交甚好。"想到这里，李渊下定了决心。

这次从严处罚，就当敲打敲打秦王，给他提个醒吧。

"以谋逆之罪论处！"李渊做出了最后决断，宣判了刘文静的死刑。

武德二年（619）九月，大唐的开国元勋刘文静没有倒在战场上，而是被一个莫须有的罪名杀于长安。五十载人生路甫一走向波澜壮阔，就潦草惨淡收场，唉！不知刘文静死时，是否会记得晋阳时对裴寂说的那句"世途如此，时事可知"呢？

世人皆说刘文静因裴寂而死，可要不是李渊杀他之心坚决，又有谁能动得了他呢？如果非得给刘文静之死找个原因，也得是因李家父子而死。在这个时间节点，李渊与李世民之间有些单方面的芥蒂，父君之权太过无边无际，恣意之间，就拿儿臣身边的人开了刀。

两百年前，那位"元嘉草草"的宋文帝因猜忌处死大将檀道济时，后者留下了"乃坏汝万里长城"的感叹。今日李渊此举，不说自坏万里长城，也无异于自坏关隘了。

据说刘文静在死前也拊膺长叹，"高鸟尽，良弓藏"。想必他胸中的无奈与那檀道济也无差吧？

然而《史记》中的话是："狡兔死，良狗烹；高鸟尽，良弓藏；敌国破，谋臣亡。"此时之大唐，狡兔与高鸟真死尽了吗？敌国又真的破了吗？答案既是否定的，李渊又有什么自信诛杀功臣呢？

此时的大唐本形势一片大好，数条战线都取得了佳绩。即便败一两场，也谈不上伤及筋骨，无伤大雅。但朝堂之中这一连串的事件：主观的人事安排，错误的权斗时间，过度的处置方法……都像是往水中丢入巨石，然后以长安为中心泛起了波澜，最终在北方掀起了狂浪。

三、河东尽失

视线转至大唐北境，裴寂率大军到了介州地界，他的对手宋金刚正在此据守以待。

裴寂不紧不慢地搬出兵法，用他那贫乏的作战知识找了块水源丰沛的扎营处。此地名为度索原，是介山脚下的一处平地。

"你们看，这介山下涧水千回百转，飞流激荡，真有几分仙气。"

裴寂对这个地方十分满意，他指着远处的山，问亲卫道："你们可知这里的典故？"

"请大人赐教。"

"相传介山之名源于一人，其名曰介子推。介子推是春秋晋国人，他曾对公子重耳有恩。等重耳归国成为晋文公后，派人召隐居于此的介子推受赏。结果因为找不到人，做出了放火烧山逼人出来之举……"

"后来呢？介子推最后出来了吗？"

裴寂摇摇头："介子推宁可被火烧死，也不愿出来领功受赏。"

"大人，您说介子推最终被火烧死，是不是有可能他逃不出介山啊。"一个机灵的亲卫找到了问题的盲点，"要这样的话，如今咱们在此扎营，遇袭怕是也不好脱困啊！"

"咳。"裴寂咳了咳嗓，他思考了许久才做出回答，"不无道理，吾考量下移营之事。"

也许是一语成谶，正当裴寂还在优柔寡断时，宋金刚敏锐抓住了战机。他先派人从上游截断了水流，阻绝了唐军的饮用水源。

下游的裴寂仍舍不得介山美景，还在犹豫，又拖延了半晌。直到唐军又渴又乏，裴寂才做出移营的决定。然而等了这么久，一切都晚了。宋金刚不会再给裴寂开拔的机会，大汉的人马杀过来了。

结局只有一个：一触即溃。

此战，裴寂部几乎折损殆尽。大败过后，失魂落魄的裴寂被杀怕了一样，匆匆带着剩下的人一路南逃，逃了整整一天一夜，到了晋州（今山西省临汾市）才停下脚步。

裴寂回头北望，视线里没有敌军。但在他看不见的北方，晋阳成了座孤城了。在辜负李渊这件事上，裴寂裴仆射成绩达标，齐王李元吉也不会缺席，此刻他正在尽他所能地答卷中。

晋阳城中裴寂大败的消息击穿李元吉的心理防线，他满心所想的字只剩一个，跑！

他悄悄让妻儿收拾起包裹，自己则穿上戎装，准备为守军演完最后一出戏。李元吉贴心地对守城将领说："诸公等以老弱守城，孤将以强兵出击。"

到了夜里，李元吉带兵出了城。留守的人立于城头，心中满是对齐王的敬意。他们望着齐王身先士卒的模样，仿佛看到敌军大败。然而，那个说好痛击敌军的齐王，居然去而不返。

想想也是，李元吉这种人怎么会冒生命之险！日等夜等，出城的强军始终没个消息，晋阳城内的守军才恍然大悟：原来齐王的出击，是直接出击到长安去了！

最该守城的人跑了，最该与晋阳共存亡的人先求存了，那这城，还有必要再守吗？

守城的老弱们迅速给出了回应——投降。怕是连刘武周本人都想不到，他竟能如此毫无成本地拿下晋阳。全面占领并州后，刘武周又挥师南下，直指晋州。

由于裴寂的糟糕表现，晋阳沦陷其实已成定局。重压之下必有懦夫，但李渊打死都想不到，齐王竟做了河东最大的懦夫。他这个亲生子连演一演，佯装守城的勇气都没有！他还没打仗呢，吃了大败仗的裴寂都没逃回来！

齐王的表现太过于丧志，李渊不做处罚都不行了。他必须严厉处罚河东败仗的相关责任者，不过与先前处死刘文静的雷霆手段相比，李渊这次显然亲疏有别。

对于裴寂，李渊轻轻放下，安抚几句后让他继续镇抚河东，不似刘文静兵败被除名的悲惨待遇；对于李元吉，李渊除了发了几句严词，好像也不想给什么实质性的惩罚。

但不做处罚不行，李渊为了找补，从齐王的身边人入手，找到了能给李元吉背锅的人——辅佐齐王的窦诞与宇文歆。窦诞是李渊的女婿，自然也轻轻放下。那就是你了！

可怜的宇文歆，只身前往突厥，力挫薛举与梁师都的连兵阴谋。但此时在刻薄寡恩的帝王眼里，他便成了这个弃子了。

李渊一脸怒容："齐王年幼，派你们辅佐。结果你们坐视他弃李唐兴王之基！你宇文歆是首谋，斩了你为唐军祭旗！"

"圣人且听臣一言。"礼部尚书李纲挡了一句，"齐王年少骄纵，宇文歆在旁劝谏，只是齐王不听罢了！倒是窦诞……"

李渊问道："倒是什么？"

"倒是窦诞不仅没劝，还常替齐王打掩护。今日之祸，若寻根溯源，也该是窦诞，而非宇文歆啊。"李纲慷慨陈言，"宇文歆忠言逆耳，忠臣耶！况其人方为大唐立功，圣人怎么能杀忠臣、杀功臣呢？"

李渊听罢变了脸，接连夸赞李纲，大手一挥免去了宇文歆和窦诞的罪责。于是乎，一场没有人负责的失败，就诞生了。不过即使长安城内无人受罚，河东的战线却不会为李渊粉饰太平。

"晋州已失！"

"绛州已失！"

"虞州已失！"

"泰州已失！"

"……"

裴寂屡战屡败的消息接踵而至，仅仅一个月，河东已有尽数沦陷之势。李渊将文武百官召入宫中，急欲商议应对之策。可人还没到齐，又一个坏消息到了——前隋旧臣尧君素的继任者王行本，不日前携河东城依附刘武周——刘武周的手伸进黄河了！

这则消息犹如一记惊雷，径直落在大殿上。几个月之前，大唐尚在四处出击，还想趁此东出逐鹿中原。结果现在平定天下仿佛又成了一场遥遥无期的梦，想到这里，李渊只觉得脑袋嗡嗡作响。他沉思许久，长叹一口气率先开口："刘武周势大，或许须先放弃河东，经营关中防线。诸公意下如何？"

"臣知一人，可力挽狂澜，复我河山！"

"何人？"李渊问道。

"秦王！"

李渊露出恰到好处的惊讶，转向李世民问道："你有何看法？"

"臣只需精兵三万，必当荡平刘武周！"

"好!"李渊当即下令,"着令悉发关中兵,由秦王统军出征!"

兜兜转转一大圈,李渊下了个台阶,只能选择李世民。此次出征凶多吉少,李渊也心知肚明。所以这次他没有再想着权衡,而是动员了关中几乎所有军事力量支持出征。

为了给李世民加油打气,李渊亲自到长春宫为其送行。李世民为秦王时,镇守长春宫,其位于长安之外,置陕东道大行台。

这次要打的仗与从前都不一样,李渊要豪赌一把,赌李世民战胜刘武周,挽救大唐的国运!

大唐的北境即将迎来的战事,与其他三个方向的战争完全不同。它既不是小摩擦,也不是长期对峙,更不是什么外交战。大唐首次将倾其所有,开启国战。

第九章

救火先锋李世民

武德二年（619）十一月，天寒地冻。往日奔流不息的黄河威风不再，水面于凛冬中凝固成了硬块，方圆数里内都寻不到人的踪影。这等肃杀的氛围格外符合当前河东的局势。

裴寂是指望不上了，这人在战场上毫无用处，糟蹋起百姓来却得心应手。先前退至虞、泰二州后，他坚壁清野，纵兵焚毁了百姓积蓄，企图以这种手段延缓刘武周南下的速度。

结果是裴寂偷鸡不成蚀把米，没拦住刘武周不说，还逼反了河东一带的百姓，最后搞得李渊亲自为他收拾烂摊子。在秦王出征前，李渊紧急派出了永安王李孝基、工部尚书独孤怀恩、内史侍郎唐俭等人率军赶赴河东支援平反。

除此之外，山东地区局势也岌岌可危。窦建德的南下战略不可避免地与大唐安抚山东的进程发生碰撞。黎阳失陷，包括淮安王李神通、李渊之妹同安公主、李世勣之父李盖、魏徵等人悉数被俘。因为父亲被俘，李世勣也只能委身降于窦建德。

但秦王现在可没空思考这些，他想的只有过河御敌。黄河水面被冰凌堵塞，船行不得，人能行得，冻结的水面刚好形成一座天然的桥。秦王率军踏冰而过，在龙门跨越黄河，渡河之后就向东急行军。

"报！"一个归队的斥候禀告，"将军！前方就是柏壁（今山西省新绛县西南）了。"

李世民点头道："好！传令下去，在柏壁扎营驻军。"

屯军柏壁后，李世民马上召集众将部署相关事务。他需要掌握河东的真实状况，只有足够的一手信息，才能从中提炼方法，遏制刘武周的攻势。

稍晚些时候，李世民派出去的斥候们满载情报而归。先是粮食问题："将军，敌军大将宋金刚所部，也面临着粮食紧缺的问题。"

"不出我料。"李世民说，"天地不仁，一视同仁。是时候比拼后勤了。"

还有百姓问题："将军，没能遇到多少百姓，大概因各州匪患。"

"河东百姓现藏身何处？"李世民喟叹一声，"不知他们如何捱过来……"

"百姓多在坞堡中，缺食少粮也不敢离开，着实艰难。"

"全因王师兵败啊！"李世民面色沉重，"不过河东百姓不愿投刘武周，也说明人心还向我大唐！"

"将军所言极是！"

"先晓谕百姓吧，要让河东的人都知道，我来了。"李世民给出了对策，"军民一心，击溃刘武周就不在话下。"

唐军并没有急于开战，而是先在失地展开了重建工作。秦王的心中有百姓，百姓也会将他装在心里。那些躲藏在坞堡中的人们，听说了秦王的谕令，成群结队赶往柏壁。

秦王渡河已一月有余，除了派出小股部队袭扰宋金刚，主力大军始终坚守不战，唐军要先解决民心和后勤辎重的问题。

武德二年（619）十二月，永安王李孝基领衔的这路唐军在攻打夏县（今山西省运城市夏县）时被人夹击。前有守军，后有宋金刚的援军，腹背受敌下吃了场大败仗。永安王李孝基、工部尚书独孤怀恩、内史侍郎唐俭以及行军总管刘世让等人被敌将俘去。击溃他们的敌将一人叫寻相，一个叫尉迟敬德。

夏县惨败的消息传至柏壁，秦王若有所思。

"殷开山、秦叔宝何在？"

"喏！"

"斥候称敌军将前往浍州（今山西省临汾市翼城）。"秦王指着图上说，"请两位将军前往美良川（今山西省闻喜县境内）设伏。"

"喏！"

殷、秦二将抵达美良川后，打了返程的敌军一个措手不及。此战歼灭尉迟敬德与寻相麾下两千多人，替唐军挽回了一些颜面。

殷开山与秦叔宝带着胜利与疑惑而归，宋金刚指使部将南下，但夏县之围已了，为何会去浍州方向呢？柏壁行营中，秦王也觉奇怪，他再次端详起地图，顺着敌军的路线比画着。

半晌过后，捕捉到蛛丝马迹的李世民开口："敌军应是顺势向河东城去，伸以援手。"

李世民的分析是正确的，宋金刚的目的就是河东。这项行动既避开柏壁唐军锋芒，又能将柏壁唐军变为瓮中之鳖，一本万利矣。

美良川之战不久，尉迟敬德与寻相卷土重来。他们率领精骑秘密行军，趁唐军不备向河东穿插。但秦王早有所防备，他已经亲领三千步骑兵，连夜从小路前来截击。

又是一次巧妙的伏击，秦王在夏县附近大败敌军。此战战果颇丰，几乎全歼了尉迟敬德、寻相所部，只两名败军之将带着亲卫们侥幸逃出了战场。

"将军！"

"何事？"

"还要再追吗？"

"不必了，下次吧。"李世民说，"清点俘虏，打扫战场！"

挫败了敌人与王行本连兵的图谋后，河东城成为大唐的囊中之物。不到一个月后，武德三年（620）正月十四，河东城的粮草又尽了，后援也绝了，尧君素死了一年，仁至义尽的王行本开城投降。

拿下了河东，小半年没舒坦的李渊总算扬眉吐气。而仅仅三天过后，李渊就以天子之仪临了蒲州（河东城所在州）。他下令斩了王行本祭旗，还犒劳了三军将士，夸赞了秦王功绩。

自秦王出征时算，大唐与刘武周又对峙了两月有余。目前河东的局势稍有所好转，宋金刚被堵在河东以北，其军势被唐军消耗，日渐显露出衰退之相。

而在更北的沦陷区，刘武周没能建立起有效的统治。仅仅是浩州（今山西省汾阳市附近）一处，就让他头疼万分。浩州刺史刘赡与先前兵败李仲文的合于一处，插在刘武周的心口，任凭刘武周再怎么拔都纹丝不动。

山东的局势还是老样子。好在窦建德为人厚道，没有为难被俘的大唐宗室与将领，反而始终以礼相待。

而降臣中最能打的李世勣，要不是父亲缘故，早就跑回长安城了。他是个实在人，在郭孝恪的建议下，想了个两全其美的办法：不影响大唐的前提下，先为窦建德立功，等得到窦建德的信任后，再谋划归唐。反正打的都是王世充这些人的地盘嘛！

到了武德三年（620）正月三十，李世勣和郭孝恪归唐。二人跑回了长安城后，窦建德也没为难他的家人，反而与那些主张处死李世勣父亲的大臣开解："世勣忠臣也，父有何罪？"夏王仁义，而他的仁义之举也为河东唐军减轻了心理压力。

从冬天到了春天，李渊又来临幸蒲州了。

此时河东城的防卫主官是独孤怀恩——就是与永安王李孝基一同被俘的那人。当初李孝基、独孤怀恩、唐俭、刘世让等人被尉迟敬德俘获后，众人就谋划着返唐。但有人运气好，有人运气坏，独孤怀恩在美良川之战后逃了回来，李孝基则因为事泄不幸被杀。唐俭、刘世让等人的运气则不好不坏，还处于尉迟敬德的关押之下。

独孤怀恩撞大运成功归唐，但这件事似乎耗尽了他未来的运气。独孤怀恩的亲信元君宝还是战俘，由于独孤怀恩不在，这个"大嘴巴"元君宝向唐俭讲了很多独孤怀恩的往事：什么独孤尚书近期在谋划大事啊，什么独孤尚书脱险乃王者不死啊，全是有违臣分的狂悖之言。

加之独孤怀恩这人爱吹牛，又是李渊表弟，也做过有失休统的行径，唐俭断定此人有不臣之心。唐俭父亲跟李渊是旧交，他又和李世民关系密切，这样的人怎么会置独孤怀恩谋划的"大事"于不顾呢？

唐俭心生一计，他通过说服尉迟敬德与大唐讲和，巧妙地让刘世让将信息传递给李渊本人。武德三年（620）二月二十，李渊正欲乘船渡过黄河，刘世让出现了。

李渊吃了一惊，大声笑说："今日朕能避免此祸，才是'王者不死'啊！"

李渊没有改变行程，他依旧如计划般前往军营。独孤怀恩早早候在对岸，尚不清楚等待着他的是什么。船刚一靠岸，禁卫们就拘捕了独孤怀恩，谁承想这居然是真的——独孤怀恩因为家境优越，还真计划刺杀李渊。那没办法了，李渊很快将他与同党们尽数处决，没有一点拖泥带水。

前线依旧紧张，双方斗得很烈。整个三月、四月期间，刘武周发动了数次攻势，但都被唐军堵了回去。刘武周失策一则归因于唐军战力的回升，二则是他们没粮食了。

到了武德三年（620）四月中，宋金刚部的口粮尽数耗尽。刘武周集团内部的异状反映于战线上，便是不停地向北收拢防线。李世民意识到，决战的时候到了！

二、激战雀鼠谷

四月十四日，唐军正式由"相持"转入"反攻"。唐军一路向北，在吕州（今山西省霍州市）追上了落单的寻相。轻松击败后，唐军快马加鞭，继续乘胜追击。

追击只有两个字：速度。大唐将士一路策马疾驰，每前进一段距离，就能捉住一股敌军。追随的将士每每问李世民："将军，还追吗？"李世民的回答也每每是简单的一个字："追！"

对话进行了几十次，唐军在追击、歼灭，再追击、再歼灭，继续追击中循环了数次。他们一路纵情狂奔，从清晨追到下午，行了两百多里。

直到抵达了一处山地，面对墙壁般高耸的山时，李世民才暂停了大军的行进。

"高壁岭……"李世民盘算着，笑着朝亲卫们喊道，"大家辛苦了！"

"不辛苦！痛快！"

将士们原地下马，轮次休息。李世民又分好了斥候小队，令其在不同方向侦察警戒。抻腰舒展时，李世民灵光一闪，想到些什么似的说：

"高壁岭，这地儿还有个故事啊！"

这番话激起了大伙的兴趣，唐军士兵围拢过来，竖起耳朵听故事。原来这不起眼的高壁岭，还有一个如雷贯耳的名字——韩信岭。正是楚汉争霸时，那个大名鼎鼎的兵仙韩信。

相传刘邦赴代地平叛时，淮阴侯韩信在长安为吕后所杀，而后他的首级被送至了刘邦处。班师归来的刘邦正是在此见到了韩信的项上人头，无人知晓刘邦是何种心情。刘邦究竟是人不在故没保住韩信，还是本就有心借刀杀人，都与故事无关。史书上只说，刘邦将韩信好生安葬，墓冢就在这片山岭之中。

"也就是说，韩信就葬在高壁岭。"李世民讲完了。

刘弘基感慨："真是没想到，我与淮阴侯，也能如此之近……"

"是哉！教人唏嘘啊。"

"唉。"刘弘基长叹一口气，"只是淮阴侯英武一生，居然如此结局。"

"哦？"李世民问他，"那最好，该是怎样的结局呢？"

"当然是战死沙场！"刘弘基高声呼喊。

"好魄力！"李世民叫好。

二人放声大笑，一时聊得兴起。一会儿，斥候们换班回来了。

"将军，高壁岭附近未发现敌军。"

"辛苦了。"李世民说，"我们得走了。"

刘弘基一把抓住缰绳道："二郎莫急于这一时一刻哪！将士们急行军一整日，饥肠辘辘。待到兵马粮草齐备时，再伐宋金刚也不迟哪。"

"不迟？"李世民眉头紧皱，"沙场之上，战机稍纵即逝！"

刘弘基沉默，手里却还是攥紧缰绳。李世民只得继续解释，"等了数月，才把宋金刚打得军心涣散。须知一鼓作气，再而衰！等宋金刚缓过来，怕是又成拉锯战了。此刻多流些汗，也好过他们将来流一地血！"

刘弘基松开手道："喏！"

李世民点点头，挥起马鞭疾驰而出。一众人等，从队列的龙头到末尾，无不进入战斗状态。他们将饥饿抛诸脑后，满心只有两个字——万胜！

唐军向北直入介州，踏进了汾河的河谷后，行军的速度慢了不少。这里的路很难走，水中有石，石上带水，与其说是路，不如说是在山埠和绝涧当中辟出来的缝隙。一连走了数十里后，唐军还是没有走出河谷，将士们不免有些焦躁。

"快到雀鼠谷了。"李世民指着舆图。

"这路比高壁岭还险！"

"刘将军又想驻扎啦？"李世民打趣道。

"非也。非也。"刘弘基笑了笑，"我军应要追上宋金刚了。"

李世民点了点头："等会儿先令斥候进谷，一战即决战。"

话虽如此，但李世民不是神仙，算不出决战会在几时几刻。过了一会儿，侦察的士兵终于回来了。

"报！接敌！接敌！"

"传令全军，全速前进！"李世民下令，"死死咬住，一战毙敌！万胜！"

"万胜！"

征讨刘武周以来，唐军跨过冬天的冰面，穿越春天的山峦。今日敌军主力近在咫尺，区区石子，如何能阻挡他们的步伐！

宋金刚被追上时，距离介州仅一步之遥。

"介州就在眼前！"宋金刚咬紧牙关。

"将军，该怎么办？"

"断尾求生！"宋金刚冷静下来，"前军加速，后军阻敌！"

由于地形影响，交战双方在河谷之中无法铺开阵来。李世民与宋金刚交锋数次，挤在这雀鼠谷中，谁是雀？谁是鼠？

一经接敌，双方阵撞八次，宋金刚难求一胜。他不停断尾求生，断后的倒霉蛋一拨儿又一拨儿地被唐军歼灭。

等到水黑石暗、敌我难分时，这场雀鼠谷之战才告一段落。潦草清扫战场，获俘和杀敌数万有余。

宋金刚绝非弱者，不然大唐先前也不可能吃这么多败仗。然而风水轮流转，再强的敌还是被秦王逼入绝境。战后的唐军在雀鼠谷西边原野宿营，甲士们敬畏地看着秦王，在他们眼中，这个弱冠的年轻人无所不能、经验、谋略、气质……

一阵咕咕的叫声打断了思考，大唐士卒们这才意识到，他们一整天都没进食了。

"粮草明日才得供应，今夜唯饿着了。"

一个声音打破了夜色："咩！"

众人齐刷刷地把头转向声源，原来是一只羊！

"报告秦王！将士们将这雀鼠谷寻遍了，发现了只羊。"

"好。"李世民挥了挥手，"炖成羊羹吧。"

"打了胜仗，却让大家吃不饱。"李世民站起来，"这个羊，是世民与大家共同作战的证明，自当由我们一起来吃！我只喝一碗羹，肉尽数分于诸位！"

唐军将士绷紧了的神经稍微放松了一些，他们昨天在拼命，他们明天还要拼命。那么今晚，就让他们什么都不想，好好享受这片刻的欢愉吧。

三、收复河东

不日，唐军继续踏上征程——介州！

待唐军兵临城下，宋金刚也在城外摆开了一字长蛇阵。此时他手中尚有余兵二万，还未到山穷水尽的地步，但此战若败，晋阳将亡。越是知晓其中的利害关系，宋金刚就越得拿出背"城"一战的决心来布防。

他的行伍从南向北长有数里，远看似道牢不可破的防线。秦王立在最前列，一人一马，望着敌人，身后尽是大唐精锐。

"李世勣何在？"从窦建德那里偷跑回来的李世勣应声上前。

李世民问道："茂公（李世勣字茂公），正面就交给你了！"

鼓声连天，李世勣分好队列。此计其名"示敌以弱"，李世勣一遇宋金刚，佯装败势。多亏了唐军军纪严明，来来回回退得也很有章法。宋金刚试探几次，见唐军正面脆弱，而介州又是孤城，粮食不足，便蓄势待发，一举冲了出去。

螳螂捕蝉，黄雀在后。不承想除了正面的大军，李世民亲率了一支伏兵在侧翼包抄。鼓声骤变，唐军一改颓势，李世民入阵。秦王的军乐队奏着秦王破阵曲，宋金刚惊愕发觉绵羊撕下了伪装，转身就成了群狼。

一时间宋金刚部方寸大乱，转眼到了崩溃的临界点。在唐军的夹击之下，宋金刚部失去了最佳的时机，他自知大势已去，仓皇逃出了战场。

李世民厌倦了这场猫鼠游戏，他望着宋金刚离去的人影，下达命令："大军围困介州，将士们，随孤擒拿宋金刚！"

"万胜！"

秦王卫队一片肃穆，其中李世民一马当先，冰冷的面具下，仿佛十殿阎罗收人的阴差。宋金刚逃得越来越快，像是在畏惧生死簿上的死亡期限。在死命地拍马下，秦王与宋金刚终于远了。

忽然，前方飘起了"唐"的大旗。

"竟有我王师在此！"

这里叫张难堡，是座当地的坞堡。南北朝年间战乱凶狠，北地居民们就以村落为基础，修建起来躲避战乱。由于其着实坚固，刘武周一直没能拔掉它。堡垒守军坚守至今，别说见过援军，就连敌军都很久没来挑事儿了。秦王这一群人看着骇人，他们哪敢认来者身份，只一个劲儿地发出警告，让莫再靠近！

又一次没追到宋金刚，秦王很有些无奈。但是看到了唐军小队，还不认得他们，秦王更有些好笑。他将头盔扔在地上，大声告诉守军，我是李世民！

"是秦王！秦王来了！"坞堡上的将领大吼一声。登时堡内欢呼雀跃起来，守堡的人冲出来，一路小跑到了秦王面前。

原来张难堡守军都来自浩州。在浩州行军总管樊伯通的带领下，一行人占据了堡垒抵御刘武周，没承想，一守就是数月……

李世民握住他的手："诸位辛苦了，是吾来晚了。"

"保家卫国，何谈辛苦呢！"樊伯通抹掉眼泪后道。

秦王亲卫见对方情绪稍定，便开口提醒："樊将军，我们还是先进堡吧。"

"好！我们现在就进堡。"樊伯通不好意思地说，"是我太激动了，都忘记是来迎秦王进去的了。"

走进张难堡后，樊伯通将将领们安排在桌板旁——如果这块烂木头还算是桌子的话，又将其余亲卫安排在别处一起吃饭。一个个瘦削的面孔，一根根生锈的武器，一眼扫过堡内残破的环境后，李世民做好了吃糠咽菜的准备。

过了好一会儿，张难堡守军才凑齐了餐食：浊酒，粗饭。

"请秦王莫要嫌弃。"樊伯通毕恭毕敬地说，"着实没更好的东西了……"

李世民什么都没说，只大口吃起粗饭，大口喝起浊酒来。

简餐过后，李世民又问樊伯通："将军对介州城内的情况可有了解？"

"你不是从介州赶过来的吗？"樊伯通想了想道，"我听说介州城的守将是尉迟敬德。"

"什么？尉迟敬德在介州？"

"千真万确。"

"樊将军，看来我得速回介州了。你们在此驻防，粮草不日便到。"李世民端起酒杯一饮而尽，"等朝廷击败刘武周后，必重赏张难堡守军！"

说罢，李世民即刻返程与主力会合。介州城不好攻，但对尉迟敬德，他的心中其实早就有了攻克之法——攻心。

先前在与尉迟敬德交锋时，他们用刀剑作为媒介交流过了。那是一种战场上独有的沟通方式，一种纯粹出自英雄间的惺惺相惜。

即便二者处于对立面，但彼此的"引力"却只增不减。尉迟敬德，主将弃城时，能继续坚守，此为忠；宋金刚逃走时，能带残兵回城，此为义——忠义之士，若是能结交，也是人生一大乐事啊！

何况双方有过议和的先例：独孤怀恩的叛乱，就是尉迟敬德放回刘世让来揭穿的。

那时尉迟敬德当然不是为了救人才选择放人，大概率只是为议和做铺垫。但尉迟敬德能卖这个人情，足以说明他不是个顽固分子。不顽固，那在为主公尽了忠，为部下行完义后，尉迟敬德也该为他自身考虑考虑了。

为显招降诚意，秦王派李道宗、宇文士及等前去晓谕。

李世民相当够意思，尉迟敬德也给面子。投降后的尉迟敬德直接做了右一府统军，还保留了他统领八千旧部的权力。

恩宠之至，不光尉迟敬德不好意思，唐军其他将领看了也深感嫉妒。屈突通就数次劝谏李世民，告诫他防人之心不可无。然而秦王向来是疑人不用，用人不疑。他坚信唯有给予最初的信任，方能激发出最大的力量，所以对尉迟敬德的信任始终丝毫未减。

再来看看刘武周的情况。

宋金刚在南方失败后，刘武周成了只惊弓之鸟，唯恐将全部身家都搭在并州。尽管此时刘武周手中尚有晋阳城，唐军也还没有到这里，可他还是做出了最容易又最屈辱的选择：不拼一刀一枪，主动放弃并州。

刘武周匆忙向突厥遁去，留下的债务还得宋金刚承受。后者本想组织力量抵挡唐军北进，怎料主公跑了、人心散了，队伍都拉不起来了。望着刘武周留下的空城，宋金刚望洋兴叹，灰溜溜地追随刘武周而去。

没有兵马的军阀，能有什么好结局呢？

突厥投入这么多，不惜与大唐交恶，只为扶起另一个"李渊"——能打但听话、势大却不强的"李渊"。结果这个"李渊"不仅自己解决不了问题，失败后竟然放弃一切，还擅自逃了回去！

一年时间，刘武周和宋金刚就从雄主变成了累赘；而几十天过后，二人又从累赘变成了筹码。为了重向大唐示好，也是为了永绝后患，突厥方面做出了决定：斩杀刘武周、宋金刚。

不知刘武周临死之前，是否会想起苑君璋那句警告呢？又是否会悔恨呢？讽刺的是，刘武周被杀后，突厥又扶植起了一个新的"刘武周"，此人正是苑君璋。

武德三年（620）四月，两位枭雄退出了历史舞台，大唐开国以来最大的危机终被化解。历史已经证明，能完成这一殊荣的人，唯有李世民。那句"只需精兵三万，必当荡平刘武周"的誓言，李世民做到了。大唐第一将的称号，他当之无愧。

作为河东之战最大的功臣，李世民再次回到了晋阳城。这里是大唐的龙兴之地，是一切梦开始的地方。从前父亲总说，要先打天下，再治天下，才能平天下。而今重游故地，一种强烈的宿命感顿时涌上心头：或许，他生来就是要做这些事的人……

在整理完思绪、处理干净晋阳的事后，秦王怀揣着他的历史使命返回了长安。当下的李渊在长安亦感受到了天命：什么隋文帝杨坚，什么周武帝宇文邕，他要将这二人全都比下去。

前隋打下的南陈之地，北周打下的北齐之地，他要统统拿下！

针对前半句话，李渊徙封杜伏威为吴王，加授东南道行台尚书令，还特别为其赐姓李氏——既然入了李家门，那就替李家人剿灭盘踞江南的李子通吧！

针对后半句话，李渊交给李世民一项光荣而艰巨的任务：东出——既然好次子最会打仗，那就替他将盘踞在"北齐"的王世充、窦建德连根拔起吧！

第十章

一战擒二王（上）

一、唐郑各自布局

李唐要中原，王世充岂能让其如愿？

大郑王将旧隋各地府兵尽数集中于洛阳城中，由他本人亲自整编后安排去处。说起来，这项举措实在似曾相识，好似复刻杨广当年组建骁果军之举——将天下募兵全部集中于涿郡，一心只为征讨高句丽做准备。

募兵屯兵还不够，王世充以洛阳为中心，构建起了个都城保卫圈。为此，他专门召集众臣，敲定各处防御节点的守将人选。

"襄阳，大郑南大门。"王世充开门见山，"诸公有何人选？"

"呃……"

朝臣支支吾吾，王世充道："如何？我大郑连一位驻守襄阳的将军都没了吗？"

"非也，实是襄阳与京师过远哪！"一名大臣拱了拱手，"依臣之见，更应重点绕洛阳布防。"

"书生之见！"王世充怒而拍桌道，"襄阳乃军事重镇，主动放弃，如何守洛阳？"

被王世充训斥之后，朝臣更不敢多言。王世充只能靠自己："罢了！罢了！魏王何在？"

王弘烈唱喏。

"镇守襄阳，交与你吧。"

"喏。"

"好了，襄阳之外，重中之重该是何处啊？"

王世充抛出了现实性的问题。虎牢关是必须要守的，那里是洛阳的东门。严格来讲，在跟李唐正面对抗时，虎牢关的位置还没洛阳靠前。但其战略位置太过重要，一旦有失，洛阳浑然瓮中之鳖，王世充是不可能不派重兵把守的。

"吾自荐守关！"荆王王行本（此王行本为郑国荆王，与据守河东的并非同一人）道。

"好！"

魏王守襄阳，荆王守虎牢，南部与东部防务决出人选后，王世充又让宋王王泰镇守怀州。东北南都有了防线，就只剩下西边了，这是王世充最放心不下的地方。

"数年前李密围城，唐军趁火打劫，占了新安、宜阳。"王世充不免叹息道，"数年了，没一日安稳过。"

"洛阳距离前线仅百里有余，臣以为，西部防线应就在洛阳城。"

王世充连点了好几个头，做出了一连串的人事安排：

齐王王世恽守南城，楚王王世伟守宝城，太子王玄应守东城。至于屯粮的含嘉仓城，王世充让汉王王玄恕全权负责。即使是曜仪城——夹在玄武城与圆璧城间的小型城池，王世充在部署防务时依旧不敢遗漏，他把这座城池交给了鲁王王道徇。

东南西北，门户城池守将，尽数出自王世充家族。对于非宗室的将领，王世充也有安排：

"左游击大将军跋野纲统率外军二十八府步兵！"

"右游击大将军郭善才统率内军二十八府步兵！"

"左辅大将军杨公卿统率左龙骧二十八府骑兵！"

至此，郑国上下只一人还未安排，那就是王世充自己。他戎马半生，面对生涯最重要一战，王世充决心做郑国的马上天子。他要做三军统帅，与洛阳共存亡！

东出之战出现了一些新特点：唐军主动在夏季发起作战，坐拥天时；唐军占半壁江山的战略纵深，实有地利；唐军比起郑军，兵强马壮、粮草充足，是为人和。

武德三年（620）七月，李世民抵达西南前线，大将罗士信先行率部包围了慈涧（今河南省新安县东南慈涧镇）。说起来罗士信是王世充的大将，但因为和王世充的嫌隙，外加裴仁基族灭他护佑其幼子的事儿，李世民一有动静他就降了唐。

秦王打仗素来以胆大心细著称，按照以往战例，他擅长在后勤有保障的前提之下，试探、消磨敌军势力，抓住时机再一剑封喉。而此次，在先行的侦察之后，秦王做出了堪称"史上最快"的出击决定。他亲率五万步骑兵即刻开拔，朝慈涧进发。

整整五万全副武装的甲士！被唐军的阵势震撼后，王世充瞬间做出了决定。慈涧只是两军对垒的最前沿，他犯不着强行与唐军主力在此开战。他选择撤除慈涧防御，回防洛阳。

随着这一退，洛阳百里之内再无险峻，进入了李世民的回合。

李世民召来行军总管史万宝，指着宜阳道："从这里出兵，应穿插到何处？"

"伊阙？"史万宝疑惑，"那是洛阳的门阙啊。"

"没错。"李世民又指向伊阙的位置，"古人说鱼跃龙门，这里浑然洛阳天门耶。"

"臣愿带兵占据龙门！"

史万宝出发后，李世民又给怀州总管黄君汉下了军令。除了小心牵制镇守怀州的王泰之外，还令其伺机切断王世充与王泰，有可能的话更是与虎牢之间的联系。而这牵一发而动全身的锚点自然就是——回洛。此城于近百年前得名，给了它"回洛"之名的，正是大名鼎鼎的高欢。公元538年，东西二魏争霸，双方在邙山大战，高欢兵败，东魏撤军，其间唯有一名叫作万俟洛的将领坚持勒兵不动。高欢听闻后大赞其人，并将他扎营的地方命名为回洛。

"既然诸军皆渡河北撤，唯万俟洛勒兵不退。我以为，除了勇气之外，更关键的恐怕是回洛易守难攻。"李世民向着诸将陈述。

"吾有一事不明。"有人发问，"若敌军从虎牢关出兵支援，我军该如何是好？"

"好问题。"李世民继续抽丝剥茧，"因此，吾命刘德威将军自太行向东包围河内，还令王君廓将军自洛口断敌粮道，不给虎牢关守军轻易回援之机。"

大唐亲王的这番部署，目的只有一个，那就是以最快速度对洛阳形成"关门打狗"之势。完成部署后，"打狗人"也该登场了。李世民亲自领大军朝洛阳城北进军，目标有个响当当的名头——北邙山。

王世充见唐军连营方式步步进逼，旋即调来重兵，在洛阳西北处列阵待发。"朕的大隋精锐可不是吃素的！"

二、两军列阵对垒

武德三年（620）八月，唐郑双方在青城宫（隋朝东都禁苑诸宫，今河南省洛阳市西北）列阵对峙，两军之间只一河之隔。然而大战并未一触即发，对王世充来说，隔河列阵示威是一种秀实力的手段，主观上他还是想为紧张的局势降温。

王世充遣人喊话："隋室无道，大唐在关中称帝，大郑在河南称帝。大郑从未西取，秦王为何要东来犯郑呢？"

"将军，需要回话吗？"

"不用。"李世民摇摇头说，"将死之人，不必纠缠。"

见唐军没有回应，王世充的话又喊了起来："秦王敢做不敢承认不成？！"

"秦王，臣来吧！"宇文士及自荐。

李世民点头后，宇文士及开始跟王世充打起了嘴仗："普天之下，皆沐皇恩。我大唐便是为此而来，劝汝莫螳臂当车，妄图抵御大唐的声威教化！"

"鼠雀之辈！"王世充十分厌恶这种话术，"朕只问你，两国息兵讲和，可否？"

"我军奉诏攻取东都，未有讲和二字。"

"狗贱奴！"

谈判破裂，郑军唐军对峙到了天黑，双方谁都没有下令主动出击。而作为防守的一方，又处于弱势，王世充犹如热锅上的蚂蚁，是站也难受、坐也难受，心里火急火燎。

郑军不怯战，但不打只耗着实不行。先前在慈涧对峙，郑军没射一箭就撤了军，让一些主战派略受打击。结果隔河对喊了半天，自家主公还吃了亏。士气越磨越散，不少大郑将军主动请缨，想跟唐军碰一碰。

王世充没有答应麾下的请求："诸公可知吾为何谨慎？诸位可知回洛一事？"

众将纷纷点头。

"回洛陷，吾让太子亲征，还令杨公卿辅助，可是……"王世充唉声叹气，"比起回洛，对岸的更是主力，贸然开战后患无穷啊！"

王世充给出的答案有多无奈，青城宫对峙的结束就有多无聊。天黑透，再无可能渡河而战时，王世充和李世民才各自带兵回营。

郑国这辆战车的轮毂软了，周边支撑的轮辐离散就不远了。洛阳中央无法向地方提供足够的向心力，各处州县不可避免地产生了动摇。以显州为例，这里是连接洛阳与襄阳的要地。其总管田瓒与王世充失联，又没有信心抵抗唐军，索性携显州全境投降大唐。

李世民不费吹灰之力，轻松坐收显州二十五县。隔断了襄阳与洛阳的联系后，唐军继续推进，不断缩小洛阳包围圈。

史万宝一路朝着洛阳龙门——伊阙行军，步步为营，切断了洛阳与襄阳；王君廓一路则阻绝洛阳跟虎牢的联系，他的目标是轘辕关。

辗辕关依托辗辕山而建，相传这里原本没有山路，大禹前来治水，才有了路。经过前人一代代的开凿、破石、辟道，到了东汉时，辗辕关已跻身洛京八关之中。辗辕关山路曲折，一夫当关，万夫莫开，只要能占领此处，便能在洛阳以东牢牢扎下根。

面对守关的郑军，王君廓没有强攻。他使出一招"引蛇出洞"，先是假装攻关失利，露出一副要逃跑的样子，故意引敌人出关追击。等到郑军上了钩，再将他们尽数歼灭。

当胜利有了惯性，赢家要做的只剩下顺其自然。拿下轩辕关后，王君廓分兵守关，再把大部队东引，朝一旁的管州攻去。千余年后，管州又有了一个新名字——郑州。管州失，东线休。唐军攻下管州后，洛阳东线应声瓦解，给大唐的投降书纷至沓来。

为了彰显朝廷安抚的诚意，也为了降低地方行政成本，李世民向大郑投降的官员们许诺：凡是归附大唐者，全都保留原职，不做任何变动。在双重手段的加持之下，大郑地方官员本来也不忠的心马上被吹动了，河南地区其他郡县也相继来降。

一手压，一手打，转眼的工夫王世充被进一步孤立。除了洛阳，他手上被拔的只剩虎牢关这一个重镇，上天留给王世充的时间不多了。唐军的进展，顺利到他们甚至可以分出心来去做别的事。

在压着王世充打的这段时间，大唐还抽空与河北的窦建德取得了联系。窦建德手上有大唐的人质可以待价而沽，而李渊亦有心与之结好，减轻大唐攻略洛阳的压力。双方一拍即合，窦建德送还被俘的同安公主等人，然后大唐与大夏建立起了初步的"外交"关系——甭管这关系有多脆弱，有总是要比没有强。

远交近攻之外，在洛阳前线，唐军还有人搞了出内讧——尉迟敬德被关起来了。

内讧原因很简单，有人怀疑他是内鬼。要说尉迟敬德也是倒霉，与屈突通相比，他归顺大唐的时间太短，还没来得及与同僚建立信任。好巧不巧，就这个时间点，还在大战前线，与他一同投唐的寻相突然背叛了大唐……

一边是旧战友，一边是新同事，尉迟敬德百口莫辩。不论他是不是内奸，至少现在他是不能在前线带兵了。

"尉迟将军，您本事高。但请您别为难我们，都是为了大唐……"

看着说话的将士，尤其是看到为首之人手上的绳索时，尉迟敬德明白了一切。他并没有掏出他那不离身的马槊，也没有其他多余的行动，只是默默摊开双手。

"对不住了，尉迟将军，唯此下策了。"说话的人帮尉迟敬德卸了甲，"您放心，很快就没事了。"

尉迟敬德被囚的消息传至中军大帐，李世民大发雷霆，他命人速速将其释放。

"秦王且慢。"屈突通插嘴。

"屈突将军有话要讲？"

"尉迟将军之强悍，有目共睹。今日他被人连累，臣恐其心有怨气……"

"屈突将军无须多言！"李世民打断他，"快给尉迟将军松绑，再将他带到吾这里来！"

说完这些，李世民又说："屈突将军应知，信任是比黄金还珍贵的东西。"

"罢了罢了。"

屈突通摇了摇头，不再说话。不一会儿，尉迟敬德被带入大帐。见到是秦王，尉迟敬德扑通一声跪在地上，却是一言不发。秦王俯身将他扶起安抚道：

"尉迟将军，你我相识，吾信公之为人。但公受此辱，恐怕寒了心。吾今承诺，公愿走，绝不阻拦，这些黄金还请收好。"

尉迟敬德瞅了眼面前的黄金，闷声道："秦王，今日……您要将某折杀于此吗？"

"绝非此意。"李世民赶忙解释，"否则怎会带公来此呢？"

"那缘何要用黄金羞杀某？！"对于尉迟敬德来说，礼义廉耻是黄金买不走的东西。他说，"秦王信某，某将杀敌万万以为报！"

好在这场内讧没有闹大，风波过后，大唐全军上下再次拧成了一股绳儿。洛阳周边的敌军都被扫得干净，他们只需一门心思扑在进取洛阳的事上了。

三、吹响进攻号角

武德三年（620）九月，秦王带领五百名精骑在战地穿行。为了望得更远一些，他还专门登上了一处山头。

"这是魏宣武帝的陵寝吧？"秦王在马背上说，"临朝渊默，端严若神，可惜化作一抔黄土……说来当年正是他撒手后，才有的这百年乱世啊！"还没感叹完，李世民的思绪就被斥候的哨声吹散。

"敌袭！"尉迟敬德警惕。

"莫慌！"

说罢，李世民扬起马鞭，戴上面甲，径直向前突围。他的应对策略很简单，在万军丛中杀出一条路来。冲将间，一名郑军将领也疾驰而来，直指秦王。

正所谓狭路相逢勇者胜，电闪雷鸣间，面对手持长枪的敌将，尉迟敬德挺身而出，一记槊法，逼得敌将侧倾收枪。

"好身手！"尉迟敬德不吝夸赞，"来者何人，报上名来。"

"吾乃单雄信！"自报家门之后，单雄信一个回转，向己方阵营退去。见主将吃了亏，郑军不敢轻易向前，左右挪动步伐，只是保持着包围。

"听我号令，突围，万胜！"李世民举起长枪，嘶吼一声。

唐军一齐加速，具装骑士们齐齐冲锋，万人难敌。郑军不死心，朝着秦王突围的方向追去。等到李世民与赶来支援的屈突通会合后，追击战成了遭遇战。在这个时间关口，屈突通冒出了一个想法：何不趁此机会一决胜负呢？

这个主意和李世民不谋而合。此前王世充活像个老寿星，龟缩着，唐军难觅战机。不想李世民无心做饵倒产生了奇效，王世充无意开战却真上了钩。

唐军越来越多，郑军且战且退，也被唐军斩杀了千余士卒。

意外的胜利吹响了唐军总进攻的号角。除了洛阳和虎牢之外，周围诸城基本都被攻克，唐军把重心放在了拔除据点上。在这其中，罗士信的表现最为亮眼。他穿梭在堡垒之间，攻城拔寨如探囊取物，使得郑军尤为恐慌。

武德三年（620）十月，罗士信攻取硖石堡后，马不停蹄赶至千金堡外。千金堡地势险要，秦关百二，罗士信遂生一计——智取千金堡！

罗士信列出百余人，令他们去找些能啼会哭的婴儿过来。

如此荒唐之言，大家只觉云里雾里。罗士信笑着解释，说要他们伪装成逃亡的流民，声称是从东都来投罗总管。等守军回话后，就互相责备走错地方。罗士信还不忘嘱咐大伙务必演好这场戏，演得越真，打得越快。

深夜，千金堡外，一阵啼哭声打破静谧。堡内守军蹊跷之余，不敢轻举妄动，听着外面的情况。

"我们是东都的流民，前来投奔罗总管，孩子要冻死了！"

"找错地方了，此为千金堡。"

"要汝何用？还不快些动身！"

互相责怪一气呵成，怪完撒腿就跑。等士兵平安归队后，罗士信笑着夸赞，"诸位演得真好，连某都差些信了，敌军一定会信以为真。"

受到表扬的士兵却尴尬地回答："将军，不是我们演得好，是因为我们本就是流民出身。"

罗士信脸上的笑容渐渐消失，沉默了数秒后，他语重心长地说："放心，等天下太平了，就再不会有流民了。"

话音刚落，一阵声响从千金堡传来，堡门被打开。原来是守军以为罗士信已经跑了，所以洛阳的流民才能过来。队列一阵远去，罗士信立马冲锋进了千金堡中。

智取千金堡后，罗士信顾不上停歇。他只留下一些守城的人，便又跃身上马，朝下一站而去了。

中原呈秋风扫落叶之势，除了密不透风的洛阳，只剩虎牢了。

虎牢关有多重要，诸如兵家必争之类的成语都是贴切之极。秦王以李世勣为矛，定下了"招降周边，孤立虎牢"的方针；王世充以王玄应为盾，令太子率重军于此地护卫。

李世勣落实了秦王的策略，他派郭孝恪以书信方式劝说荥州刺史魏陆投唐。荥州归顺，虎牢便是大郑的一个孤岛，到时候王玄应将叫天天不应，叫地地不灵。

天下没有不透风的墙，李世勣的行动被王玄应知晓。王玄应见大事不妙，以征兵为借口派人前往荥州一探虚实。不过王玄应没想到的是，他这边还没怎么逼，魏陆竟然真携荥州投降大唐了。

虎牢关内，王玄应没能等到他从四处征来的兵，迎接他的唯有接二连三的坏消息：

"荥州投降。"

"汴州投降。"

"……"

开战至今，王玄应离父亲又远，与唐军打仗又不胜，大郑的地方官们又不听管。他这个太子，当得还真是窝囊！

反正他承受了太子不能承受之重，想必父亲不会怪罪于他的。怀着这样的想法，王玄应放弃虎牢关，匆忙逃回洛阳。

洛阳的日子就好过吗？答案毫无疑问是否定的。被李世民击败后，王世充再不敢贸然出击，只得笃行他的乌龟战术。当太子王玄应流窜回洛阳时，王世充与朝臣一筹莫展。

"唯有求援这一条路了。"

"河北夏王其势正强，唇亡齿寒，他不会不懂。"

"可是……"王世充面露难色，"自打朕占据黎阳，窦建德就不似从前了。"

王玄应也哀叹："是啊，自那之后，大夏连使节都撤回了……"

"臣以为，而今求援恐都晚矣，一拖再拖，恐性命忧乎！"

"求援吧！"

对王世充来说，郑国现在唯一的救命稻草就是窦建德了。好在窦建德不是庸主，唐、郑、夏三国鼎立，孰强孰弱他心知肚明。他和王世充两方加起来，怕也难以与大唐匹敌。

出于这种考量，窦建德放下芥蒂，答应了支援之事。不过，他答应得很快，出兵一点都不快。更严谨来说，窦建德压根就没出兵，他只是向大唐派去使节，以期能劝说唐军退兵。

窦建德不紧不慢是有原因的，扩张地盘的不只大唐，他也在扩张。王世充求援之时，窦建德正渡过黄河攻击孟海公，向山东地区开拓版图，大夏有着属于自身的规划。

窦建德的使节抵达了唐军大帐，李世民学起了父亲，打了套太极拳，没有答复退兵之事。李世民还将使者留在身边，并未让其马上返回夏国。

时间推移，援助大郑之事一拖再拖，竟拖到了年底。隆冬腊月之时，大郑还没能等来援军。天冷，心更冷，许州与随州等地向唐军投降后，大唐实现了对王世充全面包围。

王世充束手无策，唯有提高规格，派出代王王琬和长孙安世，去大夏再次请求窦建德出兵支援。

四、孤城洛阳

李世民不会再给敌人机会。为了对付王世充，唐军集结起一支骑兵部队，里头都是精锐，全是久经沙场的勇士。一千多铁骑肃穆庄严，分为左右两队，且都着黑甲，具装，戴面甲。更骇人的是统领他们的人——秦叔宝、程知节、尉迟敬德、翟长孙，四位将军皆是唐军的中流砥柱。这支玄甲部队是秦王的手中剑，也是他凌厉作战风格的外化与延伸。

武德四年（621）二月，李世民索性将军营前移至青城宫，如火如荼地搭建起工事来。

看着城下唐军的所作所为，王世充只觉得受到了轻视，他先是觉得气愤，又感到一阵欣喜。作为一个天生的军事家，王世充从中嗅到火石的味道：这约莫是最后的战机了，此时不出，更待何时？

趁唐军忙乱之时，王世充带领两万兵马出城发动突袭。城外魏宣武帝陵之上，登高望远的李世民将一切尽收眼底。

"保持住阵形不要乱！困兽斗罢了。吾已令玄甲军在北邙山列阵。打赢这一战，他们就再也不敢出城了！"

说完后，李世民掉转马头，动身与北邙山的玄甲军会合。另外一边，王世充也和唐军展开交锋，双方陷入了混战之中。正当王世充准备思考下一步行动时，一股狼烟从阵中升腾而起。

"不好！"王世充猛地反应过来，连忙说道，"快变阵！"

话音刚落，一团黑影从北方出现。唐军猛烈冲击，给原本被郑军压着打的前线士兵提了一口气。在玄甲军的切割之下，郑军累积的优势被唐军扳了回来，战局变得扑朔迷离。

横冲直撞间，李世民与大部队走散，身边只剩寥寥数人。

李世民毕竟深入敌腹，明枪易躲，暗箭难防。就在他四处冲杀之时，一支暗箭对准了他。

也许是战场节奏太快，又大概是吉人自有天相，对准秦王的准星，却射出了一支偏向的箭。

嗖，箭羽插进了李世民的战马头颅，李世民应声摔将下来。

"秦王小心！"

丘行恭大声警告，拍马上前揽起秦王。又过了不知多久，他们二人连同一马才回到了唐军大部队中。

另一边的王世充也杀红了眼，他带兵反复冲阵唐军，唐军屡次被打散又屡次被整合在一起，犹如复燃的火，怎么都没法彻底扑灭。

战况胶着，郑军与唐军缠在一起捉对厮杀，分不清谁占优势、谁占劣势。这场战斗从上午打响，直到遍地尸骸，直到满地鲜血，直到哀号声盖过了喊杀声，胜负还是难分。

郑军无意再打，唐军还想再追。见王世充收拢残部欲回洛阳，李世民又是一马当先，奋起直追，将战火一举烧到了洛阳城下。这场战斗最后以王世充进城，关门，才告终。

李世民立在城外，就像当年的李密一样，就像此前围攻洛阳的所有人一样，激荡与不安在他的胸中翻涌。他内心激荡，距离胜利仅有一步之遥；他心有不安，唐军未能打垮王世充。

在那之后，李世民想了很多种办法攻城。最简单的强攻，唐军昼夜不停，东西南北四个门一个都没有放过。然而十数天过去了，尸体丢了一地，一座城头都没有攻克。

究其原因，一方面是洛阳城建得好，另一方面则要归功于郑军防守严密。为了死守洛阳，王世充不但用着前隋射程有五百步之远的强弓强弩，还制备了哐当下来能砸死一堆人的大砲。

强攻死的人越来越多，李世民及时止损，调整策略，试图智取。他托人联系城中的投降派，想让他们作为内应配合入城。但这些人都在王世充的注视当中，王世充杀的比被策反的还多。

除了围城外，再无办法。李世民死马当活马医，以秦王身份给王世充写信，晓之以理，动之以情，保他投降后不死。然而寄出的书信如石沉大海，就像他没回复窦建德一样，王世充也没搭理他。

时间久了，唐军将士疲惫不堪，返回关中的声浪越来越高，怠战情绪弥漫起来，连刘弘基都请求秦王将班师一事提上日程。

李世民绝不允许。他以毕其功于一役为由，拒绝了与撤军相关的提议。同时还使出了雷霆手段，他下令全军不得再提班师，违令者一律斩首，略微稳定了下军心。

不过，高压下的稳定是虚幻的。不知是谁使了些手段，将此事捅到了李渊身旁。李渊因此向李世民下了一道撤兵秘敕，但李世民还是不为所动。他先是上书表明攻克洛阳的决心，又让封德彝回长安做传声筒，劝李渊回心转意。

客观来看，王世充手里仅剩洛阳一城。就算他在别处还有部将，可这些人自身难保，怎么可能与他响应呢？

主观来讲，王世充智尽力穷，士气低落，再加上缺粮问题，时间已经不多了。唐军怎能轻易放弃？

封德彝带完话后，李渊的心思动摇了。最终，他听从了李世民的建议——那就围困洛阳吧，将这座孤城攻陷为止。

那洛阳……还好吗？

对城外的人来说，洛阳是座孤城；对城内的贵胄来说，洛阳是座死城；但对城中的百姓来说，洛阳是人间炼狱。

乱世逢荒年，他们既无耕地，也买不到粮食。这光景，吃树皮草根已是常态，卖儿鬻女亦不是新鲜事。更有甚者将泥巴和进面中做饼，只为了些虚假的饱腹感。人们心里都清楚，这种东西吃多了准得死，但他们没得选，因为那样的死，总是在饿死后头的。

到了山穷水尽的地步，"人相食"也会成为日常生活的一部分。这时死亡本身都不再恐怖，它会成为一种解脱。

而更令人毛骨悚然的是，洛阳毕竟是首都，其他地方的人可能还要比洛阳百姓惨十倍、百倍。

但王世充此时还有事做。他自身难保，当然无力管百姓。他要做的就是不停地派出使节乔装出城，寄希望于窦建德来拉他一把。

武德四年（621）三月，完成扩张的窦建德腾出了手。他调来了孟海公和徐圆朗的军队，正式启程前去救援洛阳。

为着师出有名，他令孔德绍起草了一则檄文——《为夏王檄秦王文》。

完成了这些，窦建德满意极了。他遣使者将此文带到唐营，务要亲手交到李世民手中。临行前，窦建德还多嘱咐了一句——告诉秦王，倘若还是置若罔闻不撤军，那就正式开战！

第十一章

一 战 擒 二 王 （下）

《为夏王檄秦王文》到了秦王手中时，他正在开军事会议。这檄文虽是骂他的，但因名头响亮，秦王不得不中断会议，研究起文章来：

夏王敬问唐秦王：彼朝发迹太原，奄有关内。郑氏光启伊洛，崇建宗社。予则创基燕赵，包举山东。郑国何辜，兴师致讨。深怀固存，不惮濡足。方今千乘雷动，万骑云屯。投石拔距，蒙轮击剑。绕三燕之义勇，驱六齐之雄杰。制敌如拾遗，殄高墉若摧跨。郑都鞠旅，誓众雪仇。我师跃马砺戈，克荡氛。彼则外无救援，内绝军粮。将听楚歌之声，方见崤陵之哭。若能反郑国之侵地，守秦川之旧邦。更修前好，不乘求请。

作为孔子三十四代孙，孔德绍是有几分清才的。他文章写得好没错，但檄文不同于其他文章，文笔好只是其次，气势、高度才是重中之重。再看他这篇一百五十多字的檄文，威胁着说要像春秋时期晋国于崤山大败秦军一样，在此地彻底击溃秦王，言语中显得夏军很是兵强马壮。

可就当读者以为夏军要以摧枯拉朽之势吓破敌胆的时候，孔德绍的笔锋戛然而止，如战场上鸣锣收兵一般，将先前酝酿的雄霸之气泄得一干二净——我并不想打，只为求和！

并且此文从标题就把夏国与大唐，放置在了不平等的位置。他以夏王窦建德对标秦王，拉着王世充的郑国，一块默认自己是地方政权。文中一片"赤诚"，结果说的是只求自保。嘴仗都打不赢，岂能幻想大唐天子会放任地方割据？

文章不长，李世民放下纸张笑了起来："吾看这檄文，除了'绕三燕之义勇，驱六齐之雄杰'，根本不成体统。"

"通篇舞弄文墨，毫无大义可言。"萧瑀在一旁点头道。

"初读之时，我见'千乘雷动'，又'万骑云屯'，还以为窦建德要攻将过来。谁承想铺垫这么多，竟只是劝我退兵。"李世民轻哼一声，"还'夏王''郑国'，既是诸侯王，何必檄文？"

"檄文一出，武攻势在必行……"屈突通发话了，"就算窦建德不愿与我开战，也会先取几个城池，逼我谈判的。"

自经略天下起算，大唐已经走进第四年了，李世民很想毕其功于一役，在此立下通天的功劳。但创业之路上，还是有人想要稳妥前行的。

于是乎，面对大夏的雄兵，会议的主题随之变化，唐军高层出现了两个方向——打，还是撤？

李世民又一次走到了十字路口。

之所以说是又一次，是因为三年之前，李世民也面临过类似的选择。那时他与李建成双剑合璧谋取东都，面对东都，面对李密，唐军同样在打与撤之间做出了选择。与上次不同的是，那时的李世民撤了，而现在的他，只想前进。

当萧瑀、封德彝等都认为唐军应该先避其锋芒时，李世民紧闭双眼，没有说话。他在等，等着看是否有与他同心之人。

"臣有话讲。"

李世民睁开眼睛，看见是秦王府记室薛收在说话。

"但说无妨！"

"臣不认为'与王、窦二人作战条件不足'。"薛收道，"臣以为，这是我军一战擒二王的……"

还没等薛收说完，萧瑀就惊得喊出了声："狂野小子！你父亲薛司隶文采了得，不妨学学他写诗的样子，说话前好生思酌！"

"萧公息怒。"李世民拦住萧瑀，示意薛收把话说完，"言者无罪，大家畅所欲言。还请先听完薛记室之言吧。"

秦王客气，萧瑀吹胡子瞪眼，一挥袖坐后边去了。

薛收作了个揖："诸公可知，王世充窃据东都，仰仗其实前隋。今他被我围困，但并不是指他气数已尽。前隋家底雄厚，王世充实力尚在。只是因着粮草匮乏，不敢轻举妄动。"薛收终于说了重点，"如若我军撤退，假使郑夏合纵连横，背靠中原河北，岂不前功尽弃乎？"

李世民点头道："薛记室所言极是，吾亦认为是。依吾之见，无非十二个字：'固守虎牢，军临汜水，随机应变。'"

"还请明示。"

"大军保持威压于洛阳城，我则固守虎牢，与窦建德周旋。"

"随机应变又何解呢？"

"此策上可一战擒二王，下可分割郑夏。"李世民沉声道，"诸位大可放心，吾不会轻易开战。"

听完李世民的话，屈突通也有话要说："二郎，此事，吾还是有些顾虑。"

"屈突公但说无妨。"

"窦建德趁我大唐烦忧，在东边肆意张狂。吾以为二郎应多带些人去，也好歹有个周旋之本钱。"

"这……"李世民面露难色，"屈突公，我是为了不打草惊蛇。不然让王世充见我军大规模移动，只怕他会破釜沉舟啊。"

屈突通拗不过李世民，便不再多说，留在大本营主持围困洛阳。其他人也是一样，尽管不少人都还保留着自己的看法，但令行禁止，秦王部署后还是各自就位。

他们不明白究竟是什么给了秦王这份自信。权且只当秦王年轻，立功心切，所以才这般大胆激进。而他们不知道的是，李世民比窦建德更了解自己的敌人。

自武德三年（620）大唐讨伐王世充以来，窦建德始终以温和姿态处理对唐关系，显而易见，他并不想与神秘的西方力量硬碰硬。

以当年八月为例。李渊本着尝试的态度，与窦建德商议大唐俘虏之事。结果竟出乎预料：窦建德干脆把李渊的同母妹妹，也就是同安公主送回了长安。再看同年十一月。那时窦建德流露出援救王世充之意，但实际并未出兵。他只向唐军前线派出了高规格的使团，被李世民拖了许久。

然后时间就到了现在，窦建德与王世充达成了军事联盟。但就算达成了军事联盟，窦建德如故，还是不愿与大唐撕破脸。

出于这样的考量，李世民料定，窦建德对与大唐翻脸有种莫名的畏惧。这样的他即使下了干大事的决心，也会畏首畏尾，举棋不定。正是如此，尽管一战擒二王何其之难，李世民还是毅然踏上脚步。他有取胜的自信，而且他也深知——干大事岂能惜身！

不日，李世民带着亲信将领，仅率领三千五百名精挑细选的甲士出发。

"将士们，"李世民做起了战前动员，"洛阳守军熬不了多久了，此战唯有一个目标，一战擒二王！"

"一战擒二王！万胜！"将士们用高亢的声音，重复着口号。声浪之大，数里之外的人，也听得一清二楚。

王世充站在洛阳城上，只看到一支不算多、也不算少的部队离开了唐军大营。这支军队朝着背离洛阳的方向行军，应是要去更远的地方。

时已正午，李世民的身影消失在北邙山。再次经过北邙山这片无数能人志士的埋骨地，也不知李世民心中有何感触，一将功成万骨枯吗？或者说他又是否能够料到，前方的虎牢关有什么等着他呢？

二、陈兵虎牢关

　　李世民抵达虎牢时，天色近黄昏。他走向指挥所，在被烛火照亮的舆图前，李世民屏住呼吸，一口气看完了所有标注的记号。随后他召来虎牢守将，询问了些前线的战况。

　　"窦建德有何动向？"

　　"秦王，窦建德大军东北向攻来，荥阳、阳翟等地都已失陷。"

　　"荥阳、阳翟……"李世民思忖，"不算慢嘛，也算符合'千乘雷动，万骑云屯'。"

　　如李世民所言，窦建德在春季发动攻势，至少有两大好处。

　　其一是水路畅通，不愁运输问题。辎重既能跟着大部队，也可顺黄河而来。而且拿船运粮，量大管饱。

　　其二是给濒死的郑国一针强心剂。窦建德大军所到之处，当地官员但凡还想归郑，都大开城门，喜迎夏军。

　　次日，秦王只带了数百骁骑，出城向东侦察。这支"特种"部队人少，但名将云集，李世勣、程知节、秦叔宝、尉迟敬德都赫然在列。

　　一行人前进了二十多里，为了防止被包了馄饨，每靠近窦建德方向一点，秦王就留下一批人，让他们就地埋伏在路旁策应。

　　一队又一队的分兵，走到最后，秦王身旁仅剩下了尉迟敬德和四名玄甲骑。秦王笑着宽慰大伙："此行只是侦察，遇敌就回，不会打草惊蛇。"

　　见他们还是高度紧绷，秦王开玩笑："有尉迟将军这个万人敌在，敌军又能怎样呢？"

　　秦王单手拿弓，一副轻松写意的样子。尉迟敬德他们到底长呼口气，笑了出来。

一行人又走了许久，等到离大夏大营三里处，李世民才发现了敌军。双方离得太近，等到遭遇之时，唐军根本来不及掉头。万幸的是，对方也非主力，只是大夏军的斥候，就几个而已。

这猛地一碰头，一时间双方都有些失神，竟没直接发生冲突。尉迟敬德先下一人，李世民紧跟其上。大夏斥候吃痛间，秦王携几位精骑已经转身逃之夭夭。

沿途李世勣、程知节、秦叔宝等小队都跟了上来，秦王的斥候大队轮番朝后射箭阻敌，拍马向前的也胸有舆图，一路都走的最短路线。骑兵互射的箭雨中，秦王可算是逃出生天。

在后来的一个月间，窦建德与李世民还发生了十数次摩擦。虽然谁都没输，但怎么看都是窦建德吃了亏——他被李世民像狗皮膏药似的，磨蹭了一个月。

到了四月末，窦建德站在黄河与大运河所交之处。

窦建德的大营设在板渚，当年隋炀帝就是在这里，从黄河引水，连接到淮河。这段人工运河，还有一个更响当当的名字：通济渠。

"看那儿。"窦建德指着岸边的榆柳说，"这渠应损了多少民力啊！"

"大王，两边的树，得隔了有上百步吧？"有人回答他。

"嘻。我年轻时，听闻隋帝龙舟在通济渠上航行。今日见了，才知竟是真的。"窦建德哂笑，"我们这些父老乡亲，辛辛苦苦是为了这些啊。"

"所以隋失天下，才有了夏王。"

窦建德默然。这些奉承之词没在他心中泛起涟漪，他此刻的心思怕只在出兵之上。

因为唇亡齿寒，他才不得不来救援郑国。可窦建德深知，他和王世充之间有着不可跨越的鸿沟。他们俩除了是三足鼎立中的两个弱小者外，根本不是一路人。窦建德注视着通济渠，似是注视着彰南县老家门前的杏花树。

自打大夏到虎牢，一个月中发起了多次进攻，得到的最好结果，竟也只是个不输不赢。

这样的局面，唐军可以欣然接受，但夏军是急在心中。中原山河就在眼前，王世充随时可能投降，窦建德只恨虎牢关的天堑变不得通途！

夏军难求一胜，南下将士的士气严重受挫。军营中有不少出身河北的人士，若不是跟了窦建德，他们可能这辈子都不会渡过黄河。他们远道而来，只为救援看不见的盟友？对他们来说，这场战役从一开始就不是为了大夏，而今被虎牢关挡住，不如见好就收。

于是，夏军军营中也慢慢弥漫起了退兵的消极情绪，这让陷入反思的窦建德越发迷惘。

大夏举棋不定时，李世民出击了。

唐军发现黄河沿岸有一支运粮队，战场之上，后勤之事非同小可，李世民根本不想放过此等良机。

尽管打下的运粮队多是民夫，秦王还是狮子搏兔，亦用全力。他派出大将王君廓，点了一千轻骑，奔袭朝向大夏的运粮队。民夫手头趁手的武器不过农具，王君廓的一千轻骑也没过多为难他们，劫了粮和人就一路回到了虎牢。

窦建德心神越发不宁，他望着奔腾不息的黄河，站在岸上，却像是置身水面，踩不到结实的地面。这些天，念头的不通达折磨着窦建德，他的意志如一叶扁舟，颠簸起伏。在劫粮事件的催化之下，窦建德下定决心，好好讨论一下夏军的前路。

大夏谋臣们各有各的烦忧，而在此之中，有一个叫作凌敬的人，提出了一个与众不同的小意见：既不班师回河北，也不死磕虎牢关，而是沿着黄河，一路直取关中！

窦建德提起了兴趣："这不是围魏救赵？凌公所言甚是啊……"

窦建德还没说完，长孙安世跳了出来："夏王！万万不可啊！"

这长孙安世是何许人也？此人是王世充派来求援的使者，不知怎的，夏王把他也带上了大夏内部议事。

"匹夫！大夏之事，与你何干，休得无礼！"凌敬怒喝一声，站起身来，似是要血溅三尺。

长孙安世瑟缩了下，反问道："此计牵扯极大，恐届时洛阳已陷啊！"

窦建德按了按凌敬肩膀，凌敬坐了下来，厉声问道："大夏会留下些兵力与唐对峙！只要大王率主力渡河西进，关中空虚，洛阳迎刃而解！"

说罢，凌敬望向窦建德，希望能从他那里获得一些认同。然而他又一次看到了窦建德的踟蹰，还未说话，又出来了别的动静。

大夏的将领多是义军出身，与窦建德俭朴惯了。不承想长孙安世来了后暗中以金银财宝无数次行贿，硬是令他们惑了心肠。见长孙安世说不过凌敬，他们发出声来："书生哪里懂打仗！大王可莫要听信纸上谈兵啊！"

见窦建德一副为难的样子，长孙安世跪倒在地，号啕大哭起来："大王！我主在洛阳日等夜等，您要弃他于不顾吗？"

一边是盛气凌人的凌敬，一边是匍匐做小的长孙安世，身后还有几个附和的将领。窦建德蓦然只觉得聒噪。他走到长孙安世旁边，低头对长孙安世说："你放心，某答应了救援洛阳，绝不食言。"

而后窦建德一脸歉然，抓住凌敬的手："凌公，无可奈何啊。诸将都想决战于此，大势难违。"

这时，一个女人从后帐走了出来。她穿着质朴，气质却坚毅，路过之处，大夏将领无不向她行礼。原来，她是窦建德的妻子。

窦建德脸赧然："你怎么出来了？"

"孤是来劝你的！"大夏王后一脸肃然，"凌公的话有理有据，为何一意孤行？耗在原地，进不能进，退不能退，白白耗费财力、物力和人力，能救下洛阳吗？！"

"你懂什么？！"意识到失了言，窦建德又强行找补，"我做这些都是为了天地道义！"

这样的窦建德，她还是第一次见。窦建德夫妇在乱世之中彼此扶持，一路走来，度过了一个又一个坎。这期间再有意见不合，也都彼此尊重。

是从什么时候开始，这些美好渐渐消亡的呢？或许是窦建德称王的那一刻，也或许是杨侗的封号到来的那一时。大夏王后也不甚清楚，反正自很久以前，窦建德身上就沾染上了上位者的坏习气。

在妻子眼中，丈夫是钻进了牛角尖中。当优良的本性变成了桎梏，道德也成了他人控制自身的工具。"王世充要亡国了，我弃他而去，即是背信弃义！我宁死，毋做那背信之人！"

"你起于仁义，那便以仁义为尽头吧。"

妻子向丈夫撂下这句话，头也不回地走回后帐。与此同时，情绪激动的凌敬也被侍卫拉了出去。看着两个远离自己的身影，窦建德生出一种说不出的滋味。他觉得他像是做错了，但是又不知道错在哪里。

算了，管他呢，反正现在支持他的才是大多数。反正谋事在人，成事在天。决定已出，就看天命吧！

三、倾巢出动

日升月起，到了五月，时局还是一潭死水。唐军与夏军仍在虎牢关僵持，王世充亦被困在洛阳城中。像是只有时间在变，人或事都停滞了。

将视线转向暗处，转到大夏大唐的斥候们身上，才能看到战场上的变化。大夏的密探带回一则重要消息：唐军战马草料日益不足；与此同时，大唐的密探也传回一则情报：夏军知唐军草料不足，且正在谋划进攻。

循着各自的蛛丝马迹，双方都意识到一件事——要有动作了。

五月初一，就像所有情报显示的那样，人、事皆数出场了。他们一环套一环，出现在早被泄露的地点。

第一环：夏军知唐军在一处牧马，前来侦察；

第二环：唐军知夏军正在侦察，刻意留下千多匹马；

第三环：夏军清点马的数量，判断唐军规模。

没错，整个闭环都是唐军做的戏。李世民把大部分马牧在了黄河边，那一个既定的牧场，纯是为了诱骗窦建德。而窦建德在草料不足的前提下，先入为主进了圈套后，每个环节都互相印证了他的猜测和情报，让他再难自决。

唐军陪着夏军做了一天的戏，从清晨到黄昏，夏军都看不清人影，唐军才匆忙赶回虎牢。

次日，阵阵鼓声从东边传来。那声音越来越响，声源越来越近。窦建德来了。

"报！"唐军斥候翻身下马，向李世民喊道，"秦王，夏军从通济渠大营出动了！"

"莫急，你且慢慢说来。"

"回秦王，夏军阵仗很大，一边行军，一边擂鼓，极其张扬！"

"规模呢？"

"北边的黄河，南边的鹊山，还有汜水等方向，都收到了发现夏军的报告。"斥候稍微整理了一下思路，"初步估计，其队列应有近二十里长，应是倾巢而动。"

"卫队何在？随吾前去侦察！"

说罢，李世民披上战甲，骑上战马，率领众卫出城而去。李世民立在队列最前边，看向远处的夏军。只见其阵中鼓声雷动，抑扬顿挫也有甲士齐声呼喊。

"秦王，敌军是轻视我们不成？

"没错。"李世民回答，"这鼓声乍一听声势浩大，细听毫无章法，也就聒噪二字。"

话音刚落，后方有人禀报，说是夏军有三百轻骑在营前叫阵。

"哈哈。"李世民笑道，"谁去会一会这些人？"

"吾只需带二百长枪手，可压敌军气焰。"王君廓请缨。

"好气势！"李世民称赞道，"准！"

王君廓列阵向前，夏军骑兵不敢冲长枪阵，怏怏看了会，退了回去。

王君廓才回营，大夏又派来了一位叫王琬的将领来叫阵。王君廓欲杀回战场，被李世民叫住。

叫阵的王琬身着光鲜亮丽的铠甲，好不威风。而他胯下的骏马，比他的甲胄还要招人艳羡。据王琬阵前所讲，此马由隋炀帝所饲，名青骢，乃他叔父王世充赠予他。

要说这代王王琬为何在夏军阵中，全因为他与长孙安世皆是大郑使臣，也就是去搬救兵的。

"好马！"李世民拊掌感叹，"高头健壮，毛色亮丽，真是好马！"

"既是好马，某愿为大王取之。"尉迟敬德随声附和。

"罢了。一头畜生而已，莫要为此赴险。"

"无妨。"尉迟敬德拍拍胸脯，"某抢了马便回，绝无差池。"

尉迟敬德拱了拱手，骑上他的坐骑，便飞将出去。王琬以为尉迟敬德也会放话，哪里料想得到此人"不讲武德"，一个加速冲到面前，一槊将他挑飞，还连带夺过那青骢马的缰绳，再两股一夹，干脆回了营门。

尉迟敬德刚进营门，秦王交给了他一项新的任务。

"不必下马了，尉迟公请去黄河之北，将先前牧的马带回来。"

"喏！"

窦建德在做什么呢？

从他清早命人排好战阵擂鼓助威，而后浩浩荡荡向西进发至今，已经好几个时辰过去了。这期间，任凭他雨打风吹过，唐军始终不接他的招。

双方在汜水对望，不像是对垒的两军，倒像是戏班子和观众。夏军从早晨表演到中午，也演不出那股不可一世的感觉了。

不过疲惫的也就擂鼓叫喊的甲士们，夏军的中高层还在乐此不疲。前方将士擂鼓助威时，他们吃着好肉喝着好酒，在后方高声朝谒着夏王。可是，这和战争有什么关系呢？

夏王高兴就行了。面对着这个巨大的戏班子，想必窦建德是满足的。他辛苦半生，高光时刻多是灰头土脸。如今在战场上，前排有他的猛将勇士，中间有朝谒的朝臣，总算是耀武扬威，威风了一把。不可一世之至，好像比从前的高光都要耀眼了。

"一鼓作气，再而衰，三而竭。夏军衰了，离竭还远吗？"李世民说，"宇文将军何在？"

"喏！"宇文士及站了出来。

"请公带一队人马，袭扰夏军！"

"喏！"

宇文士及带领一小股兵马，按照事先部署的那样，在夏军旁边游走挑衅。夏军忙活了一天，终于等来了唐军，眼都红了。哪怕宇文士及是一块蚊子肉，夏军也顾不得那么许多，一拥而上了。

在不远处，李世民观望着……等待着……庞大的敌阵似一台锈蚀的机器，此前它只嘎嘎作响，而现在它动了，破绽全都出现了！

不远处的黄河滩涂上，一个身影出现了。那人就是尉迟敬德，他正一马当先，无数牧马被他驱赶过来，不到敌营不罢休！

"万胜！"

大唐和夏国展开了决战。

在这场注定载入史册的战役中，战斗没有比其他战斗更为惨烈。秦王与以前相仿，带着玄甲军冲在队伍的最前沿。而他冲进去的这个缝隙，也被唐军大部队撕成了裂口。

尉迟敬德赶着马儿们从北边奔入阵中。他这支队伍一人千马，不说夏军看了奇怪，可能连这些战马也没见过。不过不打紧，往前冲就可以了。

唐军攻势如潮，窦建德那些堵在中军朝谒的群臣，变成了最大的累赘。他们随着各色战马的冲阵而冲，夹在前线将士和夏王卫队之间，像极了入阵了的第一拨儿唐军。

窦建德第一时间组织起了兵力，然而前线他不光要应付冲来的唐军，还要处理乱成一窝蜂的朝臣。大夏的骑兵被自己人缚住腿脚，退不能退，进也进不得。面对这种窘状，就算窦建德也得先分心安抚朝臣，令卫队护送他们退出战场。

一进一退之间，唐、夏两军的骑兵打了个照面。在战场上，骑兵除了袭扰，只有全速前进。唐军骑兵进逼到大夏营帐腹地时，夏军骑兵方才开始加速。

遭遇战伊始，窦建德的骑兵就丧失了速度优势，形势所迫，窦建德下令后撤，先行和唐军拉开距离。

成功转移至附近的山坡上后，窦建德舒了一口气。他的夏王卫队是大夏最为精锐的骑兵，唐军能冲得阵，我大夏冲不得？

窦建德指向远处，喝道："看到那支唐军了？冲！"

说完就俯冲过去，滚滚浓烟起，唐军将领窦抗无力招架，转眼就露出了败相。

"快！向秦王求援！"窦抗大吼着，胡乱指派了个亲卫赶了出去。

另外一边，李世民在夏军步卒中来来回回，打了个辗转腾跃。现在战场被敌我分割成了数块，肉搏之间，根本找不到大夏主力。

"秦王！"一个灰头土脸的骑兵冲过来喊道，"窦抗将军部遇敌军主力！请求支援！"

这名骑兵还想说话，李世民连人带马一跃而过。秦王只留下一句命令："跟着他，去抓窦建德！"

窦抗苦苦支撑中，总算等来了援军。来者不只秦王，还有淮阳王李道玄。后者比李世民还要年轻，正所谓初生牛犊不怕虎，李道玄就是个见到阎王也不畏惧的人。他一人一马一枪，挺身而出杀入敌阵，过了一会儿又沾着一身血污冲了回来。

他如此往复，不知疲倦，用实际行动证明了一句话——李家人上了战场，都是能打仗的将。

等窦建德部被打得退却后，李道玄变得豪猪一般，战甲上插满了箭矢。

"吾弟英雄也！"李世民大笑，而后长舒一口气。他环视了周围，程知节、秦叔宝、宇文歆等人都在身边，"全体都有！擒窦建德，万胜！"

秦王号令，唐军所向。发狂了的唐军在窦建德的残阵中驰骋，一个对穿后，减速掉头，再次将剑与矛对准夏军冲锋。

数个对穿后，唐军挥舞起了旗帜，而他们的身后只剩了大夏的土地。从外人的角度看，他们似乎成了保护大夏的一支武装。

夏军这边，一名甲士正向窦建德报告着前线的战况。忽然，甲士注意到了远处的异样——满山旗帜如野花一般在原野绽放。

"大王！那……那是唐军的旗帜……"

"怎么可能！"另一名亲卫也注意到异样，"唐军的旗帜……为何在我军后方出现啊？！"

窦建德转过头去，脸上同样布满惊愕。但他毕竟是领袖："不要慌张！前线如何了？”

“大王，唐军横冲直撞，我军被分割开来了！”

窦建德紧忙说：“还能联系上的部队有多少？”

“除了我们，其他的都失联了。”亲卫脸上布满了恐惧，“大王！撤吧！”

“你们呢？”窦建德环视了圈身旁的甲士，“都想撤吗？”

“撤吧，大王！”

“也罢。”窦建德调整了马头的方向，“那就撤吧。”

其实战局发展至今，夏军想要撤退，也无须等窦建德的命令了。在众多小战场上，夏军有的胜，有的败，更多的都在往后跑。唐军无数微小的胜利积累在一起，摧得夏军大山倒。

短短一天之内，无敌的窦建德大军倒下了，落了个兵败如山倒。

尽管窦建德不想再战，但唐军哪轻易放他回去？不只是窦建德的身后，几乎所有溃散的夏军身后，都有唐军在不停追击。十个人追一百个人也是常有之事，这场战争进入收尾阶段后，谁都不知道自己在追谁，谁也不知道自己在被谁追。

窦建德的败退之路甫一起步，倒霉的事就一个接着一个。一路东撤，骑马狂奔的途中，他还被唐军士兵用长枪刺中，这在之前无论多凶险，都是从未发生过的。

屋漏偏逢连夜雨，窦建德一行走到一个名叫牛口渚的地方，又有一支唐兵迎面而来，为首的是两名将领。

“挡我者何人？”窦建德喊道。

“大唐车骑将军白士让！”

“大唐车骑将军杨武威！”两人答道，“我们在抓窦建德，你又是何人？”

“我即是夏王！”窦建德疼痛难忍，气虚体弱，声音比之前小了几分，但气势尚在。他提起一股子气，怒吼道：“看看今日，是你们荣华富贵，还是孤向死而生！”

白土让、杨武威不敢怠慢，窦建德话音刚落，就与他的亲卫们发起了冲锋。然而这一次，窦建德更加倒霉了。白土让一转枪挑飞了块石子，正好打在窦建德坐骑的马腿上，窦建德应声滚下马来。

"慢着！"窦建德倒在地上，"孤是夏王，不应死于你手。领孤去见秦王。"

"你今已败，秦王何须见你？"白土让说罢，枪才抬手，杨武威就横过来拦住了他，"就依他，活的比死的值钱。"

夏王与他的残部们悉数被擒，而夏王得到了些王该有的待遇。他独身一人被捆在马上，被驮回了虎牢关大营。

历史是有趣的，伟大的事件，一般都有大人物的参与；但那些伟大的瞬间，往往是由小人物铸就的。这个大跟小，只是和伟大的事件相比较的。毕竟能在历史留名的人，也不能说是什么小人物了。

夏王趴在唐军的马背上，梦想、家乡都离他远去。在路上，窦建德看到了数不胜数的夏军士兵，他们都沦为了唐军俘虏。

窦建德看向被俘的士卒，眼里全是悲悯。那些士兵注视着他，眼里依旧充满了对他的崇敬。窦建德觉得眼眶发热，他闭了闭眼。

第二天，李世民回到了洛阳。这一次，他为王世充带来一份大礼。

"王世充，看看吧，你的援军到了！"

城下的唐兵整齐威风，但更加显眼的是一部囚车。与周边的环境相比，它是那样的格格不入。王世充定睛一看，车上所囚之人正是窦建德。

"夏王！怎么……"王世充捶着胸口，仰天哀叹，"天要亡我啊！"

身后的臣子扶住王世充，为他献出最后一策："大郑军多荆襄人士，陛下请出城杀向南方，还有一线生机。"

王世充摇了摇头。窦建德被俘对他的打击太大，他再无半点信心。

"罢了。"王世充挥了挥手，"开城投降吧。"

武德四年（621），最高的城门被打开，最强的敌人被击败，最大的城市被征服。这一刻的到来，李世民等了不止四年。

第十二章

天策上将封无可封

一、洛阳往事

秦王一战擒了二王，战绩之惊艳，足可震烁千古。消息比大军更早到了长安，李渊与有荣焉。满城街坊，无论耄耋之年的长者，还是春闺梦中的姑娘，尽在庆祝着秦王的功业。稳定的前提压倒所有，大唐既有天子之势，复得天下兴平，唐人庆幸正在于此。焚为灰烬的大业，在武德之下，直把整条朱雀大街铺得锦簇花团。

武德四年（621）七月，朱雀大街上，响亮的军乐抢先入耳，人们争先恐后望向远方的大军，期望能看到大唐战神的模样。过了一会儿，在欢呼声中，秦王清晰了起来。

只见李世民身着明光铠，熠熠发光一如人间的明星，骑着高头大马，昂首挺胸，领着队列朝着朱雀门蜿蜒前进。诸王如李元吉等，诸将如秦叔宝、尉迟敬德等，诸王府文臣等都紧随其后。

这种场面李世民已经见过数次，每当他胜利回了长安，人们都是这样夹道欢迎。人声鼎沸，欢呼声、奏乐声混作一团，回荡在被荣耀装点的街道上空。

只是这次尤为盛大，李世民看着两边攒动的人头，心潮澎湃之余仍保留了三分冷静。凯旋仪式他着实熟悉，从朱雀大街耀武扬威后的终点是太庙，他须带着战俘与隋乘舆、御物昭告先祖。等这些都做完，将领士兵们按军功发完赏赐，还要去太极宫（原大兴宫）中，李渊会筹备好一场宴席犒劳三军。

热闹能给人极大的愉悦，不过当一切退场后，凡人心总会被衬得空虚起来。即便此刻万众瞩目，即便在朝着长安民众点头示意，他在本真上，其实是思考那些问题——他曾在洛阳城中拷问的那些问题：这样的胜仗还有多少？天下一统后秦王府还能做什么？

带着欢欣与疑问，在到达终点之前，李世民的思绪飘到了不久之前，踏进洛阳的那一天。

武德四年（621）五月，那时的李世民站在东都郭城门前，夏王窦建德在他身后，郑王王世充在他身前，相同的是二人都成了他的俘虏。

他让军队先行进入洛阳，从投降的郑军手中接管了全城的防务，对百姓的抚慰工作也同步启动。

唐军将士们跟随秦王南征北战，军法严明，养成了良好的纪律。不打扰百姓只是底线，帮助父老重建家园才是更上的要求。至于让百姓不愁吃穿住行，让国家太平长安，则是秦王应考虑的事了。

安顿好军队和百姓后，李世民该处理王世充的事儿了。王世充投降后，把唐军的一举一动全都看在眼里。作为败者，即便他心中仍有不服，也不得不承认，输给李世民这样的对手，并不算丢人。

"秦王真是带了支好部队啊。"

王世充突如其来的恭维，让李世民有些错愕。他笑着回答："郑王从来孩视孤，今日是何为啊？"

"秦王言重。今日我为鱼肉，不敢不恭敬矣。秦王常言，若吾献城于君，立保吾家小性命无虞，这……？"

"嗯……"李世民回忆了下，"郭伋不失信于童，孤又岂能食言而肥？"

"善！"王世充如释重负，"我之臣子，秦王如何处置呢？"

"能用当用，须罚当罚。"

言罢，李世民阔步踏进洛阳。

李世民在城中兜转一圈，又看了看紫微城中。嗟乎！残垣断壁，多有建筑冒着黑烟，唐军和郑军到处忙碌救火。紫微城的宫殿也大多东倒西歪，仿佛诉说着前生冤孽。

"应天门、紫微观，还有这'端拱朝万国'的乾阳殿，漫天锦绣富贵，却不知掏空了多少人家。"李世民百感交集。

"秦王，洛阳城中多是鳏、寡、独、孤。"房玄龄接话。

"中原，天下之本。利益争夺，百姓们遭了殃。此等惨象，放之华夏九州，怕也并不多见。房公，把这些罪孽都焚了吧，衬得百姓只有凄苦。"李世民道，"紫微宫中应是有全国户籍的统计资料吧？"

"臣查过了，前隋户籍、地图以及诏令文件等，尽数走了水。"

"哦？王世充刻意所为？"

"臣以为，应是不想让其罪行被记录进历史。"

"罢了，日后重修吧。"李世民又问房玄龄，"紫微城内可曾剩下什么？"

"秦王，库中有一些财物。"

"好，就拿这些犒劳将士吧。"

"财物颇多，盈余如何？"

"当作洛阳重建资金吧。"

宫阙、楼宇、废墟——死物让李世民心烦意乱，相对地，他想得到些鲜活的东西——人才。

"洛城才子，凡无罪者，无论身家，尽用。"李世民让房玄龄加紧对洛阳政务班子的组建工作。

李世民对文臣的态度相当宽松。不管窦建德大夏的虞世南等前隋官员，还是王世充大郑民间提拔的文员小吏，只要一经确认无罪，都将其招为唐臣，用人便不再疑。

不过这其中有一个例外：苏威。

作为前隋的"大业五贵"之中唯二尚存人士，苏威跟裴矩大不相同。裴矩在大夏就是重臣，今日改换门庭后，还是大唐的勋贵。被授为殿中侍御史，封安邑县公。而与之相比，苏威的日子不太好。

杨广死后，苏威去了太多地方，在太多人那里留下了痕迹，名声都快搞臭了，却始终未获重用。

这也难怪，就算他苏威开皇年间有再多的功业，《开皇律》的修订对国家有多大帮助，可他实在是太老了。去苛求一个老人热血显然是不靠谱的，江都兵变后，苏威先是跟宇文化及做事，后又跑去依附李密。王世充大败李密后到了东都，再先后依附杨侗和王世充两个朝廷。每次改换门庭，苏威的名声就臭一分。对这样的一个人，少年英雄秦王不说是嗤之以鼻，也是视若无睹了。

李世民不愿搭理苏威，苏威心中更加惶恐。他已经八十多岁了，不为了自己，为了苏氏，苏威也得舍下这张老脸，拾起他老迈的身子，去跟李世民见一见。

秦王在紫微城的阊阖门办公，一个白须老者颤颤巍巍走了过来："劳烦通报一声，就说罪臣苏威求见秦王。"

很快，苏威就从对方口中，收到了秦王的回话：

"秦王说了，不必相见。"

苏威不死心："请再告诉秦王，老臣有把剑还在鞘中，等着为人所用。"

侍卫拗不过，只得进去通报。不一会儿，回话来了：

"秦王说，不必了。洛阳城中落灰的宝剑还很多，您的这把锈剑，还是好生自珍吧。"

"锈剑……"苏威黯然神伤道，"劳烦再转告秦王一声，就说臣告退了。"

"喏。"

看着老头的背影，侍卫又想起了些什么，他连忙叫住苏威："苏公请不必失望！秦王说了，您的孙儿苏勖有一把落灰的宝剑，他愿为其拂去尘埃！"

"好啊，好啊。有劳您了，好！"

苏威虽未被起用，但与诸多武将相比，他的家族实在是幸运的。那些战犯们就不只是不起用了，比如上了死刑名单的单雄信。

单雄信正处于"缓刑"阶段，人头朝不保夕。倘若不是有人在李世民面前求情——他的好兄弟李世勣，单雄信早就被斩了。

李世勣跟单雄信很早就认识了，二人都出身李密瓦岗。但李密败亡后，他们二人却走上了截然不同的道路，李世勣投奔了大唐，单雄信则成了王世充的信臣。

好兄弟犯了战争罪，李世勣豁出老脸向李世民求情。为了单雄信的性命，李世勣甚至说，他愿意以他的官位爵位为代价。

然而，李世勣再苦苦相求，李世民也没有答应他。

"曹国公，单雄信为恶太多，免死，人心不齐啊。您要不去牢里送他一程吧，算是了却旧情。"

李世勣别无他法，只得听从。他走到破损的监牢，死沉沉又空荡荡，活像是山野义庄。在昏暗的烛光下，李世勣看到了单雄信。

他走到单雄信面前便拜了下去，等抬头已是泪流满面："兄长，世勣无能，无法救你啊！"

兵败如山倒，单雄信早已看清命运，戎马一生，他即将走向终局了："切莫如此。世勣，兄长之死，诚天命矣。"

"成王败寇，古来有之。"单雄信哂笑，"这也算是我背叛魏公（李密）的报应吧。"

"兄长对得起魏公。"李世勣扶住单雄信的手，"邙山一战，若是洛仓在手，王世充岂能轻易取胜？要论背叛魏公，携洛仓投降的邴元真排第一，谁敢排第二？"

"俱往矣。"单雄信喟叹一声，似是想起了瓦岗峥嵘岁月，"对了，邴元真你们抓住了吗？"

"濮州刺史杜才干抓住的。"

"杜才干？许久没见过他了，犹记当年都随魏公，好不自在啊。他处置邴元真？"

"杜才干抓到邴元真后，亲手宰了那厮，还将他的首级带到黎阳，祭奠魏公的在天之灵。"

"好！痛快！"单雄信大笑道，"你看，我的下场还算好！"

"兄长。"李世勣紧握单雄信的手，"莫要担心，兄长走后，我定视二老若亲身父母，照顾兄长家小。"

"世勣！兄长这便走了。你要替我，替我们，替魏公，替当年的瓦岗兄弟们，继续在这世上建功立业啊！"

说罢，单雄信直起身子，借了宝剑，慷慨自决。

单雄信虽死，尚且是体面退场。至于其他人，尤其是王世充的鹰犬，死得犹如野狗。李世民冷眼注视着这些人，待他们闹够了，乞求活命的眼泪流尽了，再将罪过一一细数，随后全部于洛水边斩首，以儆效尤。

如段达。杀害元文都等人时他在场，逼皇泰主退位时他参与，上位后气焰滔天，小人做派，罪孽深重。

再比如朱粲。此人自称迦楼罗王，暴虐残忍，分食人肉，十恶不赦。

咔嚓，洛水岸边，段达、朱粲等十数个人头落地。在悠悠的河水边，他们的鲜血转眼就被稀释得一干二净。他们生前地位显赫，可在滔滔河水前，血与常人又有何区别？跟那些无辜赴死的百姓相比，他们又有何显贵之处？

说起来在洛阳还发生了件趣事。宇文士及居然在此地偶遇了他前妻南阳公主的侍从，他喜不自胜，专门去南阳公主下榻的逆旅求见。通过侍从，他才得知，原来南阳公主是去长安的。不过他等了许久，南阳也不与他见面，还说："我与君仇家，今所以不手刃君者，但谋逆之日，察君不预知耳。"宇文化及才打了胜仗，被一句话说得又羞又臊，觍着脸再去求见了下。结果南阳公主也是怒不可遏，言称："你要是想死的话就见面！"唉，他们的地位显赫，可与平常百姓的哀愁又有什么不同呢？

洛阳城事远，长安城事近。朱雀大街走了半晌，总归到了头。李世民定了定神，回到了庆典中。一战擒二王，光有成王的人可不够，还要让败寇出场才行。前隋皇室的车驾浩浩荡荡，王世充与窦建德等人赫然其上。

队伍前面是胜利者的阔步，后面是失意者的惆怅。到了太庙，二王成为最好的"战利品"。尽管二王都是俘虏，但王世充的待遇显然更好一些：他获得了与李渊见面的机会，而窦建德却被人打入死牢。

李渊见王世充可不是来叙旧的，他是为了履行秦王的承诺——投降就保王世充不死。死罪可免，活罪难逃。李渊向来爱诛心，可不会就这样白白便宜了王世充。

于是乎，等见了面，李渊亲自细数王世充之罪，当面数落他、嘲笑他。最后扬起帝王的冕服，将王世充赶出了视线。

王世充的确是有罪的，在大唐皇帝眼中，光是称帝一条，就够他死千百回。此外，王世充还杀了很多前隋的臣子，他的名声在世家贵族圈子里不堪入耳，显贵之人都欲除之而后快。

不过秦王许了诺，那还得信守一下。李渊耍足了威风，就把王世充流放到了蜀地，勒令其立马滚去西南，再不复返。

押解人员还没到，王世充与家人暂且被安置在了雍州（今陕西省商洛市）一处廨舍中。

"王世充，朝廷的敕书到了。"

听到门外有人在喊他的名字，他赶快和兄长王世恽探了出来。

"把头抬起来。"官员怒喝一声，"当年族叔独孤武都与我父独孤机欲除你这国贼，却惨遭杀害，你还记得吗？！"

王世充抬起头一看，瞬间大惊失色："你是独孤家的人！"

"没错。"独孤修德瘆笑，"圣人饶得过你，独孤家可不会放过你。当年我父众人被你这奸臣所害，今日便叫你偿命！"

"独孤机和独孤武都若不想害我，我又怎会杀他们？"

"为国而死，取死有道。你还有何话说？"

"李渊匹夫！"

"休得无礼！"

说罢，独孤修德等人拔出长剑，刺死了王世充和王世恽二人。王家其余兄弟子侄在流放路上也尽数被人诛杀。

王世充善恶不分，志大才疏，算是死有余辜，而窦建德有何罪呢？

窦建德名义上从未称帝，他头上顶着的，始终是前隋册封的夏王。他待人也相当地道，不光对前隋臣子礼遇有加，还亲自灭了宇文化及为隋朝报仇雪恨。更何况，窦建德还对李渊有人情。当年他俘虏大唐宗室及将领后，非但没有残害，还将这些人平平安安地送回了家。凡此种种，都是很多自诩忠义之士的人做不到的事。

窦建德必须死的原因，最主要的一条是他出身寒微。李渊视他为草芥，自家院落长了杂草，拔掉不是顺理成章的事吗？不拔掉的话，院落成了野草堆又待怎样？但是，大唐的统治集团在决定杀窦建德时，好像忽略了一件事：窦建德是在别人的领土上战败的，在他战败之前，大唐从未在河北确立过统治。

仓促杀死一个声名显赫的窦建德只会激化矛盾，加大唐廷安抚河北的难度。所以，李渊根本不应轻易地处死他。李渊不知道吗？只是他不在乎。他是何许人也？入长安后就从未出征的安乐皇帝！李渊对天下局势的判断，根源在于唐军出师必捷的英武。

在李渊的眼中，大唐对任何地方势力都是倾轧，去任何地方都是箪食壶浆以迎王师。因此他不会，也不屑于考虑安抚河北的事。对他来说，这些燕赵人士草寇而已，怎敢闹事？哪怕闹事，也不过唐军长臂所向，土鸡瓦狗耳。

最终，窦建德被判处死刑，在闹市公开问斩。处刑当日，长安城的百姓又来观刑。这个刑场见证了太多枭雄的落幕，以至于他们已经记不清，今天要死的是第几个王、第几个皇帝了。

"听说这个王跟别人不一样。"人群中一个小孩子说道，"东边跑来的人都说这是个好人。"

"嘘！别乱说。"一旁的大人赶紧捂住了孩子的嘴。

时辰已到，监刑的人问："窦建德，你还有什么遗言要说吗？"

窦建德闭着眼睛，凭感觉挪了挪身子。他想过很多种死法，比如年轻的时候被人打死，比如起兵之后被官兵绞死，抑或作为大隋孤臣而死……反正不管哪种死法，可能都比今天的光彩。但他没什么可后悔的，他唯一遗憾的，就是没能死在河北。

"使我面朝河北而死。"这是窦建德留下的话。

"夏王虽死，河北未亡。"这是河北军民留下的话。

傲慢的李渊只能看到手中刀，却没有看到人的心。大唐的统治阶

二、十八学士入府

败寇尘埃落定，此役功臣们也到了论功行赏的时刻。李世民累累大功，李渊实在不知该怎么赏赐他。秦王也好，尚书令也好，爵位，官位，长安朝廷能给的应给尽给，已经给无可给。若不是东宫有主，恐怕太子之位也得拿去衬李世民的功勋。

思来想去，天子之下，李渊专门创造了一个全新的称号——天策上将。

天策上将位列正一品，在亲王、三公之上，隶天策府，位列武官官府之首，在十四卫府之上。这是前无古人、大约也后无来者的荣誉。

"二郎还满意吧？"李渊笑着说。见李世民点头，他又问："还有什么想要的？阿耶一并许你！"

"中原已定，山河统一指日可待。阿耶，儿确有他想。"

"但说无妨，二郎拘谨什么！"

"大唐定邦兴国，不能只强于军事，文化内辑，武功外悠。大唐的文化也应跟着强起来。"李世民胸有成竹，竟是娓娓道来，"魏文帝曹子桓有云：盖文章，经国之大业，不朽之盛事。我大唐该为万世做表啊！"

"不错。凡不朽盛世，定是能武能文的。二郎，你有何计啊？"

"儿冥思苦想，愿在大兴宫以西设立文学馆，招募文士整理前代典籍。此正为前人留念矣。"

"正本溯源，国之兴事！学士们选定好了吗？"

"心已有人选。"

"甚好，如你所言。"

顶尖的人才，不是决策者圈定了范围、敲定了人数，就会主动找上门来的。人才问题，永远是一个双向问题。他们最在乎两点：其一，能跟你做成什么；其二，你是否值得追随。

王世充能满足前者却满足不了后者。跟着他能够封侯拜相，但他并不是一个值得追随的人。

李密和窦建德能满足后者却满足不了前者。他们都是值得追随的领导者，但终究棋差一着，难以成事。

对于秦王府学士们而言，他们受过那个时代最好的教育，基本全是名门出身。他们所追求的，是实现更大的自我价值，发出时代最强音。高官厚禄固然美，可生逢乱世，片面的争名夺利有什么意义呢？

任何一个政权都可能在顷刻之间倒塌，任何一个强人都可能在一战过后谢幕。在这种情形下，他们只能等，等一个能真正成大事的主公出现。

正如曹丕《典论·论文》中那句"盖文章，经国之大业，不朽之盛事"所言，其实不管书生也好，文人也罢，华夏大地上的读书人，不管自己过得如何，心中大都是有颗为国为民之心的。

秦王府学士们亦是如此。他们已经无须在文化领域证明自己的价值，国家重新安定后，他们需要的是能在政治上有所作为。十八学士无比渴望着一个机会——他们能将自己的文章变成不朽盛世的草本，能将自己的诗篇化作国家大业的蓝图。

就在这些人翘首以盼的时候，李世民出现了，这位封无可封的天策上将力邀他们入府。秦王以诚相待，以礼相奉，他们自然也拿出"士"的精神，为其鞠躬尽瘁、死而后已。不过这些都是后话了。

在秦王和他们的故事之前，得先回到秦王府学士刚成，李渊派人来记录人选，供后人取证的时候。

首先是杜如晦和房玄龄。二人自起兵之时就是秦王的左右股肱，秦王西灭薛仁杲、北平刘武周、中原一战擒二王，每场战役都运筹帷幄，立下过汗马功劳。今时杜如晦为秦王府属，统判七曹参军事，房玄龄为王府记室，掌表启书疏，二人与秦王是一荣俱荣、一损俱损。

接着是虞世南，他被卷入江都之变后，一路辗转北上，直到李世民平了窦建德后，才找到了明主归宿。虞世南入府是晚，不过因他卓越的政治和文学素养（同样是位大书法家），他很快就与房玄龄一样，担任王府记室。

再然后就是褚亮、姚思廉。二人与虞世南很像，比如都出身南方，都已年过六旬等。

褚亮写得一手好辞赋，江南文坛尽人皆知。姚思廉则不同，他潜心修史，早在陈、隋两朝时就参与过《梁书》《陈书》的编纂，是当时世上独一无二的史学大家。

之后就是李玄道和蔡允恭。这两位是李世民在洛阳结识的人才，后来分别出任王府主簿与王府参军一职，一并入选秦王府学士。

下面三个名字对应三张新面孔：苏勖、颜相时、薛元敬。

苏勖是前隋宰相苏威之孙。李世民没有起用他的阿翁，但还是给了苏威体面，召了苏勖入府为臣。

另外两人一颜一薛，颜相时出身琅琊颜氏，薛元敬出身河东薛氏。二人含着金汤匙出生，家学渊源，宗族强盛，年纪轻轻就能与前面的老者并列。他们的起跑线，就是很多寒门子弟毕生达不到的高度了。

跟苏勖一样，颜相时与薛元敬也是"贵三代"。颜相时的爷爷是颜之推，乃大儒，著有《颜氏家训》等书；薛元敬家族往上追溯三代，在北魏至隋代都有人仪同三司。

下来就是薛收和他的侄子薛元敬！

薛元敬年少时候就以文思学识与薛收及薛收的族兄薛德音齐名，

世称"河东三凤"。晋阳起兵后，这二人都是在房玄龄的推荐之下入府的，跟着秦王征战数年，完全是凭借着能力与努力才入选的学士。

到现在，已经有了十一个人的名字及小传。记录官开始加快速度，继续写下于志宁、苏世长的名字，旁边备注雍州出身。后再记下李守素、盖文达二人，旁边备注冀州出身。

这四个人，两个关陇人士，两个关东人士。足以见得秦王广受天下世族爱戴。

"孔颖达，孔子三十二代孙；陆德明，经学家，陈叔宝之师。"

最后一个被记录的人是许敬宗，他跟虞世南同为江都之变的受害者。虞世南失去了他的兄长，许敬宗失去了他的父亲。许善心遇害后，许敬宗在北上途中投奔了李密，后与魏徵李密一同归唐，为秦王所用。

"以上十八人，是吾秦王府的学士人选，可有纰漏？"李世民叮嘱道。

记录官回答："回秦王，臣记录好了。"

"好。那就快向阿耶禀报吧。"

从此，天策府摇身一变，列了十八学士。时人皆称入选者"登瀛洲"。这些人都是李唐创业过程中，李世民认识、听说的社会精英。杜如晦、房玄龄不必多说；其他人中，有定关中、入长安时发掘的姚思廉；有平薛举、薛仁杲时发掘的褚亮；有李密失败后归附大唐的许敬宗；有晋阳起兵时，从尧君素处逃出来的薛收……当然，其中最属一战擒二王时的收获大。包括虞世南在内的至少七人，都是李世民从二王的朝廷中发掘的。

这么一捋，不难发现，秦王府十八学士的名单，本身即是一部记录大唐创业历程的史书。

我们能从中看出，这些年李世民一直南征北战，战绩彪炳之余，天下英才也竞相追随。他不光能从敌人手中收服诸多名将，还能将四处文臣谋士纳为己用，为战争结束后的国家复兴之事做准备。

十八学士的年龄跨度近四十年，几乎覆盖了当时各年龄段的精英。年龄最大的已过花甲，以学识和阅历，在文学馆任职自然不成问题。

而最年轻的才二十出头，能入选学士行列，大多靠深厚的家学与背景作为支撑。

将这些人列为学士，不光能为大唐的文化事业做出贡献，更重要的是，他们还能成为秦王的智库。无事之时，十八学士是学者，李世民可以与他们一起探讨古今政要；有事之时，十八学士亦是谋士，可参与谋划秦王府的重大事宜。

一来二去，李世民的天策府在事实上，成为一个集政治、军事、文化于一体的机构。

三、李建成的回合

记录的官员出了府，跨过门槛又转头回望，打量着秦王与府臣们。秦王立在众人之中，俨然一个新登基的皇帝，其他人似身上也镀着金光。他还想再看几眼，王府的侍卫一把合上了门。

"十八个人是吧？"李渊看着名单说，"希望这些人能好好耕耘经学典籍吧。"

"陛下。臣听闻，秦王还找了阎立本为他们画像。"

"嗯，少年人，倒是有雅致。"李渊的神经并未被触动。

"臣只怕……"

"只怕什么？"李渊放下手中的名单问。

太子李建成站了出来，补完了话："只怕'十八学士'是假，秦王私臣才是真。"

李世民的功劳太大了，大到连兄长李建成都有了危机感。过去四年以来，李世民立了太多功劳，就算分润下来，也能让很多人拜将封侯。这如何让李建成不警觉呢？

尽管他身居太子之位，在长安与阿耶操盘着全国的局势，可有李渊在，他李建成最多只能是一个辅助者。他作为太子，注定只是帝王荣耀之下的配角。

李世民不一样，他作为执行者，在前线身先士卒，又出生入死，在军中积累了很高的名望。跟他人对李建成贤能之类纸糊的评价不同，李世民积累的全都是实打实的威望。

尤其是在经略山东后，李世民的实力达到了巅峰。他不光是洛阳乃至更大区域的管理者，还收编了众多山东豪杰。今时今日天策府中文武兼备，名将如云，实在教人艳羡。

反观李建成一边，虽然他也有信得过的一群属臣，但作为太子，他的手到底伸不到前线，顶多是一些长安附近的将军。

以任瑰为例，多年以前，还未起兵的李渊就将李建成托付给他，那时任瑰还是河东的一个武官。大唐建国后，任瑰获得重用，他一路建功，被封为管国公。到统一战争进行到最重要关头时，任瑰肩负了一项重要使命——供应军粮。

如果任瑰掉了链子，李世民讨伐王世充的进程必将受阻。当然，兄弟二人原本就感情甚好，合作自是完全大于竞争。任瑰完成了后勤补给任务，李建成也任劳任怨给前线打好了辅助。

在李渊的命令下，李建成陈兵蒲城（今渭南市蒲城县）以防备突厥。蒲城位于长安东北，不在前线，却在边疆。李渊让李建成去，也是为了给李世民兜底。

李家人齐心协力，才基本完成了统一。只不过，李世民做得太好了，功绩实在太过耀眼，将天下人的目光都吸引过去。在秦王亮眼的表现衬托之下，太子逐渐失了光芒。

在这种处境下，李建成必须做点什么，哪怕是自保。所以他才以"秦王私臣"为由，向李渊进行了试探。

李渊的反应相当冷淡："此事不宜讨论。"

李建成还欲再解释几句，但显然李渊不想再继续这个话题。他挥了挥手，以休息为由让李建成回去。

次日，李渊亦未提此事，只谈了谈突厥问题。

大唐入主关中后，突厥始终是大唐的心腹大患。只不过事有轻重缓急，统一全国要紧，突厥问题只能退而求其次。那时的整个大唐统治阶级都清楚，突厥问题是一个迟早要炸的火药桶。眼下中原已定，不怕落一个被内外夹击的下场，和突厥的关系就可以再研究了。

"天下将定，该处理北境突厥人了。"

北突厥并非西突厥。自打联同西域后，西突厥统叶护可汗连年朝贡，双方关系因为北突厥势大的威胁，颇为稳固。武德四年（621）西域二十二国在统叶护可汗的带领下，争相来长安朝贡，整片西域都与大唐同气连枝。借着先隋时期突厥内乱的缘故，中原对西突厥和北突厥往往是拉一派打一派。而今西突厥北突厥中原皆是鼎盛之时，西突厥更是"北并铁勒，西拒波斯，南接罽宾"，影响力到了今日的喀布尔一带。在西突厥和大唐友好的如蜜岁月中，昭武九姓和北突厥人的势强傲慢起到了决定性的作用。

李渊提了方向，魏徵也有腹稿，立马站了出来："此前处理突厥问题时，大多是陛下与太子的谋略。臣以为，北境之事，由太子负责为上。"

魏徵所言非虚。李世民四处征战，常年不在长安。镇守京师防备突厥一事，主要是由李建成和李渊考虑。

听到魏徵提太子，李渊露出了满意的微笑，他点头道："也好，就交由太子吧。"

众人对此没有意见。李渊正欲退朝，一个声音突然打破了朝堂的寂静：

"臣有本要奏！"

"何事？"

"窦建德死后，河北有股匪徒，打着他的旗号，正四处作乱。"

"遣我将军，剿了便是。"

说罢，李渊扫了圈满朝文武，试图找一个合适人选。他注意到李世民动了一下，但他略了过去。视线最终锁定李神通，李渊道："淮安王屡有平叛经验，朕任其为山东道行台右仆射，总管魏、冀、定、沧等州军事，安抚河北。"

"臣领命。"

"再调关中三千步骑兵，由李玄通、秦武通率领，协助淮安王剿匪。"李渊继续安排，"对了，令幽州总管李艺带兵支援。"

李渊派去剿匪的部队声势浩大，强将云集。但在这背后，实乃缺了个主心骨，缺了个能驾驭诸将的人。

李渊对河北叛乱太过轻视，他以为打仗总是简单的，唐军到就会胜利。但事实证明，李渊大错特错。淮安王李神通携数万精锐，结果被窦建德旧部以少胜多，打得落花流水。

此役之后，大唐在河北的影响力大衰，叛军军势大振。

失利没引起李渊的警觉，他还在大兴殿中向着朝臣们笑呵呵地："胜败乃兵家常事，不足为惧。朕还有李玄通将军！剿匪小事，无须挂齿！"

四、得南而失北

李渊的心思压根不在河北。打从王世充平定后，他心里想的全是"统一"这两个字。北方基本已在他手，南方何时能归唐呢？

李渊日日想，夜夜想，在武德四年（621），下定了平定南方，消灭萧铣的决心。

武德三年（620）进击王世充的战役打响后不久，李靖就被李渊赶去了南方。李渊翻出李靖上书的"平萧铣十策"，据此下诏：征发巴、蜀二地的军队，作为主力部队沿江顺流而下；令他路将领沿陆路，助力水军，多向攻打萧铣。

自然，前线的李孝恭和李靖就做了此役的最高指挥官。李孝恭为行军总管，李靖代理行军长史，统领十二总管。

讨伐萧铣的时间点，撞上了长江的涨水期。涨水是不利于进攻的，一般来说，唐军应等长江水位回落后再行进军。但李靖兵行险招，反其道而行之。他认为，既然理所应当涨水期应该推迟行军，那么，萧铣一方疏于防备，反是最佳时机。

李靖的计划总结起来就四个字：兵贵神速。

李孝恭从善如流，认同了李靖的战术。在指挥部的齐心协力下，唐军两千多艘战船借着涨水，直逼萧铣势力范围。等到了荆州水域，情形一如李靖所料，萧铣一方确是几乎没有防备。于是唐军继续东进，不费吹灰之力攻克荆门、宜都二镇，将战线向前推进到了夷陵（今宜昌市夷陵区）。

为了讨伐萧铣，巴州唐军已经准备数年，今日雷霆震怒下，兵精船足，辎重充盈，一路过来，势如破竹。萧铣仓促应战，梁军水师在清江口（黄梅）被大唐水师打得弃甲泅水，一仗丢了数万精兵，失了数百艘战船，几乎瓦解了梁水师的正面作战能力。

身前是江水，身后亦是江水，一顿饭的工夫，萧铣就被逼得只能孤注一掷。他将仅存的兵力全部集结，准备负隅顽抗。

一路顺畅，不出意外的话，下一场就是决战了。

关于最后一仗怎么打，唐军最高指挥官有了分歧：李孝恭准备乘胜追击，一举消灭萧铣。李靖提出了异议：

"现在敌军回拢在一处，何不先缓一天再进攻？"

"药师先前不是还说'兵贵神速'？"

"梁军因惧怕而聚集，如果我军且打且缓，梁军士气涣散，定消聚集之势，届时自一战取胜。"

这个理由显然更为牵强，兵贵神速，早点打完还能赶上回长安过年。二人同为指挥官，李孝恭执意要打，李靖也没法拦着。

"药师莫不是给吾让功劳？"李孝恭粲然，"就由吾去俘了萧铣，你我在江陵会师！"

也是因为一路连胜，李孝恭有了些骄兵的心思。穷寇莫追，在萧铣最后的主力顽抗下，他被教训得很惨。

留守大营的将领们心急如焚："这可如何是好啊！"水师训练不易，要真是败得一塌糊涂，纵是有千般想法，也都得回去积蓄力量了。

李靖早就派人在时刻观察江上战况了。李孝恭虽败，却也创造出了他想要的局面：梁军军心受挫，好不容易获胜，便都急着分散开来争抢战利品。没错，李靖借助李孝恭猛冲一气的工夫，有了新的计划！

"传令，全军出击！"

随着李靖一声令下，大唐水师倾巢而出，对萧铣发起了第二轮攻势。江陵城分为三层，外边是水城，中间是砖城，里面是土城。被胜利冲昏了头脑的梁军顷刻乱成一锅粥，难以组织起有效抵挡，只得放弃外侧水城，退回砖城之中。

自此，萧铣失了水师，已无船可用。

被困于一座孤城，萧铣唯一能依靠的，仅有援军了。援军若及时赶来，尚可一战；援军若姗姗来迟，则失败近在眼前。

战机不容错过，片刻须臾之间就是攻守易势。李靖十分清楚时间就是战机，为了不给下游反应的时间，他心生一计：

"此役得战船千艘，若将其搬空漂至下游，为之奈何？"

"船弃……船弃，则城陷！定会以为江陵城已陷落了！"

于是，李靖带头决定赌一把。大唐水师将敌船尽数散弃于长江上，玩了一招"信息不对称"。光是吓阻下游还不行，此计一箭双雕，江陵城中见援军迟迟未到，也应会有怀疑。

等待是唯一的检验。数日过去后，下游毫无动静。

计成！由于信息不对称，萧铣与他的援军都被威慑吓阻了：萧铣以为援军业已被消灭，才没任何动静；反过来，援军也以为萧铣已被消灭。

孤城难守，其根源就在于此。漫无目的的等待引起了大面积的绝望，萧铣放弃了。他打开城门，选择投降。几天后，下游援军总算听到了江陵的消息，便也选择了投降。

就这样，南方最大的割据政权被消灭了。李渊距离全国一统的梦想，已近在咫尺。

长安，大兴宫，太极殿。李渊喜不自胜。

"李孝恭和李靖立下大功，朕当重赏。"李渊喝道，"任李孝恭为荆州总管，封李靖为上柱国，赐爵永康县公！"

李渊越饮越尽兴，心中越发得意，他想到萧铣被送到长安时的嘴脸，实在觉得爽快。

什么"隋失其鹿，英雄竞逐。铣无天命，故为陛下禽，犹田横南面，岂负汉哉？"这话你萧铣说出来，完完全全是给朕的下酒菜嘛！

"陛下，这梁王……"

"砍了！"

"梁王有一女名萧月仙，年龄尚小，是否……"

"通通砍了！"李渊吼了一声，然后又笑了起来，"告诉李靖，'既往不咎，旧事吾久忘之矣'。"

"陛下，萧铣刚平，南方未定，不若让李将军留下继续安抚吧。"

"善，让他替朕去抚慰岭南！"

正在大殿之上一团喜气的时候，有个不和谐的声音响了起来。

"臣有本要奏！"

"何事？"

"河北战事。"

李渊听到河北二字，惆怅了起来："唉，河北朕知晓。李玄通将军为国捐躯了，朕也惋惜之至。"

"陛下！河北大有失控之势，郑国公（李神通）也败了，冀州全境沦陷。幽州高开道复叛，似有……"

"似有什么？"

"似有向北勾连突厥之意。"

"啊？"李渊有些吃惊，但很快他就镇静下来，"那就再派个能人去吧。"

李世民竖起耳朵，他觉得这次总该是他了吧，然而李渊还是没理他。

"远水解不了近渴，令当下就在清河宗城（今河北省威县）驻扎的曹国公（李世勣）去吧。"

李世勣正儿八经是个能人，但巧妇难为无米之炊，大唐在河北的军力节节败退，窦建德遗部气焰高涨，他再是能人，也得吃瘪。不光李世勣守的宗城被所谓的河北匪军拔下，仅以身免，此刻在河北战线上，唐军濒临总崩溃。

大唐在河北脆弱的统治，几乎一夜之间失了效。当地豪强打起夏王旗号，纷纷响应"匪军"。

到了这时，不需要再有人来向李渊启奏了。在他的轻视和拖延下，唐军在河北接连大败酿成了大祸，整个中原地区都变得摇摇欲坠。

李渊质问群臣："怎么回事！才仅仅半年，朕的河北呢？"

说罢，李渊气急败坏，径将奏报扔到了地上。

"陛下息怒，只怪窦建德死得太急……"

"你在怪朕？"

"臣万死不敢，臣以为当务之急是肃清流毒！"

"哼。"李渊冷笑了声，"匪首何人？"

"刘黑闼。"

第
十
三
章

最
后
的
战
役

一、李世民对阵刘黑闼

刘黑闼究竟何许人也？他和窦建德是漳南县同乡。他并不是一开始就跟着窦建德的，在窦建德还当着里长的时候，刘黑闼就去了瓦岗起义。武德元年（618）李密大败于王世充后，因为看不起王世充的为人，逃回了河北，做了大夏的汉东郡公。

武德四年（621），窦建德被李渊残害，河北闻之无一不涕零。在已知长安李渊好杀敌国高级官员的情况下，"我辈若至长安必无保全之理"，七月，刘黑闼联合惊骇之下的各地降唐草头王举起了反抗的大旗。

茫茫然一片的响应，好似平地一声惊雷。在这中间，就有一位兖州（今山东省济宁市）的起义王，名为徐圆朗。和很多其他的草头王一样，徐圆朗也是有充分的独立性。随着区域势力主的更迭，他先后依附过魏公李密、王世充、大唐，后来仰慕窦建德的为人，又随了大夏。窦建德死后李渊重给了他兖州总管的职，但有了这么多前车之鉴，他可无论如何也不能全身心降唐了。于是仅仅十数天之差，在刘黑闼起兵后的八月，他也起了兵。

大唐接二连三地派将伐寇，济宁首当其冲。前来的唐将也是老熟人了——葛国公盛彦师。自打率众追毙李密一众后，与先汉开国年间以项羽一肢拜侯的杨喜相似，盛彦师也平步青云。徐圆朗还未反唐时，盛彦师与其是同级同僚，一个在兖州，一个在宋州（今河南省商丘市）。山东河北的兵将都是在连天战火中磨砺出来的，唐军除了天策将军府下的盖世英雄，其余着实难与其比拟。徐圆朗擒了盛彦师，又许以重利诱反。也不知啊，盛彦师是否记得李密死前的怒吼。他对着徐圆朗喝道："以死报国，快哉！"

草头王也是王，英雄惜英雄，徐圆朗不怒反喜。将盛彦师送回是万万不能，但给他体面的待遇，好生养着还是势在必行。

以徐圆朗为代表，整个反唐阵线频频告捷。号召起义的那位勇猛将军刘黑闼，水涨船高，登上了人生的巅峰。

武德五年（622）正月，刘黑闼先称汉东王，后改元天造，再定都洺州（今河北省邯郸市、邢台市）。这个以反唐为核心的新政权，几乎是照着大夏的模子搭建的。无论法令抑或行政系统，刘黑闼一概效仿。大夏朝廷的官员，他也应找尽找，在他的新班子里都给了和原先一样的职位。

刘黑闼的上位并不奇怪。窦建德被杀后，大唐的招抚成了笑话，河北事实上出现了权力真空。既然真空，就总得有人来补上，刘黑闼恰好就是那个适格者。一说是他与窦建德私交甚笃，再一说他乃当世名声显赫的大将，上位情理之中。

真正厉害还得是窦建德的人望。窦建德是太阳，他的旧部就是影子。依托窦建德留下的余晖，这些人足可在河北搅动风云。反过来看，正因有刘黑闼这些人在，窦建德哪怕不在人世间，却还是能幽灵一样在大唐的国土上复生。

刘黑闼立在山巅，悉数望去，尽是他收复的大夏山河。大唐诸将如何？皆是吾刀下土鸡瓦狗。在他燃起壮志豪情的心中，除了自信之外，最多的还是对窦建德的惋惜。当然了，难免地，刘黑闼对大唐生出了些轻薄之意。

然而，一山更比一山高，这世上比他还高的山委实常有。恰在他的闪光时刻，一座更高的山峰将拨云见日，挡了他的光芒。

大唐不敢侥幸，天策上将出动了。李世民率军剑指河北，这次河北战役，唐军吃了建国以来最大的损失。不管人力还是物力，都不再支持唐军东征时大而阔之的打法了，李世民意识到他必须有所侧重。于是，在天策府学士们的鼎力相助下，天策上将选择了擒贼先擒王。

李世民清楚，刘黑闼只是一个伪王，一个被选出来的人肉招牌。唐军的问题是一开始被打蒙了，吃了连败有了畏惧，才显得刘黑闼这个伪王像是真的。但是话分两头，光在战略上藐视敌人可不够，战术上还得重视敌人。

武德五年（622）正月，李世民率大唐本部精锐一路向北，但只一支兵马还不够，他还遣幽州总管李艺一路向南。两支唐军将在洺州——刘黑闼的大本营会师，战略、战术意图相当清晰。

唐军两路急行军，动静之大，瞒不了刘黑闼。南北夹击，得想一个破局之法。也许李艺更好对付点？刘黑闼在权衡之后，决定先阻拦李艺向南的步伐。然而他才出城不久，坏消息就拍马赶到了。

从飞骑口中得知，南边过来的唐军已经到了。唐军还带了数十面大鼓，在洺州城门对岸的河堤上一字排开，大鼓咚咚见天朝他们叫阵。鼓声之猛，洺州城的地面都要为之震动。

刘黑闼深感讶异，这支唐军行军速度远超他的预期。这似乎是不祥的征兆。为防后院起火，刘黑闼赶忙让义弟刘十善代替他去徐河（今山东省菏泽市）处北拒李艺，他本人则分一支精锐，赶回洺州部署防御。

一去一回之间，刘黑闼吃了个围魏救赵的亏。不幸的是，洺州成了魏。刘十善很不争气，不仅没起到拒敌的作用，还被李艺杀个大败。

另一边因为刘黑闼主帅不在，洺州城被围，洺水城（今河北省邯郸市曲周县）顺势携城降唐。洺水，洺州门户，失了门户，洺州岌岌可危。

洺州附近，李世民正在下令："乱军阵脚大乱，无法南北兼顾。数日前，幽州李艺已克四州。洺州定有一战，而洺水城乃重中之重。"

"王君廓，速领一千五百名精骑赶赴洺水，接管城池！"

"唯！"

"秦叔宝，刘黑闼必袭洺水，速领一支精骑半路截击，切莫强堵！"

"唯！"

洺水城太过重要，要守洺州，绝不能失去洺水。所以尽管被秦叔宝围追堵截，刘黑闼和他的精锐还是冲到了城边。

洺水城环水而建，四周水宽，寻常方式难以接近。刘黑闼事急从权，攻城想法尤为特别——甬道。

他计划在洛水城东北处修建两条甬道用来攻城。不得不说，这个方法确然可行。甬道一旦打通，城中人就成了瓮中之鳖。

为了救援洛水，李世民三次带兵出击，但始终没能送进去补给。

李世民犯了难，他斟酌片刻，决意集思广益：

"洛水城水日日升，吾担忧君廓啊。诸位，请畅所欲言，有何救援之法啊？"

"将军，某有一策。"说话的人是罗士信，他到今年也才二十三岁。

李世民看向他，示意他将话说完。

"依吾之见，彭国公（王君廓封号）唯有自救。我军应助其突围，而不是令他固守。"

"士信，这岂不将洛水拱手让人乎？"

"非也。"罗士信嘿笑，"某愿领两百兵士趁乱入城，换防王君廓坚守的。"

语出惊四座，两百换一城。这样救援是划算，可甬道一通，不是让罗士信替王君廓死吗？

"某知，诸公应觉某乃送死。"罗士信说，"但是将军，彭国公入城久矣，理当换人驻防。再者守城不过片刻，说不得刘黑闼授首日早，乃吾一点生机！"

"好！士信！"李世民也不是优柔寡断的人，"那就按剡国公所言，即刻行动。平乱贼之事，要快！"

次日，李世民登上城南的高冢，用旗语向王君廓打出了突围的信号。城外的唐军随即进攻刘黑闼，策应友军的行动。在这电光石火之际，一支两百余人的小队趁乱悄悄摸进了洛水城。

那正是罗士信的部队，等他就位后，王君廓立刻带兵杀将出城。刘黑闼听属下言称"王罗易位"的情形，一时也摸不着头脑。他不知道唐军这样做的意图是什么，也懒得再细想。反正换谁来守都一样，只要甬道通，洛水城迟早会落入他的手中。

甬道通，洛水陷。在刘黑闼计划外的是，罗士信这区区二百人的小队，竟然能在洛水城甬道口顽强抵抗数日，不知打退了多少次进攻。

但二百对数万，罗士信到底是以弱对强，面对敌人的强攻，兄弟们不断地陨落，他慢慢落了下风。

救援的唐军去哪里了呢？

不是唐军见死不救，而是罗士信太倒霉了。打从他入了城，洺水的天气就日渐恶劣。风雪交加下，唐军派出再多的人，都不是刘黑闼的一合之敌。

守城第八天，洺水城陷。那天，洺水的天上飘着百年难得一遇的大雪。

这场雪是为战斗落幕而下，这场雪也是为英雄落幕而下。在雪中，面对刘黑闼，罗士信威武不屈，然后像所有顶天立地的大丈夫们般，走到了末路。

罗士信遇害，众将泣不成声，哀声为雪添了无数寂寥。李世民满面肃容，泪水在胸襟结了冰都恍然不知："士信才弱冠，多得是卫霍伟业待他啊……"

"雪停之时，复仇之期。"李世民斩钉截铁，"为了士信，也该夺回洺水。"

唐军同仇敌忾，哀兵必胜。等到四天之后雪停，李世民身先士卒，亲自出击。甬道？计策？都不需要。大唐将士疯了似的，个个勇猛无比，硬是击破刘黑闼，一举攻克了洺水城。

洺水重回，李世民的节奏慢了下来。李艺也到了，合兵后，他再一次使出了"坚壁不应"战术。城中的刘黑闼如何挑衅，李世民都选择了忍耐，明摆着跟刘黑闼死耗。

坚守也不闲着，在经历了为期半月的搜索后，唐军摸清了刘黑闼的运输线。

原来刘黑闼为了保证洺州前线的供应，从冀州、沧州等州县各处运粮。此外，刘黑闼不光从陆路运粮，水路也是他重要的粮草补给线。

"断他粮道！"李世民下令。

一回生二回熟，唐军做这种事显然不是少数了。像张孝珉袭汜水城一样，唐军从陆路与水路双线突袭了刘黑闼的运粮队。也正像张孝珉袭氾水城一样，他们不光烧毁了刘黑闼的运粮车，还凿沉了运粮船，砸了刘黑闼吃饭的碗。

武德五年（622）三月，李世民估摸着时机，准备动真格了。

"决战之前，还有一事。"

"将军，何事？"

"筑坝，蓄水。"

"敢问将军，是届时决开堤坝吗？"

"正是。"

决战转眼来临，先行动的是刘黑闼。他忍无可忍，粮草已尽，只得率领大军泅渡河水，背水一战。

"报！敌军来袭！约莫两万！"

李世民战意益然，布置完指挥的任务后环顾四周："谁随孤冲阵？"

尉迟敬德、王君廓、李世勣等人皆站直请战。

"仗越打越少，此战即决战，一起上吧。"

唐军大营一开，大批战马似踏云而行一跃而出，骑兵们神采奕奕，手中紧握的似是缰绳，又似是胜券。

一片玄甲铁骑中，最中间、最前面的，即是天策将军李世民。

他亲率众将，披甲执锐，冲破刘军骑兵阵线。又勒马回旋，令大军继续加速，踏过刘军步兵防线。两波进攻间隔极短，导致刘黑闼军中变阵不及，径直被拖入了近身肉搏。捉对厮杀中，背水一战的刘军是进也进不得，退也退不得，仅有硬着头皮和唐军死磕。

战斗从中午进行到了黄昏，刀剑无眼，每一次冲撞都收割着性命。刘黑闼是个猛将，但猛将也架不住高强度的无休战斗。到了天黑时分，双方都快支撑不住了。

"大王，再不退兵，怕无兵可退啊！"刘黑闼的副将劝他。

刘黑闼一脸血迹，他胡乱抹了下脸："还能联系到多少人？"

"唐军和我军混在一块，根本联系不到。某只知战斗未停。"

"准备撤吧。"刘黑闼叹了口气，"唐军死伤更惨，他们也会撤的。"

刘军渐渐收阵，李世民想起了他的撒手锏——堤坝。

人势微而水势滔天。堤坝被决开后，上游的水急速顺流而下，瞬间就奔腾进战场之中。这里不算谷底，但人实在密集。说时迟那时快，刘阵倏忽间就被冲得稀烂。

残兵们发出嘈杂而又绝望的号叫，站不稳的人和尸骸被一起冲走，侥幸的活人们争抢着、踩踏着往高处逃窜。

等到堤坝水流干，刘黑闼和亲卫们逃出生天时，他才有时间喘了口气。

"现在还有多少人？"刘黑闼虎目圆睁，朝着亲卫吼。

"大王，仅剩两百多了。"

"大王，现在该怎么办？唐军要尾随而来了！"

刘黑闼沉默良久，他摇了摇头，指了指北方。

他还记得有突厥贵族暗示过，也记得突厥那边还有一群反唐复隋的人。

逃吧，逃吧。北行之路上，刘黑闼还时不时地回头南望，眼里尽是卷土重来之意。

二、李建成对阵刘黑闼

天策将军一役暂平了山东，但东边刚平，西边又有突厥人来。不像之前频繁的小打小闹，武德五年（622）八月，颉利可汗领着数万骑兵压境，大军连成地平线，压向雁门。

突厥此举，一是例行活动，趁火打劫；二是支持刘黑闼，分兵北线唐军。大军压境，唐军在河北还未来得及扎根，便空出了一大片。在获得了突厥人的扶持后，于老家振臂一呼，刘黑闼很快又活了过来。

突厥强而刘黑闼弱，突厥外敌而刘黑闼内乱。雁门若失，突厥人将长驱直入。面对灭国的威胁，李渊把李世民调去雁门，令其配合太子李建成抵御突厥。至于刘黑闼，李渊改命淮阳王李道玄为河北道行军总管，令其负责讨伐刘黑闼。

突厥气焰猖獗，李渊命太子李建成从豳州道（今咸阳市彬县、长武、旬邑等地）出兵，命秦王从泰州道（一说蒲州道，今运城市河津市、万荣县等地）出兵。唐军精锐全出，兵分两路。两位皇子一西一东，齐头并进又相互策应。而其他路的主将李子和与段德操，一人去云中（今内蒙古自治区托克托县），一人去夏州（今陕西省大理河以北红柳河流域及内蒙古自治区杭锦旗、乌审旗等地）。

云中，顾名思义，就是"持节云中"的那个云中，那里自古以来都是抵御游牧民族的前线。而夏州，它有个更响亮的名字——朔方，也是河套地区的军事重镇。

李渊派出两位将领前往云中、朔方，是想以云中为矛，以攻代守，伺机直插突厥；同时以夏州为盾，既拱卫京师，也阻截突厥的退路。

有了这样攻守兼备的策略，唐军逼退突厥不算太难。

一个月后，大唐与突厥在东西两线爆发冲突。西线战场，唐军在三观山（今甘肃省庆阳市）击退突厥。东线战场，唐军在恒山南麓（山西省境内）大败突厥。而后，武德五年（622）九月，甘州（今甘肃省张掖市）也传来捷报。安兴贵借助昭武九姓和西突厥汗国的支持，在此处大败了北突厥。

战报能造假，战线是客观的。突厥人屡次进犯皆被打退，目标朝着北部退缩，可见今年攻势基本告吹。成功完成防御任务后，太子李建成与秦王双双班师回朝。

而另一边，直到突厥退兵，正式迈入冬季，淮阳王李道玄还是没有彻底歼灭刘黑闼。尽管刘黑闼先前被唐军大败，但那时的对手毕竟是李世民，换别人来可不是他的对手，更何况李道玄才是个十九岁的少年。虽说李世民十七岁就解了雁门之围，可这世上哪来那么多李世民呢？

唐东线军中有的龟缩城中，不敢作战；有的横冲直撞，全军覆没；最麻烦的是一些投机的官员，这些人不光不打仗，连守都不想守。一见到势头不对，就望风依附了刘黑闼。

以上诸事，都倍增了清剿刘黑闼的难度。刘黑闼也委实英武不凡，不负突厥人的厚望。他成功抓住机遇，趁着唐军重心不在河北，不停地抢回了曾经的地盘。

到了武德五年（622）十月份，北突厥事暂了，东线危如累卵。

十月初一，李渊下诏任命齐王李元吉为领军大将军，让他赴山东讨伐刘黑闼。

李元吉而非李世民？看来李渊还是不太重视河北，否则也不会做出这么一项无用的安排。李元吉有那个能力吗？没有。让他去问题只会更大，因为他自己浑身都是问题。

李渊没搞清楚的是，唐军频频在河北出事，主要原因就是在此处没有一个能镇得住场的人。李元吉还没到，眼下前线的领导班子是一对"老少配"。主将年少、副将年老，二者分歧很大，着实谈不到一起。

行军总管李道玄只是个少年家，副将史万宝仗着自己年龄大，往往孩视之。

史万宝之所以敢战时抢权，孩视主将，全是李渊给他的底气。他建功早，晋阳起兵时，史万宝就立下大功：他和李神通与平阳公主会合，一起将李渊迎入长安。而且史万宝的平叛经验丰富，当年李渊杀李密之事，史万宝就是堵死李密出路、立下首功之人。要是没有史万宝调兵遣将，盛彦师也混不到那份功勋。

资历深又功劳厚，李渊给了史万宝极大的信任。最张狂之时，史万宝敢对他的亲信说："吾虽为副将，但根据皇帝手书敕令，军中大事应委托于我才对。"

少年也是总管，心里憋了一把火，怎会愿意为人掣肘呢？

李道玄打从十五岁就跟着李世民打仗，秦王北伐宋金刚的时候，他已经在冲锋陷阵了。秦王征讨王世充的时候，李道玄更是跃升一路主管，助力秦王完成了一战擒二王的伟业。

放眼整个宗室之中，作战风格最与李世民相像之人，非李道玄莫属。如今他做了主将，当然也会选择效法秦王，将秦王的战法贯彻到底！

"吾先率骑兵冲入敌阵，史将军随后赶到即可。雷霆攻势，一击定败刘黑闼！"

眼不见心不烦，被史万宝弄得一腔怒火的李道玄，留下指示后就领军冲将出去。然而，李道玄以为人人都像秦王府中似的，小事不悦而已，大事和衷共济。他哪知道世事艰辛，等他孤军深入后，压根儿没等来史万宝的大军。

史万宝怕死，自己经验多，李道玄胡乱出击，哪能遂他心意，进而导致失败甚至全军覆没呢？他可知道刘黑闼手上有不少大唐名将的血，他才不想再添上一抹。按照史万宝的计划，他将按兵不动，等李道玄败退之时，他才会回击敌军。

可是，普天之下，哪有主将在前做诱饵，副将在后看戏的道理呢？李道玄作为主将，一旦败退，大军士气必然受挫。到时候史万宝还拿什么抵挡刘黑闼呢？

武德五年（622），十月十七日。孤立无援的李道玄力竭，孑然一身死在了敌阵中。主将殒命沙场，唐军士气溃不成军，连维持住防守阵线都难以做到，最终落了个大败下场。

大败过后，史万宝呢？

他倒是干脆逃了回来。等到李元吉一看，唐军们逃的逃，降的降，索性原地扎起营，学起了千年神龟。

刘黑闼这把野火越烧越烈，洺州又被他占去建都不说，他的地盘在原有的基础上还扩大了些。

大敌当前，每每有人站出来。

东宫之中，魏徵说话了。作为太子洗马，他劝李建成要做那个站出来的人："殿下，河北危急，可知否？"

"回先生，孤是知的。"

"齐王难以克敌，殿下何不请兵？"

"吾为太子，一国之本，理应在大兴宫中为阿耶分忧啊！"

"殿下，单是政务，怕是解决不了什么啊。"

"吾多次击退突厥，恪守辎重协调，非功否？"

"臣直言，仅此或社稷危矣。"魏徵恳切。

李建成屏退了侍从，示意直言不讳。

"圣人嫡子，唯有殿下与秦王可堪大用。圣人登基，殿下因年长而立太子，符合礼法，朝中无人反对。可数年来，秦王战功卓著，朝中无不称赞。反而言之，殿下虽为政务殚精竭虑，但到底不如秦王耀眼哪。为了社稷稳定，请殿下取功！"

魏徵的话是正确的。刘黑闼看似强，但其主力先前覆灭，今日不过一盘散沙回光返照。唐军看似吃了败仗，但若换一个威赫主将，依旧能建立绝对优势。

不论是李世民，还是李建成，二者均能凭借地位和名望，使唐军重整旗鼓。击溃刘黑闼，手到擒来。

当然了，魏徵看得更远。他建议太子去讨伐刘黑闼，可不光是奔着刷战绩去的；魏徵还希望太子抓住机会，与山东的英雄豪杰相交往。

实际上，由于李渊礼法背书，李建成的储君之位素来很牢靠。只是随着李唐版图的跃增，李世民把剑插进了山东后，李建成的地位才开始晃动。这种实质性威胁，发轫于李世民经略山东之际，在一战擒二王后彻底成为现实。

什么行台，什么地盘，都是次要的，最关键的是人才。魏徵正是看到了这一点，所以才希望李建成能够后发制人，将本就该属于朝廷、属于皇帝、属于太子未来的人才都夺回来。

李渊也是这么期待的。等到魏徵、李建成前来请战，他心甚慰，欣然应允，立刻下诏命其带兵讨伐刘黑闼。

与李元吉不同，李渊赋予了李建成偌大的权力。不仅是兵权，还给了他行政权，让陕东道大行台、山东道行军元帅，以及河南、河北各州都归李建成处置。

大权在握，李建成可以调配的资源颇多。他能在纯军事行动之外，思考更多更好的破敌之策。

魏徵建议李建成拿赦罪诏书做文章。先前这种安抚方法未曾奏效，全因刘黑闼的部下对唐廷缺乏信任。换句话讲，作为储君的李建成如果主动示好，取得他们的信任，很可能策反不少叛军。

为表示诚意，李建成释放了一些俘虏，还让他们回去带话。一些叛军听说太子都来了，政策给得又好，立刻选择放下武器，投降唐军。还有人绑了叛军小头目，试图用其换点功勋。

不战而屈人之兵，李建成兴奋异常，他连连称赞魏徵："先生此计妙哉！乱贼果然乌合之众。"

魏徵解释了该计的秘诀："叛军之中，除却祸首，以及穷凶极恶之人，大多数人都是想过平稳日子的。这些人因有了污点，怕朝廷清算，才被迫继续作乱。太子仁厚，能以德服人，自然人心思附。"

怀柔政策在推进，前线进攻也不停歇。十二月十八日，太子与齐王合兵后，将战线逐渐北进。唐军先是在馆陶（今属河北省邯郸市）与刘黑闼大战，逼得刘黑闼只能向北而亡，最终在饶州（今为衡水市饶阳县）策反守城将领，一举擒获处死了刘黑闼。

说起来还有一事，武德六年（623）正月，刘黑闼败亡，徐圆朗听闻后弃城而逃，史称被村民所杀。徐圆朗已去，盛彦师重获自由，回归职位。他重新率兵，逐城逐步清剿着负隅顽抗的死硬分子。

三月，盛彦师与齐州总管王薄进取须昌（山东省东平县）。潭州刺史与王薄不和，盛彦师径直抓了他。谁承想这人忧愤成疾，死在了狱中。结果还没等李渊的功过评说到，此人的侄子在王薄领军路过途中，又杀了王薄。李渊事后得知，竟一并处死了盛彦师。

世事多崎岖，长白山前知世郎死得这般遗憾，围堵李密的盛彦师也不敢相信会死于皇帝降罪。

刘黑闼受历史条件的限制，未能建立封建政权；又在反抗李唐建立政权的过程中被突厥贵族所利用，违背了父老乡亲的利益。归根结底，并不是因为其天生是个野心家，最关键的是李渊对农民军与其领袖的不屑一顾，乃至屠杀。武德六年（623）正月，风波随着刘黑闼的死亡停息。可河北的义与礼，慷慨与悲歌，什么时候才会停息呢？

三、回家吧！家人

天下既定，白驹过隙，江湖之远都开始了休养生息模式，庙堂之上却变得波谲云诡起来。外部矛盾的解决，让统治集团内部的矛盾凸显出来，内斗如污浊的烟土弥漫在长安上空。

武德六年（623），一起突然的事件，暂时将这团尘雾稍稍吹散了些——平阳公主去世了。

后人很难记得平阳公主的太多事迹，大概由于理学的兴盛，都湮没在了历史的尘埃里。但她的形象，纵然是模糊的，也是横跨千古的，是粲绝人间的。

晋阳起兵距今七年，李渊每念起兵，醉醺之际都要找他的这位巾帼女儿。没了平阳，关中还能这么顺利吗？义军能有振臂一呼天下尽在掌握的气势吗？

不论再怎么假若，现有的事实不会改变。李渊泪湿发须，颤巍巍下诏，必要为公主举行隆重的葬礼。他还特意嘱咐，公主戎马一生，付出颇多，定要以军人的荣誉下葬：除了军人护灵、仪仗队持剑之外，送葬的队伍中还得要演奏军乐。

这样的丧仪像是要重现平阳昭公主昔日的荣耀：她带领"娘子军"与李世民会师于渭河北岸；公主与丈夫柴绍各领一军攻克长安……往日的战绩是那样的光彩夺目，漫天阴云和哭泣的行人也无法掩盖。

但在当时，李渊此举与礼法颇有不合。主管宗庙礼仪的太常寺上奏："循例法，女性不能用军乐鼓吹的。"

"放肆！"李渊震怒，"平阳平日何人，还须朕亲自跟你言说？匹夫，你死一千一万也不足平阳一人半点功绩！

"但公主毕竟还是别的身份……"

"休得多言。"

没错，一个人除了性别，当然有其他的身份。平阳是公主，也是大唐立国的功臣；她是大唐的栋梁，也是李建成、李世民的姊妹；她是浴血沙场的军人，也是身育二子的母亲。

晋阳起兵，她率军驻守苇泽关。那里晋冀交界，是出入晋阳的咽喉。此关若失守，则晋阳危矣。平阳公主携着她拉起来的一队义军，苇泽关因而都有了一个新名字：娘子关。

然而，平阳公主为娘子关带来名字，历史捉弄下，却令世人遗忘了她的名字，只记得后人留给她的谥号——昭。"容仪恭美曰昭，昭德有劳曰昭，圣闻周达曰昭，声闻宣远曰昭，威仪恭明曰昭，明德有功曰昭，圣问达道曰昭，圣德嗣服曰昭，德业升闻曰昭，智能察微曰昭，德礼不愆曰昭，高朗令终曰昭，遐隐不遗曰昭，德辉内蕴曰昭，柔德有光曰昭。"词词句句，哀思断人肠。

平阳昭公主的本名无处可考，但在隋末唐初歃血奋斗的她，不仅是有名，大概率还有字。

在武德的一千多年后，考古人员在西安发现了一座隋代墓葬。墓室中有一具棺椁，里面沉睡的是一位隋朝高官的女儿。墓志铭上明确记载："女郎讳静训，字小孩，陇西成纪人。上柱国、幽州总管壮公之孙，左光禄大夫敏之第四女也。"

她叫李静训，字小孩。她的血缘关系十分复杂，几乎能串联起整个隋朝的历史。李静训的父亲是陇右李氏名将之后李敏，母亲是前朝北周公主宇文娥英。往上再追溯一代，宇文娥英是北周宣帝宇文赟与皇后杨丽华之女，杨丽华又是隋文帝杨坚的长女。

皇族之女嫁皇族，世族公子娶世族。从李静训的身世能侧面看出，那时的门阀固化有多严重。李静训去世的时候年仅九岁，一个世家的小孩子尚且有名有字，更何况身份地位超然显赫的大唐公主呢？

历史遗忘了她的名字，抹杀不了她堪称人杰的功绩。

李建成、李世民等都出现在了平阳昭公主的葬礼上。他们跟阿耶一样，情不自禁地流着泪水。这泪水中没有掺杂别的，只是家人之间艰辛扶持，最为单纯的亲情。

她的去世暂时消解了家族内部的疏远与隔膜，让他们得以忘记从前日子里的猜忌与狐疑。公主丧仪上的军旗在一家人头顶飘扬，此时此刻，李家男儿撤下了皇室的提防，撤下了地位崇高者的矜持，只是像寻常百姓一样，抚着棺木，哭泣着，怀念着逝去的家人。

平阳公主的逝世不仅将长安城上的尘雾吹散，还将皇家的思绪都吹回了十多年前。那个时候天下还算太平，一家人也都整整齐齐地在大兴城中。父亲还不端着，母亲亦还在，生活不说快活，也算美好。

帝王尚有家，何况天下百姓呢？这场席卷神州大地的战乱，不知让多少人家流离失所，不知有多少祠堂的香火因此断绝，不知有多少灯火还在等待归家之人点燃。

在遥远的辽东，有一批滞留在高句丽的老兵也在等着回家。他们是前隋的远征军，被隋臣们推着走上战场。结果同袍们多数埋骨在苦寒之地，等打完仗后回首朝中原望去，君主也身死国灭。

他们已经没有可以效忠的祖国了，也没有祖国认同他们了，于是这些老兵只能滞留在高句丽，但在异邦，他们也是异乡人。作为为国而战过的人，他们每一天每一刻都期盼能够重回故土，最大的野心，也只是名正言顺地回归。

高句丽的老兵等啊等，等到了大唐一统，朝廷终于有余力来帮助他们。李渊向荣留王（时高句丽国主）修书一封，让其遣回流落在辽东的远征军战士。本着等价交换的原则，大唐还将先行遣返滞留在各州县的高句丽人。

这是一笔相当划算的交换，毕竟谁不想让国人同胞回家呢？但是高句丽国主也有自己的打算，他希望能通过这种方式，再次修复自己与中原王朝的关系。他最终如愿以偿，被大唐册封为了辽东郡王。

中原的力量重新辐射到辽东半岛，李渊又册封百济王为带方郡王，还册封新罗王为乐浪郡王。以此可见，李渊绝非庸主，他是一个非常讲政治、懂政治的人。修复关系、改名册封、各族共治……李渊这代人能做的事只有这些了，至于未来辽东问题如何解决，那就交给后人去做了。

长安城中，平阳公主被埋葬后，连带鲜活的笑靥永远躺在了那里。葬礼带来的保护期一过，烟雾回来了。

李家的儿郎们斗作一团，矛头直指当下最关键的问题——谁来当未来的君主。李世民孤家寡人，另一边李建成和李元吉联合了起来。虽是一对二，但似乎人多的一方反而正处于下风。这时候，来自他们父亲的倾向就相当重要了。

那么，大唐皇帝李渊又会作何选择呢？

第十四章

长安不安

有前隋杨家父子的前车之鉴，李渊哪怕再反感兄弟阋墙，也得去制衡诸子。只有这样，才能稳固他的地位、才能裨益于国家。

说一千道一万，李渊唯有一条底线：父不做杨坚，子不为杨广。

李建成比李世民年龄大得多，也成熟得多。秦王在外拼杀之时，他与父亲坐镇长安，学得了一身政治手腕。为着太子和天子的地位，太子府的人推着他，不由得去剪除秦王渐渐丰盈的羽翼。不过这些事，都是以公务之名，在明面上李渊的默许支持之下做的。

公事公办，如武德四年（621），长安下诏规定各行台的职、权、责的对应关系。

在这个过程之中，李世民刚平定王世充，任陕东道大行台尚书令。他成了全国地位等级最高的行台，而其余的行台均降了级。事实上，这番改制后，李世民职级的侧重重新回到了尚书令。等于是削减了李世民的自主权，令其更加受控于中央。

调整军政格局一石数鸟，李渊和李建成的政治手腕可见一斑。因为行台这种战争时期的区域性军政机关，在全国统一之后本就面临废除。中央先调整再废除（武德九年，诸道行台并废），既能削减李世民这个最大军阀的势力，也能避免激起不必要的反抗。

这些都是国家宏观层面的战略安排，不论中央是谁都会这样做，面子上着实无可指摘。

仅做这些还不够，天策上将太过显贵，李建成不得不使了阴招。譬如略施小计于后宫内廷。

他是太子，身居东宫，大兴宫就是他的家。后宫嫔妃侍从们求的，无非是让自己在宫里过得舒坦些，让家人在外边过得幸福些。李建成思量着这两点，决计做些文章。

大隋东都，万宝齐聚。李渊早就眼馋前隋的宝物了，所以李世民前脚刚进入洛阳，李渊就派出嫔妃们来挑选好货了。后宫的人出了宫闱，又是天子授权，别说收敛，都只恨没多带几个箱子，没多取点利益。

她们闹哄哄一趟，直直似蜀之八仙，显露神通。遣出体己的侍女拜见李世民，要珍宝，要求官。一群狮子大开口，李世民脑袋嗡嗡响。

但他是谁？少年将军铁面无私，正是豪气干云的时候，哪能容得下许多沙。面对要财的，"财宝均登记在册，且已全部上报朝廷"；面对求官的，"官位应授予德才兼备之人"。

任凭软磨硬泡，秦王硬是不松口。嫔妃们无计可施，连李渊的大名都搬了出来，但李世民依旧不为所动。原本嫔妃们对这位大唐英雄印象就很奇特，一趟行来讨不到好，难免多少有些因爱生恨的意思。

李建成就瞄上这个当口，趁着时机，运作了起来。东宫后宫一联合，有位张婕妤就向李渊吹起了第一股耳旁风。她与李世民的怨仇，起源是分田一事。她家里看上了一块地，结果还没来得及求李渊赏赐，就被秦王论功行赏封给了淮安王李神通。张婕妤的父亲不是好惹的，仗着当婕妤的女儿，非要跟皇亲国戚争上一争。

这些人建功立业不行，钻营起法力诈术倒是好手。张婕妤顺着父亲的心意，伺候好了李渊，又一阵哀哀戚戚的样子，好似她被人欺负了。李渊刚封赏完功臣们，大唐形势大好，心情艳阳高照，想都没想就大手一挥，敕令允了张婕妤。

这就出现问题了，都分给了李神通，怎么还能再给张婕妤父亲呢？

原来是后宫心计，张婕妤玩了一招儿信息不对称。她做出一副不知这块地事宜的样子，只求李渊赐家中老父，一片拳拳孝心。要说还得是后宫之人熟悉圣天子，李渊果然不询问细节，张婕妤喜提爱地一片。

不过事情没这么简单，等张家人趾高气扬拿着圣旨去要地时，李神通不干了。他拿出了秦王给的封赏凭证，比对了二者的时间，最终确认了他所有权在先。那还能让？坚决不让！

张父拗不过，又不敢对簿公堂，只得继续托女儿吹风。张婕妤口无遮拦，仗着李渊宠幸，说什么地是天子赐的，被秦王生生夺了去。说者无心，听者有意，李渊越听越不对，登时龙颜大怒，把秦王召进宫，狠狠批评了一通。

"朕的好二郎，好天策将军，如今就敢违背朕的敕令了？"

面对李渊的无端指责，李世民着实无计可施。

见到这招奏效，李建成一不做二不休，开始了车轮攻势。尹德妃的父亲平时骄横跋扈，在女儿的挑唆下，此人一不做二不休，打响了直接对秦王府中人物理攻击的第一枪。

张婕妤这事儿才过去没多久，杜如晦就挨了打。他骑着马安然在长安街头走，几个人冲将上前，将他拽下马来，不分青红皂白，狠揍一顿。秦王府中人多俭朴惯了的，长安城中闲游哪会带仆役。一通暴打下，杜如晦有根手指都骨折了。

秦王府中尽是长安的英雄，岂能容忍此事！谁料想事情闹大了，尹父竟反咬一口，说什么是杜如晦侮辱他在先。不管李渊是真不知道，还是不想知道，反正他再一次认为是秦王府的全责，又将李世民狠狠责备了一番。

辱到府中臣子，李世民没法隐忍了，他辩解道："阿耶，以杜如晦为人，绝无这种可能啊！"

当然了，先入为主，李世民这个后来的人，再怎么讲事实、摆道理，李渊都没信他。话到尽头只觉口舌干，李世民也是怨气："阿耶！您宁可信外人，都不愿信儿臣吗？"

"休得胡搅蛮缠。"李渊拍桌怒斥，"什么外人，嫔妃的家人都随意欺负，谁知你在外是如何欺负我大唐百姓的！"

李世民无言，见事难辩，怏怏出了大兴宫。

他前脚刚走，裴寂来了。一问这裴寂，居然也是为了秦王府之事，只见裴寂轻声说："圣人息怒，秦王自幼宽仁，理应不会仗势凌人。"

"汝何知也?!"李渊余怒未散,"二郎出征日久,目无法纪时久!今在长安,与书生厮混,非旧时人也!"

裴寂不敢接话,他虽没有表明态度,却已看出,自从统一战争结束后,秦王的地位便急转直下,跟天子的关系也大不如前了。过去虽然人在外,但父子关系尚可,李世民获得了多大的权限,就说明李渊给了他多大的信任。如今回了长安,却越发呈现出"父不知子,子不知父"的水火态势了。

要说人与人之间的关系实在奇哉怪也,前日好得像一个人,后日就可割袍断义。李世民的胞弟齐王李元吉也是此类,先前丢掉晋阳时,李渊差点当场斩了他。若不是李世民重新从刘武周手里夺回晋阳,只怕李元吉现已去见阿翁了。

但山东将平,李元吉倒比李世民更讨得龙心了。李元吉对自己的定位很明晰,两位兄长谁都比他强。他虽坏,但不蠢。那如何能让他利益最大化?就是跟着那位对自己更好的兄长,将另一位踩到尘埃里去。

无可厚非的,李元吉选择站在太子身后。

从感情考虑,李元吉也与李建成的关系更近。李元吉年龄小,李建成比他大许多。幼时,李渊政忙,世民征战,陪他的只有李建成。二哥李世民?李元吉对他只有嫉妒,一种能生出恨意的嫉妒。二哥越光彩夺目,李元吉就越嫉妒,他和李建成的关系也就越紧密。

在打压秦王之事上,李元吉和李建成是利益共同体。他们一边与秦王在朝堂上明争暗斗,一边又在李渊面前做出"兄友弟恭"的样子。然而在私下里,李元吉心中甚至制订了杀死李世民的计划,若不是李建成一直拦着,他可能早就动手了。

到了武德七年(624),兄弟之间的明争暗斗愈演愈烈,俨然水火。李元吉狠声道:"兄长若是为难,我替你亲手杀了他!"

"休作茧自缚!"李建成劝道。

"兄长无须多虑!我一人之事,与兄长无关!"

李元吉的计划简单粗暴，风险极高——他要在自己的府邸杀了李世民。

武德年间朝堂清明，李渊偏爱李元吉，于是闲暇之时常常去齐王府看望他。李渊去，李世民就要去，李建成当然也要去，由此，家庭的小聚会常在齐王府进行。

这一天，李渊、李建成、李世民三人照常到了齐王府。

李建成不知道的是，李元吉胆大包天，为这场聚会筹谋了许久，甲士们也已藏在了宴廷后面。这是一出齐王府版的"鸿门宴"，一旦李元吉发出指令，大唐就会陷入无尽的混乱。

不过，即使李元吉没有透露风声，但到底是从小带大的胞弟，李建成从李元吉的神态就猜到，今天必是有席外事了。

那边李元吉紧张至极，将欲抬手，李建成的手便压了过来。李元吉神经兴奋到有些战栗，骤然被打断，不由打了个冷战。

"作甚?!"李元吉压低声音。

"不可!"李建成紧抓着李元吉的手，"万万不可!"

恐惧消散，愤怒接踵而至，李元吉低吼道："吾之所为，皆为兄长!"

"吾知矣。"李建成安抚他，"吾自有妙计，勿急。"

"还能有甚妙法……"李元吉摆手，示意伏兵退下，"不若于此一了百了!"

李渊压根没想到这层，正看着胡姬跳舞，听着乐声，喝着岭南进献的胥邪（椰子）酒，沉浸在欢愉之中，丝毫没有察觉到李建成和李元吉的异常举动。但李世民不一样，从进门开始，他就没有放下过戒备。方才李建成和李元吉的举动，他全部看在眼里，已经大致猜出了李元吉意欲何为。

但李渊没动，李世民只能佯作不知。他坐在堂上，一根弦紧绷着。在齐王府中，李世民感受到了前所未有的焦躁。

他是见惯了大场面的人，孤身陷阵的情况数不胜数。不同的是，从前他都将命运掌握在自己手中，但今时今日，面对父亲兄弟，李世民怅然若失，唯有无能为力。

他想起了刘邦项羽，李世民这才明白，"人为刀俎，我为鱼肉"是何境地。他下定决心，若能平安回去，必要给之报偿。

在没有一处安全之地的齐王府，李世民身体稍稍倾斜，下意识地凑近了李渊，幅度微小，连他自己也没察觉到。

二、李建成谋反案

回到秦王府后，李世民心有余悸。他召来了房玄龄和杜如晦，这是他最信任的两个人。他关闭门窗，屏退他人，将白天的事复述了一遍。

房杜二人都分外骇然，唯万幸秦王无事。

杜如晦舒着胸口，向李世民行礼道："房公先前多次行事，二郎每每推托。今时今日，为求自保，还请二郎下令！"

"无可奈何，无可奈何啊！"李世民微不可察地点了点头。

打那以后，秦王府从未放下过对东宫的注视，终于，武德七年（624）六月，秦王府抓到了线索。

房玄龄朝着秦王拱手："太子近日动作频繁，四招骁勇，扩入东宫。其驻地在长林门，号称'长林兵'。"

"当真？大致可有数？"

"两千余人。吾以为，此乃时机。"

"东宫扩卫，亦是常有之事，何机之有？"李世民问。

"另外，太子还与燕王通信，从幽州借了数百骑兵，安置在坊市之中。眼下，此数千精骑都归东宫的右虞候统领。"

"里通外王，私藏精兵……好，好，好。报到宫里吧。"

第二天，有御史向李渊密函，告发太子。

京师防卫涉及身家性命，没有一个皇帝不敏感。李渊亦是如此，他立刻召见李建成，亲自盘问太子。尽管如此，李渊对李建成还是信任的，他点到为止，只流放了东宫右虞候一人，将此事大事化小。

李建成并没有因为举报而放弃东宫扩卫的计划，但他的动作更小心了，秦王府一时抓不到破绽。

东宫扩卫没多久，正值夏天，长安炎热，李渊遂令李建成留守京城，他与李世民、李元吉等出城游玩避暑。目的地仁智宫，那是他亲自选的好地方。这座离宫四周大山环绕，处于玉华山的腹地。不光能避暑乘凉，还位于出入长安的要道上。避暑之际，李渊也能顺便查看今年北境屯兵情况，以防可能来袭的北突厥。

李渊倚在水池边，吃着冰鲜的水果，惬意之至。不过，天子在外，太子在京，继承位不稳，必有大事发生。他在这旁闲情逸趣，另一旁就出了大岔。

大兴宫里加急传来密报，李渊暗骂着政务繁多，挥退了侍女洗手打开了密报。只见他倏地惊起，一身玄色袍垮在身上也没关心，他嚷嚷着："反了！反了！李家也成杨家了！"

"圣人息怒！"侍从站得远远的，一口大气也不敢出。

"还待如何?！"李渊冲他们吼起来，"召来诸公，有大事！"

跟着李渊避暑的封德彝等人很快就到了，李渊将密报甩给他们："诸公自观之！"

密报原来是东宫属臣所呈，其事是这样的：李渊一众人离开长安后，李建成就召来了尔朱焕与桥公山二人。李建成令其将一副盔甲带去庆州（今甘肃省庆阳市），亲手交给庆州都督杨文干。此人曾是李建成的宿卫，是朝堂上公认的太子集团的人。

不知是否所托非人，此二人出发到了豳州，转头奔向仁智宫，把这事原原本本全都报给了李渊。

太子里应外合？意图谋反？李渊暴怒非常，当务之急，是先夺了太子的权。

封德彝安慰李渊道："陛下还请稍安。太子仁厚，谋反应是误会。"

"封公，莫不是你也参与了？"李渊嗤笑一声，"密报盔甲确有此事。而且今日还有一人名曰杜凤举，也来密报，杨文干要反！"

封德彝不敢再说别的。兹事体大，御驾归京夜长梦多，不若下诏，请太子来仁智宫面圣。太子来与不来间，圣人也可以做些别的打算。

李渊认同了封德彝的建议，遂亲笔写下诏书，快马加鞭送回长安。

李建成收到诏书，满心恐惧与疑惑。这诏书之上，李渊只字未提杨文干，仅说要他到仁智宫。李建成主观上是不敢去的，但他也知道不去麻烦只会更大。

东窗事发，李建成的铤而走险造成了他人生中最大的政治危机。他召来东宫近臣，让他们帮自己拿主意。

去，还是不去？这是个生死攸关的问题。一旦走错，太子将万劫不复，整个东宫也将陪葬。

关于解决麻烦的办法，东宫属臣分成两派，双方各执一词。

太子舍人徐师暮是个狠人。他认为，圣人雄猜多疑，既然埋下了太子谋反的种子，那索性干脆些，将计划贯彻到底！

"占据京城，起事发兵，太子何不将主动权把握于己身？"徐师暮道。

李建成暂时没被他说动，他需要听听另一派的意见。

詹事主簿赵弘智拍案反对："公尝令太子做刘据乎？"

刘据是汉武帝的嫡长子，作为大汉太子，他在巫蛊之祸中被人逼反，兵败逃匿途中无奈被迫自杀。

"太子应免车驾章服，简朴出行，向圣人承认罪责。"

"这够吗？"李建成问。

"远远不够。"赵弘智又说，"太子此行须少随从，还须将东宫属官悉数交由圣人处置。如此这般，或可化险为夷。"

"噫！公知孤心矣。"

终归是不敢直面父亲和秦王的威风，也不忍天下又陷入战火。为了防止再生出事端，李建成即刻启程。他只带了十多个随从，其余东宫的属臣全都被他集中安置于一处。李建成一路上骑马飞快，等到仁智宫时，天还没黑。

风尘仆仆之下，李建成也顾不得体面礼仪，下马后就连滚带爬跪在了李渊面前。一见李建成，李渊的怒气又升腾起来。然而作为皇帝的修养让李渊不能失态。

李渊咬紧牙关，未说一句话。这让李建成更加惶恐，他拼命伏地叩头，连哭带号。

李渊还是不说话。有时候，沉默的威压比言语要大得多。李建成的脑子一片空白，连磕头都成了条件反射。他一次又一次，甚至没控制力度，重重撞在地面上，头被撞出了血，人也几乎昏死过去。

就算这样，李渊依然怒气未消。他咳嗽了声，瞟了眼侍从，侍从心领神会，过来将李建成扶至宫外，安置在了个帐篷中。

李建成被带了下去，李渊终于开了口："叫人好生看管太子，严禁与他交流。"

"喏！"殿中监回话，"不过……"

还没说完，他的话就被李渊打断："不得少了饭食。"

太子被关押的事传遍了仁智宫，李世民和李元吉身在仁智宫，自然不可能不知道。

兄长被囚，李元吉想起了一件事——启程之前，李建成曾嘱咐他："伺机图谋李世民。"

当时看着李建成的眼神，李元吉就知道他要出手了。

但这就是你的出手？他想破脑袋也想不通，李建成做事小心谨慎，怎么到了现在，他还没行动，结果李建成先出了事。李元吉摇摇头，努力思考着弥补的办法。

分裂和乱世才结束，李渊耳濡目染就有很多政变的教训参考。尽管李建成政变这件事本身实在有些耸人听闻，但李渊也没那么不可接受。囚禁太子后，他马不停蹄地进行了下一步行动：控制东宫的人。

这点很好做到，因为李建成为了自证清白，已经替他完成了一大半。李渊只需要派出他的元从禁军，将这些被集中起来的人分批看守即可。

再下一步的行动是处理杨文干。为了试探此人，李渊决定故技重施，召他来仁智宫面圣。杨文干若心中没鬼，必然会追随太子而来。如若不然，就是确定谋反了。

关于传召杨文干，李渊最终定下的人选是：司农卿宇文颖。

司农卿名列九卿之一，是朝廷管理国家财政的高官，给足了杨文干面子。但是很奇怪，此人到庆州见到杨文干后，杨文干反倒立刻起兵了。而此人究竟说了什么，又做了什么，这些全都无从考证。

李渊派宇文颖过去，主观上肯定是不想逼反杨文干的，所以问题应该出现在宇文颖这个人身上。

据载，宇文颖与齐王李元吉交好。攀着这条逻辑线，倘若李渊派出去的人恰好是李元吉的人，那这桩悬案确有可能是李元吉背后捣鬼。且这种视他人性命如儿戏的行径，也符合李元吉在世人心中的形象。

当然，这些都只是史家的猜测。除了这种观点，近代还有人提出：从宇文颖出发，到杨文干反叛，这一切都是李世民的手笔。但这种说法并无史据佐证，反而显然有些阴谋论了。在杨文干反叛一事中，李世民除了最后给事件平叛收尾，着实没有任何插手的记录。

言归正传，杨文干反了，那就得平乱。庆州离长安太近，李渊以"此案与太子有关，影响者众多，唯有秦王处理才合适"为由，派出了李世民，让其率军平叛。

天策将军到，万难辟易。由李世民出马，唐军不到十天便平定叛军，杨文干等祸首也被一并处死。

李世民出征一趟，再回到仁智宫。他发现，随着危险消除，仁智宫气氛又变得古怪起来。要知道，最初得知太子与杨文干要反时，李渊气炸了，那架势直似要立刻处死太子，若不是众人的轮番求情，估计早没李建成这个人了。

求情的人分三拨儿，除了李元吉这个最大的"太子粉"之外，也有李渊内宫的嫔妃，还有封德彝等外朝老臣。在这些势力的共同作用下，在出自李渊不可告人的目的下，在皇帝的权衡利弊下，李渊对李建成谋反一案从"高高举起"一溜烟到了"轻轻放下"。

这种转变让李世民颇为不适，仁智宫的人们转变之快，连面目都看着可憎起来。而且在他前去平定杨文干之前，李渊还拉着他的手，跟他许诺：只要他解决此事，太子非他莫属。

除了这些，李渊还说了不少掏心窝子的话。什么他不想做杨广，不想杀自己的子嗣。画了饼之余，还为饼点了芝麻。什么等他回来就封李建成为蜀王，让李建成安心辅佐云云。

"他若听，就让他活。若是不听，就是他命！"

结果呢？这才不到十天，李渊连带大伙的态度全发生了一百八十度大转弯。没有兑现承诺也就罢了，还令李建成提前返回驻守长安，好似叛乱谋反之事从未发生过。

最让李世民不满的是，对于太子谋反一案，李渊最终定性为兄弟不睦。这四个字太过扎眼，就差明说李世民也有过错了。

处罚结果也在他回来之前就公布了，锦缎上赫然写的是：太子中允王珪、左卫率韦挺，二人教唆太子，判处流放；天策兵曹参军杜淹，同流放。李世民真是瞠目结舌，自己平叛回来，叛乱的锅就扣到了他头上。流放名单像是一记耳光，抽到李世民脸上，脸上有多疼，内心就有多冷。

各打五十大板，李渊匆忙给太子谋反案画上了句号。武德七年的丑事揭过，之后的太子和秦王各司其职，围绕着继承的风波似乎从此平息。然而李渊或许不知道，他只是为这场兄弟之争强行点上了逗号，这个丑陋的逗号后面，将续写上让他再难掩盖的祸事。

三、烦人的突厥

武德七年（624）七月，大唐的第七个年头。六月处理完杨文干，李渊自觉朝堂向心力更足了，于是乎，他把视线投给了北边那个老朋友——北突厥。

对大唐来说，北突厥扮演了那个最大的恶人。大唐刚开国的时候，北突厥仗着手里兵多、代理人多，老想狠割大唐的肉。其实也不怪人家眼馋，中原和突厥勾连上百年，突厥人个个都是"中原通"。这通着通着，人家也不乐意了，凭啥都一个祖先，中原能有华裳沃土，北突厥只有冷风和羊臊？而且别的不说，现在的北突厥可有不少隋臣和隋人，总不能说去了突厥就给剥夺隋人的血脉种族吧？

时至今日大唐早就消灭了北突厥扶持的中原各路割据政权。但光这个还是没用，突厥人生产力不足，只能用命和边民们打点秋风。当然了，隋末唐初突厥势强，每一波打秋风都打得大唐吐血内伤，连带着让长安城里的人们都过得很不安生。

如果可以，李渊委实想亲手打垮突厥。不过现在的大唐还在休养生息，他手上的底牌还不多，还得避其锋芒。这种妥协是不可避免的，实际上，终武德一朝，统治阶级内部对北突厥的绥靖派从来不少。李渊最信任的权臣裴寂就是其中代表。

这些人认为，关中屡受突厥滋扰，加上关中水土流失严重，粮食产能不足，应往东边迁都！

这一论断最初只是小范围传播，李建成并没有表现出倾向。那时长安防卫主要由他负责，突厥人多次袭击北境，都是他亲自上前线主持拒敌。

不过，打击突厥和迁都二者似乎不冲突。总之，在轻描淡写杨文干后，李建成和李元吉又鼓吹起了迁都之事。有了太子跟齐王的支持，绥靖派们就将迁都一事提到了朝议上。

按着惯例，李渊听完自是不做决定，先看看衮衮诸公会做何反应。

有太子支持，大臣们也不愿意公然唱反调。况且对于新生的大唐来说，迁都也不算是什么不能做的事。因此，连萧瑀这些老臣，也没有一个站出来明确反对。

这个时候，李世民做了回出头鸟，他说："戎狄来犯，历朝历代常有之事。今日为避祸东迁，明日亦会为他事南迁。东迁南迁，南迁东迁，贻笑百年矣。"

李渊若有所思："依天策将军见，该如何解难呢？"

"寇可往，吾亦可往！"李世民慨然，"吾只需数年，即生擒颉利可汗！"

李建成听着李世民自夸，甚是不以为意。倒是迁都一事，有了李世民打岔，实在也不算打紧，便暂时告一段落。

八月，突厥人如期而至。

这次的阵仗比武德六年那次还大。颉利可汗（原北突厥莫贺咄设，始毕可汗之弟）与突利可汗（始毕可汗之子）二人多线出击，相互联兵，一同向南进军。为了抵御突厥联军，李渊派出李世民和李元吉共同北上御敌。

时值雨季，关中大地接连泡了数日，道路泥泞不堪，唐军被迫拖延了行军速度。李元吉见路途艰远，在半路撂了挑子，磨磨蹭蹭不肯走。算是他运气好，北边的敌人也泥足深陷，双方隔着空气对峙了数日后，也就互相退兵了。

天下初定，对于大唐来说，不战而和最好不过。然而，统治者个人对此着实深感厌烦了。作为大唐的最高统治者，李渊决定，要给突厥人一点颜色看看了。等到了第二年该给突厥国书的时候，李渊嗔道："不必国书！敕书即可。"

国书，指的是两个国家之间交换的文书。而敕书，则是皇帝给外藩或者臣子的文书。国书等级高而敕书等级低，这种改制，完全是为了羞辱对方。

"还请陛下三思。"

"北狄蛮夷，不配朕国书。"李渊干脆下令，"从今往后，突厥不必国书，一律诏书敕令。"

李渊这么做，极有可能挑起大唐与突厥的战争。而他之所以自信，全因大唐刚刚完成了一轮军制改革。武德八年（625）四月，大唐复置十二军。统领十二军的人员，基本是在太原元从将领中选择的。其余的，李渊用了一些西北的将领补充了空位。

但是，在十二军的将领中，那些在大唐东线战场立下赫赫战功的将领，尤其是李世民麾下的那些老面孔，一个都没有入选。

显而易见，直到武德八年，李渊都在打压着秦王的势力。他对以秦王为中心的山东集团的忌惮，远超对太子先前罪责的厌恶。两害取其轻，李渊这才选择将李建成再次扶起来，以确保能压制住李世民，确保其不能再建立更大的功勋。

李渊寄出羞辱性的敕书后，突厥大军很快便拍马赶到。武德八年（625）八月，颉利可汗率领大军卷土重来，号称十多万兵马，对朔州等地发起了大规模的、以雪耻为名的侵略。

这下李渊不能再自信了，因为面对突厥人的袭击，他改革的军制和精心布置的防线全都失效了。

唐军没有维持住防线，还在太谷（今山西省晋中市）遭到了惨败。并州总管任瑰的队伍被打成了残兵败将，行军长史温彦博被俘获，行军总管张瑾侥幸逃脱，只身投奔率着江淮兵的李靖。

难道是硬实力不行吗？绝对不是。因为在组织起有效防御后，唐军成功逼停了突厥人的进攻，迫使颉利可汗见好就收，达成议和后撤兵回师。

那难道是软实力不行吗？的确，这次大败很大一部分原因出自内部协调上。太子集团和秦王集团的争斗，在李渊的作用之下，由朝堂延伸至军中，导致唐军无法以最好的状态御敌。各部间你打你的，我打我的，这才让突厥人占了便宜。

你中有我，我中有你。这世上的坏事，不论大小，几乎都是坏在这句上。如果说从前，这对兄弟之间的博弈，尚且不能阻碍国家机器的运转，那么到了现在，想必李建成和李世民都已明白，他们个人的斗争已经与国运挂钩了。

二人身后都牵扯了太多人，这些人比他们还希望能早日出结果。李建成和李世民都知道，是时候分个胜负了。这也意味着，他们不可避免地步了杨家皇子的后尘，无可挽回地踏上一条不归路。

最令李建成和李世民无奈的是，有这样一个雄猜且自负的李渊在，兄弟阋墙不可避免。

第十五章

走 向 贞 观

一、偏要兄弟阋墙

武德九年（626），长安黑云沉沉。

李建成对李世民在两个层面展开了打压。

一是削弱秦王集团的实力。李建成在朝议中多次直言，自大唐开国以来，随着开疆拓土，秦王逐渐将兵权握在手中。无论秦王本心如何，为着社稷安稳，朝廷也应收回兵权。

二是分化秦王集团的势力。包括但不限于拉拢、切割等，殚精竭虑去打断秦王与其党羽的联系。

以武德八年（625）时大唐与突厥的战役为例。此时长安内斗接近白热化，李建成帮助李元吉掌握了军权，分化了秦王在十二卫的影响力。然而，李元吉终究不争气，内斗的唐军最终大败。沉重的现实迫使李建成阶段性地从军中收手，把与秦王争斗的重心再次移到朝堂之上。

在朝堂，李建成的手段更加多样。身为太子，笼络朝中要员的方式方法远超秦王。他不断地扩大自身影响力，取得了以裴寂为代表的李渊亲信重臣的偏向。

除此之外，李建成还获得了后宫的支持。除了杨文干之事的污点之外，他从来都有着美名。因此很自然地，在刻意的施恩下，宫中很快开始流传他"慈爱东宫"。后宫之事，看似小，实则大。在实权的开国皇帝面前，皇帝个人的意志凌驾于律法之上，而律法的神圣是后来才塑造的，此事暂且按下不表。

所以，有了后宫的支持，李建成便多了一条直达圣听的路。他不仅能通过这个渠道及时获得李渊的信息，还能向李渊传递他选择后的信息。

李世民不能坐以待毙，但身在长安，作为外王，他只能选择以不变应万变。李渊显然有些偏听太子，值此多事之秋，他的任何动作都有可能成为太子党撕破脸皮前的最后一次助攻。

不过，李建成的胜算也到此为止了。一旦出了长安城，以天下作为沙盘，将会是李世民的主场。

而这场势必波及整个神州大地的争斗，又怎可能局限在长安一隅呢？

长安城外，李世民要变招，而且是尽快。长安波谲云诡，他决定在一切还没到不能挽回的时候，把洛阳做他最后的退路。想要确保无虞，李世民还得提前准备，把自己的人先行派到洛阳去。经过一番挑选，李世民将秦王府车骑将军张亮以公事为由派去洛阳。

张亮出发前，李世民特地嘱咐："此去诸事请君万万小心。"说罢，他豪掷金银布帛，全部给张亮用度。

有了秦王之名与所许之利，一到洛阳，张亮火速暗中知会中原、山东的豪杰，为将来的大事做准备。

但雁过留痕，张亮再严谨细密，还是不可避免地留下了痕迹。齐王府抓住了这点，李元吉随之大做文章。他以此为由，向李渊告张亮在洛阳图谋不轨，未提李世民半字，矛头尽在秦王之身。李渊漠视着兄弟斗争，但这种莫须有的分裂与叛乱，能影响到他自身地位的事，是他最不可容忍的。

基于此，李渊急召张亮速回长安，将他交付审议。

面对各方压力，肉体与精神的双重折磨，张亮缄默到底。他坚信事情看似败露，但确切的证据是不存在的。只要他不松口，太子和齐王就是翻个底朝天，也查不出来任何可以威胁秦王的东西。

他不松口，秦王就是安全的；秦王是安全的，那他也能全身而退。果不其然，数日之后，迫于秦王府压力，朝廷因证据不足，释放了张亮。既是无根之水，朝廷又将他官复原职，张亮又回到了洛阳。有过一次险些暴露的教训，这次张亮行事更加隐蔽，再没被李元吉的人抓住过把柄。

视线转回长安。在太子的眼皮底下，秦王府中人说话办事不敢不小心谨慎。然而，他们主观上不想挑事儿，事儿还是找上了他们——武德九年（626）中，东宫来人到秦王府上，叩门称道：

"我奉太子之命，请秦王往东宫赴宴。"

东宫设晚宴其实寻常，但上次尴尬而又危险的家宴过后，秦王就再未出席过任何齐王府与东宫的活动。为何今天，太子贸然邀请秦王过去呢？秦王府众人起了疑心。

"且容我知会一声。"秦王府门子应了一声，掩上大门，去后院通报情况。

房玄龄第一个反对："二郎，又是鸿门宴！"

"吾亦以为是！"杜如晦、长孙无忌等人也都同意房玄龄的意见。

"诸公，我侥幸半生，全仰仗诸公。"李世民朝着各位行了个晚辈的礼，"今建成相邀，我若不去，怕事有多变。"

拗不过秦王，房玄龄退而求其次，不管怎样都得让秦王带几位近臣陪同赴宴。一旦察觉出异样，立刻离开东宫。

李世民再次拱了拱手，答唯。

"遇事即离，大兴宫一出，天高海阔！"长孙无忌心中有了托底的办法。

兄弟二人私下再见，难免尴尬。满席都是李家族人，秦王来了后，反而好似凝固了气氛。李建成开口了："二郎！你我兄弟二人不亲近数年了！近来朝中流言颇多，你心中应也多有烦忧吧？"

"兄长，唉。"李世民叹息一声。

"魏武帝曰：何以解忧，唯有杜康。今日触景生情，只请二郎日后莫做曹子建（魏文帝，曹丕）！"李建成吟完诗，又招呼仆从过来："把孤最好的那坛酒取来！今日不醉不归！"

李世民并不擅长饮酒，但身处东宫，太子亲自为他斟满了酒，他也只得端起酒爵一饮而尽。

"好！"见李世民领情，李建成开怀大笑，"二郎，兄长再为你满上！"

几轮过后，李世民有点醉了，浑身变得轻飘飘的。但与飘浮的思维相对的是，腹中传来了真切的灼烧，心脏也有阵阵的刺痛。

"这酒有毒吗？"李世民心中还想。

结果，管他有没有毒，李世民先呕了出来。可能用力过猛，也可能是积年征战浑身暗病，一股鲜血竟从他口中涌了出来。秦王吐血，宴会登时凝固了。

李建成被吓了一跳。他这次只是兄弟交谈，真没想过毒杀亲弟。

"为何二郎吐血了，吾也中毒了?!"李建成又惊又怒，他跳起来大吼，"快叫医者过来，快叫医者过来！"

"太子不必费心。"李世民撑起身子，用微弱的声音对旁边的李神通说道："叔父，请您送我回去。"

"二郎，太医署就在大兴宫中，你且等片刻，医者体察后才好。"李建成挥了挥手。

"大郎。"李神通插嘴，"二郎体虚，须好生休养，还是吾送他回府吧。"

"也罢。还请叔父照顾好二郎。"

走出府外，秦王府的人上前和李神通接头："谢淮安王护秦王出东宫。"

"不必言谢。"李神通摇摇手，又将他的亲卫叫到近前，"快去宫中，将此事上报圣人！"

事情发展到这一步，李渊是不可能不知道的。李建成和李世民双方都清楚，他们都得尽快处理或利用此事：李建成必须咬死一点，秦王吐血并非中毒；而李世民一方，可以在中毒之事上做做文章。

李渊在宫中听到李世民吐血，当晚就赶到了秦王府中。他走近床榻，握住李世民的手。发觉秦王没大恙后，李渊转头训斥起了太子：

"二郎不善饮酒，你身为兄长，不清楚吗？"

李建成如释重负，他连连道歉："阿耶，是吾之过也。吾不察阿弟虚弱，险些酿成大错。"

"以后不准和二郎酗酒。"训完话，李渊让他出去，"不要打扰二郎休息了。"

"喏。"

太子走后，李渊摸了摸李世民的头，吁了口气："二郎，告诉我，你吐血这事是不是建成所为？"

李世民没说话，只点了点头。

"噫。"李渊叹气道，"宫中传言，你们兄弟二人难以相容。"

"偏偏是你和建成……阿耶如何是好呢。"

李渊自顾自地说："任由汝等于长安如故，恐有大祸。这样吧，二郎，你去洛阳吧，也好过兄弟阋墙。"

"阿耶……"李世民撑起上半身，伏在了李渊的腿上，"奴不愿与阿耶分开。"

李渊轻抚李世民的后背："谁愿如此呢。可今时今日，不得不啊。"

李渊把话说到这份儿上，李世民唯有服从："唯。奴身体好些，便启程洛阳。"

对话是私密的，但秦王去洛阳的消息还是不胫而走。李建成和李元吉得知后，很快达成了一致——绝不能让李世民去洛阳。很简单，李世民在长安，他们还能掌控局势；可李世民去洛阳，实在不啻放虎归山。

李元吉疑问："兄长，怎样阻拦呢？"

东宫才出过事，李建成自是不能直接出面："吾知会了几位大臣，令他们秘奏阿耶——秦王府臣因要去洛阳而弹冠相庆。"

"妙计！"李元吉咧开嘴笑道，"我也去找些齐王府结交的朝臣去劝劝阿耶。"

"多多益善。"

为了留下李世民，李建成和李元吉把积累的关系一概调动了起来。深受李渊宠信的官员、后宫的嫔妃，个个对此都做了明里暗里的挑拨儿。果真，李渊被四处的风儿一吹，又摇摆起来，而在犹豫间，李世民去洛阳的事便被搁置了。

见李渊动摇了，李元吉索性再下一剂猛药。他继续令人构陷李世民，从道德和能力上全方位泼脏水。

李世民受了难，又险些要被皇帝责罚，侍中陈叔达听说后心急如焚，冲进武德殿去劝谏李渊。

这干他何事呢？前车之鉴矣。陈叔达出身南陈皇室，与后主陈叔宝是兄弟。不过比起早化作一抔黄土的兄长，他要小了近二十岁。时过境迁，如今的陈叔达也年过五旬，到了知天命的年纪。

在陈叔达的前半生中，兄弟阋墙简直稀松平常，他本人都亲身经历过两次。少年时，陈叔宝和陈叔陵为夺帝位互相残杀；壮年时，隋文帝长子杨勇和次子杨广兄弟相争。

最为之膺鉴的是，隋朝灭了陈朝，却没逃过这般轮回，一样落了个立国三十余年国灭的下场。正因了解皇室对子嗣偏心的危害，陈叔达这才急忙忙要阻拦李渊。

陈叔达涕泪俱下，朝着李渊行了大礼："陛下，万万不可废黜秦王啊！"

"废黜一事子虚乌有，朕实是想敲打敲打。"

"臣认为，敲打亦不宜。"

"哦？"陈叔达罕见为秦王发声，引来了李渊的好奇，"陈公有何想？"

"秦王汗马功劳，不可无缘无故惩罚啊！"

李渊最不喜欢听的就是这些，武德已有九年，他越来越反感人臣们张口闭口秦王之功，显得他其实坐享其成。

"有功之臣，就罚不得吗？"

"臣绝非此意。秦王乃不世出的天才，少年成名，刚而易折。陛下轻易折辱贬斥，恐怕秦王一时心念不通，英年早逝啊！"

陈叔达的尖锐的话语唤起了李渊的温情。他回想起来不久前，才跟李世民许诺的事。李渊被私心和他人话语蒙蔽太久，猛地冷静了下来。归根是记忆的温暖融化了冷漠，让他没有做出愚蠢的决定。

"陈公所言极是。朕知错矣。"

反观李元吉,他压根就不在乎什么家人。他听宫里说李渊放弃罢黜秦王,急不可待地从幕后跳到台前,当面询问李渊。

"与你何干?"李渊反问。

"阿耶,秦王是您的子嗣,我和大哥不是吗?"

"三郎何出此言呢?二郎为一统天下立下汗马功劳,无缘无故惩罚教天下人笑话。"李渊没好气地说。

"谋反,想杀我和大哥,够吗?"

李渊骇然:"三郎!休得胡言!"

李元吉将所谓的谋反理由娓娓道来:"当初秦王平定洛阳时,违背阿耶的命令,轻易向王世充等人许诺。秦王入城后先结识中原山东显贵,广纳民心,不是为谋反做准备吗?"

李世民在洛阳的所作所为,李渊都清楚,正因如此,这几年他才接连敲打李世民。然而,纵然李渊再多疑,他也不会单凭李元吉讲的这几点,就将李世民和谋反联系在一起。

"岂有此理,一家之言,如何称信!"

"阿耶杀人,何须理由!"李元吉狂悖至极,"就该杀了秦王,才能永绝后患!"

"滚出去!"李渊勃然大怒,"送齐王回去!"

在李渊那里碰了一鼻子灰后,李元吉短暂地将卑劣的性子收起来。他听从李建成的话,不要弄阴谋诡计,而是策划起其他阳谋。

秦王府中人才济济,李建成和李元吉二人都想插手其中。太子和齐王最先相中了尉迟敬德,意欲将其作为突破口。

这种事不能明目张胆做。太子暗中派人去尉迟敬德府中,以一车金银器物相赠,美其名曰"薄礼相邀,还请赏光"。

尉迟敬德本宋金刚手下起家,这种伎俩见过上百上千次。退一万步讲,哪怕尉迟敬德只单纯赴约,也会中了计。与太子的人扯上关系,嘴长在他们身上,人家怎么说,尉迟敬德都百口莫辩。

尉迟敬德作出副莽撞样,直言推辞道:"某是敌将,戴罪之身。秦王非但不嫌弃，还赐高官厚禄。恩义深重，当以死相报，请回报太子，恕某不能改换门庭。”

“尉迟将军言重了，太子见尉迟将军劳苦功高，赏赐一二，并无离间之意！”

“某无功于太子，不可受贿赂！”尉迟敬德直截了当拒绝了太子赠礼。

派出去的人碰了一鼻子灰，李建成也颜面无光。李元吉暗自盘算：尉迟敬德既不能为己所用，那应尽早清除才是。于是乎，李元吉决定派人刺杀尉迟敬德。

后人谈此都有些诙谐，尉迟敬德何人，岂是长安怠惰了的骄兵能刺杀的？莫说其他，就连尉迟敬德府中亲卫，也不是齐王府的人能与之并论的。

杀人不成，李元吉无计可施，又动起了陷害的心思。本着能多陷害一个就多陷害一个的原则，他把秦王府的一众人等都向李渊告了状。

这些话，李渊相不相信不重要，重要的是，李渊需要有人来说这些话。有了理由，李渊就好进行人事调动，从而削弱秦王手上的权势。

李元吉与李渊二人，一个唱白脸，一个唱红脸，相互打着配合。李渊以李元吉的话将尉迟敬德下了狱，等李世民来求情，又似乎给了秦王脸面，保全了尉迟敬德的性命。

其实原本死罪难下，这般过来，外人唯称李渊偏爱秦王。

有了人义傍身，李渊无所顾忌。对尉迟敬德是杀鸡儆猴，对程知节，李渊直接把他外放到别处去担任刺史。武将如此，文臣也难逃一罪。其中，最让人忌惮的，就是房、杜二人。

房玄龄和杜如晦，李世民的左膀右臂，秦王集团中地位最为尊崇的辅臣。与武将一般，此二人也遭到了李渊的排斥与驱逐。

就这样，李渊将秦王府当成皮影戏的匣子。一时间，秦王府人人自危。

二、玄武门之变

武德九年（626）五月，突厥人又来了。

抵御突厥的总负责人从来都是李建成，而突厥人的大举进犯，意味着他可以借此调整军权，分化李世民的势力。

实际上李建成也这么做了。突厥人才在黄河边扎下营帐，李建成就把李元吉拉成了督军，让其领衔讨伐突厥一事。

李渊对李建成的安排自然乐见其成，于是李元吉走马上任，督领李艺与张瑾等人北征突厥。只带这些人可不够，李元吉有了别的心思：大战在即，秦王不能上，但以大义名头借用一下秦王府的名将，还是不可阻挡的。

于是顺理成章，李元吉向李渊请求，希望尉迟敬德、秦叔宝、程知节、段志玄等人与他一同上前线。

李渊的初衷应是为了打胜仗，但李元吉想的可是自己的偏门——他想抓住这次机会，一次性将秦王府这群武将功臣全部杀死，甚至连带秦王一起——就在出征仪式上。

出征之时，昆明池有一个饯行仪式，秦王和秦王府的人都会到场。李元吉所计划的，便是在那里将他们一网打尽。

要不说李元吉凶狂，昆明池何其之大，这等大动作怎会逃过秦王府的法眼。

"诸公，阳谋耳，如何应对？"李世民问计。

"二郎或可称病？"一位府臣提议。

"二郎尚可，然将军们奈何？"长孙无忌指出问题之症结。

"唉，偏偏房、杜二公不在府中！"

"请二郎尽快定夺！"尉迟敬德双手握拳，"人为刀俎，你死我活耳！二郎倘教某等去寻死，也说个痛快！"

李世民默默无言，摆了摆手，令侍者拿来龟甲，做出卜筮的样子。

侍者端着龟甲才跨过门槛，就有人大喝了一声，一掌将龟甲打翻在地。

"秦王！"原来动手的人是张公瑾，他怒目圆睁，吼道，"占卜有何用！莫不是直得等死乎？"

李世民倒不生气，他也不再占卜，转而继续朝长孙无忌问道："你也是这么想的吗？"

"二郎，我们生死尚且好说，可这天下，绝大多数都是你见不到的人。他们的人生，会因你的一念天翻地转。"

"洛阳的那些人？"

"绝不仅那些。"长孙无忌在手上写出一个字，"答案在你的名字中。"

"民……"

"黎民百姓遭难受罪，苦久矣。要是因为你一时心软，天下再次分崩离析，这又该奈何？！"

李世民幡然醒悟，这一路走来，为的到底是什么，他心里都清楚。只是选择太难了，必须要有人来点醒才行。

"兄长，我明白了。"（长孙无忌是秦王妃观音婢的兄长）李世民下定决心，说出了他深埋心底的那句话，"就让这场争斗，止于奴兄弟之间吧。"

下定决心，李世民也不再犹豫。时至六月，他慎思之后，定夺了几条事宜，一一分派下去。

他先请工部尚书温大雅秘密前去洛阳，主要防止出现祸端后，张亮镇压不住。

再者，李世民让被调出去的房玄龄和杜如晦等人乔装打扮，化作道士，再派长孙无忌潜出府，将他们尽数带回。与此同时，其他不在长安的秦王府臣，也大多被暗中召回。

各人员接踵就位，但欲成事，还须彻清长安城的形势。

李建成作为国之储君，能直接调用东宫禁卫。而且近年来，出于对李世民的忌惮，东宫武备膨胀，其中有从长安直接招募的，也有李艺从幽州输送的。到了武德九年六月，东宫的甲士精锐三千有余。

作为王府，秦王的明面力量也就千余人等，与齐王府旗鼓相当。

当然了，秦王集团只是主力在东边，并非真处于弱势。不过在李世民的心中，率军再回长安，势必造成大乱，东边的武备仅可以作为其他全部失败后的底牌。

与李元吉思路相似，秦王府日思夜想，也只有一个法子——斩首。

斩首是最干净利落的方式，李建成和李元吉一死，秦王独大，再无后患。

一样是斩首，那该如何执行呢？还是昆明池？

秦王府自然比齐王府更为理智些。在商议中，诸位学士股肱一致认为，这个地方必须满足以下要求：其一，将李建成和李元吉和他们的军队分开；其二，为了不打草惊蛇，应是司空见惯的地方；其三，不能有天子势力插手其中，但成事之后，要能近距离第一时间获得天子授权，起码控制住天子。

综合考量，唯有大兴宫城是最为符合的地方。

打开长安大兴宫的舆图，最显眼的便是其南北的两个正门。

而在两个正门之中，殊为重要的是南边的承天门。它是宫城南面五门中最中间的那一个。因为重要，所以此门并不常开。只有在重要集会或外邦来朝时，才会打开。而在日常情况下，除了在每月朔望之日，也就是初一和十五时，供百官通过入朝参见，都不会打开。

承天门常闭，一般情况下，臣子入宫觐见皇帝时，走的都是北面的玄武门。臣子常走，意味着李建成和李元吉不会起疑心。又因为入宫觐见时不可带亲卫，所以一旦到了玄武门，他们二人照常理，将与亲卫分开。最关键的是，过了玄武门，就能前往太极殿，见到天子。

由此可见，玄武门实乃上好之选，几乎完全满足三个条件。但是，选定了行动地点，新的问题又出现了。

玄武门其实守军森严，地势较高，俯视宫城。与承天门同为正门，位于宫城中部偏西，不与承天门相对。长安宫城北边毗邻旷野，而玄武门背后，又是大唐最高政治中枢——正殿太极殿所在处，因此，玄武门历来重兵把守。

那综合来看，就是说，欲成事，没有长安禁军的参与，光靠秦王府的武备是万万不足的。

长安禁军，也指南衙北衙之兵，武德年间，长安禁军的将军主要由从晋阳出发的老家伙们组成。南衙负责皇城安防，北衙负责保卫宫城。南衙北衙中，北衙之兵最为紧要，与之相关的宫城宿卫制度也相当严密。

玄武门至关紧要，禁军在此列左右屯营，设左右屯营将军统领。有资格把守玄武门的人，着实深受皇帝信任。这位深受皇帝信任的门神，就是屯营将军敬君弘。

正儿八经来说敬君弘不算是晋阳嫡系，他原本是隋臣，跟着大兴共同抵御李渊义军。后来因为忠诚、老实，就被李渊当作心腹，给他做了九年的门神。

秦王府的甲士要进玄武门，瞒不过敬君弘的。所以，要想功成，李世民要么获得敬君弘的默许，要么就诈走他。

除了敬君弘之外，李世民还需要一个给他开门的人。

根据唐初宿卫制度，长安禁卫由番上之府兵卫士承担。所谓番上之府兵，指的是一种府兵制下的轮值制度。这些卫士又隶属左右十二卫，分别负责本卫所承担的宿卫区的安防工作。

由于轮番值班，宿卫的流动性极大，其负责人也是按照"一日上、两日下"的频率调换。李世民即便领左右十二卫大将军，亦无法轻易调整番次，引起李渊怀疑不说，也容易打草惊蛇。

幸运的是，因为玄武门常开的缘故，其有与一般宿卫不同地位的右监门卫。经过玄武门的官员都得经他检查后，才能出入宫城。门开得多，经过的人多，门卫就不能勤换。史料明确记载："其籍月一换。"

这就给了李世民提前将其拿下，托他们打开玄武门的机会。

这个把关人李世民并不陌生，他叫常何。此人出身李密旧部，为人豪侠忠诚，与李世民的性格相当契合。常何随李密降唐后，在李渊的萝卜大棒下，先后被授予骠骑将军和车骑将军，最终被选入禁卫任职。

尽管常何本人并未在《旧唐书》《新唐书》中立传，但据《李义府撰常何碑》（此碑敦煌写本，目前在巴黎图书馆中）一文记载，早在武德七年（624），李世民就与常何建立了长期关系。

那时李世民就曾赐予常何金器，还委托他将金器转赠给山东的骁勇之士。由此可见，李世民与常何结交要早得多，并非是因玄武门之谋才临时抱佛脚。这种与人为善未雨绸缪的行事风格并不难理解，李密去世后，李世民与李世勣广交瓦岗人才。都是李密旧日好友，自然也比他人更容易做朋友些。

方式、地点、人物都已定下，只剩时间了。

武德九年（626）六月初三，太白再次经天，与上次仅隔一日。所谓太白经天，又称太白犯主，实际上就是金星凌日的天文现象。在古代，有观点认为太白主兵刑之政，太白经天代表以下犯上，大凶之兆。《汉书·天文志》就有载：太白经天，乃天下革，民更王。

短时间内，天空出现两次异象。司管天文的太史令傅弈麻利将此事上报给李渊，他在秘奏中写到：太白出现在秦地的分野上，这是秦王得天下的征兆。

傅弈提到的分野，也是一种天文学说。古人将天空中星辰的分布与各地的地理位置相对应，然后以天象来预测各地的吉凶。分野指的就是地上，而分星则指的是天上。分野、分星合二为一，共同构成这一学说的基础。

秘奏说太白出现在秦地的分野，翻译过来就是金星运动到了天区中与秦地对应的位置。太白经天本是大凶之兆，出现在秦地分野，则将凶兆与秦王联结了起来。

李渊收到秘奏后，做了一件颇有些微妙的事情。他没有召集群臣，也没有训斥秦王。他只是让贴身侍卫将秘奏转交给李世民，再没做任何事。

李世民见到秘奏，先是大惊，又如释重负。李世民明白父亲的用意，皇帝在等秦王亲自来解释。

而与之相对的，则是李世民清楚，他的解释也并不重要。皇帝是不会听信一面之词，尤其是他的一面之词的，他的父亲只会相信他自己的判断。

进宫之后，李世民没有想着开脱太白经天什么的，他化被动为主动，算起了新账与旧账。

旧账是太子李建成与齐王李元吉，都和后宫嫔妃有染。这是之前此二人构陷他的伎俩，这招叫作以其人之道还治其人之身。

新账则向李渊告状，太子和齐王将要杀了他。他说这些并不是为了让父亲主持公道，此前种种都证明了李渊是一个口惠而实不至的人。即便嘴上说得再好，最终还是会亏待别人。李世民的告状，实是为了逼父亲过问此事，让父亲召太子和齐王入宫。

事情的发展如他所料，李渊听完便说："二郎，此事吾明日令人召建成、元吉来，你们三兄弟当面对质。误会该早些消除，终归是一母同胞。"

李世民等到了他最想听到的四个字：当面对质。

这意味着太子和齐王会到场，也意味着计划能够推进——暴风雨，马上到了！

三、李世民的荷月初四

六月初四，清晨。

李世民做着最后的准备工作。

"再过一会儿，吾就要入朝了，诸公将善乎？"

武将皆神采奕奕，整装待发，不披甲作战的学士们也目露精光，准备就绪。

"常何无恙否？"李世民继续确认。

"一切都好。"

"好。"李世民转小声音，转头对尉迟敬德说，"你的任务最关键，稳妥行事。"

"秦王放心，某以性命担保，护圣人周全。"

"好。"

尉迟敬德唱了声喏，退出屋门，奔向院中。秦王府骁勇之士集中于此，等待着出发的指令。尉迟敬德戴上头盔，对他们吼道："事成之后，诸位是大唐的功臣，留名国史！万胜！"

忽然，一个不常见的身影现了身，原来是秦王妃长孙氏。

"长孙娘子，你怎么来了？"

观音婢只点了点头，对着众位骁勇作揖："秦王吾之郎君，众位为他而战，为他流血，我都看在眼里。希望此战过后，诸位都能平安归来，给天下以太平。"

观音婢讲完话，再次作了作揖。甲士们唯唯唱喏，士气高涨间，转身踏上了改变历史的路。不过现在的秦王和他的将士，并不知道历史将因他们做何改变。

那边李世民也到了玄武门，和常何碰了碰面，他跃身上马，静待目标出现。这个时刻，朝中重臣都进了宫中，李世民默念着他们的名字：裴寂、裴矩、萧瑀、陈叔达……

李世民将这些名字念了数遍，为了保持冷静，他在脑海中将朝臣归类：能用的，拉拢的，需要解决的……

又不知等了多久，两个目标出现了。李建成和李元吉骑在马上，一步步向玄武门靠近。也许是察觉到了不对，行至临湖殿位置，二人突然停了下来，然后勒转马头，似是要原路返回。

"糟了！"尉迟敬德喊了一声，"秦王，怎么……"

尉迟敬德还未说完，李世民就一人一马跃出去，朝太子和齐王高声一喝：

"哎！"

身后马嘶鸣，李建成和李元吉即刻回身。李元吉见对面戎装在身，立马掏出箭矢，射了出去。虽然他的动作很快，但他情急之下，没将弓拉满就接连射出数箭，没有命中李世民。

反观李世民，这是他第一次将武器对准己方，而且对准的还是当朝太子，他的兄长。尽管他精神一样紧张，但他却靠着冲阵得来的意志力，控制住了自己。

这一刻，李世民放空思绪，什么都不再想。他不再想君臣敌友，不再想人伦纲常，似回到了十数年前，父亲第一次教他射箭的时候。

"射中目标，别无他求。"

父亲的话凭空出现，李世民凭借肌肉记忆——搭弓，对准，拉满，射出。须臾过后，李建成从马上重重栽倒在地。

"哇呀呀！"这是李元吉的声音，"李世民，我杀了你！"

被李元吉的叫喊声一吓，李世民坐骑一惊，奔向树林。李世民来不及稳定身形，就被树枝挂住，像李建成一样摔在地上。

"秦王！"尉迟敬德与七十名骑兵相继赶到，尉迟敬德也赶紧拉弓将李元吉射下马来。不过，李元吉平日色厉内荏，但今日却变得如猛兽一般，身上插着箭矢，径直朝李世民扑去。

"李世民，你学杨广杀兄，我勒死你！"李元吉跃步到了李世民面前，伸手夺过弓箭，反转过来勒在了李世民脖子上，他嚷着，"你想做杨广？像杨广一样死吧！"

尉迟敬德的箭到了，刺破了李元吉的发冠，将李元吉钉死在了李世民身后。

李世民躺在地上，脖子被弓弦勒伤，呼哧呼哧的，泪水也从眼眶浸出。尉迟敬德翻身下马，检查秦王的伤势。

"还好，没有其他外伤。"

"咳……咳……"李世民对尉迟敬德说，"他们都死了吗？"

"都死了。"

"你赶快入宫，这里有人善后！"

"喏！"

李世民坐起身来，"我们的动静太大了，东宫和齐王府的人马上就会回来。大家快去做准备吧！"

一如李世民所料，齐王府副护军薛万彻等人急忙赶来。他们带领太子和齐王府的精锐，共计两千余人，朝玄武门疾驰而来。

要想抵抗东宫和齐王府兵的攻击，只靠秦王府的数百名精兵可不够。李世民的人手实在紧缺，千钧一发之际，高士廉提议："秦王，事到如今，用囚犯吧！"

"公有何打算？"

高士廉道："吾武装起他们，率他们去芳林门策应！"

"好。我去找敬君弘将军！"

作为玄武门屯营将军，李建成和李元吉的死他不知道，但他知道太子和齐王的人擅闯禁地，就是反贼。敬君弘将麾下禁卫全数召集，身先士卒，高呼护卫秦王。但玄武门屯营终是独木难支，他与部下竟都战死在了玄武门前。

薛万彻的进攻生猛之至，皆是救主心切。他们未见二主尸首，唯有疯狂反扑，才能解心中急迫。他们现在像是挖心不死的比干，没有心，却还在世上。只有经人提醒他们"心已被剖"这一事实，才会倒下。

为了让他们意识到这一点，尉迟敬德将李建成和李元吉的人头割了下来，他一手一个头颅，朝着薛万彻叫道："薛万彻，你看清这是谁了吗?!"

主公已死，再战无益。登时，降的降，逃的逃。躲藏在东宫的太子属臣们，在裴矩的劝说下，都投了降。

薛万彻不想投降，一路朝北逃窜，竟逃进了终南山中。

此时的李渊正在海池划船，与裴寂等人同处一室。李渊兴致盎然，望着海池中的荷花，他吟起了诗："彼泽之陂，有蒲与荷……"

"你们说，这六月荷花，多美啊。"李渊对大臣们，"为何古人要'寤寐无为，涕泗滂沱'?"

"臣以为，此之哀，皆是得而非我，方涕泗滂沱耶?"

话音刚落，尉迟敬德带着一身血迹就冲了进来。李渊雅致被扰得全无，他看见尉迟敬德满头大汗，一身血迹，心知不妙："你来做甚?!"

"禀陛下! 宫外有贼作乱，臣奉命保卫陛下!"

"还轮不到你来保护朕!"

"圣人不知，作乱的是太子和齐王! 禁军混乱，唯有秦王能保卫您!"

"什么?!"尉迟敬德的话让李渊惊怒非常，"太子和齐王在哪儿?!"

"禀陛下! 二人已被奉于诛杀!"

"啊……"李渊太过震惊。他沉默了半晌，又问尉迟敬德："秦王现在何处?"

"秦王正在稳定局势。"

尉迟敬德又说："请陛下颁布敕令，结束宫城祸乱!"

李渊今年也才六旬。作为封建时代的君主，他的年纪是在平均线上了; 但作为一个政治家，他才到最老辣的年龄。从尉迟敬德的只言片语中，李渊大致拼凑出了图景。

李渊恍然大悟，他在继承人的选择上，犯了一个致命的错误。这全因他那套独特的制衡之策才犯的错。李渊并非嬴政一扫六合，也不是刘邦底层出身，更不像权臣篡位改命。他自起兵之日，直至一统天下，仅仅用了七年。这种好运气给了他偌大的自信，让他误以为有能力制衡各方势力。

所以他在战时能拿功臣开刀，刘文静殒命，李靖也差点被杀；所以他不怕在战后刺激败者，李密身死，窦建德国灭。李渊从没有，也不在乎后果；乃至后来在对待亲人时，他都能出尔反尔，在李建成和李世民之间摇摆。

与其说他高估了自己掌控全局的能力，倒不如说他运气太好，能任性到最后。直到今天，才在继承人的问题上栽了跟头，彻底失去了余地。

李渊曾经嘲讽刘邦，他认为自己世家出身，起兵便一呼百应，绝非刘亭长可比的。强如刘邦都不被他放在眼里，李渊当然认为他能将李世民掌控于股掌之间。

然而事实已在眼前，李世民绝非池中之物。在前代的开国之君中，或许也仅有刘邦才能与之相提并论。只不过，在武德九年（626）六月初四这天，李世民还没有成为君主，他还是那个快意恩仇的秦王。

在彻底解决了宫城的乱局之后，李世民才得以去见他的父亲。

"阿耶。"

天策上将明光铠上混着血水，踉跄地冲进了太极殿。

皇帝坐在椅子上，闭着双眼，双手紧握着边搭，发白，痉挛。

外面的雷声稍稍平息了些，雨水轰地砸了下来，连天公也想洗掉地上的污痕。

李渊套着杨广同款的玄色长袍，肃穆得连甲胄都被压住了气势。

良久。

一道闪电蓦地划过了苍穹，太极殿也陡然被点亮了。秦王发觉父亲脸上，也有湿润的痕迹。

秦王猛地跪了下去，明明是顶天的威武大将军，倒像个被遗弃在暴雨中的小孩。

"阿耶……我想阿娘了。"

皇帝触电似的抖了抖，嘴唇翕动了下。

"你，去，为朕看看那荷花，别让雨给摧了。"

秦王抑住了呜咽，立起了身。

"喏。"

他转过身去，低着头，缓缓地走出了殿外。

盔甲上金属碰撞的声音慢慢远了，殿内乍传出了歌声。

彼泽之陂，有蒲与荷。有美一人，伤如之何？
寤寐无为，涕泗滂沱。彼泽之陂，有蒲与蕳……

池边的秦王似心有所感，瞪着荷花，哗啦啦地坐了下来。他战栗
着，像一块抖如筛糠的磐石。

半晌，雨停了，歌息了。

殿内的皇帝瘫坐在椅子上，垂着头，胸前湿润了一片。

外面的秦王也呜咽着，脸上沾满了泥，都没有清洗下。

三天之后，六月初七。李世民被立为皇太子，掌握军国大事。

两月之后，八月初九。李世民正式即皇帝位，成为天下之主。

半年之后，正月初一。李世民改年号为贞观，开启太平治世。